레르몬토프 희곡 전집

어머니의 회갑을 기념하며

부모님께 드립니다.

레르몬토프 희곡 전집

우리 시대의 영웅을 위하여

신영선 역

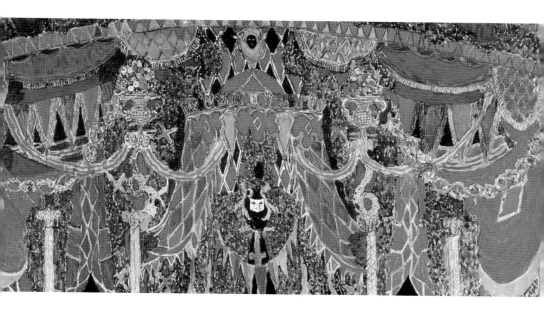

연극과인간

레르몬토프 초상화

엘리자베타 아르세니예바, 작가의 외할머니
〈인간과 열정〉에 등장하는 그로모바의 모델

유리 레르몬토프, 작가의 아버지
〈인간과 열정〉에 등장하는 니콜라이의 모델

마리야 아르세니예바, 작가의 어머니
〈이상한 사람〉에 등장하는 마리야의 모델

예카체리나 수시코바
작가가 16세 때 사랑했던 여인

나탈리아 이바노바
〈이상한 사람〉에 등장하는 나타샤의 모델로 추정된다

바르바라 로푸히나. 결혼 후 성은 베흐메테바
〈두 형제〉에 등장하는 베라의 모델

바르바라 로푸히나

'니나와 아르베닌' 〈가장무도회〉 삽화. N. 쿠즈민 그림

〈가장무도회〉 삽화. 아르베닌이 즈베즈지치를 모욕하는 장면. N. 쿠즈민 그림

알렉산드르, 베라, 유리. 〈두 형제〉 삽화
M. 우샤코프-포스쿠친 그림

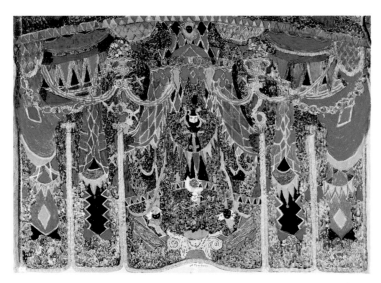

〈가장무도회〉 막 디자인
이후의 그림들은 1917년 메이에르홀드가 연출한 〈가장무도회〉 공연에 사용된 A. 골로빈의 디자인 스케치이다.

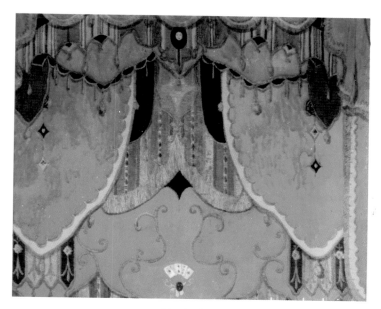

〈가장무도회〉 막 디자인

〈가장무도회〉 무대디자인

〈가장무도회〉 무대디자인 남작부인의 집

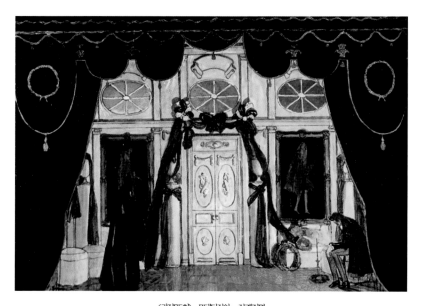

〈가장무도회〉 무대디자인 장례장면

〈가장무도회〉 무대디자인, 노르끄의 장면

〈가장무도회〉 무대디자인, 가장무도회 홀

〈가장무도회〉 의상디자인. 남작부인

〈가장무도회〉 의상디자인. 니나

차례

일러두기

1. 번역대본은 페테르부르크 푸시킨 문학연구소에서 1979년~1981년 사이에 간행된 네 권짜리 레르몬토프 전집 중 제 3권이다. 한쪽 분량의 단편(斷片)인 〈집시들〉, 〈가장무도회〉의 이본인 1834년의 3막 〈가장무도회〉와 1836년의 〈아르베닌〉을 제외한 모든 희곡 작품을 수록하였다.

2. 운문희곡인 〈에스파냐인들〉과 〈가장무도회〉는 원문의 행수를 유지하였다.

3. 본문의 이탤릭체는 원문의 표기를 따랐다.

에스파냐인들

5막 비극

헌사[1]

내 미력한 선물을 거절하지 말아주오.
비록 내가 이길 수 없는 영혼의 열기를,
거친 정열의 반란의 불길을
여기 무심히 그렸다 해도.

아니! 나는 세상을 위해 쓴 것이 아니오.
세상은 영감의 환희와는 무관하니.
아니! 나는 사랑하는 창조물을
세상에 주리라 약속하지 않았소.

나는 안다오. 영혼에 슬픔이 가득하거나
혹은 즐거운 이성에
발랄한 현(絃)이 화답하거나
세상엔 전부 마찬가지임을.

허나 그대는 나를 이해할 수 있었소.
고통 받는 자를 그대는 비웃지 않았으니,
그대는 근심에 찬 이마에
때 이른 주름을 끌어 모았소.

이렇게 어린 자작나무가
무덤 위로, 몸을 굽혀
화강암에 가지를 드리우고 서 있소.
밤의 천둥이 울릴 때!

등장인물

돈 알바레스 에스파냐의 귀족
에밀리아 그의 딸
돈나 마리아 그녀의 계모
페르난도 알바레스가 양육한 젊은 에스파냐인
소리니 신부 종교재판소에서 일하는 이탈리아인 예수회 수도사
도미니크회 수도사 소리니의 친구
모세 유태인
나오미 그의 딸
사라 나이든 유태 여인
에스파냐인들 소리니가 매수한 부랑자들
유태인 남녀들
종교재판소의 관리들
알바레스의 하인들, 소리니의 하인들, 군중, 관 짜는 사람들

사건은 카스티야에서 일어난다.

1막

1장

알바레스 집의 방. 탁자. 벽에 거울과 초상화들이 걸려 있다.
돈나 마리아가 안락의자에 앉아 있다. 에밀리아는 서서 묵주를 만지작거리고
있다.

돈나 마리아 그래, 지금부터 페르난도와 대화를
금지한다. 무엇보다 그는
고상하지가 못해. 그래서 내 남편이
네가 그와 혼인으로 결합하는 것을
허락지 않는 거야. 나도 같은 생각이다!

에밀리아 믿어주세요. 고상함은 신분증이 아니라
마음에 있어요.

돈나 마리아 그래. 필경 이미 그 녀석에게서
그런 말을 실컷 들은 게로구나. 아주 멋져!

에밀리아 제가 페르난도에게서 많은 훌륭한 감정을
알아볼 수 있었던 건 이상한 일이 아니에요.
제가 아직 인형을 가지고 놀던 시절,
그인 제 아버지가 데려오신, 이름 모를 고아였죠.
그때부터 그와 저는 한 지붕 아래서
마치 오누이처럼 살았어요.
둘이서 카스티야의 산을 산책하곤 했지요.
그인 저에게 지주(支柱)이자 길잡이였어요.
그리고 저를 위해서라면 그이가
닿지 못할 산꼭대기의 장미란 없었지요.

(돈나 마리아는 자기 의상의 무언가를 고치느라 산만하다. 듣지
않는다.)
어느 날 우리는 밤까지 거닐었어요.
향기로운 바람이 더 신선해졌고,
달이 하늘을 지나고 있었지요.
우리 앞에 빠르게 흐르는 개울이 있었어요.
페르난도는 건네주려고 저를 팔에 안았어요.
우리는 건넜지만, 저는 그의 포옹 안에
그냥 남아있었어요. 생각나요 갑자기
그가 이상한 목소리로 저에게 물었어요.
"에밀리아는 나를 사랑하지 않니?" 전 말했죠.
"그래! 사랑해!" 그리고 그 순간부터
세상의 무엇보다 다정하게 그이를 사랑해요!

돈나 마리아 바로 그것 때문에 내가 너에게 그와
이야기하지 말라고 충고할 수밖에 없는 거란다.
나는 너에게 어머니 대신이고, 그럴 수 있지.
알바레스가 할 수 있는 한 너를 엄격하게 지켜볼
권리를 내게 주었으니까.
페르난도의 아내가 될 생각은 관둬라.

에밀리아 당신의 짐작이 틀렸을 수도 있지요.

돈나 마리아 믿어 봐, 나는 너보다 어리석지 않아.
이미 세 번째 남편을 맞은 거니까.
경험은 이성을 대신하지. 남편과 아내가
비슷한 사정이 아닐 때,
얼마나 혼인이 불행한지 난 알아.

에밀리아 정말로 죽은 남편들이
이성을 더해 주는 건가요?

돈나 마리아	(듣지 못한 것처럼) 아침예배 종이 울리는구나!
에밀리아	종이 울리네요! (방백) 그런데 그인 아직 오지 않네.
돈나 마리아	기도서를 챙겼니?
에밀리아	아아! 잊어버렸어요.
	(탁자에서 집어 든다.) 오! 언제까지 이럴까!

페르난도가 들어온다. 돈나 마리아는 그를 보지 못하고 문으로 나간다. 에밀리아는 계모를 따라가면서, 망토 아래로 쪽지를 떨어뜨린다. 그녀를 눈으로 쫓던 페르난도는 주워 든다.

페르난도	(편다.) "아버지가 우리의 사랑과 당신이 나와 결혼할 생각
	이라는 것을 들으셨다는 걸 알고 있어. 분명히 아버지는
	당신에게 이 일에 대하여 얘기하실 거야. 제발, 그분과 얘
	기할 때 흥분하지 마. 안 그러면 우리는 절대로 행복해질
	수 없을 거야."
	걱정이 많군, 에밀리아! (침묵)
	누가 생각할 수 있었겠는가, 그런 멍청이가,
	그토록 무감각한 인간이… 자연은 기묘하구나!
	이 사랑스러운, 천상의 피조물.
	에밀리아! 아니, 아니! 그녀는 그의 딸이 아니야.
	내게 말하겠지. 넌 감사해야 해! 감사해라!
	무엇에 대해서? 내가 매일
	비천한 처지에서 태어났다는 것을,
	우월한 영혼을 지니고 있는 모든,
	모든 사람에게 신세를 지고 있음을 느껴야 했다는 것을,
	매일의 빵 조각을 나에게
	떼어 주는 사람이 비난으로

나의 괴로운 심장을 찔러야 한다는 것을 말인가!
그로 인해 내게 감사를 요구하는가?
오, 그러한 비난을 견디느니 차라리
굶주림으로 죽는 편이 나았을 텐데!

어떻게 그가 내 소망을 알았을까! 이상하군!
그러나 무엇이건, 그녀를 위해 다시금
가장 작은 모욕조차 참을 수 없겠는가! 충분하다!
사랑은 자기 몫을 얻게 될 거야… 허나 지금은 아니다…
(알바레스가 조용한 걸음으로 들어와서 안락의자에 앉는다.)
얼마나 오만한 모습인가, 마치 그 안에
선조들의 모든 영혼이 합쳐진 듯하다.
(초상화들을 향하여)
오, 그대, 그대들, 인간의 형상들이여,
위대한 그대들의 지혜와 힘으로
내게 말해 주시오. 참으로 부패한
말없는 무덤의 무감각한 제물이
내게서 나의 에밀리아를 빼앗아 갈 것인가?
우습군! 나는 죽은 자들이 편견이 있다고는
상상도 할 수 없다!

알바레스   페르난도! 네가 내 집안에 들어오려 한다는
소문이 내게까지 들리는구나!
성처녀에 맹세컨대 어리석기도 하지!
친애하는 아이야, 내 사위가 되겠다는 생각만은
치명적인 모욕 같구나.

페르난도   바라건대, 저의 모욕으로
당신께 대가를 치를 수 있다면, 당신의…

알바레스	나의 모욕들에 대해서 말이지! 멍청한 녀석아
	내가 하는 말을 귀 기울여 들어라.
페르난도	(비웃으며) 행복하구나, 일생에 한 번
	누군가에게 선행을 베풀고 나서
	그를 수백 번, 매일 어리석다고 욕할 수 있는 사람은!
알바레스	결국 너는 네가 누구인지
	알아야 한다! 지금까지 나는 너를
	정말 친자식처럼 먹이고 입혀주었지.
	그러나 이제부터는 모든 것이 바뀌었구나!
	네가 여기 어떻게 오게 되었는지 다시 말해주마.
	어느 날 나는 하인과 함께 부르고스에서 오는 중이었다.
	(그때는 내가 갓 결혼했을 때였다.)
	이미 날이 저물고, 회색 안개가
	산 정상을 뒤덮었다. 묘지를 지나는데
	그 가운데는 잊혀진 교회가
	서 있었다. 좁다란 창문이 있었지.
	우리는 아이의 울음소리를 들었다. 현관 계단에서
	가엾은 어린아이를 발견했다. 그게 너였지.
	나는 너를 주워서 집으로 데려와서, 길러주었다.
	(비웃으며) 그러나 무엇 때문에 네가 거기 있었는지
	그리고 너의 부모가 누구인지는 신만이 아시겠지!
	하지만 나는 별로 알고 싶지도 않다. 그래, 그래!
페르난도	(놀라서, 혼잣말로)
	그렇게, 그렇게, 완전히, 완전히 잊혀진 고아로구나!
	위대한 신의 세상에서 너는 혈육의 영혼이라곤
	단 하나도 찾지 못할 것이다!
	나는 어머니의 가슴에서 젖 먹지 못했고

그 무릎에서 잠자지 못했다. 낯선 목소리가
나에게 모국어를 가르쳤고
내 요람 위에서 노래 불렀다. (침묵)
(앞뒤로 왔다 갔다 한다. 그 다음 다시 평온한 상태가 된다.)

알바레스   무엇을 슬퍼하느냐! 확실히 그랬다.
이제 네가 내 딸과 결혼할 수
있겠느냐? 이후로 다른 고귀한 에스파냐 사람들이
무엇이라 말하겠느냐?

페르난도   말 하다가 잠잠해질 것입니다.

알바레스   잠잠해지지 않을 것이다. 길에서 주운 아이가
아주 유서 깊고 고귀한 집안과
가까워질 수 있다는 것을
우리는 들어본 일이 없다.

페르난도   그렇게 말하는 이유가 무엇이겠습니까?
그 사람들은 곧 보게 될
평등을 두려워하는 겁니다…

알바레스는 초상화들 쪽으로 다가간다.

알바레스   바로 여기, 이분이 나의 첫 번째 선조이시다,
카를로스 1세[2]의 면전에서, 왕의 총애를 받으며
궁정에서 사셨지. 두 번째 분은 하찮은 사람들 틈이 아닌
신성한 종교재판소에 계셨지.
바로 여기에 그분이 하신 일이 적혀 있다.
3000명의 불신자들을 화형에 처하고 300명을
여러 가지 형벌로 고문한 것이지.

페르난도   (비웃으며) 오, 논란의 여지없이 성스러운 분이군요

물론, 그분은 성인의 반열에 오르셨겠죠?[23]

알바레스 (무심하게) 아니, 아직!

여기 세 번째 갑옷을 입고,

투구에 붉은 깃털을 달고 콧수염이 있는 분은

해군에서 2인자로 복무하셨다. 그리고

저주받을 영국인들과의 전투에서 침몰하셨지.

또한 나의 선조들 열다섯 분이 보일 것이다.

(신이여, 내가 이곳에 기록되도록 해 주소서

그리고 나의 가문이 마지막 나팔[4]이 울릴 때까지 이어지기를.)

그런데 네가, 네가 그들 중에 들어오고 싶다고?

어디, 어디에 너의 부모가 있느냐.

세상을 방랑하는 거지이거나 비열한… 혹은…

불행한 연인들이거나, 혹은 그런

뭔가 더 나쁜… 뻔뻔한 녀석! 무슨 말을 하려는 게냐?

네가 신분증명서를 내보이고

모든 것을 밝힌다면, 입을 다물도록 하지.

페르난도 오, 내가 당신에게 침묵을

강요하고 싶었다면 (장검에 손을 대며), 증명서 없이도

그럴 수 있었을 것입니다.

알바레스 이미 지나치게 분수를 잊었구나.

부랑자야! 어떻게 침묵을 강요할지

지금 보여 봐라. 그게 아니라면

내가 너를 처치하라고 명할 것이다.

교황이 사도들의 대리인인 것처럼 확실하게 말이다![5]

어떻게 네가 내게 침묵을 강요할 테냐?

가난뱅이, 사기꾼, 버려진 아이! 기억하지 못하느냐,

에스파냐의 귀족인 내가

이 모욕을 사유로 너를 재판에 넘길 수 있다는 것을.

(발을 구르며) 네 앞에 있는

나의 조상들의 초상이 보이느냐?

너의 아버지는 누구냐?

낡은 교회에 아들을 버려둔

네 어머니는? 필경 유태 여자일 테지.

기독교인이라면 있을 수 없는 일이니까.

그러니 복종해라, 유태인의 자식아,

내가 너를 동정하여 용서하도록!

페르난도 (흥분하여) 들으시오, 알바레스! 이제, 이제 난

당신에게 아무 것도 빚진 게 없소! 알바레스,

감사도, 존경도

나에게서 요구하지 마시오, 고귀한 피가

지금까지 이 혈관에 흘렀으니 (잠시 침묵)

정 알고 싶다면, 바로 이 장검이,

이것이 당신에게 침묵을 강요할 것이오

알바레스 꺼져라! 당장 내 집에서 나가라.

다시는 나도, 내 딸도

너를 이 근처에서 보지 못하게 말이다.

그러나 만약 네가 몰래 그 애와 만나려고

일을 꾸밀 시엔, 마드리드6)에 맹세코

나의 선조들의 초상에 맹세코

내게 피로 대가를 치르게 될 것이다.

페르난도 당신은 내 피를 전부,

마지막 한 방울까지 마실 수 있소. 허나 명예는, 명예는

빼앗을 능력이 없소, 알바레스!

알바레스 꺼져라! 꺼져, 멍청아!

빵이 없더라도 내 집의 창가로는
다가오지 마라, 그럼 쫓아내라 명할 테다.
(방백) 페르난도는 불한당이 되었구나!

페르난도 오! 지옥과 하늘이여! 그럼 안녕히!
그러나 두려워하시오, 만약 내가 뭔가를 결심한다면!

분노하여 달려 나가다가 문에서 소리니 신부를 발견하지 못하고 그와 부딪힌다.
소리니는 잠시 놀랐으나 결국 등을 굽히고 절하며 들어온다. 알바레스는 기쁘
게 예수회 신부를 맞으러 간다.

알바레스 아! 안녕하십니까, 소리니 신부님!
(처음에 그는 흥분하여 그를 알아보지 못한다.)
어떻게 지내십니까, 성스러운 신의 종이여?

소리니 (절하며 위선적으로 눈을 하늘로 향한다.)
자비를 베푸소서. 나는 그분의 겸손한 종일뿐이며
당신의 가장 유순한 하인입니다.
그런데 당신의 집에서 웬 소란입니까?
누군가 저에게 인사도 하지 않고
여기서 난폭하게 달려 나가던데요.

알바레스 예, 지금 막 저는 양자를 집에서
내쫓았습니다. 이미 오래 전에 그럴 때가 되었지요.

소리니 저는 이미 오래 전에 그걸 알아차렸지요.
당신을 근심시켜드리고 싶지 않았을 뿐입니다…
그는 대단한 난봉꾼이고 불같은 녀석입니다,
몽상적이고 방종한 머리를 지니고 있지요.
그런 자들은 섬기도록 태어난 게 아니라,
다른 모든 사람들에게 명령하도록 태어났지요.

에스파냐인들

우리와 같지 않게 말입니다.

자신의 무가치함을 느끼기 위하여

매일 먼지 속에 몸을 굽혀야 하고,

자기 죄에 대한 용서를 사기 위하여

선행을 하도록 노력하는 우리와는 말이지요.

그런데 그자가 제가 알아야 하는 일을 저질렀습니까?

어쩌면 교회 혹은 왕에게 반하는,

제가 익히 아는 종류의…

알바레스　　이 가난뱅이가…

소리니　　　가난뱅이요?

알바레스　　그렇습니다! 저는 거리에서

버려진 아이였던 그를 발견했습니다.

소리니　　　그런 사람들은 용서해줄 필요가 있습니다.

그들은 이미 신이 벌하셨으니까요.

알바레스　　어떻게 용서합니까?

그가 무슨 짓을 했는지 말씀드리지요.

소리니　　　(방백) 그의 주머니가 비었다니 안됐군.

그렇지 않으면 그걸로 내 주머니를 두둑하게 채웠을 텐데.

세상에선 모든 것이 그렇게 이 손에서 저 손으로 옮겨가

는 법이지.

알바레스　　(은밀한 표정으로) 그가 아직 어린아이였을 때,

저는 그에게 제 딸과 놀 것을 허락했습니다.

그들은 놀고 또 놀았지요. 저는 이것이 뭔가 나쁜 일을

가져오리라고는 생각하지 않았습니다.

이렇게 물어보곤 했지요. 너희는 뭘 하니, 얘들아? 놀아요.

무슨 놀이? 사랑놀이요! 그리곤 마치 비둘기들처럼

부드럽게 입을 맞췄죠. 더 나이가 들자 이미 페르난도는

그렇게 마음대로 사귈 수는 없다는 것을 깨달았습니다.
그리곤 언제까지나 놀이를 계속할 수 있는 방법을
궁리하기 시작했습니다. 저는 자주 그 애의 말에서
제 딸과의 결혼을 원한다는 걸 알았습니다.
제가 얼마나 격노했는지
이해하실 수 있을 겁니다, 소리니 신부님!
그때부터 마음과 달리 저는 그에게 거칠고 엄격하게 되었
습니다.
뭐라고 하실지 몰라도, 저는 그를
아직 어린 아이였을 때 데려와서 이 지붕 아래 두었습니다.
그는 저와 20년을 살았습니다.
마치 저의 첫 아들 같았지요… 얼마 전에
저는 다시금 그를 상냥하게 대하려 했습니다.
갑자기 페르난도가 저에게 에밀리아를
아내로 달라 하려 한다는 것을
제가 아내에게서 들었을 때… 저에게 말입니다.
아시겠습니까. 제가 백발노인이긴 해도 얼마나 화가 났는
지…
네! 저는 그를 설득했습니다.
모든 중요한 이유들을 설명했지요.
그는 저에게 아주 무례하게 굴었고, 저는 마침내
그를 집에서 내쫓기로 결정했습니다.
기독교인의 영혼은 그의 발그림자도
내 집 문에서 보지 못할 것입니다. 장담하죠!

소리니	흠! 흠! 당신의 딸은 어떻습니까?
알바레스	모르지요. 지금은

제 아내와 함께 아침예배에 갔습니다.

그리고 필경 그 녀석에 대하여 기도할 겁니다.

그 앤 인사도 하지 않았는데

당신은 길을 비켜주셨지요?

어째서 그때 그 앨 붙잡아서

필요한 존경을 요구하시지 않았습니까?

소리니 눈면 자에게는 길을 비켜 주어야죠!

알바레스 눈면 자요? 그 앤 틀림없이 두 눈이 다 보이는 걸요.

소리니 (경멸하는 미소를 띠고) 물론 제 말씀을 이해 못하셨겠지요

아직은 머리에 백발 한 올 보이지 않고

아직은 생생한 불꽃처럼,

장미처럼 뺨이 아름다움을 자랑하고

아직은 눈이 이마에서 침침해지지 않고,

아직은 심장이

기쁨, 슬픔, 노여움, 사랑, 희망,

모든 것에 떨리고, 아직은 이 모든 것이

지나가지 않았지요 그리고 영원히 무서운 정열, 정열이

있습니다. 마치 먹구름처럼, 그것들은

사람의 시선을 가리고, 그 뇌우는

불행한 사람의 영혼 속에서 날뛰지요. 그리고 정열은

논란의 여지없이 유감스러워할 가치가 있지요.

그런 사람들은 눈이 멀었습니다. 당신의 페르난도는

그 중 하나이지요 그러니 제가 어쩌겠습니까?

저는 길을 비켜주어야 했지요.

두려워한 탓은 전혀 아닙니다…

그러나… 이유 없이 위험과 다투는 것은

저의 신분에도, 지위에도 어울리지 않습니다.

동의하시겠지요,

(십자가를 가리킨다.) 이 십자가는 저에게 겸손을 가르쳐 줍니다.

바로 그 위에 못 박힌 분이

저의 모범이 되어야 합니다. 그러면 저는

제 의무를 수행할 수 있게 되지요!

소리니의 하인이 편지를 가지고 들어와서 주인에게 준다.

하인	소리니 신부님! 이 편지는 가난한 여자에게서 온 것입니다. 신부님께서 막 나가신 뒤, 그녀가 우리 집에 왔습니다.
소리니	누구에게서 온 편지냐, 어떤 절박한 사정이라도?
하인	최근에 신부님께서 쫓아내신 가난한 여자에게서요…
소리니	(말을 가로막으며) 오늘 오라고 지시했던 거다.
하인	오, 나의 주인님, 그녀는 너무나 가엾습니다. 저는 그녀의 말을 들으며 한없이 울었습니다. 저는 일용할 빵 한 조각 없이 짚 위에 누워 있는, 누더기를 입은 예닙곱 명의 아이들과 그 애들의 외침을 상상할 수 있었습니다. "어머니! 우리에게 빵을 주세요 빵을… 어머니! 빵을 주세요!" 고백하건대, 저의 심장은 죄어들었습니다.
소리니	입 다물어라, 다물어. 울 것 같구나! 오, 나의 하나님, 가난하고 잊혀진 가족에게 복을 내려 주소서. 무가치한 기도를 들으소서. (하인에게 큰 소리로) 내 재산에서 은화 다섯 닢을 주어라. (하인이 그를 쳐다본다. 소리니는 다가가서 조용히 말한다.)

	가 봐. 한 닢을 줘!
하인	불쌍히 여겨 주십시오!
소리니	(발을 구르며, 큰 소리로) 왜? 많은가?
	선행은 아무리 많이 해도 절대로 충분치 않아…
	(하인은 당황하여 나간다.)
알바레스	저는 당신께 놀랐습니다, 성스러운 신부님.
소리니	아아! 아무 말도 마시오. 부탁이오 듣기 두렵소…
	나는 가장, 가장 가련한 죄인이니.
알바레스	(창밖을 본다.) 제 아내가 교회에서 돌아오는군요
	아내와 함께 에밀리아가 묵주를 가지고 옵니다.
소리니	(방백) 오는구나, 매혹적인 것! 조심하거라.
	세월에 얼어버린 이 가슴에
	불꽃이 일어난다면, 그녀가 내 손을 피하기란
	쉽지 않을 것이다. 내게는
	지금의 가면을 쓰는 것이 어렵다. 어쩌겠는가?
	나의 지위가 그런 것을 요구하니. 하! 하! 하! 하!
	(에밀리아와 돈나 마리아가 들어온다.)
	매혹적인 마리아, 그리고 그대
	순결한 에밀리아를 마침내 보다니
	나는 참으로 행복하오. 오! 알바레스!
	이런 하늘의 선물을 소유한 사람은
	신의 섭리에 불평해선 안 되오.
	비록 태양으로부터 그들을 지킬
	지붕이 없다 해도 말이지요.
알바레스	에밀리아, 이리 오너라.
	나는 소리니 신부님에게
	네가 사랑에 빠졌다고 말씀드렸단다.

에밀리아	(얼굴을 붉히며) 아버지!
알바레스	조용히 하거라.
	신부님께서 너를 인도해주고자 하신단다.
	사랑이 얼마나 해로운가에 대해서
	주의 깊게 들어라. 한 마디도
	공중에 흩어버리지 않도록 말이다.
	너의 심장은 현혹되었다. 네가 무엇을 원하는지,
	너는 모른다. 그분이 너에게
	무서운 사랑의 위험성을 열어 보여주실 것이다.
소리니	그렇습니다, 부친께서 허락하신다면
	저는 미숙함을 더 나은 길로 인도할
	준비가 되어 있습니다. 그곳은 꽃길이 아니라
	가시밭길이지요. 그러나 목적이,
	과거에 슬펐거나 기뻤거나 간에
	그런 순간을 보며 그에 대하여 회상할 때,
	우리를 즐겁게 해줄 목적이 있습니다.
	그러니 결과가 다른 모든 것보다 더 중요합니다.
	우리 행동의 좋은 결과를 위해서라면
	수단들은 항상 좋은 것입니다.
	무엇이든 상관없지요. 페르난도를 두려워하십시오!
	그자는 당신에게 아첨하고, 당신을 기만할 겁니다.
	설령 그자가 당신과 결혼한다고 칩시다.
	그러나 그것은 더 부유해지기 위한 것입니다.
알바레스	그리고 그런 일은 절대로 없을 것이다.
	그 전에 모든 죽은 자들이 되살아나겠죠.
소리니	그런 말씀은 하지 마십시오. 그런 일은
	일어나곤 하니까요. 그러나 에밀리아, 당신에겐

사랑의 불꽃을 두려워하라고 요청합니다.
아마 페르난도가 위선을 떨었겠지요?
들어 보세요, 어떤 사건을 이야기해 드리죠.
그 사건의 목격자는 마드리드에 있는
성스러운 종교재판소에 있었습니다.
한 처녀에게 연인이 있었습니다.
잘생기고 젊고 영리한 친구였지요.
그리고 아주 용맹했다고 합니다.
그리고 그 미인을 사랑했습니다.
그리고 사랑은 매우 오랫동안 계속 되었죠.
마침내 그녀는 그가 여러 가지 구실로
아쉬움 없이 그녀로부터 멀어지고,
부드러운 대화에서 즐거움을 찾지 못하게 되고,
그녀에게 완전히 냉담해져서
그녀의 옷차림의 아름다움에 놀라지 않으며,
호소하는 눈길을
이해하지 못한다는 것을
결국 알아차리게 되었습니다.
자신의 모든 생명이 거기에 있는데
어떻게 여자가 이 모든 것을 눈치 채지 못하겠습니까?
마치 벌레처럼 질투가 그녀의 가슴에 스며들었습니다.
그리고 오랫동안 쓰디쓴 심장을 괴롭혔습니다…
자, 간단하게, 거침없이 말하죠.
그녀는 연인을 독살했습니다.
그리고 그는 만 이틀 후에 숨을 거두었습니다.
그러나 이 가엾은 에스파냐인은
종교재판소의 서기로 일하고 있었으므로,

복수의 법률에 따라 모든 일이 처리되었습니다.
죄 지은 여인을 오랫동안 징벌했습니다.
영지는 교회의 소유가 되고,
결국 고문을 당해 죽었지요!

(모두 몸서리를 친다.)

이것이 사랑의 결과입니다! 두려워하십시오, 에밀리아.
우리의 심장은 공을 닮았습니다. 그것을
험한 슬픔 속에 조용히 놓으십시오
그러면 움직이지 않을 것입니다. 그러나 한 번 밀면
멈추려 해도, 따라잡을 수 없을 것입니다.
제가 그렇게 말하지 않습니까?

알바레스　　바로 그렇습니다.
당신들은 완전히 공정하게
그 불행한 죄지은 여인을 처리했습니다! 어떻게
성스러운 종교재판소의 일꾼을 독살할 수 있습니까?
그 여자는 죽음의 고통을 받아 마땅합니다.

소리니　　아닙니다! 전혀 그런 뜻이 아닙니다.

(에밀리아에게 시선을 던지며)

저는 지나치게 자비심이 많습니다. 저는 억지로
서류에 서명하도록 강요당했습니다.
저의 수족은 모두 차가워져서 떨렸습니다.
제 이성은 손가락이 쓴 것을 비난했습니다!
그러나 그것이 지상의 재판장의 운명입니다!
우리는 모두 인간입니다. 치유할 힘이 없을 때에는,
열정으로 인한 맹목이나 어리석은 영혼의 격동을
우리는 용서해야만 합니다.

돈나 마리아　　아아! 이전에 전 그렇게 생각했어요.

에스파냐인들

알바레스	그건 정말로 사실이지요!
소리니	(기쁘게 방백) 나를 두려워하는군!
에밀리아	여쭈어 봐도 될까요, 아버지.
	이 모든 이야기는 무슨 뜻인가요
알바레스	네가 더 이상 페르난도를 볼 수 없다는 사실에 대해
	울거나 슬퍼하지 말아야 한다는 뜻이다.
	그 녀석은 오늘 내게 무례를 행했다. 그리고 나는 그 애를
	영원히 집에서 내쫓았다.
	감히 그와 몰래 만나지 마라. 그렇지 않으면
	모욕당한 아버지를 두려워해야 할 것이다…
	너의 사랑은 내가 바로잡은 과오로서
	용서해 주마. 적어도,
	앞으로는 그러길 바란다.
소리니	슬픔을 잊으세요, 상냥한 에밀리아!
	사랑이 지나가면, 당신 자신에게는 더 편할 것입니다.
에밀리아	(눈물 속에서) 이미 하신 것만으로도 충분한데,
	어째서 저를 비웃는 건가요? (운다.)

에밀리아, 숄로 눈을 가리고 나간다. 모두 놀란다.

소리니	너무 엄하게 말씀하셨습니다, 알바레스!
	뜻하지 않은 불행 다음에는 종종
	후회가 따라오곤 하지요.
알바레스	어! 신경 쓰지 마십시오 소리니 신부님,
	어차피 알려야 할 일이었으니까요.
	빠를수록 좋지요…
소리니	항상 그렇지는 않습니다.

여자란 꽃과 같다는 것을 아십니까.

갑자기 굽히면

꺾어지는 법이지요.

돈나 마리아 아침 식사를 하시는 게

어떠십니까, 소리니 신부님.

소리니 감사합니다, 아름다운 마리아!

영혼의 음식을 사용할 줄 아는 사람은

지상의 음식으로 자주 위안을 얻을 필요가

없지요. 안녕히 계십시오! 부인, 안녕히!

그리고 존경하는 나의 친구, 알바레스!

바라건대, 하늘의 축복이

귀댁에 임하기를… 그리고… 따님이

빨리 슬픔을 잊기를. 제 생각에

오래 걸리진 않을 것입니다. 하! 하! 하! 안녕히 계십시오!

(깊이 절하며 나간다.)

알바레스 다시 찾아주시는 명예를 베풀려는

생각이 드신다면, 믿어 주십시오,

저희 집 문은 당신께 항상

열려 있을 겁니다… 마음처럼 말입니다… (절하며) 살펴주

십시오!

(소리니는 문까지 전송을 받으며 나간다.)

이런, 천만다행이로군! 저 사람은 너무 온화해서

그에게 무슨 말을 해야 할지 모르겠소

항상 '네! 네!'를 입에 달고 다니는

저런 사람들이 두렵소

화가 났다 해도, 겉으로 봐선 모든 것에 만족한 것 같으니

사과를 해야 할지 어떨지 모르겠어.

에스파냐인들

차라리 말다툼하는 사람과는 화해할 수 있는데 말이오!
(모두 나간다.)

2장

밤. 무대 왼편에 정원과 발코니가 보인다. 그 곳으로 에밀리아가 나온다. 발코니는 계단을 통해 정원과 이어져 있다. 에밀리아는 앉는다. 나무 위로 달.

에밀리아   모든 것이 조용하구나! 다만 이 심장만이 불안하다.
배은망덕한 사람! 나를 위해서라도
참으라고 부탁했는데.
정말 나를 위해 그럴 수 없었던 걸까? 남자들이란!
정말 내 아버지의 의견이
나의 사랑보다 그에게 중요했단 말인가?
이제 나를 위로해줄 사람은 아무도 없어. (침묵)
정말 계모들이란! 표독스러운 피조물이지.
그리고 그 예수회 신부! 정말로 난
이런 사람들에 둘러싸여 있어야 한단 말인가!
오! 우리의 마지막 만남일지라도
아름다운 달이 비춰줄 수 있다면.
페르난도는 확실히 나를 사랑하지 않게 된 거야.
그렇지 않았다면 용서를 빌러 왔겠지, 나는
그이의 성급함을 용서하고 있어. 하지만 어째서 그이는
그 일을 사과하러 내 앞에 나타나지 않는 걸까…
우리 아버지가 그이를 협박한 거야. 정말로!
내려가 봐야겠다! (발코니에서 나온다.)
저기서 누군가 움직이는구나!

심장이 두근거리네! 그런데 뭘 겁내는 거지.

나는 혼자 있으니… 만약 누군가!

거기 누구세요? 땅에서 그림자가 움직이네….

아아! 맙소사! 어디로 피하지…

목소리 에밀리아!

에밀리아 아아! 아아! 성 도밍고[7]여, 도와주소서!

사악한 영혼이 나에게 오네.

(공포에 질려 어찌할 바를 모른다.)

페르난도 (검은 망토를 입고 나온다.) 에밀리아!

내 목소리가 당신에게 무섭다니… 당신 겁을 먹었군!

에밀리아 아니! 아니야! 아아, 앉자! 떨려라!

페르난도 (그녀의 손을 잡고) 당신이 옳아!

그런데 나 때문에 왜 그렇게 놀란 거지?

(그들은 긴 의자에 앉는다.)

에밀리아 저, 무슨 얘길 할 거야?

페르난도 작별 인사를 하러 왔어!

작별을! 처음으로 그러한 말이

나를 슬프게 해야 하겠지… 당신은 알지,

내가 누군가와 작별하지 않는다면

더 행복했으리라 생각한다는 걸…

당신은 울 것이고 내게는 두 배의 고통이…

에밀리아 자기 잘못이잖아! 내가 그렇게 부탁했는데…

당신이 원치 않은 거야. 대체 누구 탓이야? 누구 탓이냐

고?

페르난도 아니, 난 그럴 수 없었어, 하늘에 맹세코!

내 성정을 잘 알잖아. 뭐 하러 쪽지를 쓴 거야?

그러나 이미 다 끝났어. 날 비난하지 마…

날 비난하지 마. 내 탓을 인정하기가
나로선 힘들었을 테니. 알잖아!
이미 벌어진 일을 어쩌겠어…

에밀리아   페르난도, 이제
어디서 살 거야?

페르난도   어디서! 어디서 살 거냐고?
끔찍한 일을 생각나게 하네.
왜 그런 걸 묻는 거야? 당신은
내가 친구도, 친척도 없다는 것을
온 왕국 안에 내가 쉴 곳을 찾아낼
수 없다는 것을 알고 있잖아. 가장 비천한 거지도
그런 것이 있는데, 내게는 없어.
거지는 무심하고 평온하게 빵을 요청하지.
생각해 봐. 세상에서 당신 하나만이
내게 '사랑한다'고 말했지. 나는 당신 한 사람에게만
모든 생각, 모든 소망을 맡겼어.
당신은 내게 있어 친척이고 친구이자, 나의 모든 것이야!
이 점을 자랑스러워 해줘! 그러니 에밀리아,
하늘은 우리를 서로를 위하여 만든 거야.
당신은 이 심장을 위한 모든 것이지.
신은 사람에게서 모든 것을 빼앗을 만큼
잔인하시지는 않아! (침묵)

에밀리아   알지, 사람들 말이
처녀는 한밤중에 남자와 같이 있으면 안 된다고 해…

페르난도   나와 있는 것은 절대 두려워할 필요가 없어.

에밀리아   (그의 품에 몸을 던지며) 오! 내 사랑! 나는 너무 슬퍼!
마치 가슴에 심장 대신 납덩이가 들어있는 것처럼…

당신을 마지막으로 여기서 만난 것을.
어떻게 기억하게 될까. 눈물이 그치고, 호흡은
가냘파지고… 아버지가 오실까봐 겁나.
그러면 작별의 시간이 올까봐…
무서운 생각들이 밀어닥쳐.
어젯밤 꿈에서 당신이
나를 죽이려고 하는 걸 봤어.

페르난도   (음울하고 빠르게) 그만해.
고요한 달을 봐! 오, 아름답구나!
그리고 그 주변의 구름들! 달.
달! 이 발음 안에 얼마나 많은 감정이 있는지.
미래, 현재, 과거, 모든 것이 그 안에서
하나가 되지. 그리고 과거란!
누가 생각할 수 있었겠어, 저 달이
강에서… 산에서의 첫 순간의
말없는 증인이라는 것을… 기억해줘.
저 달이 이별의 증인이 되리라는 것을.
상냥한 에밀리아!
다시 봐. 아르미다8)처럼
밤안개의 은빛 달무리 아래
달은 자신의 마법의 성으로 가네.
그 주변과 뒤를 따라 먹구름이
몰려들어. 마치 사랑으로 불타는
기사장들처럼, 그리고
그 이마는 아름다운 이를 향할 때 빛나지.
경쟁자에게 얼굴을 돌릴 때는
질투와 노여움으로

금방 찌푸리네.

봐, 그들의 투구가 검게 변하는 걸,

깃털이 투구 위에서 흔들리는 걸 기억해, 기억해줘.

그 저녁 내내 그랬지.

페르난도의 운명을 제외하고는 하늘과 땅이

모두 그러했어. 다만 사람들만이! 만약 당신이

그 중 하나가 아니었다면, 나는 사람을 저주했을 거야…

에밀리아	그럼 당신은 사람이 아니란 말이야?
페르난도	오! 나는 자신을 그들과 함께 저주했을 거야!
에밀리아	무엇 때문에?
페르난도	그자들이

전혀 부탁하지 않은 선의를 가장하고

서로에게 악을 행하는 것을,

무의미한 것이나

심장을 찌르는

황금을 위한 모든 노력을

내가 냉담하게 볼 수 없기 때문이야!

왜냐면… 에밀리아. 오! 나는 악당이야.

당신이 날 잊도록 만들어서

당신을 행복하게 해 줄 수 있었을 텐데…

그러나 독에 물든 과거와 미래를,

무미건조한 인생을 볼 때…

그럴 때는… 에밀리아. 그럴 때 난 당신의 행복을

희생시킬 각오가 돼.

이 가슴 가까이에 나를 이해할 수 있는

그러한 존재를 소유하기 위해서!

그런 순간은 영원히 오지 않기를 바라…

	하지만! 날 사랑하지 마…
	당신은 나의 성정을 잘 알잖아. 날 잊어…
	잊을 거지?
에밀리아	내가 만약 '그래'라고 하면?
	나중에 그런 뜻이 아니었다고 말하지 마…
페르난도	나의 천사, 천사… 당신의 사랑이 나를 얼마나 괴롭히는지
	당신은 모를 거야.

(페르난도는 그녀를 포옹한다. 그녀도 그를 껴안는다.)

오, 만약 하늘의 행복이

이 한 번의 키스처럼

이토록 많은 슬픔을 동반한 것이라면, 나는

기꺼이 천국을 거부할 것이다. 아아! 에밀리아!

수녀원으로 가는 것이 낫겠어.

수도원으로 가. 세상으로부터 자신을 숨기라고,

죽어버려! 무서운 일이 많을 테니까!

오, 만약 내가 그녀를 전혀 몰랐더라면! (종이 울린다.)

자정이야! 미안! 하지만 뭔가 사각거리는 소리가… (침묵)

우린 끝장이야!

쪽문을 닫는 것을 잊어버렸어…

뛰어! 뛰라고!

에밀리아	우리를 구원 하소서, 하늘의 왕이여!

(발코니로 나가서 사라진다.)

페르난도	(장검을 뽑는다.) 거기 누구냐! 이 호기심 때문에
	비싼 대가를 치르게 될 것이다!

(관목을 친다, 백발의 유태인이 소리를 지르며 기어 나와서 무릎을 꿇는다.)

모세	자비를 베푸소서…

	에스파냐 사람의 동정심을 보여 주십시오.
페르난도	헛소리다, 헛소리… 너는 들었고 죽을 것이다.
	고백해라, 누군가 몰래 너를 보낸 거지.
	(장검을 목에 들이댄다.)
모세	(무릎을 꿇고) 아닙니다.
페르난도	거짓말이다…
모세	헛되이 노인을 죽이는 것을 두려워하시오
	(발에 몸을 던지고 무릎을 안는다.)
	저를 구해 주십시오… 우리의 신은 한 분이잖습니까…
	저는 쫓기고 있습니다… 아마 당신의 아버지는
	살아계시겠지요… 저도 아비입니다… 오, 그분을 위해
	저를 종교재판소에서 구해 주십시오…
	전 재산의 반을 가지세요… 하지만 무엇하러
	부질없이 노인을 윽박지르는 겁니까.
	당신의 신이 당신에게 보답하실 겁니다… 나에게는
	딸이 있습니다. 그 애는 어찌 될까요. 만약 당신이
	절 봐주지 않는다면… 그 애는 어찌 될까요…
	오! 불쌍히 여겨 주시오, 불쌍히!
페르난도	당신에게 딸이 있다고!
	그런데 나는? 오… 아니오! 세상에
	그녀가 아니라도 고아는 충분하오… 받으시오
	(그를 보지 않으며 망토와 모자를 던진다.) 입으시오!
	나를 따라 오시오 말은 하지 말고… 그렇지 않으면 죽게
	될 거요!
	말은 하지 말고 내가 당신을 구해 주겠소!
모세	이럴 수가! 이럴 수가!
	(침묵. 유태인은 놀란다. 에스파냐인은 그를 경멸적으로 본다.)

예루살렘을 두고 맹세컨대

그는 기독교인이 아니야… 확실해. (망토와 모자를 걸친다.)

페르난도 개자식! 무슨 소리냐… 무슨 소리야?

감히 내 앞에서 나의 율법을 모욕하지 마라…

가자.

(다른 쪽 멀리서 횃불과 사람들이 나타난다.)

모세 (조용히 혼잣말로) 하지만 만약 그가 나를 팔아넘긴다면,

그런데 만약 그가…

페르난도 횃불이 보이는가! 가자.

2막

1장

소리니 집의 방. 소리니가 부랑자들에게 일을 시키기 위해 그들을 대접하는 곳. 에스파냐인 몇 명이 두 개의 탁자에 앉아서 소리치고 웃고 술을 마신다. 하인들 이 포도주를 날라 온다.

에스파냐인1(부랑자) 그래, 만약 성스러운 종교재판소가

우리를 먹여 살리기 위해

그 끝에 세워졌다면, 신께서 그곳을 지켜주시길…

그렇긴 해도 소리니는 아주 착한 친구야.

비록 좀 성인군자인 체 하긴 하지만 세월이 지나

철들 때가 되면

고쳐질 테지.

에스파냐인2 자넨 물론

에스파냐인들

눈이 멀어서 흰 것 대신 검은 것을 잡겠지.

모두 눈이 멀었어… 하! 하! 하! 그렇지 않은가? (마신다.)

에스파냐인1 우리의 신부님은 몸이 아니라 영혼이 젊다는 걸

내 장담할 수 있네, 친구들.

아직까지도 여자들이 얼마나 그 양반을 사랑하는지,

그리고 그 자신도 그들을 얼마나 사랑하는지, 율법에 거

슬러서 말이야.

에스파냐인3 여자들은 그를 매우 사랑하지,

우리처럼!

에스파냐인1 정말 자넨 그 양반을 사랑하지 않는가?

에스파냐인3 뭐 그렇지! 잘 먹여줄 때는.

그러니 말하자면[9] 이 부드러운 사랑은

굶주림과 목마름이 오면 지나가버리는 거라고!

에스파냐인4 내기해도 좋아.

우리의 소리니가 다시금 부정한 일을

계획하고 있다고 말이야. 이 대접은 좋은 일을 위한 게 아

니야.

우리가 돈 페드로를 죽이고

그의 집을 태우길 원했던 일을 기억하나?

다음번에는 그를 위해 부르고스의 미인을

아주머니 집에서 납치할 것을

명령하기 전에 이런 연회를

우리에게 베풀어 주었어.

악마의 사업이었지! 지금 그는 그런 부정한 일을

계획하고 있다고 추측할 수 있지![10]

에스파냐인1 어휴! 그게 우리와 무슨 상관인가! 먹고 마시면 되는 거지.

게다가 그 양반은 종교재판소에서 우리 편인걸.

에스파냐인3	하지만 자기 하렘을 우리와 나누는 게
	그자에게 나쁘지 않을 텐데.
	모든 미인[11]은 시들지 않는가. 그렇지 않으면
	결국 자리가 부족해질 거라고
에스파냐인5	(다른 탁자에서) 포도주! (소리친다.)
하인	잠시만… 곧 가져오겠습니다…
에스파냐인5	악마나 기다리라지! 포도주!
	너희 소리니와 너는 저주를 받아라!!
하인	(잔을 내밀며) 여기 포도주 가져왔습니다.
에스파냐인5	불쾌한 포도주군, 물을 탔어.
	악마에게 가 버려 악당!
	(잔을 바닥에 던지고 포도주가 에스파냐인2에게 뿌려진다.)
에스파냐인2	(성급하게) 어이! 내 앞에선 더 조심하라고!
	우리 동네에선 이런 일로 두드려 패니까.
에스파냐인5	(벌떡 일어나며) 어쩔 건데, 응?
에스파냐인2	내 앞에선 조심하라고 했다!
	안 그러면… (의자를 잡는다.)
	의자로 갚아주지!
에스파냐인5	명예를 걸고 맹세컨대, 너는 살아있지 않을 거다.
	너의 혀를 뽑아주겠다… 그리고 굶주린
	개들의 점심거리로 주겠어! (단검을 뽑는다.)
	손을 봐주지… (그에게 달려든다.)
에스파냐인3	잠깐만. (다른 사람들이 그들을 잡는다.)
	단검을 내려놓게, 그리고 자넨 의자를 내려놔.
	결투를 해야겠어. 장검을 뽑게,
	입회인은 충분할 거야. (그들은 장검을 뽑고 선다.)
	자 그럼… 시작하게. (시작한다.)

에스파냐인들

다만 냉정하게…

그런데 자넨 너무 가깝게 공격하는군…

왜 그렇게 흥분하는 건가?

에스파냐인2 (멈추며) 상처를 입혔어.

에스파냐인5 아니야!

에스파냐인1 보게, 처음 피를 봤으니 끝내야지.

에스파냐인5 (공격하며) 그는 자기 목숨으로 내게 대가를 치를 거야.

에스파냐인1 (네 번째 사람에게) 어리석긴 하지만, 용감한 친구로군!

에스파냐인2가 물러난다. 갑자기 공격당해 어깨에 상처를 입는다. 사람들이 그
들을 떼어 놓는다.

에스파냐인3 친구들, 됐네. 화해하게!

에스파냐인4 당연하지. 언제나 욕설 뒤엔 화해가 따르게 마련이니까.

에스파냐인5 그러지, 난 준비됐어… 자네가 이겼네.

에스파냐인2 그럼 우린 다시 친구로군.

에스파냐인5 하지만 그거 아나?

만약 이 친구들이 나를 말리지 않았다면,

나는 약속을 지켰을 거야,

정말 자네 혀를 개에게 주었을 거라고!

소리니가 들어온다. 그들은 모두 그에게 낮게 몸을 굽힌다.

소리니 웬 소란인가!

에스파냐인5 예! 약간 말다툼을 했습니다.

존경하는 신부님, 하지만

모든 것이 화해로 마무리 되었습니다…

	(다른 사람들에게) 그렇지?
소리니	나는 자네들에게 일을 맡기러 왔다.
	자네들은 오랫동안 제대로 된 일을 하지 않았잖나!
	묻겠네… 자네들은 알바레스를 아는가?
모두	압니다!
소리니	그에겐 아내가 있다.
모두	아내를요?
소리니	아니! 아니! 그게 아니라!
	자네들이 딸을 납치하는 것을 그녀가 방해하지 못하도록
	나는 그녀에게 아첨을 하려 한다.
	분명히 그녀는 찬성할 것이다.
	딸이 없어지게 되면
	모든 영지가 자기 것이 될 테니까.
	남편이 죽으면… 그가 죽으면
	그녀는 자기 몫에 다가가겠지.
	그러나 이번 일은 그에 대한 것이 아니야.
	알바레스에게는 사랑스러운 딸이 있다.
	그리고 난… 자네들은 잘 알잖나! 어째서
	옛 교훈을 되풀이해야 하나?
	난 그녀가 아주 마음에 들어…
	나는 그녀에 대한 사랑으로 불타고 있다!
	나는 내 자금을 다 자네들에게 줄 준비가 되어 있다…
	에밀리아를 내게 데려오기만 하면!
	독약, 공포, 불, 애원을 사용해도 좋다,
	계모와 하인들과 아버지를 죽여도 좋아,
	에스파냐 여인만을 내게 데려와라…
	그리고 모든 것, 모든 것을 비밀리에

에스파냐인들

이 행복한 결말까지 수행하라.

그러면 나의 친구들이여… 자네들이

한 번도 본 적 없는 연회… 그런 연회가 베풀어질 거야.

그러나 들어라! 나는 자네들에게 비밀을 맡긴다.

배신을 두려워하라. 오! 만약

계획의 진상이 새어나간다면…

그때는 전원을 종교재판소에 넘겨줄 것이다.

에스파냐인3 저는 알바레스와 그의 딸

계모를 압니다… 그러나 페르난도도 있습니다.

그들이 집에서 기른…

그자는 대단합니다… 저는 경기장에서

그의 앞에서 무서운 물소가 쓰러지는 것을 보았습니다.

그는 당신이 매수할 수 없습니다… 그리고 그렇게

쉽게 다룰 수는 없을 것입니다.

에스파냐인4 물론입니다!

게다가 그는 에밀리아를 사랑하죠…

소리니 (회상하며) 페르난도! 누구더라! 그래! 페르난도!

그 이름은 뭔가 낯이 익은데!

아! 운명이란! 어리석은 알바레스가

그를 이틀 전에 집에서 쫓아냈지.

뭔가 헛소리 때문이었어! 겁낼 것 없다!

허나… 그렇군… 그가 알아챌 수도 있어… 경고할 수도…

자, 만약 이 난폭한 영혼이

모든 일을 망친다면… 아니야! 그 전에

내가 그자를 죽일 거야… 찾아내… 조사해라…

자네들 생각대로…

그 다음 에밀리아를 납치할 수 있을 것이다…

맹세컨대… 난 멋진 생각을 해냈어!

모두 (소리친다.) 그러지요! 원하시는 대로, 신부님.

소리니 안녕히! 비밀을 지켜주기 바라네.

(에스파냐인들 중 절반이 나간다.)

(혼잣말로) 뭔가 확실히 하고 싶으면

완수가 되건 안 되건 간에

사람들을 믿는다고 말해야 하지.

그리고 자만은 그들로 하여금

너의 어려운 소망을 이루어주도록 하지.

(나머지 절반이 나간다. 소리니는 안락의자에 앉는다.)

황금이란 무엇을 의미하는가? 사람보다 중요하다.

그것으로 우리는 정당화하고

비난할 수 있지. 그것으로 우리는

면죄부를 살 수 있고,

미래에 대한 아무 걱정 없이 죄를 짓고

그럼에도 불구하고 천국에 갈 수 있다.

그리고 나의 말년이 되었다.

그러나 에밀리아는 나의 손에서

빠져나가지 못할 것이다. 나는 그녀에게

어제의 조소를 복수할 것이다. 오, 나를 믿으라.

오만한 미인이여,

너는 내 앞에 무릎을 꿇고

울며 간청할 것이다… 그때 나를 알아보겠지…

너는 비웃지 못할 것이다,

노인이 강렬하게 사랑할 수 있다고 말할 때.

그리고 싫어도 인정하게 될 것이다…

사랑이라! 내가 이 단어를

에스파냐인들

사용하다니 우습군.

그러나 난 오만한 웃음에 대하여 그녀에게 복수할 것이다.

비록 그녀가 나의 마지막 희생물이 될지라도

마지막이라? 내게 10년은 더,

더 큰 죄의 용서를

살 돈이 없단 말인가!

죄라! 하! 하! 하! 하! 영혼을 믿지 않는 사람들에게

용서가 무슨 소용이 있는가?

그리고 나는 용서 없이도 잘 해나갈 수 있다고.

에스파냐인의 무리가 즐겁게 들어온다. 기타를 든 가수를 데려온다.

에스파냐인들 여기 길거리의 가수를 데려왔습니다,

듣고 싶지 않습니까.

옛날에 대하여, 우리의 고고한 조상들에 대하여 노래할

겁니다.

듣고 싶지 않습니까, 존경하는 신부님?

소리니 (가수를 보며) 여러분에게 감사하오, 나의 친구들이여.

내게 세속적인 즐거움과 젊음의 향연의

증인이 되는 것은 어울리지 않소

재속에 있는 이 백발은 십자가 앞에

경배해야 하고, 즐거움의 화환으로

장식해서는 안 되오. 나는 노래해서는 안 되고,

자신과 당신들의 죄 때문에 흐느끼고

기도해야 하오. 양떼와 목자는 한 몸이니까요!

(몸을 굽혀 보이고 나간다.)

에스파냐인5 (방백) 뭐야! 당신이 없으면 우리는 더 편하다고

에스파냐인3	솔직히 말해서, 우리 모두에게
	저자와 똑같은 죄가 있다는 건 믿을 수 없는데.
	우리는 살기 위해 악행을 저지르지만
	그는 악행을 저지르기 위해 살아!
가수	무슨 노래를 불러 드릴까요. 아이고, 잘 모르겠네요!
에스파냐인2	자 됐네, 친구. 앉아서 연주를 시작하게.
	노래는 저절로 흘러나올 거야.
	나는 노래를 좋아해, 그 안에는
	어린 시절의 날들이 영혼에 생생하게 떠오르니까.
	과거에 대하여 감동적으로 말하고
	눈에서는 눈물이 흘러내리게 하지.
	우리가 삼켜야 했던 눈물을
	노래 안에서 되찾을 수 있는 것처럼.
	눈물이 가슴 속에서 돌처럼 굳어지게 하라.
	그러나 그 하나의 소리가
	우리가 쓰디쓴 기억 없이, 고통을 괘념치 않고
	노래했던 나날에 대한 기억을 불러일으킨다네.
에스파냐인3	하! 하! 하! 하! 또 감상적이 되었군…
	다시 옛날 헛소리를 하기 시작했어,
	또 다시 추억이라니, 제기랄…
에스파냐인5	아낙네 같으니!
에스파냐인4	(가수를 가리키며) 쉿, 쉿.
에스파냐인1	시작한다! 들어보자고!

발라드

과디아나 강[12]이 꽃이 핀 들판으로 달린다.

그곳에 교회의 첨탑이 빛난다.

에스파냐인들

과거에는 이교도들이 그곳에서
자신의 말들을 목욕시켰다.
그 강변에, 맹세컨대, 거짓말이 아니니
기독교인의 손으로 보존된
주철 기둥 위에 터번과 십자가가 있는
높은 무덤이 서 있다.

그곳에서 멀지 않은 곳에 수도원이 있었다.
저녁 안개가 다가올 때,
즐거운 수도승의 무리가
저녁의 연회를 위해 앉았다.
잔을 울리고, 노래하고 소리를 쳤다.
갑자기 문이 열리고,
사라센인[13]이 들어왔다. 무장하지 않고, 혼자서.
연회를 벌이던 이들은 당황했다.

이교도는 이마를 숙이고는 말했다.
"나는 터번과 작별하고자 합니다.
저에게 세례를 주십시오 당신들의 율법이 명하는 대로!
동방의 달을 두고 맹세합니다.
거짓이 아니요, 기만이 아니라, 먼 나라에서
나는 당신들의 집으로 이끌려 왔습니다.
나는 당신들의 율법을 알게 되었고, 그것이 마음에 들었
습니다.
나는 나의 신에게 목숨을 바칩니다!"

그러나 수도승들은 무리지어 그를 둘러싸고

심장에 단검을 꽂았다.
그리고 목에서 빛나던
금과 값비싼 다이아몬드를 벗겼다.
그리고 미처 새로운 날이 되기 전에
공허한 웃음으로 그를 꾸짖었다.
그리고 피투성이 시신은 악의에 찬 손으로
강변에 버려졌다.

사흘 밤이 지나지 않아서, 높은 무덤이
십자가와 터번을 지니고 높이 올랐다.
그 아래에는 동쪽 나라에서 온 여행자가
묻혀 있다. 지상의 것이 아닌 힘으로!
그 이후로 매년, 달이 막 떠오를 때면
수도원에는 죽은 사람이 찾아온다.
그리고 수도승들은 소리친다. (소문에 따르면)
마침내 그에게 세례를 주었다고!
(많은 사람들이 박수를 친다.)

에스파냐인1   멋지군! 아주 좋아.

모든 에스파냐인들 고맙네.

포도주를 마시지 않겠나, 솜씨 좋은 음유 시인이여?[14]

(그에게 주고, 그는 마신다.)

가수   교황의 건강을 위해! 그리고 여러분의 건강을 위해!

에스파냐인3   동지들, 이제 갑시다.

우리의 유순한 노획물을 찾으러…

갑시다, 성 도미니크의 도움으로!

하나님은 우리를 용서하실 거요! 사람은 살아야 하니까!

에스파냐인들

(크게 웃으며 모두 나간다.)

2장

유태인 집의 방, 사치스러운 카펫이 온통 깔려 있고 궤짝들이 있다. 작은 탁자 위에 램프가 타고 있다. 안쪽 무대에 두 유태 여인이 진주를 꿰고 있다. 모든 것이 호화롭다. 나오미가 들어와서 탁자에 앉아 팔꿈치를 괸다.

나오미   아니야! 일을 할 수가 없어!
　　　　바느질은 눈을 약하게 하고, 손가락은
　　　　떨려, 마치 바늘이 짐이 되기라도 하는 것처럼!
　　　　나는 기도를 하고 싶었어. 그게 전부였어!
　　　　막 시작했는데… 말이 나오질 않았어.
　　　　갑자기 한기가 몸을 꿰뚫고 지나갔고,
　　　　때때로 얼굴에는 열기가 덮쳐 왔어.
　　　　마음이 내키지 않아, 내키지 않아!
　　　　그리곤 내내 상상을 하지.
　　　　어제의 죽음에서 나의 아버지를
　　　　구해준 낯선 사람의 아름다운 모습을.
　　　　신께서 그에게 모든 행복을 주시기를.
　　　　마치 유태인은 사람이 아닌 것처럼
　　　　우리는 불공평하게 빼앗기지!
　　　　우리 민족은 고대 에스파냐인이고 그들의
　　　　선지자는 예루살렘에서 태어났는데!
　　　　우습구나! 그들은 우리가
　　　　자기들의 율법을 인정하기를 원한다. 하지만 무엇 때문에?
　　　　그들처럼 서로 죽이기 위해서인가?

그들은 온순함을,
자기와 닮은 사람에 대한 사랑과 자비를 높이 평가한다.
그 안에 자기들의 율법이 있다고들 하지!
하지만 우리는 그런 건 보지 못했어. (침묵)

그러나 그들 중에 사람다운 사람이 있어!
예를 들면, 어제의 낯선 사람.
누가 그러리라 생각할 수 있었을까? 내가 그를
보지 못하는 것이 유감이야. 그러나 나의 아버지가
생생하게 묘사했으니, 이렇게 생생하구나!
큰 키에 고상한 외모,
칠흑처럼 검은 고수머리에 재빠른 시선,
그리고 목소리는… 내가 왜 그 사람을 생각하는 걸까?
무슨 소용이 있다고! 아아! 나는 어린애 같아! (침묵)

나는 지루하다! 온 영혼이 산만하다.
그리고 내게는 어쩔 수 없이 오늘이
안식일 같아! 심장이 뛴다, 뛴다,
마치 그물에 걸린 새처럼!
어째서 아버지는 오시지 않는 걸까?
아버지는 또다시 악당들의 손에 빠지신 것인가…
하루 종일 혼자 있는 건 너무 지루해.
일과는 항상 똑같지. 내 진주를 꿰고 풀고,
읽고 다시 읽고, 비단옷을
입었다가 다시 벗고, 먹고 마시고
잠자고… 하지만 이 밤에
나의 꿈은 흥미롭고 무서웠어!

(침묵) 무슨 소용이 있나?

(큰 소리로 부른다.) 유모! 사라! 사라!

나에게 와요! 이리 와! 자!

사라	(노파가 온다.) 왜요, 사랑스러운 나오미, 무슨 일이에요?
	혹은 진주를 풀었나요 하지만 나는 늙었잖아요.
	내 눈은 모든 원기를 잃었어요.
	아가씬 부주의한 것이 문제지만
	나는 아예 할 수가 없으니! 그렇지 않아요?
나오미	아니야, 사라! 진주는 꿴 채로 놔두었어.
사라	무슨 일인가요! 진주가 마음에 안 들었나요?
	내가 젊었을 때는 진주가 없었어도 만족했는데!
	요즘 젊은 사람들에겐
	모든 게 나쁘군요! 날 왜 부른 건가요?
나오미	그래!
	나는 지루해! 난 아파!
사라	아파요? 아아, 신이시여.
	그럼 얼른 의사를 부르러 갈게요…
	내가 아는, 솜씨 좋은 의사가 있어요!
나오미	필요 없어… 나는 그렇게 아픈 게 아니야!
	하지만… 그래! 기분이 좋지 않아! 뭔가 시작하려 해도
	모든 것이 제대로 되질 않아! 내가 대체 무엇을 원하는지
	나 자신도 모르겠어!
	나는 슬퍼! 내게 옛 시절에 대한
	이야기를 해 줘. 앉아서 얘기해 줘!
사라	기억을 떠올려 보지요, 사랑스러운 아가.
	봐요! 기억은 약해요.
	나는 많이 듣고, 보고, 느꼈죠,

	그 많은 나의 기억들 중에서
	한 가지도 확실히 다시 이야기할 수 있는 게 없네요!
나오미	나는 오늘밤에 무서운 꿈을 꾸었어!
	무서운! 꿈을 해석해 줘.
	꿈속에서, 온통 피투성이가 된 사람이
	다가왔어, 그가 내 형제라고 말하면서…
	하지만 나는 놀라지 않았고
	강물 같은 피를 씻어내고는,
	심장에 난 깊은 상처를 보았어…
	그리고 그가 나에게 말했어.
	"봐라! 나는 너의 형제다"… 하지만 맹세컨대,
	그 순간에 그는 내게 형제 이상의 존재였어.
	그리고 나는 울었고, 신께 기도했어,
	그의 생명을 연장시켜 달라고
	그러나 그 사람은 웃었고
	갑자기 소리쳤어. "기도를 멈춰라!
	나는 너의 형제다! 지금 사람들은 형제를 증오한다!
	나를 내버려 둬, 아름다운 유태 여인아.
	나는 기독교인이지 너의 형제가 아니다.
	나는 너를 비웃고 싶었을 뿐이다!"
	그리고 그는 서둘러 가 버렸어…
	나는 그의 넓은 망토를 붙잡았어… 그러나 어쩐 일일까?
	손에는 장례의 수의가 남았어! 그리곤 깨어났어…
사라	그가 스스로 당신의 형제라고 했나요?
나오미	하지만 말도 안 돼. 나는 형제가 없는걸!
	그리고 앞으로도 절대 없을 거야!
사라	오! 나오미!

에스파냐인들

61

	그렇게 말하지 말아요! 그런 일은 있을 수 있어요!
나오미	어떻게 그럴 수 있어! 어떻게? 아니야, 불가능해!
사라	들어봐요! 아가씨에겐 형제가 *있었어요*
	당신보다 나이가 많았죠… 기이한 운명으로,
	종교재판소로부터 도망치다가, 고인이 되신 어머니와
	당신의 아버지는 밤을 지냈던 장소에
	그를 남겨두었어요.
	겁을 먹어서 잊어버렸던 거죠…
	아마 그들은 내가 안고 있다고
	생각했던 것 같아요… 그 후로
	우리는 모두 그가 죽었다고 생각했고
	그래서 당신에게는 그에 대해서 말하지 않았지요!
	어쩌면 살아있을지도 몰라요 어떻게 알겠어요!
	신의 뜻은 정말 오묘하니까요!
나오미	아아, 사라! 사라! 아냐, 그는 죽었어!
	그는 시들었어, 광야의 풀처럼, 들판의 꽃처럼,
	말라버렸어! 그렇게 그는 삶을 위하여 태어났어,
	내게 친구가 되기 위하여 태어났어.
	오, 사라! 만약 그가 죽었다면 얼마나 행복할까.
	그리고 나는 자신에 대하여 얼마나 울어야 할까!
	모두에게 박해받고, 모두의 경멸을 받으며,
	우리 민족은 세상을 방랑했지. 조국,
	평화, 우리의 거처는 모두 우리의 것이 아니지.
	그러나 우리가 일어설 때가 올 거야!
	성서가 그렇게 말하지, 난 그렇게 믿어.
	왜 아니겠어? 나의 아버지가
	피에 굶주린 그 기독교인들에게 무슨 짓을 했어?

	돈과 딸을 가지고 있지. 그게 부(富)의 전부야.
	만약 아버지가 조국과 평안을 찾으리라고
	확신했다면, 분명
	지금까지 자기를 박해하던 사람들에게
	아버지 돈을 전부 주었을 거야.
	하지만 그들 중에도 착한 사람들이 있지.
사라	그래요, 그 젊은 에스파냐인도 그렇죠.
	최근에 모세를 구해준 사람이요!

돈과 딸을 가지고 있지. 그게 부(富)의 전부야.
만약 아버지가 조국과 평안을 찾으리라고
확신했다면, 분명
지금까지 자기를 박해하던 사람들에게
아버지 돈을 전부 주었을 거야.
하지만 그들 중에도 착한 사람들이 있지.

사라 그래요, 그 젊은 에스파냐인도 그렇죠.
최근에 모세를 구해준 사람이요!
당신의 부친은 그에게 쩔렁거리는 지갑으로
보답을 하고 싶어 했어요. 그러나 그 사람은
발을 구르고 말했어요
"개자식! 너의 목숨은 그럴 가치가 없다!
나는 너의 고용인이 아니야." 높으신 분이여,
그런 모욕을 한 그를 용서하시길
그는 이스라엘의 죽어가는 자손 중 하나를 구했으니까요!

나오미 높으신 분이여, 그를 용서하소서!

사라 (창으로 다가간다.) 멋진 밤이네요! 꼭 이런 밤에
난 사랑의 포로가 되었답니다! 나의 요셉!
오, 당신이 지금 날 본다면
얼마나 놀랄까. 내 꽃다운 시절에
내 눈은 다이아몬드처럼 빛났고
뺨은 부드러웠죠, 꼭 깃털 같았어요!
이런! 나오미, 그때 이 이마에 주름이 잡히고
이 땋은 머리가 허옇게 세리라고
누가 생각했을까요? 그땐 그랬어요!

나오미 아버지는 왜 안 오시는 걸까!

사라 쉿! 지금 올빼미가 울어요. 무시무시한 울음소리에요!

난 올빼미가 싫어요! 저런 울음소리를 들으면

내 혈관 안의 피가 전부 멈춰서는 걸요! (문 두드리는 소리)

아아! 정말 당신 아버지가 오셨군요! 늦으셨어요!

목소리　　빨리 열어! 열어줘!

앉아서 바느질하던 하녀들이 달려가서 문을 연다. 모세가 팔에 붕대를 감고 간
신히 걸음을 옮기는 페르난도를 데리고 들어온다.

모세　　　나오미! 사라! 도와줘, 도와줘!

피로와… 공포로 기진맥진이야.

이 사람은 피를 흘리고… 오! 악당들에게

저주가 있기를! 안락의자와 베개를 가져와.

피를 흘리고 있어!

(그들은 긴 베개를 가져와 마룻바닥에 놓고, 그를 앉히고 쇠약
해진 머리를 받쳐 준다.)

아브라함이 내 증인이야, 오늘 밤은

내가 아들을 잃었던 그때처럼 무섭구나.

난 아들에게 삶을 주었는데,

이 사람은 내게 생명을 돌려주었어!

오, 하나님, 유태인의 하나님이여,

그를 지켜주소서, 비록 당신의 아들이 아니라 해도!

페르난도　누가 여기서 내 살해자들을 저주하는가?

어째서? 그들은 고통에서 나를 해방시켜주는

선행을 베풀려 했는데! 우리 동향인들은

언제나 그런 식으로 서로에게 선행을 베푸니까!

오, 그만들 두시오. (꿈꾸는 것처럼)

내가 어디 있는 거지? 나와 함께 있는 건 누구요?

(고개를 든다.)

나를 구해준 이에게 감사하오. 그런데 누구요?

모세   얼마 전에 당신 자신이 구해준 사람이오.

당신 앞에 있어요, 당신 민족이 박해하는

유태인이지요. 하지만 당신은 나를 구해주었어요.

비록 내가 당신 조국에서 경멸을 당하고는 있지만,

난 당신에게 보답을 해야 합니다.

자, 내 딸아, 이분이 나의 구원자시다!

나오미   (무릎을 꿇고 손에 입을 맞춘다.)

유태여인이 당신의 손에 입 맞춥니다,

에스파냐 사람이여! (그녀는 무릎을 꿇고 손을 잡은 채 있다.)

페르난도   (모세에게) 무슨 말이오, 다른 신앙을 가진 이여!

조국이라니! 고향이라니! 내게는 공허한 말이오.

그러니 나는 그 가치를 알지 못하오

우리의 혈육과 집과 친구들이 있는

땅을 조국이라 부르지요.

하지만 내겐 하늘아래

혈육도, 집도, 친구들도 없소!

나오미   그대가 기독교인 중에서 친구들을

찾을 수 없다면, 우리 중에서 찾게 될 거예요.

그대는 선량합니다, 에스파냐 사람이여, 하늘은 공평해요!

페르난도   난 선량했어!

모세   (그를 내려다보고 서서) 상처에서 피가 흐르는군.

싸매줘. 창백해졌어.

페르난도   늑대에겐 굴이 있고 새들에겐 둥지가,

그리고 유태인에게는 피난처가 있소

나도 하나 있지. 무덤이오!

괴물 같으니! 왜 내게서 무덤을
빼앗았는가! 당신들의 노력은 전부 악행이오!
악을 행하려고 사람을 죽음에서
구하다니! 정신 나간 사람들이군.
저리 가시오! 내 피가 멋대로 흐르게 놔두시오!
피가 나를 즐겁게 해주도록 놔둬요… 오! 유감이구나! 여
기 수도승이 없다니!
가엾은 유태인들뿐이로구나. 그들은 뭘 원하는 걸까?
그들도 사람이지. 그리고 사람은
피를 좋아해! 저리 가! (붕대를 뜯어낸다.)

나오미   아버지!
(절망하여) 붕대를 뜯어냈어요! 죽을 거예요.
(모두 달려들어 다시 붕대를 감는다.)

사라   오! 너무 쇠약해졌어요, 불행한 사람…
파리한 빛이 뺨을 뒤덮었어요.
가엾어라!

페르난도   마실 것을 줘요, 타는 것 같아.
혀가 말랐어… 얼른, 제발!

사라가 마실 것을 가지러 나간다.

나오미   에스파냐 사람이여, 진정하세요! 진정해요!
당신은 젊긴 하지만 불행한 사람이었군요.
그렇게 보여요. 우리가 고통 받는 이에게
그가 불행하다고 말해 준다면, 그의 영혼에서
짐을 벗겨주는 거라고 예전에
들은 적이 있어요! 아아! 나는 정말로

	당신이 건강하고 즐겁기를 바라요!
페르난도	즐겁기를! (신음한다.)
나오미	부탁이에요. 날 당신의 누이로,
	이 유태인은 당신 아버지로 생각해 줘요.
	상상이 당신을 위로해 줄 거예요.
	그러라고 상상력이 우리 사람들에게 주어진 걸요,
	에스파냐 사람이여!
페르난도	아가씨! 당신이 그의 딸이로군!
나오미	당신은 내 아버지를 구해주었다고 했죠!
	그러니 아버지가 당신을 구하실 거예요.
	당신의 율법으로 간청해요.
	슬픈 생각으로 괴로워하는 걸 그만두세요.
	슬픈 생각은 당신의 건강을 해치고,
	피를 뜨겁게 만들어요.
	(사라가 잔을 가져온다.) 자, 마셔요!
페르난도	고맙소! 당신의 말이 음료보다 낫군요!
	여인이 나를 동정할 때
	나는 두 배로 편해짐 느끼오!
	들어봐요. 나를 죽이려던 그 사람들에게
	내가 어떻게 한 거요?
	그들은 강도는 아니었소, 그건 확실해요.
	그들은 내게서 아무 것도 빼앗지 않고
	피에 물든 채로 길가에 버렸소…
	오, 이건 모두 흉계다! 이건
	시작일 뿐임을 예견하오… 그러면 끝은!
	끝은… (몸서리친다.) 나는 왜 몸서리치는가?
	어찌되었건 난

사람에게 보다 운명에게 더 빨리 복종하는걸…

나를 잠시 내버려 둬요!

(그녀는 일어나서 물러난다. 그러나 모두 멀찍이서 그를 지켜본
다.)

사라   (모세에게 다가간다.)

말해줘요, 부탁이에요. 어떻게 그를 찾아냈나요?

이 모든 게 꿈이면 좋겠어요!

모세   난 랍비에게 갔어. 그는 날 만날 일이 있었지.

그러려던 게 아니었지만 랍비가 나를 네 시간이나

잡아두었어. 밤이 이미

어두워졌고, 난 도둑을 두려워해

지갑을 장화에 찔러 넣고 집으로

향했지. 달이 떠올랐고, 늪 위와

산 사이로 짙은 안개가 끼었어.

나는 거기서 멀지 않은 울창한 작은 숲 속을

지나고 있었지. 발소리가 들렸어!

내 모든 혈관이 떨리기 시작했고,

나도 모르게 덤불 뒤로 뛰어들었지.

앉아서 몸을 떨었지. 내 앞에 숲의 공터가 있었고

달빛이 그곳을 비추고 있었어.

여섯 사람이 공터에 서 있었고,

이렇게 말하는 걸 들었어. "바로 이 길로

지금 그가 지나갈 거야… 우리의 단검을

그가 어떻게 견딜지 모르겠군.

좋은 친구이고 가난뱅이인데

죽이기까지 하는 건 안됐어!

신부님이 우리에게 그를 먼 길로

떠나보내라고 명령했으니 어쩔 수 없지!"
이 말이 채 끝나기도 전에
갑자기 고함과 단검 소리가 들렸어.
그는 오랫동안 방어를 했고, 끝내 쓰러졌어.
그들은 모두 곧바로 흩어져 달아났어,
마치 죽은 자가 산 자보다 더 무섭기라도 한 것처럼!
모든 것이 조용해지자 나는
악행의 불행한 희생자가 누군지 보려고 나왔어,
웬일인가? 나의 은인, 나의 구원자가!
나는 그의 모습을 달빛으로
알아 보았어… 그의 부상은 가벼웠지
하지만 이상하게도 그는 나를 알아보지 못했고,
무의식적으로 일어선 것 같았어…
난 그를 데려왔어… 그는 내내 속삭였지만,
난 그 말을 이해할 수 없었어… 피가
내 몸으로 흘러내렸어… 그렇게 나는 불행한 이를
이리로 옮겨왔어! 신께서 이 기적을 행하신 거야!

사라   정말로 이건 기적이에요, 모세!

나오미   (그 동안 페르난도의 발치에 다시 앉아 있었다.)
어때요? 통증이 가라앉았나요, 아닌가요?

페르난도   내게 손을 주시오! 오, 상냥한 사람,
이렇게 나를 걱정해 주다니…

모세   (사라에게) 가서 그의 침대를 준비해줘요.
나도 곧 그리로 가겠어…

사라   그의 이름은 무엇이고
어떤 사람인지, 알 수 없을까요? (나간다.)

모세   (다가온다.) 한 가지 물어봐도 되겠나.

	자네는 누구며 이름은 무엇인가?
페르난도	내가 당신의 목숨을 위해 내 목숨을 걸었을 때,
	내가 물었지. '이름이 뭔가?' (침묵)
	페르난도라고 하오!
	이것이 내가 말할 수 있는 전부요. 다른 것은
	축축한 땅 속에 있는 당신 조상들의 재처럼,
	내 가슴 속에서 잠자도록 놓아두시오!
	나는 내 조상을 밝히지 않겠소
	나는 아버지도, 어머니도 모르오!
	허나 충분하오. 그런 것에 대해 다시는
	내게 묻지 말아주길 부탁하오!
	묻는다고 내게 아버지나 어머니가 생기는 건 아니잖소!
나오미	내가 당신의 누이가 되겠어요.
페르난도	당신은 내 누이가 되지 않을 거요!
나오미	어째서 그렇게 고집스럽게
	당신 영혼의 슬픔을 의탁할 수 있는 사람을
	거부하는 건가요. 신앙의 차이 때문인가요?
	내가 유태인이라는 걸 한탄하게
	하고 싶은 건가요!
페르난도	신께서 내가 그런 생각을 하지 않도록 지켜 주시길.
	당신은 광야의 꽃이고, 자유의 자식이오
	당신은 규칙 없이 사랑하는데,
	에스파냐인들은 규칙 없이 이웃을 증오할 뿐이오!
	그들에게는 천국과 지옥이 모두 저울 위에 있고,
	이 지상의 돈이 하늘의 행복을 지배하오.
	사람들은 흉계와 악에 대한 사랑으로
	악마들이 얼굴을 붉게 하지요!

그들 중에서 아버지는 딸들을 팔고,
아내는 남편과 자기 자신을,
왕은 백성을, 백성은 자유를 팔지요
그들은 고관이나 수도승을 기쁘게 하기 위해
무고한 사람을 피투성이 고문에
팔아넘길 수 있습니다!
말 한 마디에 장작불에 태우고,
가난한 사람의 목에 십자가가 없다는 이유로
창가에서 굶어 죽어가게 내버려 둡니다.
위대한 미덕의 행위지요!
오, 신이여, 당신이 그들의 편견을 받아들이셔야 한다는
생각에서 나를 지켜주소서.
그러나 그들 가운데 한 존재가 있고,
악마들 가운데 내 영혼의 천사가 하나
있소… 그러나 거기에 대해선 침묵하리다…

나오미   흥분했군요. 그러면 상처의 고통이
더 심해져요.
뭔가 필요한 것 없어요? 잠을 청해 봐요…
아버지가 오실 거예요. 당신 침대를
준비하셨어요. 밤새 내가 당신 곁에
앉아 있을게요… 당신이 바라는 게 있으면
우리가 다 해 드릴게요, 그저 가만히 있어요.
그렇지 않으면 상처에서 또 피가 흐르기 시작할 거예요

페르난도   (방백) 에밀리아는 내게서 멀리 있구나.
오, 이 사랑스러운 유태여인이
에밀리아였더라면! 모든 상처가 금방
아물었을 텐데. 하나를 제외하고는.

그러나 이 상처는 마음에 기쁜 것이구나!
에밀리아! 에밀리아! 아마도 난
여기서 죽겠지, 당신에게서 멀리 떨어져서
당신은 나의 무덤을 찾지 못할 거야.
그리고 결국 난 당신에게 잊혀질 테지!
잊혀질 거야!

모세 주무시게! 이미 침대가 준비되었네…
어이! 사라! 이 사람을 들게 도와줘.

두 유태 여인, 유태인의 하인, 사라와 모세가 쇠약한 페르난도를 일으켜 나간다.
나오미는 혼자 남는다.

나오미 동정심이 내 가슴에 스며드는구나.
그는 바로 내가 이유를 알지 못한 채
그토록 보기 원했던 그 사람이야!
아니, 아니야, 나는 그에게서
아버지의 구원자를 보고 싶었던 게 아니야.
젊은 에스파냐 사람, 늘씬한 포플러처럼
오만한 태도에, 검은 눈에,
똑같은 검은 고수머리를 하고
내 상상 속에 나타났어.
불가해한 힘으로 나를 사로잡고,
내 소녀다운 꿈을 점령했지.
아버지는 그를 참 자세하게 묘사했군. (침묵)
오, 운명은 사람들을 희롱하는구나!
얼마 전에 내 아버지를 구해준 그 사람이
무고한 자신의 피를 흘리며,

기진맥진해서, 거의 죽을 지경이 되어

여기, 우리 집에 있게 되리라고

누가 짐작할 수 있었을까?

나는 그에게 사랑을 느끼는 것 같아.

동정이 아니라 사랑이야!

이 단어가 처음으로 울리는구나!

그가 말을 하면 내 심장이 떨려.

청년의 심장이 뛰기를 멈출까봐

너무 두려운 거야.

나는 그의 이름을 발음할 때,

비록 '페르난도!'라고 생각에 잠겨 말할 뿐이지만

그것으로 난 스스로를 부끄러워하거나

두려워하는 것처럼 얼굴이 붉어져!

무엇을 부끄러워하는지 이해할 수가 없네.

사랑인데! 모두가 사랑을 해. 이게 뭐가 나쁘다는 거지.

확실해. 사랑에 나쁜 것은 전혀 없어

어째서 꼭 심장이 경고하는 것처럼

양심이 여기에 끼어드는 걸까?

하지만 어떻게 양심을 따를 수 있을까?

어떻게 사랑하지 않을 수 있을까! 아아! 사랑 없이는 너무
지루해.

생각할 일도 없는걸! 오, 신이여!

그를 지켜 주소서! 우리 두 사람을 지켜 주소서.

제 사랑을 용서하소서! 달리는 할 수 없습니다!

(그녀는 생각에 잠겨 서 있다.)

3막

1장

알바레스의 집. 돈나 마리아의 침실. 큰 거울, 탁자와 의자들. 알바레스가 안락
의자에 앉아 있다. 마리아는 거울 앞에서 머리에 무엇인가를 쓰고 있다.

알바레스	어째서 에밀리아가 이리로
	인사하러 오지 않는지 알면 좋겠군.
	아마 제 애인을 생각하며 울고
	발코니에서 치터¹⁵⁾를 들고 몽상을 하고 있겠지.
	딸내미들이란 이런 거지! 그것들 걱정이 산더미에
	위안도, 좋은 것도 나올 것이 없어.
돈나 마리아	(돌아서면서) 어떻게 생각해요, 사랑하는 당신,
	이 목걸이가 나한테 어울리고
	사람들에게 보여줄 만한가요?
	나쁘진 않은데!
알바레스	당신에겐 모두 다 잘 어울리오.
	만약 지금 당신이 내 앞에
	더러워진 가장 흉한 옷을 입고 나타난다 해도,
	나는 당신을 이전처럼 사랑하고
	내 눈에 당신은 이전만큼 아름다워 보일 거라고
	아버지의 검에 맹세하겠소.
돈나 마리아	정말요? 아아, 사랑스러운 당신!
	(방백) 내가 자기만을 위해서
	옷을 차려입는다고 생각하는군, 예의에 맞도록 말이지.
	남편들만큼 이기적이고

어리석은 자들이 또 있을까?

우리에게 그토록 많은 것을 요구하다니, 이상한 일이야.

정말 우리는 세상에서 단 한 사람만을 위해

아름다움을 빛내기 위해 창조되었단 말인가?

알바레스	내가 당신에게
	계획을 이미 이야기 했던가,
	안했던가?
돈나 마리아	무슨 계획이요?
알바레스	들어봐요
	난 딸애를 시집보내려 하오.
	그 애가 페르난도와 함께 떠나버릴까 두려워.
	신랑감은 준비 되었소. 부유하고 영리하지…
돈나 마리아	아아, 사랑하는 여보, 좀 이르지 않나요?
	아니, 기다려 봐요 그 애는 아직 어려요.
알바레스	들어봐요. 보기 드문 신랑감이니까.
	용감하고, 명예롭고, 예의바르고 부유한 사람이야…
돈나 마리아	그럼 그 사람은 결혼하고 싶어 하나요?
알바레스	그의 편지를 보여주겠소.
	바로 이 서랍에 들어있어요.
	(탁자의 서랍을 열려고 한다. 당황한 마리아는 다가온다. 그는
	잡아당긴다.)
	왜 이러지? 당신이 잠갔군. 열쇠를 주시오…
돈나 마리아	뭘 원하세요?
알바레스	열쇠를 주시오!
돈나 마리아	뭘요?
알바레스	열쇠를 달라고!
돈나 마리아	열쇠요?

아아, 이런, 어디 뒀는지 잊어버렸어요!

나중에 찾을 거예요…

알바레스 나중이라니! 어째서

지금 당장이 아니고?

돈나 마리아 (방백) 그이가 보게 되면 난 끝장이야!

(그에게) 나중에 제가 당신의 편지를 찾을게요!

어째서 아무 것도 아닌 일로 화를 내는 건가요. 우습게도!

알바레스 열쇠를 잃어버려? 제기랄! 성가시게!

하인 (들어온다.) 현관에서 말이 기다리고 있습니다. 모든 것이

준비되었습니다…

알바레스 나가야 하는 걸 까맣게 잊고 있었군.

안녕히, 나의 마리아, 잘 있어요.

(그녀에게 키스하고 나간다.)

돈나 마리아 (혼자서) 아아! 이제야 마음이 놓이는구나!

소리니 신부의 선물과 그의 편지를

다른 장소로 옮겨놔야겠어.

(품에서 열쇠를 꺼내 열고 진주가 든 상자를 집는다.)

아름다운 진주야, 무어라 말할 수가 없구나!

반지의 다이아몬드는 꼭 별처럼 빛나는구나!

이것 때문에 난 에밀리아를 데려가는 걸

방해해선 안 돼! 오! 늙은 호색한, 당신은 부자야…

그러니 당신의 선물은 많은 게 아니지.

하지만 좋아,

난 당신의 제안에 동의했어, 소리니!

나 스스로 에밀리아가 지켜우니까.

하지만 그래도 이 일로 난 그 애한테 좀 나쁜 짓을

하는 거야… 순결한 처녀가

노인의 애인이 되는 것은

나이든 여자가 젊은이의 애인이 되는 것만큼이나 즐거운

일이지.

그러니 한 사람의 열렬함이 다른 사람의 무감각함을

대신하는 게 보통이지!

내게 에밀리아가 지겨워진 건 벌써 오래됐어.

그 애가 여기 있는 한, 나는

여기로 누군가를 초대하는 것이 겁나.

신부가 그녀에게서 해방시켜 주려 하니

잘됐어. 아무도 내 남편을

데려가려 하지 않는 것만은 유감이군!

(소리니의 상자를 본다.) 이 작은 다이아몬드들이

얼마나 많은 자연적인 결함을 덮어주는지,

이 반짝임에 얼마나 많은 그림자들이 짓밟혔는지!

이런 선행을 위해

유치한 사랑에 머리가 돌아버린

지각없는 계집아이를 희생시키면

안 된단 말인가? 하! 하! 하! 하!

(서랍 안에 있는 소리니의 편지를 본다.)

내 남편은 오랫동안 나가 있을 거야.

오늘 우리의 수도승께서 사람들을 보내겠지,

내 선물을 넘겨줄 사람을!

합법적인 남편보다 소리니가 그녀를 갖는 편이

내게는 더 낫지.

다이아몬드와 진주가 내게 쏟아져

들어올 거고, 내가 도시에 가서

원형경기장에 나타나면 내 경쟁자들은

놀라서 얼떨떨하겠지. 아름다움의 힘으로
난 그들 사이에서 수백의 시선을 훔칠 거야…
아무도 이 진주가 팔려간 무고한 이의
눈물값이라고는 짐작 못하겠지!
하지만! 생각났어. 마드리드를 떠날 거야.
거기서 죄를 용서받아야지.
내 양심은 편안해질 거야…

진주가 든 상자를 침대에 놓고 돌아선다. 창백한 에밀리아가 검은 원피스에 검은 베일을 쓰고 가슴에는 십자가를 걸고 들어온다.

돈나 마리아   건강하니, 우리 에밀리아?
　　　　　　　잘 잤어?

에밀리아　　고마워요.
　　　　　　　잘 못 잤느냐고 물어보시는 편이 낫겠어요
　　　　　　　잠은 벌써 오래 전에 내 속눈썹을 떠났는걸요…
　　　　　　　그때부터…

돈나 마리아   오! 안다, 안단다, 아가.
　　　　　　　너의 불행을 충분히 느끼고 있다.
　　　　　　　너를 돕기 위해서라면 뭐든 주겠다.
　　　　　　　영혼을 걸고 맹세하마!

에밀리아　　(부드럽게 나무라는 듯이)
　　　　　　　그렇다면 당신께 *무엇보다* 소중한 것은
　　　　　　　그저 말일 뿐이었군요

돈나 마리아   용서해주렴.
　　　　　　　네가 그토록 사랑하는 줄은 몰랐단다.
　　　　　　　그저 너에게 경고하려고 했던 거야.

	하지만 이제 보니 실수였구나…
에밀리아	구세주 한 분만이 죽은 자들을 살려내시죠.
돈나 마리아	어째서 그렇게 창백하고 검은 옷에 검은 베일을 쓴 거니?
에밀리아	검정은 슬픔의 색이라고 들었어요.
돈나 마리아	(그녀의 손을 잡는다.) 오, 슬퍼하지 마라, 내가 다 바로잡으마.
에밀리아	신께서 빼앗으신 것을, 사람이 줄 수는 없어요. 하지만 사람이 가져간 것은 무덤만이 돌려줄 수 있지요!
돈나 마리아	아마 그 말을 페르난도에게서 들었겠지! 오! 기억력이 좋구나! (에밀리아는 돌아선다.) 하지만 진정하렴! 기억할만한 가치가 있었던 사람은 너와 어울릴만한 가치가 있단다. 시련이란 지나가게 마련이야. 잔인한 아버지에게 간청하겠다고 맹세하마. 그이는 너희가 결합하는 것을 허락할 거고 다시금 행복이 너의 두 뺨을 타오르는 홍조로 장식할 거야. 울지 마라, 울지 마. 항상 폭풍이 몰아치는 건 아니야. 태양이 보이고, 바람이 몰아쳐 시들어버린 꽃은 몸을 데우러 일어날 거야…
에밀리아	불행을 비웃지 마세요, 하늘이 같은 불행으로 당신에게 갚아주지 않도록.
돈나 마리아	신이여

내가 당신을 비웃지 않도록 지켜주소서.

곧 너의 다정한 페르난도가

너의 남편이 되리라고 말할게.

믿으렴. 나의 노력이

네가 어린애 같은 생각으로 그토록

열망하는 그 지극한 행복을 이루어줄 거야.

에밀리아   (흐느끼며 마리아의 발치에 몸을 던지고 무릎을 껴안는다.)

나는 행복을 찾고 있지 않아요. 그 사람은 없어요.

이 세상엔 아무 것도 없어요. 페르난도가 죽었어요.

그인 죽었어요, 죽었어. 영원히 가버렸어요.

오! 모든 사람과 모든 피조물이 나를 위해 울어주길.

모두 울어줘요. 만약 당신들의 눈물이

언제든 내 것과 비할 만 하다면

내 탄식이 무덤을 흔들 거예요. 오, 울어주세요!

그인 죽었어요, 죽었어. 영원히 가버렸어요.

돈나 마리아   오, 일어나렴! 헛소리를 하는구나, 내 천사야.

일어나라, 일어나.

에밀리아   (무릎을 꿇은 채 고개를 든다.) 고아의 소원을 들어주세요.

돈나 마리아   들어 주마, 전부 들어주겠어, 일어나기만 해라.

그리고 좀 쉬렴. 지나치게 걱정을 하는구나.

에밀리아   (일어난다.) 제 부탁이 뭔지 들어보세요.

(그녀의 손에 입 맞춘다.)

우리가 마지막으로 만나서 작별했을 때

그날 밤에 그는 내게 말했어요. "어서

수도원으로 가, 수녀원으로 가라고,

세상으로부터 마음의 미덕을 감춰."

부탁입니다, 거지처럼 애원해요.

내가 오늘 수녀원으로 가는 것을

방해하지 말아 주세요… 도와주세요. 간청합니다.

모든 이에게 보답하시는 분께서 당신께 보답하실 거예요!

(돈나 마리아에게 간청하는 시선을 던지며)

페르난도가 죽었어요! 난 그의 소망을

이루어주고 싶어요! 그이는 날 사랑했어요! (침묵)

돈나 마리아 하지만 만약 그가 죽지 않았다면,

만약 네가 헛된 소문에 속은 거라면?

만약 그가 자기 신부를 제단으로 데려가기 위해

너를 찾게 되었는데,

갑자기 검은 베일을 쓴 수녀들의 행렬에서

너를 보게 된다면, 그는 어떻게 되겠니?

정말 그를 동정해 주지 않을 거니?

기다릴 수도 있었던 행복이

아까워지지 않겠니?

너무 나약하구나! 너의 참을성은 다 어디 간 거니?

에밀리아 제 참을성이요?

(눈을 하늘을 향하고 조용히 방백)

그가 살아있을 때에는

참았다고!

돈나 마리아 네 어리석은 계획은

머리에서 던져 버리렴. 날 믿어라,

헛된 소문이 너를 기만한 거야…

날 믿어… 난 내가 말한 것을

이미 알고 있단다.

에밀리아 (질책하며) 당신은 그를 살려내지 못해요.

당신에게 그런 능력은 없지요!

난 당신에게 한 가지를 부탁했는데 당신은
가장 겸손한 부탁을 이루어주길 원치 않았어요!
(나가려고 한다. 돈나 마리아는 그녀를 붙잡는다.)

돈나 마리아 들어 보렴. 어제 난 정원을 거닐고
있었단다. 저녁 무렵 난 작은 숲에 들렀어.
갑자기 사람이 내게 다가오는 것을 보았다.
내내 멀찍이서 나를 따라온 거야.
그 사람은 페르난도였어… 그는 내 발 앞에 쓰러졌지.
그는 울면서 내 무릎을 끌어안고
내가 너희의 행복을 만들어주겠다고
약속하도록 만들었어. 너의 아버지는
이틀 동안 나가 계실 거야. 그 사이에
너희는 만날 수 있어. 그 다음
부모의 발 앞에 엎드려라.
나도 함께 간청하겠어…

에밀리아 오, 너무하는군요! 난 믿지 않아요…

돈나 마리아 그가 살아 있다고 맹세하마… 넌 그를
곧 보게 될 거야… 대체 왜 그러는 거니?

에밀리아 괴로워요!
오, 맙소사! 머리가 어지러워요 누가 생각이나 할 수 있
었을까?
(쇠약해져서 의자 위에 쓰러진다.)

돈나 마리아 어린애들이란! 왜 그러니? 자제하렴!
(방백) 비둘기를 그물 속으로 유인 해야지.
밀회로 데려갈 거야.
필경 거기서 패거리들이 기다리고 있겠지.
그럼 그녀를 잡아서 잽싸게 데려갈 거야.

	내 기지에 감사하라고, 소리니! 정말 영리하지!
에밀리아	(일어난다.)
	아니! 아무 것도 아니에요. 용서할만한 나약함이죠!
	너무 많이 괴로워해서, 행복은 내게
	버거워요… 그이가 살아있다고! 오, 신이여!
	불평한 것을 용서하소서! 제가 너무 쉽게 속았군요.
	하녀가 이야기해줬는데, 기만적인 이야기를
	전 곧바로 믿어 버렸어요!
	오! 우리가 슬픔을 즐거움보다 더 빨리 믿으면,
	슬픔은 우리 사람들에게 더 가까워지는 게 확실하군요.
	(마리아에게) 고마워요… 내 헛된 비난이
	당신을 화나게 했군요… 날 용서해 주시겠어요?
	난 너무 괴로웠거든요! 말해줘요.
	어디서 그를 만나게 될까요?
돈나 마리아	오늘 우리는 빽빽한 작은 숲으로 갈 거야.
	거기 숲 속의 공터에 키 큰 참나무가 있고
	그 곁에 잔디 벤치가 있어. 거기서 페르난도를
	만나게 될 거야. 희망만으로도
	행복하지 않니? 무엇 때문에
	예감으로 그렇게 혼란스러워 하는 거야?
	믿어. 무죄한 사랑은
	신성한 천사들이 파수꾼처럼 지켜주니까!
	아가! 아가! 이제 모든 슬픔이
	흩어져버렸어. 수녀원으로 가고 싶은 건 아니지!
	하지만 스스로의 유치함을 부끄러워하진 마라.
	그건 모든 좋은 것들처럼 오래 가진 않으니까
	일종의 미덕이라고 할 수 있어!

에밀리아   그이를 만난다고? 죽지 않았다고?!
돈나 마리아   보게 될 거야. 나를 완전히 믿게 될 거다.

에밀리아는 마리아에게 시선을 돌리고 무언가 말하려 하지만 흥분해서 말이 나오지 않는다. 그녀는 계모의 손에 힘차게 키스하고 얼굴을 가리고 달려 나간다.

돈나 마리아   (뒷모습을 본다.) 가라! 가! 자신의 파멸 대신에
                 만남을 평온히 기다려라.
                 가라! 노인이 얼빠진 불같은 사랑에서
                 너를 곧 치료해 줄 것이다.
                 울어라, 두려워해라, 몸을 움츠려라,
                 얼굴을 찌푸려라. 하지만 모든 것이 지나간 뒤에는
                 환희가 공포를 쫓아버릴 것이다!
                 나의 창조주여! 정말로 나의 계획이
                 내 자신이 느끼는 것만큼 꼭
                 나쁜 것인가요? 이게 뭐가 나쁘다는 거죠?
                 저 앤 여기보다 소리니의 집에서
                 더 행복할 거야. 그자가 그 애한테 싫증이 나면
                 지참금을 줘서 시집보내겠지.
                 어쩌면 페르난도가 가엾은 아가씨의 손을
                 잡는 일이 벌어질지도 모르지…
                 하지만 어쨌거나, 나는 호기심에 찬 눈에서
                 완전히 벗어나고, 내 애인은
                 두려움을 덜고 나를 찾아오겠지…
                 이 세상에서는 이렇게 모든 게 상호적이지.
                 소리니는 내게 감사하고, 나는 그자에게 감사해!
                 (나간다.)

2장

모세의 거처 앞의 산 속. 지세가 험하다. 오른편 커다란 참나무 아래에 벤치. 그 근처에 하얀 천막 같은 것이 쳐져 있고, 유태인의 남녀 하인들이 앉아서 일을 하며 자신들의 서글픈 노래를 부른다.

유태인의 멜로디

1. 울어라, 이스라엘! 오, 울어라! 너의 살렘16)이 비었다!
낯선 땅에 흩어져 사는 것은 슬프구나.
사로잡힌 너의 아들들은 호화로운 곳에 있는 것이 아니니
너의 족속은 광야에 흩어졌도다.17)

2. 너의 고향을 기억할 수 있는가?
그러나 이미 이전으로 돌아갈 수 없을 때,
노래하지 말라! 불쾌한 쇠사슬 소리가
즐거운 자유의 노래를 들리지 않게 한다!

3. 추방당한 이마에 재를 뿌리고
밤중에 차가운 달 아래 기도하라.
이스라엘 사람들의 신음소리가 불 속에서
예언자 앞에 나타나신 이에게 호소하도록!18)

4. 시온이 너희에게 줄 수 있는 것은 오직19)
레바논 산의 땅으로 너희를 데려가는 것.
누가 슬픔에 찬 어머니를 위로할 수 있겠는가,
그녀의 아들이 적들의 칼 아래 쓰러졌을 때.

에스파냐인들

페르난도 (천천히 들어온다.) 황금이란 무엇인가? 그것이 나의 행복을

만들어낼 수 있다면, 이 물건은 대체

무엇인가? 다른 것과 마찬가지 금속에 불과한 것을!

아니면 신께서 사람들이 드물게 소유하라고

황금에 그러한 권리를 주셨는가?

(다시 노래가 시작된다.)

너무나 서글픈 목소리구나! 이 사람들은

멀리 떨어진 고향에 대한 노래를 부르는데,

나는 바로 내 조국에서 그 달콤한 이름이

무엇을 의미하는지 모르고 있다…

나는 세상에서 거의 가진 것이 없고,

더 많은 것을 원할 수도 있었겠으나, 무엇하러 그러겠는

가?

새로운 소원들로 자기 자신을 괴롭히기

위해서? 또다시 몽상을 붙잡기 위해서?

아니다! 나는 지금 이대로 남아있으리라.

타인들과 비슷해지지 않기 위해서, 절대로

나는 행복해지지 않으리라…

삶의 괴로움 속에서 나는 그 안에 살고, 그것에 익숙해졌

으며,

아무와도 괴로움을 함께 하지 않는다…

함께 하고 싶어 하는 사람들에게 그 편이 더 나아.

(나오미가 들어온다.) 당신 아버지는 어디 계시오?

나오미 볼일이 있어

나가셨어요… 아버지는 왜 찾으세요?

페르난도 감사를 드리고 싶었소!

내 생명을 구해주셨지… 그리고 나는 그의 노력으로

이제 이전처럼 건강하오…

나오미 (빠르게) 당신이 건강하다고요?

페르난도 그렇소, 오래된 병은 병으로 치지 않고
그토록 자주 아팠던 사람치고는
건강하지! (긴 의자에 앉는다. 그녀는 그의 곁에 있다.)

나오미 당신은 우리 집에 더 오래 남아 있어야 해요!
정말이에요, 당신의 상처는 다 낫지 않았어요…
여기서 당신에게 나쁜 것이 뭔가요?
여기 더 남아 있어요. 당신 스스로 말했죠,
당신에게 피난처란 세상에 없다고…
에스파냐 사람, 당신은 꼭 여기 남을 거죠?

페르난도 아니오…
더 이상 머물러서 당신들에게
폐를 끼치고 싶지 않소. 내게 필요한 건…

나오미 정말로 감사가 당신에게 짐이 되는
건가요? 그건 못 믿겠어요.
당신 자신이 우리 아버지를 죽음에서
구했을 때, 아버지는 그렇게 말하지 않았는걸요…

페르난도 나는 이미 한 번 배은망덕한 자였소!
그리고 두 번째로 그렇게 될까 두렵소.
허나 어쨌든 나는 절대 여기 남을 수 없소.
그럴 수 없소… 그래선 안 돼… 원치 않소!

나오미 (방백. 일어나며) 그렇다면 우리는 헤어져야겠구나.
그러면 나의 사랑은… 오, 불쌍히 여겨 주소서, 하늘이여!
(그에게) 들어봐요. 난 당신의 상처를 치료했어요.
내 손은 당신의 피로 물들었고
밤에 당신 곁에 앉아 있었고, 할 수 있는 것은

다해서 그 지독한 고통을 덜어주려고 노력했어요.
마치 노예처럼, 심지어 가장 작은 소음으로도
당신을 괴롭히지 않도록 노력했어요…
들어봐요, 내 모든 노력에 대해서
한 가지를, 하나의 보상을 청할게요…
그건 당신에게 아무 것도 아니에요.
이 작은 보상을 해 줘요!
여기 1주일만 더 남아 있어요…

페르난도   교활한 말로 나를 유혹하지 마시오.
그럴 수 없다고 이미 말했잖소. 나는 떠나야 하오.
(강하게) 이유를 알고 싶은 거요?
(에밀리아의 초상화를 보여주며) 오! 자, 여기를 보시오!
(그녀는 돌아서서 보고는 얼굴을 가린다.)
바로 이 여자요! 그녀는 아름다움에 있어
자신에게 굴복하지 않는 얼굴을
용납하지 못하오.
(침묵) 그래! 그래! 나는 그녀에게 가야 해.
생명의 위험을 무릅쓰고 나는 에밀리아를
볼 것이오!
(그녀에게) 아버지는 어디 계시오?
(다가와서 그녀가 울고 있는 것을 본다.) 왜 우는 거요?

나오미   울 생각은 아니었어요!

페르난도   뜻하지 않게
울게 되었군. 무엇 때문인지
말해 봐요… 말해 봐요, 혹시 내 탓은 아니오?
나머지 쓰디쓴 눈물은 내 가슴에 간직했다가
당신의 눈물에 대해 보상해 주겠소.

	희망의 세월이 눈물을 감추지는 못하오! 왜 우는 거요?
나오미	당신이 내게 줄 수 없는 것,
	내면의 평화 때문에…
페르난도	그 말이 사실이라면
	당신은 그것을 너무 일찍
	잃었구려!
나오미	(방백) 그의 탓이라고
	말할 거야. 그를 사랑한다고
	말할 거야. 그리고 그의 품 안에 쓰러질 거야.
	그는 파멸시키지 않을 거야. 그는 관대해…
	하지만 나는 무엇을 원했나? 다른 여자가 이미
	페르난도의 영혼을 차지했는데… 난 무엇을 원했나?
	하지만 아니, 아니야. 아니야, 그녀는 나처럼
	사랑할 수 없어. 그녀는 그의 깊은 상처에서
	피를 닦아내지도 않았고, 달콤한 꿈이
	영원한 잠으로 변해버리지 않을까 떨면서
	단 하룻밤도 그의 발치에 밤새 앉아 있지도
	않았잖아! 아니! 아니! 아니!
	그녀는 나처럼 그를 사랑할 수 없어!

모세가 들어온다. 나오미가 알아차리고 천천히 맞이하러 간다. 그는 그녀를 포옹한다.

모세	(슬프게) 자, 내 딸아, 새 소식을 알려주마!
	오늘…
페르난도	(다가온다.) 모세! 돌봐준 것에
	감사하오…

(손을 내민다. 모세는 주저한다.) 손을 주시오
내가 부정해지는 것을 두려워한다고 생각지 마시오,
페르난도를 어리석은 자로 여기지 마시오
당신은 사람이고… 내 은인이오
감사하오… 나는 여길 떠날 것이오!

모세 이렇게 빨리? 어째서?

페르난도 반대하지 마시오, 유태인!
당신에게 부탁이 있소… 단 하나,
하나뿐이오. 내게 금화 다섯 닢만 빌려 줘요.
유태인은 모두 돈을 좋아하고
기독교인에게는 돈을 빌려주지 않는 것을 알고 있소
그건 옳은 일이오. 하지만 당신은 나를 잘 알잖소!
나는 범죄를 저지를 것이나, 당신의 돈은
전부 돌려줄 것이오… 이게 부탁의 전부요.

모세 어디로 갈 생각인가? 무엇 때문에 가려고!

페르난도 여기서 멀지 않은 곳에
돈 알바레스가 살고 있소 언젠가 그의 정원에서
나와 당신이 만났지. 나는 그에게
가서 환대를 청하려 하오.
나는 어릴 때부터 거기서 자랐소
하지만 내가 여기 남는 것은 불가능하오.
여기엔 이유가 있소… 맹세컨대
당신의 금화를 돌려주겠소…
당신도 알다시피, 세상에서 계획한 바를
이루려면 돈이 필요하오…
그가 나를 자기 집에 받아들이지 않을
경우에는…

모세	(놀라서) 돈 알바레스! 돈 알바레스!
	아아! 하나님 맙소사! 그분의 맹렬한 분노가
	닥치는 사람은 가엾구나…
	내겐 딸이 있어요… 나는 이 슬픔을 이해합니다.
	믿을 수 없어… 두렵소!
페르난도	무슨 일이오!
모세	커다란 불행이오… 아아! 악당!
	악당이야… 지옥도 그렇게 교묘하진 않아…
	직접 본 사람이 지금 내게 말해줬소…
페르난도	불길한 까마귀가! (강한 몸짓을 하며)
모세	그들에겐 지옥도 부족하오…
	그런 천사를… 들어들 보게!
	머리카락이 산처럼 곤두설 테니. 눈물이 아니라 돌이
	눈에서 떨어질 테니… 이게 바로 에스파냐 사람들이오!
	(페르난도에게)
	이게 바로 당신들의 성스러운 종교재판소요!
	이제 감히 유태인들을 경멸하지 못할 거요…
페르난도	불길한 까마귀다! 무슨 일이오?
	당장 말해요! 이 화강암 같은 하늘에 걸고
	맹세컨대, 당신의 율법을 걸고 맹세컨대, 나는 호랑이처럼
	당신을 갈가리 찢어버리겠어…
	(유태인은 놀란다. 페르난도는 그의 손을 잡는다. 보다 조용히,
	떨리는 목소리로)
	보다시피 난 정신이 나갔소! 인간이란!
	부탁이니 말해 주시오, 무슨 일이오?
나오미	왜 저렇게 떨고 있지? 아버지, 얼른
	말해 주세요… 저렇게 창백해진 것을 보세요!

모세	돈 알바레스에겐 딸이 있었죠!
페르난도	(소리치며) 있었다고!
	(침묵) 나는 단호하오! 겁내지 말고 계속하시오.
	세상에는 딸들이 많이 있으니
	나에게 그 딸이 무슨 소용이겠소…
	(억지로) 하! 하! 하!
	나는 단호하오!
모세	안면이 있는 유태인이 내게 슬픈 사건을
	이야기해 주었소… (그 사람이 어딘가에서 악당들의 말을
	엿들을 수 있었소) 도미니크회 수도사,
	혹은 예수회 수도사, 당신들 말로 뭐라는 지는 모르오.
	이름은 소리니라는 자가 있는데… 늙긴 했어도
	여자를 좋아하오. 악당들을 매수해서
	알바레스의 딸을 반드시 납치하라고
	시켰다오… 오늘 불량배들이
	희생자의 파멸을 가져왔소
	다만 이해할 수 없는 건, 어떻게 그들이
	자신들의 끔찍한 일을 할 시간이 있었는지 하는 것이오!
	그녀의 아버지는 집에 없었다고 들었소
	처녀는 파멸할 거요… 가엾어라! 가엾어!
	그녀를 구하기 위해서라면 나는 당장
	전 재산의 4분의 1을 주겠소… 하지만 불가능하니!

페르난도는 무언가를 말하려 하며 손을 들어 올린다… 갑자기 무의식적인 신음을 흘리고 절망에 빠져 빠른 걸음으로 산 쪽으로 나간다.

모세	(놀라서) 어디로? 어디로 가나… 멈추게! 그를

	잡아! 그는 광분했어!
나오미	(뒷모습을 본다.) 보세요. 이미 그는 산으로
	달려 올라 갔어요… 달리고, 멈췄어요…
	낭떠러지 바로 위에서… 쓰러져요… 하지만 아니에요!
	이리로 오고 있어요…
	(아버지의 목에 매달린다.) 나의 아버지, 어째서, 어째서
	그에게 이 소식을 전한 건가요?
모세	내 딸아!
	모든 것이 신의 뜻이다! 우리 중 누구도
	그것을 거스를 수 없다! 우리를 창조하신 그분은
	우리에게 원하는 대로 행하실
	권리가 있단다…
나오미	무엇 때문에 그분은 우리에게 영혼을 주신 거죠?
	어째서 사랑하고 고통스러워하는 능력을 주신 건가요.
	치유할 수 없는 고통이 있다는 것을,
	사랑이 기만당할 수 있다는 것을 확실히
	아시면서? 어째서 신은 우리를 내버려 두신 거죠?
	(그녀는 나간다. 페르난도가 돌아온다.)
페르난도	(다가온다.) 당신은 내가 울 줄 알았겠지, 노인장!
	당신은 그것을 원했으나, 나는 아낙네 같은 슬픔으로
	내 얼굴을 부끄럽게 하지 않을 것이오! 비인간적인 자!
	나는 복수할 것이오… 온 세상이 … 하지만 난 그 일을
	행할 것이오… 그게 무언지…
	나 자신도 아직 알지 못하나, 나의 위업은
	지상을 놀라게 할 것이오… 당신은 내가
	울 줄로 알았소? 아니오! 맹세컨대.
	내가 울기 전에 먼저

	이 심장이 터질 것이오…
모세	(그의 손을 잡는다.) 진정하게! 자네의 절망을…
	설명해주게… 동정만이
	아니로군…
페르난도	노인장! 노인장! 당신은 열정을 모른 채
	평온하게 살았소… 내 안에서 열정은
	지상의 모든 폭풍보다 더 강렬하게 끓었소
	오! 내게 생명을 준 이에게 저주가 있기를.
	불공평한 신은 어째서 다른 이들을 통해
	나를 처형해야 하고, 보잘것없는 미치광이를 벌하기 위해
	천사를 파멸시켜야만 하는가? 혹은 천상에도
	고문이라는 것이 있는가? 나는 견디었소 이제 견디는 것
	은 충분해!
	나는 운명에 복종했소 이제 그만 됐어.
	나는 행복할 수도 있었어… 이제 그만 됐어
	됐어… 절대로 행복해지지 않을 것이오…
	이제부터 복수할 것이오,
	땅과 하늘의 연합을 부숴버릴 것이오…
	노인장, 돈을 주시오! 그것으로 나는
	그의 집으로 쳐들어갈 것이오
모세	(돈을 준다.) 여기! 받게!
페르난도	에밀리아는 나의 것이오!
	불명예 속에 있건 순결하건 나의 것이오.
	살았건 죽었건 나의 것이오!
	오! 내가 어떻게 복수할 것인지… 안녕히, 아버지…
	나는 내 아버지는 모르오 (그를 힘껏 껴안는다.)
	멋지게 복수하겠소!

	나를 축복해 주시오! 나는 죽음을 향해 가오… 안녕히.
	(나간다.)
모세	(손을 들어올린다.) 유태인의 기도를 들어 주소서, 하나님.
	범죄로부터 그를 지켜주소서!
	당신은 산의 회오리바람을 잠잠케 하는 것처럼
	쉽사리 열정의 분출을 붙잡고
	복종심을 불어넣으실 수 있습니다…
	당신은 이스라엘의 하나님이요, 예루살렘의 하나님입니다!
	(나간다.)

3장

유태인 집의 방, 2막과 같은 곳.

나오미	(그녀의 뒤를 따라 사라)
	날 위로하지 말아요! 날 위로하지 마!
	사악한 영혼이 나를 파멸시켰어! 그는 내게
	기쁨과 사랑을 예고했어. 그는 사랑을 주었고,
	기쁨은 영원히 묻어버렸어!
	이제 우리는 더 이상 페르난도를 보지 못할 거야.
	그리고 난 율법을 두려워하지 않고
	내놓고 울 수 있지. 오! 나는 그를
	하나님처럼 사랑해… 그만이 나의 하나님이야.
	그리고 하늘은 내가 그를 사랑하는 것을 금지할 수 없어.
	그는 나를 이해할 수 없어. 다른 여자를 사랑해,
	다른 여자를, 들었어? 다른 여자를! 나는 죽을 거야!
	나를 위로하지 마! 날 위로하지 마! (손을 비튼다.)

사라	당신을 위로할 수 없다면…
	당신과 함께 울고 싶어요,
나오미	운다고!
	나와 함께 운다고? 유모도 나처럼
	사랑을 했어? 나처럼 이방인을 사랑하고,
	기독교인을 사랑하고, 그 사람에게서
	경멸을 당했어? 아아! 사라! 사라!
	나의 행복은 영원히 끝났어!
	이것이 바로 나의 희망, 몽상의 결과야.
	불면의 밤과 근심의 결과야!
	오, 나를 불쌍히 여겨 주소서, 하늘이여!
	어서 축축한 땅 속으로, 어서 빨리,
	그때는 불평으로 스스로의 평안을
	빼앗지 않을 테니…
사라	잊어버리도록
	노력해 보세요! 당신 나이에는
	가장 잔인한 슬픔도 잊곤 하니까요.
	저기 당신 아버지가 오시네요! 지금
	뭔가 흥미롭고 중요한 이야기를
	랍비와 나누고 있어요
	그분이 소식을 가져와서 당신의 흥미를 끌 거예요
나오미	그런 소식은 전부
	저주할 거야, 한 가지 소식이 이미
	내게서 행복을 빼앗았는 걸… 그리고 다른 소식이
	그이를 내게 주지도 않을 거야. 아아, 사라!
	전부 끝났어! 다 끝났어!

모세가 미친 듯이 달려 들어온다.

모세   딸아! 딸아! 딸아! 그 애를 찾았어!

어째서 지금? 어째서 이렇게 뒤늦게… 그 애를 찾았어!

너의 오라비… 내 아들! 아들을! 난 몰랐어…

너무나 잔인한 우연이다… 나는 그 애를

꼭 껴안지 않았고, 안지 못할 거야… 찾았어,

잃어버린 그 순간처럼. 오, 운명이란!

땅과 하늘이여, 바람이여! 폭풍이여! 뇌우여!

아들을 어디로 데려갔는가? 어째서 빼앗기 위하여

주었단 말인가… 그리고 기독교인이야!

이게 가능한 일인가? 내 아들이… 나는 그의 피가

나의 것이라고 느꼈다… 나는 그가

내 혈육이라는 걸 느꼈다… 오, 이스라엘!

이스라엘이여! 그대는 세상을 방황해야 한다,

자연의 힘마저도 그대를 추적한다…

그대의 하나님도 그대로부터 돌아섰다.

내 아들! 내 아들!

사라   그 사람은 어디 있죠? 왜 여기 없는 거죠?

그는 대체 누구인가요? … 당신의 아들이라고 누가 말한

건가요!

모세   오, 화가! 화가! 화가 우리에게 미쳤다! 그 애는 여기 있었어.

랍비가 내게 증거를 가져왔어… 난 그가

내 아들이라고 믿는다! 내가 구했고… 그가 나를 구했어…

그리고 그 앤 죽을 거야… 악당들의 손에서,

다시금 구해내지 못한다면…

나오미! 화가! 너에게 화가 있다!

에스파냐인들

97

페르난도는 너의 오라비다!

에스파냐 사람이 너의 오빠라고!

그 앤 죽을 거야. 그 앤 우리를 위해 죽으려고

태어났어! 그는 기독교인이고! 너의 오라비다!

(나오미는 정신을 잃고 바닥에 쓰러진다. 사라가 그녀에게 급히

간다.)

딸아이를 죽게 내버려 둬… 그리고 나도!

내 조상의 하나님에게 자비심이란 없어… 내 아들! 내 아

들이야!

(손을 비틀며 움직이지 않고 서 있다.)

4막

1장

소리니의 집. 책상 위에 서류와 책들, 모래시계.

소리니   (들어온다.) 아마 오늘 나는

나의 미인을 보게 될 것이다. 나의 것을! 왜 아니겠는가?

내가 악당인 것만큼이나 확실히 그녀는 나의 것이다.

나는 혼자 있을 때, 내 자신에게

아무 것도 감추지 않았지. 어째서? 나는 악당이다.

나 자신이 그걸 알아, 어째서 자기 자신에게

숨기겠는가? 나는 악당이긴 하지만 영리한 악당이야.

그래, 헌데 난 이게 뭐가 나쁜지 모르겠어.

나는 살고 즐기는 데 창조적이지.

그리고 모든 수단을 동원해서 나는 앞에 놓인 목적을
달성해야 하지. 나는 달성했어.
그러니 영리한 사람이지. 성공하지 못한다면 멍청이야!
대부분 사람들은 그렇게 판단하지.
대심문관은 우리의 성스러운 아버지에게
내게 추기경의 모자를 주도록 청원하겠다고 약속했지.[20]
만약 내가 그럴 자격이 있다고 증명된다면 말이야.
그 자격이란 건 바로 기만과 위선을 배우는 것이지!
오! 세상에서 중요한 학문!
여자에 대한 학문이지! 그거면 곧바로 교황이 될 수도 있어.
우리에겐 그렇다는 증거도 있지.
(침묵) 이미 페르난도를 피투성이 길로 보냈지…
알바레스만 남았군… 나쁜 사람이야!
오! 가엾은 에밀리아. 오래 전에
노인이 사랑하는 것은 우습고 불가능하다고
말하지 않았던가? 하지만 오늘
너는 생각을 달리하게 될 것이다…
(앉는다.) 우리 신분의 사람들은
여자들에게 다가가서는 안 된다고들
하지. 법이 명한다고…
과연 이 두꺼운 책에 적혀 있는 법이
영원한 자연의 법보다 강하단 말인가?
보잘것없는 규율이나 결심으로
인간 본성의 움직임을
막으려고 생각하는 자는 정신이 나간 거야.
그런 것들로 죄를 더 키우는 거지.
불필요한 양심의 비난을 가하고 그와 함께

열망은 금지로 인해 더 강해질 뿐이야!
나는 강제로 삭발당하고 수도승이 되었지.
거의 강제였어. (젊은 시절의 열렬함 속에서는
중요한 이익을 이해할 수 없으니까.)
그들이 이 모든 것에, 내가 한 일에
책임지라고, 그러라고 해. 그자들은 지옥에서
불살라지라지… 하지만 땅에서 캐낸 금속으로
지옥으로부터 구원받고 천국을 살 수 있다면
지옥과 천국은 대체 무엇이란 말인가?
그러한 이야기는 섣불리 믿고,
맹목적인 군중을 위해 지어낸 것이 아닌가?
나는 천국과 지옥에 대해 설교하는 자들이
천국의 보상도, 지옥의 무서운 고통도
믿지 않는다고 확신한다.
그래, 더군다나
영혼에는 팔도, 다리도 없는데
악마들이 다리를 붙잡아 매달고
영혼이 영원한 불에 타리라는 것은
건전한 이성이 믿지 말라 명하지.
(책, 펜과 종이를 집는다.) 써야겠어!
(내려놓는다.) 아니, 뭔가 기분이 좋지 않아!
내 나이에 괜찮은 계집아이를 기다리면서
당황하며, 걱정하고, 안절부절 못하리라
누가 믿겠는가?
전혀 이해할 수 없군. 마치 수도승은 인간이 아닌 것처럼,
어째서 내게 여자를 사랑하는 것이
어울리지 않는다는 건가?

(시계를 본다.) 시계가 달려간다. 그와 함께 시간도 간다.

만약 그것이 존재한다면, 영원성은 우리에게 아주 가깝고,

삶은 마치 나무처럼 여행자로부터 멀어진다.

나는 살았어! 어째서 살았는가? 정말로

나는 신의 법을 무시하기 위해 신에게 필요했던가?

신은 정말로 내가 아닌 다른 이를 발견하지 못했던가?

나는 즐기기 위해 살았고, 또 즐겼다.

죽기 위해… 죽을 거야… 그리고 사후에는?

사라질 거야! 어떻게? 그래, 완전히 사라질 거야…

하지만 내세의 삶이 있다면? 아니! 아니야!

오, 향락이여! 나는 너의 종이요, 너의 주인이다!

(종을 울린다. 하인이 들어온다.)

내가 말했던 것을 잊지 마라.

나의 용사들이 가까이 다가오거든

너희는 무기를 가지고 함께 덤벼들어서

마치 해방시키는 것처럼 힘으로

그녀를 서둘러 이리로 데리고 와라…

너희는 말을 해선 안 된다는 것을 절대 잊지 마라,

그리고… 너는 나를 잘 알지!

미리 주는 보상을 받아라.

(지갑을 준다.) 다른 자들과 나눠라… 나가 봐.

(하인은 지갑을 받고 손에 입 맞춘다.)

하인　　모두 실행하겠습니다.

소리니는 창으로 다가간다.

소리니　　그래, 먼지가 보이는 것 같군, 정말로

그들은 모든 일을 잽싸게 해치웠는가?

돈나 마리아는 보시는 바와 같이

진주를 아주 좋아하지. 하지만 나의 미인이

그녀를 방해했어. 집 짓는 데

필요 없는 통나무처럼 스스로 주진 않지만,

요청한다면 쉽게 내어줄 수 있는 거지! (창밖을 본다.)

그들이야! 딱 맞춰왔군! 가까이 다가오는구나.

그리고 나의 구원자들이 달려가는군… 전투가 벌어졌어!

위험하지 않게 쇠와 쇠가 서로 치고

소리를 내는구나… 불꽃이 주변으로 흩어지는군.

아주 시끄럽기는 해도 의미는 없는

두 멍청이의 논쟁처럼… 반쯤 말라버린 심장에서

나의 피가 끓어오른다! 자, (쳐다본다.)

에밀리아를 붙잡아 끌고 가는군… 승리에 차서!

승리다!21) 이제 나는 용감하게

말한다. 왔노라, 이겼노라.22)

나는 아직 처녀를 보진 못했으니까!

(창가에서 물러난다. 하인이 들어온다.)

너의 얼굴에서 승리를 읽을 수 있구나.

이리로 데려와라… (하인은 나간다.)

승리다, 소리니! (손을 비튼다.)

알바레스는 울겠지. 울고 소리를 지르고

백발을 쥐어뜯을 것이다… 자기 딸이 어디 있는지

알 수 없을 거야… 하! 하! 하! 하! 승리다!

사람들이 에밀리아를 데리고 들어온다. 소리니는 신호를 한다. 사람들이 나간다.

에밀리아	저의 구원자는 어디 있나요! 아아! 소리니 신부님,
	당신이 저를 구해주신 건가요?
	신께서 제가 바라는 바대로
	당신께 보상해 주시기를! 오, 나의 구원자여!
소리니	나는 기독교인의 의무를 행했을 뿐이오
	(가서 문을 잠근다.)
에밀리아	오, 어서 저를 부모님의 집으로
	돌려보내 주세요… 제 아버지가
	이 끔찍한 상황을 알게 되면
	절망하실 거예요!
	계모와 제가 정원을 거닐고 있는데,
	갑자기 악한들이 저를 붙잡아
	묶어서는 끌고 왔어요
	당신의 선행을 끝까지 해 주세요!
	가능한 한 빨리 저를 집으로
	데려가라고 명령해주세요… 저희 아버지가
	어떻게 생각하시고, 뭐라고 말씀하시겠어요? (운다.)
소리니	에밀리아! 당신은 몹시 떨고 있군.
	지금 어떻게 집으로 갈 수 있겠소 당장에?
	당신은 아주 쇠약하오… 아니, 여기서 더 오래 쉬시오
	내 집에 더 오래 머물러요… 어째서 내게서
	이러한 행복을 빼앗으려 하는 것이오…
에밀리아	제발요!
	저는 여기 당신의 집에 남아있을 수 없어요.
	저는 그래선 안돼요.
소리니	어째서 그럴 수 없단 말이오,
	나의 천사! 누가 당신이 여기서

	2, 3일간 쉬는 것을 방해한단 말이오?
에밀리아	2, 3일이라고요!
소리니	그게 뭐가 놀랍소?
에밀리아	제가 당신의 말씀을 이해 못한 건가요?
소리니	2, 3일
	혹은 그 이상 당신은 여기 머물 것이고,
	만약 당신이 그러고 싶다면
	영원히 머물 수 있소… 즉
	(방백) 두 뺨이 빛이 바래지 않고
	눈이 그 마법적인 불꽃을 잃지 않는 동안 말이지.
에밀리아	소리니 신부님!
소리니	그렇소, 나는 농담이 아니오.
	그곳에서 당신은 노예였소. 여기서는 여왕이 될 것이오
	나의 집과 그 안에 있는 모든 것이 당신의 것이오,
	그리고 당신은 나의 것이오.
에밀리아	무슨 권리로?
소리니	힘이오…
	나는 당신을 구했소. 이게 바로 권리지. 그것으로 충분하오!
에밀리아	당신이 누구인지 잊으셨군요! 어떻게 제가
	당신과 함께 살 수 있죠! 그게 무슨 뜻인가요?
소리니	흥분하지 마시오,
	(그녀의 손을 잡고) 미인이여! 사랑은
	슬픈 제물의 나이를 상관하지 않는다오
	노인이 사랑을 할 수 있다고 한
	나의 말이 옳다는 것을 알게 될 것이오.
에밀리아	소리니! (손을 빼낸다.)

날 내버려 둬… 비열한 인간!
우연히 운명이 나를 당신의 손에
넘겨주었을 때, 당신은 환대를
모욕하는군… 무엇을 원하는 거야? 신이여!
나를 구원하소서, 구원하소서, 성처녀여!

소리니   이렇게 말하겠다. 성인들은 여기 없어… 그러니…

에밀리아   당연히 이런 괴물과 사는 것은
악마들뿐이겠지… 그러나 신께서는
무고한 처녀의 비명을 들으실 것이다!

소리니   경험은 우리에게 세상에서
이로운 기회를 놓치지 말라고 가르치지.
자, 처음으로 내게 키스해 줘.

에밀리아   (돌아선다, 떨면서) 이런 것이 나의 운명이로군.
(그에게) 저리가라, 저리가, 악당!

소리니   당신이 지금 내 집에서 여왕이라고
생각하나? 아니지, 그건 나중에,
당신이 내가 시키는 대로 모두 했을 때,
내 포옹 안에 쓰러졌을 때야.

에밀리아   당신의 포옹 안에, 절대로!

소리니   들어봐.
공허한 말은 너를 돕지 못해.
네 혹은 *아니요*… 두 단어만이
이 심장에 유효하지. 만약
당신이 *네*라고 한다면… 그게 당신에게 더 유쾌할 거야!
만약 *아니요* 라면… 완고함을 주의하라고!
그건 절대 좋은 결과를 가져오지 않으니까.
복종만이 당신의 운명을 편하게 해 줄 거야!

그렇긴 해도, 나는 당신의 불행을 두고 보지는 않겠어!
나의 사랑을 불행이라 부르면 안 되지…
나는 사랑하고 보상해줄 능력이 있어.
내 가슴의 불꽃을 느꼈을 때,
그 어떤 아름다운 처녀도
나의 포옹에서 달아나지 않았지.
믿어 봐, 나 같은 노인은
젊은이보다 더 사랑을 잘 할 수 있어.
모든 건 경험이니까, 내 사랑!

에밀리아　(잠시 말이 없다가) 당신은 영혼의 평화를
알았던 적이 있나요 당신은 희망을, 기쁨을…
행복을 알았던 적이 있나요.
당신이 알았던 적이 있건 없건,
당신이 믿는 모든 것에, 고통스러워하는 것과
당신 영혼이 두려워하는 모든 것에게,
만약 당신에게 영혼이 있다면, 양심 없는 악당,
무릎을 꿇고 간청하겠어요… 보내 주세요.
(무릎을 꿇는다.) 오, 보내주세요… 절 내버려 두세요!
들었던 모든 일에 대해, 제가 아는 모든 것에 대해
입을 다물겠어요… 그저 저를 보내만 주세요!
저의 순결을 건드리지 마세요 이 일로 해서
당신의 죄들과 가장 나쁜 악행들을
가장 높으신 분께서 용서하실 거예요, 그러니, 소리니!
하지만 만약 당신이… 그때는 전 죽을 거예요!
그리고 당신에게 제 고통에 찬 유령이 찾아와서
창백한 손으로 잠을 쫓아버릴 거예요…
오, 보내주세요… 무덤까지 침묵하겠다고 맹세해요!

소리니	여자의 약속을, 더 나쁘게는 여자의 겸손을
	믿는 자는 멍청이지, 그래, 그래!
	이 모든 것이 곰을 실로 묶어놓고서
	곰이 가려고 실을 끊지 않기를 바라는 것과
	마찬가지 아닌가.
	자기도 모르게 당신의 혀가 지껄여 대겠지…
	아니, 나는 지금 이미
	내 앞에 죽음 혹은 승리가
	머리털 한 가닥에 걸려 있는 그런 상황이오…
	그리고 확실히 나는 죽음이 아니라 승리를 선택할 것이오.
	그러니 당신의 모든 애원은 헛수고요,
	에밀리아.
에밀리아	그렇다면, 어떤 것으로도 구원받을 수 없구나. (운다.)
소리니	내가 보기엔…
에밀리아	내게 죽음을 보내주소서, 오 하나님.
	불명예가 아니라. (안락의자에 쓰러져 얼굴을 가린다.)
소리니	그건 다 속임수야!
	처녀가 그토록 완강하게 자기를
	방어할 수 있다고 난 믿지 않아.
	(그녀의 손에 키스하려 한다. 그녀는 그의 **뺨**을 때린다. 그는
	손가락으로 위협하면서 조용한 악의를 가지고 말한다.)
	그대는 아주 성난 꼬마 아가씨로군!
	오! 오! 처리하겠어. 아니! 나는 이런 모욕은
	참지 않겠어… 복수하겠다… 보게 될 거야…
	이제 자신의 구원을 기다리지 마라.
	너의 신음을 듣고 나보다 먼저
	이 벽들이 전부 울 것이다.

에스파냐인들

내 심장이 후회라는 단 하나의 감정을

들이기 위해 갈라지는 것보다, 대지가 갈라져

나와 에스파냐를 순식간에 삼키는 것이

더 빠를 것이다… 당신은 소리니가 어떤 자인지

보게 될 거야! 부탁할 수도 있고,

필요한대로 명령할 수도 있어.

(그녀는 얼굴을 보이고 공포에 차서 바라본다.)

숙녀분, 그대가 내게 복종하도록

강요하기 위해서, 기회가 있으면

단검을 사용할 수도 있소.

(악의에 차서) 하! 하! 하! 하! 오! 너는 나를 알게 될 것이다!

(그녀에게 다가간다. 갑자기 소음이 들린다.)

어이! 거기 누군가?

(소리니가 문을 열고 에스파냐 사람들의 무리가 들어온다.)

어쩐 일인가? 무례하군.

에스파냐인1 사례를

받으러 왔습니다.

소리니 무슨 일에 대해서?

에스파냐인2 아니, 신부님, 당신이 우리에게 알바레스의 딸을 데려오라고

명령하지 않았습니까… 아니면 잊어버리셨소?

왜 그러십니까? 당신의 지갑은

봉사에 대해 참 인색하군요.

에스파냐인3 우리가 귀여운 처녀를 데려온

바로 그 순간에 가난해진 겁니까?

소리니 쓸모없는 것들.

(금이 든 큰 지갑을 던진다.) 참을성이란 없었던가?

모두 (금을 가지고 나간다.) 안녕히 계시오, 소리니 신부님!

	(그는 이미 문을 잠그고 있다.)
소리니	에밀리아! 마지막으로 결정하시오…
에밀리아	(안락의자에서 일어난다.)
	그럼 당신이 나를 납치하라고 그자들을 보낸 것이로군!
	오! 인간 중에 존재하는 최악의 악행이다! 나는 파멸했어,
	파멸이야… 희망이 없어.
소리니	(비웃으며) 희망은 없소!
	(그녀의 손을 잡는다.) 나와 함께 가지,
	(키스한다.) 나의 소중한 친구!
	그렇게 오랫동안 방어하고, 울고,
	애원하고… 마침내 패배를 시인하기 위해서 말이야!
에밀리아	내가 치욕을 견딜 거라고 생각하시나요?
	아니, 난 죽을 거예요, 노인이여!
소리니	(오만한 미소를 띠고) 노인이라! 농담을 해봐…
	노인이 충분히 열정적이라는 것을
	당신에게 보여주지.
에밀리아	(손을 모으고) 성모님! 저를 구원해 주시지 않는다면!
소리니	갑시다… 갑시다…
	소리니가 다른 누군가보다 못하다는
	말들은 하지 못할 것이오 오, 나는 단 둘이 있을 때는
	사람들 사이에서 보이는 바와 같지 않다오
	(그녀의 손을 잡는다.)
에밀리아	날 내버려 둬요, 당신의 손길은
	마치 역병에 감염된 것처럼 독이 있어…
소리니	(표독스럽게) 가자고 했다. 명령이다…

갑자기 누군가 문을 두드린다. 두 사람은 멈춘다. 예수회원은 물러난다. 문이

열린다. 순례자의 외투로 몸을 감싼 사람이 모자를 벗으며 들어온다.

익명인   허락해 주십시오 (그는 빨리 들어온 다음 몸을 굽힌다.)
                 그리스도를 위하여! 저는 너무 지쳤습니다! 빵 한 조각만
                 주십시오 안녕하십니까,
                 신께서 당신께 축복을 내려 주시기를,
                 명예로운 신부님! 저는 가난한, 가난한 나그네입니다…

소리니   (방백) 하필 지금 오다니 어째서 그를 들여보낸 건가?
                 (이를 갈면서 본다.) 수상한 자로군.
                 (그에게) 앉으시오… 앉아요!
                 즉시 당신에게 포도주와 빵을 대접하라 명하겠소
                 어디서 오는 길이오? 당신은 누구요?

익명인   나는 가난한 나그네요!
                 예루살렘에 다녀왔소… 돌아가는 길이오…
                 지쳤소… 굶주렸고, 집으로 가는 중이오.
                 죽음이 내 혀를 싸늘하게 만들 때까지,
                 나는 어디에서나 당신이 누구건 간에
                 손님을 환대한다고 칭송할 겁니다.

소리니   나는 내 의무를 수행할 뿐이오.

익명인   의무라!
                 당신처럼 생각하는 사람은 많지 않습니다.
                 감사하오! 신께서 당신에게 보답해주실 것이오!

소리니   (에밀리아에게)
                 누이야! 포도주와 빵을 가져오라고 일러라…
                 (나그네에게) 나는 누이동생과 함께 산다오.
                 (에밀리아가 가지 않는 것을 보고 떨면서 그녀에게 다가간다.)
                 가 봐! 내가 말하지 않느냐. 가라고

익명인	(혼잣말로) 나를 속이진 못할 거다, 악어 같은 놈!
소리니	(큰 소리로) 나가 봐라…
익명인	멈춰라!
소리니	(놀라며) 아니! 넌 누구냐?
익명인	나는… (망토를 벗어던지고 단검을 쳐든다.)
에밀리아	페르난도!
페르난도	(재빨리 에밀리아의 손을 잡고 다른 벽 쪽으로 데려간다. 그녀의 한쪽 손을 잡고 그녀 앞에 선다.)
	난 지금 너의 대답을 요구한다…
소리니	누구냐? 페르난도가 되살아 올 수는 없어!
	너는 귀신인가, 사람인가?
페르난도	나는
	지옥의 계획을 두려워하지 않고,
	당신을 단검으로 벌할 수 있고
	살인으로 그녀를 구할 수 있다면
	살인 앞에서 손을 떨지 않는 자다… 그녀를 넘겨라.
	(소리니의 목을 잡는다.) 나는 하늘의 그 무엇도
	하늘 아래의 그 무엇도 기다리지 않는다.
	나는 내 영혼에 복수를 선물했지. 내가
	너 같은 자들이 신의 심판을 기다리는 그곳으로
	너를 보내는데 지체하리라
	생각지 마라! 너의 위에 있는
	이 칼이 보이는가. 네 계획을
	자발적으로 그만 둬라.
소리니	나를 죽인다 해도
	어차피 에밀리아는 구할 수 없다.
	하인들이 너를 여기서 내보내지

	않을 거야. 그러니 나를 보내줘!
	소리를 지르겠다…
페르난도	(그를 놓아준다.) 네가 옳다. 난 형리가 아니야!
	(방백) 나는 정말 피를 보길 두려워하는가?
	(그에게) 에밀리아를 내게 돌려주겠소?
소리니	아니, 주지 않겠다… (문 쪽으로 바짝 가까이 달려간다.)
페르난도	돌려주시오! 당신은 필경
	내가 착수할 일 앞에서 전율하게 될 것이오. 아! 소리니!
	그녀는 나의 것이오… 그녀의 명예 역시 나의 것이오
	당신이 이 처녀를 위해 수천의 세상을
	내게 준다 해도… 나는 모두 거절할 것이오!
	내게 강요하지 마시오,
	살인을 강요하지 마시오
소리니	돌려주지 않겠다.
페르난도	당신은 목석같군. 그러나 나의 절망 앞에서
	전율하게 될 것이오.
소리니	안 돼!
페르난도	소리니,
	소리니! 내가 누군가에게 무릎을 꿇고
	간청하는 것은 아주 드문 일이오…
	그러나 내가 그 앞에 무릎을 꿇는 사람은
	오래 살지 못할 거란 사실을 먼저 알아 두시오.
소리니	(웃으며) 또다시!
페르난도	내게 에밀리아를 돌려주시오
	그렇지 않으면 힘으로 데려갈 것이오… 나를 이 극단으로
	몰지 마시오. 나는 이미 모든 일을 할
	준비가 되었소. 나는 당신의 발톱에서 구하기 위해

	그녀와 함께 천국을 잃을 각오가 되어 있소.
	나는 농담을 하러 온 것이 아니오… 오! 들으시오!
	마지막으로 들으시오… 그녀를 돌려주시오.
소리니	두고 보자! (문으로 달려가서 도움을 청한다.)
	여기로! 여기로! 여기로! 어이! 여봐라!
	(무대 뒤에서 소음과 고함)
에밀리아	(괴로운 눈길을 던지며) 페르난도!
페르난도	자! 모두 끝났군!
	피를 흘리지 않기를 헛되이 바랐어.
	안녕, 내 사랑. (그녀를 포옹한다.)
	미안하오! 당신과 나는
	오랫동안 보지 못하겠군.
	(돌아선다.) 오, 신이여!
	그렇다면 당신은 내가 살인자가 되길 바라는 거로군!
	하지만 나는 그러한 희생이 자랑스럽소… 그녀의 피는
	나의 것이오! 이 피는 다른 이에게 튀지 않을 것이오.
	미치광이 같으니! 이미 신 자신도 가엾게 여기지 않는 사
	람에 대해
	어떻게 동정을 찾는단 말인가!
	시간이 되었다! 시간이 되었어! 최후의 수단이
	성공하거나 아니면 피다! 아니, 나는 운명에
	굴복하지 않겠어… 비록 악마가
	내가 못할 짓이 없다는 사실에 놀라더라도 말이야.

에밀리아는 애원하는 시선으로 그를 바라본다. 이 대화가 진행되는 동안 소리
니의 하인들과 소리니가 들어온다. 모두 무기를 가지고 있다.

소리니	우리 중에서 누가 강한지 보자! 어, 여봐라!
페르난도	이 맹세를 알아 둬라. 우리는 신 앞에 서 있다…
	살았거나 죽었거나 그녀는
	나의 것이다 이게 보이지. (단검을 보인다.)
에밀리아	아아! (페르난도의 가슴에 머리를 기댄다.)
소리니	너는 나를 겁줄 수 없다!
	죽은 여자는 나에게 필요 없어… 여봐라! 어이,
	잡아라, 쳐라, 무뢰한을 베어라!
	(그 자신은 하인들이 방어하고 있다.)
페르난도	움직이지 마! (모두 멈춘다.)
소리니	대체 뭣들 하느냐? (그들은 다시금 달려들려 한다.)
페르난도	움직이지 마라, 노예들아!
	(소리니에게) 마지막으로, 천국과 지옥이 지켜보고 있소,
	그녀를 내게 돌려주겠소?
에밀리아	(거의 들리지 않는 목소리로) 나의 수호천사!
	날 구해줘요!
소리니	산채로는 주지 않겠다!
	무슨 일이 있어도
페르난도	오! 그렇다면 여기를 보라!

그녀의 가슴을 찌른다. 이 순간 모두 놀란다. 그는 그녀의 시신을 바닥에서 들어 올려 놀란 무리들 사이로 가지고 나간다. 하인들이 뒤쫓으려 한다.

소리니	(침묵 후에 하인들을 제지하며) 멈춰라! 달리 처리하겠다!
	(그는 몸을 떤다. 모두 나가라는 신호를 한다. 그들은 나간다.)
	뻔뻔하군! 그래! 이 대가를 치르게 될 거야.
	나 자신도 위험에 처했군. 그자는 그럴 수 있어…

그자가 뭘 할 수 있나? 나는 이제 악마처럼

악의에 차 있다… 그자에게 복수하겠어.

불태우고, 산 채로 가죽을 벗기고,

쇠로 손발톱을 뽑고, 뜨거운 집게로

여기저기를 잡아 뜯고, 강제로

못 위로 걸어가게 하고, 끓는 구리를

그 미치광이의 목구멍에 들이 붓고,

마치 달콤한 넥타르처럼

그자의 고통과 한숨, 째지는 비명을 실컷 마시고 즐기리라!

나는 겸손의 가면을 벗어 던지고,

페르난도가 불 속이나 형리의 일격 아래

뒈질 때 이태리인 소리니가 박수를 치며 즐거워하는 것을

모든 사람이 알게 할 것이다.

그의 종말이 느리게 다가올수록,

나의 행복은 더욱 완전해 질 것이다.

그자의 명예를 훼손하고, 설령 내 자신이 교묘하게 빠져

나가지 못할지라도

어쨌거나 나는 그자의 고통을 실컷 즐길 테다.

오, 모함이여! 도우러 오라! 한 번도

지금처럼 네가 필요한 적이 없었다.

내가 적에게 너의 차가운 독을

쏟아 부을 수 있도록,

내게 수천의 뱀의 혀를 다오…

(두 손가락으로 자기 이마를 친다.)

나의 계획은 거의 준비되었다…

그래, 그래… 바로 그렇게… 거기서!

내 영혼의 여신이여, 이제부터 나는 그대에게

에스파냐인들

나 자신을 바칩니다! 받으시오! 나는 그대의 것이오 무덤
너머에서도!

소리니의 친구인 도미니크회 수도사가 들어온다.

도미니크회 수도사 소리니, 안녕하신가!

소리니　　　안녕하신가! 때마침 자네가 왔군.

도미니크회 수도사 무슨 일인가?

소리니　　　지금 이야기해
　　　　　　　주겠네.

도미니크회 수도사 부유한 유태인이나
　　　　　　　이교도의 은신처를
　　　　　　　알게 된 것이 분명하군.
　　　　　　　자네의 얼굴에 즐거움이 빛나고 있으니!
　　　　　　　신앙의 열성적인 종인 것이 분명하니,
　　　　　　　자네가 하고 싶은 말이 뭔지 짐작하겠네,

소리니　　　바로 맞췄네. 자넨 예전에
　　　　　　　돈 알바레스를 알았지. 그의 집에서
　　　　　　　기른 젊은이 페르난도가…
　　　　　　　그자가 이교도야! 루터를 믿고
　　　　　　　그 저작을 읽어! 오늘 그자는 내 집에서
　　　　　　　알바레스의 딸을 죽였네.
　　　　　　　나는 그녀를 납치범들로부터 구했으나, 신이여!
　　　　　　　그의 날카로운 단검으로부터 구할 수가 없었어!
　　　　　　　우리는 그자를 찾아내서
　　　　　　　이중의 범죄자를 처형대로 데려가야 해!
　　　　　　　그자는 불행한 처녀의 시신을

가지고 갔네! 그래! 나는 그를 찾아낼 거야.

그자의 피투성이 흔적을 추적해서

목숨으로 대가를 치르게 하겠네…

도미니크회 수도사 물론이지!

그래, 나는 길에서 살인자를 만났던 것

같네… 하지만 그가 아주 빨리 걸어가서

죽은 여자를 데려가는 것은

뜻하지 않게 눈치 채지

못했군! 아주 무서운 모습이었어!

소리니 (잠시 생각에 잠겼다가)

내게 손을 주게! 함께 하겠다고 맹세해…

도미니크회 수도사 (손을 내민다.) 약속의 증표로 내 손을 잡게…

소리니 어떤 경우에도 함께 하기로!

도미니크회 수도사 (주저하며 의심에 찬 시선을 던지고)

혹시 자네는 무슨 일엔가 죄가 있는가?

소리니 아니! 아니야! 잘 알잖나. 우리는 항상 옳다고.

도미니크회 수도사 농담은 그만 둬! 이 일에 자넨 죄가 없나?

소리니 아니! 아니야! 그러나 만약 있다 해도…

도미니크회 수도사 *만약*은 빼고, 간단히.

친구에게 솔직히 말해 보게…

소리니 아닐세!

도미니크회 수도사 더 간단하게!

말해보게. 자넨 무고한가?

소리니 비둘기처럼!

도미니크회 수도사 (교활한 미소를 띠고)

바로 그거야! 하! 하! 하! 하! 종이를 주게.

친구를 위해 모든 것을, 몸과 마음을 바칠 준비가

되어 있다네. 이교도 페르난도는

우리 수중에서 불에 탄 다음,

그 저주받을 재가 식어갈 테지.

(앉아서 종이와 펜을 잡는다.)

자네가 내게 말한 대로 쓰겠네,

그곳 법정에선 치명적인 서류가 될 거야!

편지를 발명한 사람은 똑똑한 작자야.

펜은 이따금 고문보다 더 심하게

사람을 괴롭히지! 왕국을 멸망시키는 일도

펜의 활동이면 충분하지. 심지어 천국도

신성한 아버지의 펜을 교황에게 주었으니까.

자네는 이 권력을 믿는가?

소리니　선행만큼이나!

도미니크회 수도사　그럼 고발장을 쓰기 시작하겠네. (쓰기 시작한다.)

소리니　(그가 쓰는 동안 에밀리아가 살해된 장소로 다가간다. 아래를
보며)

이 자리에 그녀의 피가 흘렀다!

여기 얼룩이 있어! 여기 하나, 또 하나!

나는 처음으로 피를 보는 것이 두렵다,

처음으로 살인에 대해 생각할 때,

심장이 뛰고 떨리고

머리칼이 저절로 끝까지 곤두선다!

나는 에밀리아를 동정하는가? 정말 그런가?

모든 사람은 죽을 수밖에 없다! 하지만 만약 처녀가 말한
것처럼

그녀의 유령이 밤의 안개 속에서

내게 나타난다면, 만약 내가

그녀의 차가운 손에 어디에서나

쫓기고 갈기갈기 찢기게 된다면,

마치 성난 양심에 의한 것처럼,

만약 피투성이 얼룩이 밤낮으로

불면의 눈에 나타나게 된다면!

뭣이? 내가 두려워 해? 소리니가 두려워하게 되었다!

누구를? 자기 자신을! 부끄러워해라… 유령이 아니라!

유령은 없어. 무덤은 그 축축한 손에서

그녀가 빠져나오기에는, 너무 단단히

자기 전리품을 붙잡고 있지!

하지만 양심은! 양심은 헛소리야! 하지만… 뭔가, 소리니?

네가 언제부터 양심을 두려워했던가?

(땅을 발로 쾅 구른다.)

나는 양심과 마찬가지로 이 피를 경멸한다.

도미니크회 수도사 고소장이 준비되었네!

소리니　　　(서명한다.) 서명했네!

도미니크회 수도사 나도!

소리니　　　가지!

도미니크회 수도사 고발장을 제출하기가 겁나는 건가.

　　　　　　동지, 자넨 떨고 있군!

소리니　　　기쁨 때문이야! (모자와 지팡이를 잡는다.)

　　　　　　이것이 바로 내 무기의 전부일세, 가지.

도미니크회 수도사 화가 있으라!

　　　　　　우리와 우리 율법의 적들에게!

　　　　　　자비란 없다. 우리가 맹세컨대!

소리니　　　자비란 없다!

　　　　　　배교자를 위한 법의 모든 짐,

우리 손의 모든 짐을

이 이교도가 느끼게 하기 위해서

대체 어떤 고문을 선택해야 할까? 화형인가?

그자는 법을 모욕하고, 내 집을 더럽혔어.

도미니크회 수도사 아니, 능지처참이야.

소리니 끓는 납을

그자의 목구멍이 들이붓는 건?

도미니크회 수도사 아니면 못들 위에서

자게 하거나.

소리니 오, 만약 그에게 백 개의 목숨이

있었다면, 나는 그 하나하나를 각자 다른

무시무시한 고문으로 쇠약하게 만들었을 텐데!

하지만 나의 목적은 달성된 거야! (손을 비빈다.)

도미니크회 수도사 가세!

성 도미니크의 도움으로

이교도를 생명 없는 재로 만들자고!

(기뻐하며 나간다.)

5막

1장

알바레스의 집. 탁자. 탁자 위의 촛불.

알바레스 (탁자에 앉아 있다.) 결국, 그 앤 내게서 달아났군.

페르난도, 그 불한당과 같이 달아났어!

돈나 마리아	내가 오늘 당신에게 설명해드린 대로요.
	어째서 당신은 그 애가 그 부랑자와 결혼하는 걸
	허락하려 하지 않았죠?
알바레스	쓸모없는 것, 은혜를 모르는 것 때문에
	울고 싶지는 않소!
돈나 마리아	(비웃으며) 울어요, 네, 우시라고요!
	이런 딸 때문이라면 울지 않을 수 없죠!
알바레스	그 애는 정말 나를 잘 따랐는데!
돈나 마리아	네! 그랬죠!
알바레스	수치심은 어디로 갔는가?
	아비의 백발을 불명예로 뒤덮고,
	아비를 비웃으며
	그 나이에 집 없는 부랑자의
	정부가 되다니… 아! 이건 너무 심하구나!
	아니! 짐승이 더 고상할 것이다! 짐승이 더 나아!
돈나 마리아	몸을 돌보셔야 해요!
알바레스	페르난도와 있으라지,
	창문 아래를 헤매는 거지처럼.
	내 스스로 그 애를 거부하오!
	에밀리아는 내 딸이 아니오. 그 애더러
	다른 아비를 찾으라 해요. 나는
	수치심을 모르는 여자를 내 심장에서 거부하오.
	그 애가 내 집 문 앞에 온다면,
	지치고, 굶주리고, 여위어서
	거의 죽을 지경이 되어, 그 애가 내게
	빵 한 조각을 청한다면,
	난 주지 않을 것이오. 명예가 더럽혀진

	나의 문간에서 죽으라지!
돈나 마리아	당신은 몸이 편찮아요, 여보! 좀 눕지 않겠어요?
알바레스	그래, 이제 내겐 휴식이 필요하오.
	아주 쇠약해진 것 같소
돈나 마리아	(방백) 확실히 불행한 인간은 항상 지쳐있는 법이지.
알바레스	신이여!
	어째서 내게 딸을 주셨습니까, 어째서
	그 애와 함께 내 머리에 불행을 보내신 겁니까?
	오! 그 애를 벌하여 주소서! 부탁합니다,
	간청합니다! 유서 깊은 집안에서
	이렇게 페르난도와 함께 달아나다니! 이제 알겠다.
	내가 내 집에서 뱀을 길렀구나… (나간다.)
돈나 마리아	친애하는 소리니 신부는 지금
	무얼 할까? 틀림없이, 이미
	순결과 기쁨의 꽃을 꺾었을 테지!
	선물을 더 보낼 테지,
	공범인 내게 말이야! 물론 보낼 거야.
	난 이 불쌍한 방탕의 제물이
	가엾어지지 시작한 것 같아!
	그런데 내가 중요한 원인이었을까?
	오! 양심이란! 어째서 하필이면 지금
	양심이 나를 괴롭히는 걸까? 이전에 괴롭혔더라면.
	이젠 사람들은 거의 도움이 안 되는구나!

탁자의 서랍을 열고 소리니의 선물들을 꺼내어 바라보다가 다시 제자리에 놓는다.

아니, 난 이 진주와 보석들을

바라볼 수가 없어! 그것들을 잡으면

내 손이, 손가락이 떨려.

어떤 보이지 않는 힘이

진주들을 다 눈물로 바꾸는구나.

저리가라! 저리가! (서랍에 놓는다.)

어떻게 이런 추악한 진주가

나를 유혹할 수 있었을까? 양심이여! 너는

내 영혼을 떠나지 않으려는가?

어째서 지금? 너에게 무슨 소용이 있다고?

성자들이여, 도와주소서!

기도로, 정진으로, 아낌없는 자선으로

내 과오를 씻고자 하오니

내게 잠을 주소서, 내게 평안을 주소서!

(알바레스가 불안해하며 들어온다.)

알바레스   아내여! 들어보시오! 이곳에 유령들이

배회하는 것 같소… 지금 뭔가를 보고,

목소리를 들었소… 내가 아는 목소리!

괴롭소… (앉는다.)

돈나 마리아   진정하세요, 여보.

유령이 어디 있어요? 유령은 여기 나타나지 않았어요!

당신의 슬픔이, 당신의 상상이

아마 이 유령들을 낳는 걸 거예요!

알바레스   괴롭소 (종을 울린다.)

어이, 여봐라! 물을, (하인이 들어온다.)

물! 되도록 빨리. (하인이 나간다.)

아내여! 여기 유령들이 배회한다고 했소.

정말 당신은 나른한 목소리가 들리지 않는 거요?

정말 당신은 그들을 알아보지 못했소?

돈나 마리아 당신은 눈물 때문에 눈이 피로한 거예요!

알바레스 뭐라고?

아니오! 나는 울지 않았소. 앞으로도 울지 않을 것이오!

나는 내 딸을 저주할 것이오

(하인이 잔을 가지고 온다. 그는 마신다. 하인은 나간다.)

돈나 마리아 (방백) 두렵구나!

죽은 자들이, 유령들이 있다고

학식 있는 수도승들이 말하지… 우린

그들을 믿어야 해… 확실해, 무서워라!

알바레스 그래, 만약 에밀리아가 죽었다면…

그래, 만약 바로 이 순간

그 애의 영혼이 떠나갔다면… 만약에…

돈나 마리아 무슨 말이지! 하늘이여!

알바레스 아니! 무덤 너머로는

아비의 저주가 닿지 않으리라!

무덤 너머에는 다른 아버지가 있어!

네가 세상에 없다면 너를 용서하마.

산 사람들 중에서는… 너의 유령이

내 주변을 맴돌지 않게 해라.

내 눈에서 잠을 쫓아내지 말고,

너로 인해 수치와 비방으로 뒤덮인 나의 백발을

공포로 곤두서게 하지 마라. 아니! 무덤에는

아비의 저주가 미치지 않으리라!

그곳에는 다른 재판장이 계셔… 용서한다,

용서한다, 내 딸이여… 오, 하늘이여! 하늘이여!

문이 요란하게 활짝 열린다. 페르난도가 에밀리아의 시신을 가지고 나타난다.
노인은 비명을 지른다. 모두의 얼굴에 공포가 서린다.

돈나 마리아   아아! 다 끝장이야!

(다른 방으로 달려간다.)

알바레스   이게 무슨 뜻이냐?

(페르난도는 시신을 의자에 내려놓는다.)

누구의 피냐? 이건 누구의 시체야?

(페르난도는 그녀를 내려다보며 음울하게 서 있다.)

그녀는 누구냐? 넌 누구냐?

페르난도   딸을 당신께 데려왔소

알바레스   에밀리아! 죽었어!

페르난도   죽었소!

알바레스   그럼 네가 죽인 게로구나!

페르난도   나요!

알바레스   네가! 오, 만약 내게 힘이 있었다면,

너를 갈가리 찢어줄만한 힘이! 너, 유괴범,

살인자… 이렇게 냉혹하게!

이곳으로 가져왔어… 오, 사랑스러운 피조물!

딸아! 내 딸아! 그 애의 피가 흘러…

그리고 난!

페르난도   그녀는 정말 아름답지 않소?

알바레스   뭘 꾸물거리나? 지옥에나 가 버려,

내 눈앞에서 꺼져라, 살인자야! 그 애의 피는

네가 여기 있는 한, 멈추지 않고 흐를 것이다…

오, 내가 쇠약하지만 않았어도… 꺼져라, 악마야.

꺼져라, 내 딸한테서 물러나!

페르난도	나는 여기에 남기로
	결정했소…
알바레스	네가 결정했다고?
페르난도	그렇소! 생전에
	그녀는 당신의 것이었소 이제는 내 것이오!
	영웅적인 범죄로 나는 이 피투성이 시신을
	산거요… 시신은 내 것이오!
	이 창백한 자태를 보고
	딸을 포기하시오…
알바레스	그렇다면 기다려라! 너는 곧
	나를 만나게 되리라! 호랑이, 간교한 뱀아!
	너에게 복수할 방법을 찾아낼 것이다,
	난 종교재판소에 도움을 청하겠다!
페르난도	이런 일을 저지르기를 두려워하지 않았던 자를
	(시신을 가리키며) 놀라게 할 일은 세상에 아무 것도 없소!
	(알바레스는 달려 나가서 등 뒤로 문을 잠근다.)
	문을 잠갔군! 하! 하! 하! 멋지군,
	노인장, 나의 바람을 이루어주었어!
	나는 그녀와 단 둘이 있고 싶으니…
	마치 친구와 함께 있듯이… 고요한 영혼들이여!
	내 혼인의 증인이 되어 주오…
	여기서 나는 그녀 하나만을 사랑할 것을
	맹세하오, 비록 불가능하다 해도… 너 벽들아
	나의 에밀리아를 보고
	울어라, 만약 울 수 있다면!
	창백하다! 창백해! 죽었어!
	(그녀의 발치에 몸을 던지고 운다.)

(침묵) 나를 용서하겠어? 그렇지, 나의 천사?

나는 그대를 구했어! 봐, 그녀가 미소 지었어!

죽음의 미소, 달콤한 미소를! (손을 잡는다.)

그녀의 손이 얼음 같아! (손에 입 맞춘다.)

입 맞추는 것을 허락해 줘!

오, 죽은 이에게 입 맞추는 것은 참으로 좋군! (일어난다.)

만약 머리채를 잘라내어

간직한 채 죽는다면, 육신의 마지막 고문을

견디는 것이 더 쉽지 않겠는가?

(단검으로 긴 머리채를 잘라낸다.)

그녀 사랑의 보증이다! 나는 위대하도다!

자기 자신을, 자기 영혼을 희생했구나.

에밀리아를 자유롭게 해 주기 위해

이런 피조물을 희생한 것이다.

비록 영원히 그녀를 만날 수 없다 해도! 혼자다! 혼자야!

살아온 것처럼, 너는 그렇게 죽으리라, 페르난도

어째서 하늘은 나를 이런 곳으로

인도했는가? 신은 모든 것을 미리 아셨을 텐데

어째서 운명을 막아주지 않았는가?

원치 않았던 거야!

(침묵) 에밀리아!

이제 당신은 모두에게 잊혀졌소.

그러나 내가 당신과 함께 있소!

(곁으로 다가간다.) 가슴의 피가 말랐구나!

그녀를 축축한 땅에 묻을 테지.

나의 뻔뻔한 시선을 너무나 자주 붙들어 매었던

눈이며, 마법 같은 입술이여.

가슴과 이 긴 속눈썹을

모래가 뒤덮고, 벌레가 겁 없이

움직이지 않는, 빛깔 없는, 축축한

차가운 이마 위로 기어 다니리라… 아무도

그것을 괘념치 않으리라… 필경 사람들은

그 무덤 위로 내 이름을 저주하리라,

내 일생에 사랑한 모든 것이 썩어갈 곳에서!

오! 나는 그대를 영원히 잃었다!

천국은 그대의 신성한 자태를 내 영혼에

주지 않을 것이다. 운명의 일격이 이루어졌을 때

나는 영원히 그대와 이별했다!

내 스스로 부숴버렸다… 스스로 거부했다,

스스로 내 희망을 파멸시켰다… 오! 안녕히!

안녕히! 안녕히! 그대 잠든 천사여!

창백하다! 창백해! 죽었어…

문 밖에서 소음과 목소리 그러나 페르난도는 고개를 떨어뜨린 채 서서 아무 것도 듣지 않는다. 종교재판소의 추종자들과 지휘관이 포승과 그 외의 장비를 갖추고 들어온다.

지휘관   여기 있다! 우리의 친애하는 페르난도가!

이교도가 여기 있어! 어서 잡아라!

(사람들이 다가와 잡는다. 그는 움직이지 않고 아무 것도 느끼지 못한다.) 손을 묶어!

페르난도   (꿈꾸는 것처럼) 당신들은 무슨 일이오?

지휘관   성스러운 종교재판소가 원하는 것을

불타는 장작 속에서 보게 될 것이다!

페르난도 무슨 죄목으로?

지휘관 우리는 무슨 죄목인지 대답하는 데 익숙하지 않다!

결박해라.

페르난도 그렇겐 안 되지. (저항한다.)

지휘관 두고 보자!

페르난도 누가 살고 싶은가?

지휘관 내가 알지. 넌 원치 않아!

그래서 우리가 너를 잡으러 온 거다.

페르난도 내가 너희를 겁낼 거라 생각지 마라.

난 이 시신을 남겨두고 싶지 않다!

내게서 물러나라. 여기 있음으로 해서

너희들은 이 장소를 모욕하는 것이다. 보라.

그녀는 너희의 성인들 전부보다 더 성스럽다!

그녀는 자신의 피로 천국을 샀고,

너희 성인들은 타인의 피로 그것을 사고자

꿈꾼다… 물러나라! 여기서 물러나!

지휘관 난 무의미한 설명은 좋아하지 않는다.

저 자를 잡아!

페르난도 (단검을 뽑는다.) 두 번째로 나를

도우러 오라, 내 단검이여… 누가 먼저인가?

(그들은 물러선다.)

아무도 없군! 너희는 대체 몇 명인가? 한 사람을

이리도 두려워하는가!

지휘관 (자기 수하들에게) 서두를 필요가 뭐 있는가, 친구들?

저자는 우리의 손을 벗어나지 못할 것이다.

소리니 신부님이 직접 오시라고 해.

에스파냐인들

129

그분이 우리를 보냈다… 직접 저자를 처리하게 하지.

우리가 희생할 필요가 뭐 있는가!

(그들은 문 앞에 선다.)

페르난도 호랑이처럼 그들에게 덤벼들어

모두를 피에 잠겨 내 발 앞에 쓰러지게 한다면?

아니다! 무엇하러 그들의 죽을 수밖에 없는 생명을 빼앗

겠는가.

무엇하러 그들에게 헤아릴 수 없이 귀중한 것을 빼앗겠는가?

난 여기 혼자다… 온 세상이 내게 맞선다!

온 세상이 내게 맞서고 있다. 나는 얼마나 위대한가!

(도미니크회 수도사가 손에 서류를 들고 들어온다.)

도미니크회 수도사 페르난도!

페르난도 뭐요?

도미니크회 수도사 너에 대한 고발이 들어왔다.

페르난도 내 이럴 줄 알았지!

도미니크회 수도사 그리고 이미 법정은 너를 체포하기로

결정했다.

페르난도 에스파냐에 법정이 어디 있소?

강도들의 모임이 있을 뿐!

도미니크회 수도사 그러면 너는,

너는 강도가 아닌가?

페르난도 아니오.

도미니크회 수도사 (시신을 가리키며) 그럼 이건 뭔가?

페르난도 나는 그녀를 구한 거요! 그녀는 나를 사랑했소.

사랑했다고! 오! 당신은 사랑을 알았던 적 있는가?

아니, 안 적 없어! 알았더라면 이 창백한 모습을 보고

밀랍처럼 녹아 버렸을 것이다!

그녀는 나를 사랑했어! 아직도 사랑할 거야!

도미니크회 수도사 나는 사랑을 논하러 온 것이 아니다.

너는 루터와 모든 이교도를 신봉한 혐의로

고소되었다. 하여 우리는

너를 체포하러 온 것이다. 나의 친구여,

너는 루터를 믿는가?

페르난도 이상한 일이군.

고문도 안하고 내게 묻다니!

나는 신이 계신 것을 믿소!

도미니크회 수도사 교황이

신의 대리인인 것은?

페르난도 교황을 세운 건 누구요?

도미니크회 수도사 그럼 믿지 않는가?

페르난도 정말 신께서 당신들한테

사람들을 태워죽이라 명하셨나?

모두 (소리친다.) 그는 이교도다! 이교도야!

도미니크회 수도사 (다른 사람들에게) 어째서 즉시 결박하지 않았나?

지휘관 감당할 수가 없었습니다.

도미니크회 수도사 감히 자기방어를 했단 말인가?

(페르난도에게) 너는 죽어야 한다, 내 친구여.

페르난도 잘 알고 있소!

오래 전부터 알고 있었소… 그리고 당신도 죽겠지!

오! 그 한순간의 권력을 자랑치 마시오!

바로 이것이 죽음의 형상이오

(에밀리아를 가리키며) 운명이 에밀리아를

아끼지 않았는데, 당신들이라고 아껴 줄까?

도미니크회 수도사 판결을 들었으니 복종하라!

소리니가 들어와서 페르난도에게서 살금살금 떨어진다.

페르난도	소리니, 안녕하신가! 필경
	고통 받는 자의 마지막 순간을 즐기러 온 거군!
	겁내지 마시오! 나는 당신을 해치지
	않을 테니! 나는 지난 일을 잊었소
	나는 내 할 일을 다 했소
	당신을 후회와 양심에 맡기겠소
	그것들은 영원히 잠들어 있진 않을 것이오 모든 것엔
	한계가 있는 법이지… 하지만 그런 건 이제 됐어!
소리니	어리석은 자, 감히 협박을 하는가?
페르난도	소리니!
	당신이 이겼어… 하지만 한 가지 부탁이 있소
	들어주시오… 들어준다면,
	나는 장작 위에서 당신을 위해
	기도할 것이고, 모진 고문 중에서 당신의 이름을
	축복할 것이오.
소리니	(미소를 띠고) 무엇인지 말해 보라!
	(비웃으며) 말해 봐… 가능한 것이기만 하다면!
페르난도	(에밀리아의 땋은 머리채를 꺼낸다.)
	이 검은 머리채를 보시오!
	이것을 나와 함께 태우도록 해 주시오
	오늘 난 이걸 그녀의 머리에서 잘라냈소!
	(에밀리아의 시신을 가리키며)
	죽음에 앞서 이것을 내게서 빼앗지 말아 주시오.
	당신들에겐 아무 방해가 되지 않을 터이니.
소리니	아니, 안 된다!

	절대로 안 돼.
페르난도	마지막 간청이오!
	(이를 간다.) 믿으시오, 이 머리카락은 절대
	고문의 쇳덩이가 내게서 짜내는 비명을
	당신이 듣는 것을 방해하지
	않을 것이오!
소리니	아니! 절대 안 돼!
	그건 너의 고통을 덜어주겠지만,
	법정은 그런 걸 원치 않는다.
페르난도	소리니!
	당신이 원하는 것은…
소리니	내가 원하는 것은 너의 복종이다!
	종복(從僕)들아! 당장 이교도를 잡아서
	그 부정한 손에서 머리카락을
	빼앗아라. 포승으로 죄인을
	묶어라! 이 자는 선고를 받았고,
	지체하는 것은 어리석은 일이다…
	(방백) 너는 내게 값을 치르게 될 것이다.
	소리니가 너보다 더 혹독하게 복수할 수 있음을
	알게 될 것이다… 우리 둘 다 죄가 있기는 하나
	이기는 쪽에 명예가 따르는 법이지!

그 동안 모두 페르난도에게 다가간다. 그러나 그는 가까이 있는 한 사람을 밀치고 소리니에게 덤벼들어 그의 팔에 상처를 입힌다.

| **페르난도** | 뒈져라! |
| **소리니** | (일격에 쓰러졌다가 일어난다.) 도와줘! |

페르난도	(조용하고 음울하게) 살았군!
소리니	난 살았다.
	너의 고통을 즐기려고 말이지!
도미니크회 수도사	팔을 싸매게! (싸맨다.)
페르난도	이제 알겠다,
	네가 아직 너의 천명과
	네 악행의 모든 수단을 다하지 않았다는 것을. 창조주께서
	내 증인이다. 나는 이 짐승으로부터
	이 땅을 깨끗하게 하려 했으나… 쇠가 말을 듣지 않는구
	나…
	그리고 그 자는 살았다… 경멸스러운 인간!
	그 자는 내게 모든 고문 도구보다
	더 혐오스럽다.
	(단검을 땅에 던진다.) 꺼져라, 믿을 수 없는
	금속아! 너는 마치 사람들처럼 나를 섬겼지.
	순결의 살해를 도왔고,
	악당의 가슴에는 무디어졌다,
	(발을 구른다.) 꺼져라, 배신자!
	(그의 손에 단검이 없는 것을 보고 모두 그에게 달려들어 붙잡
	고 팔을 묶는다.)
도미니크회 수도사	이제 그는 우리에게 위험하지 않다! 잡아라,
	묶어라!
소리니	우리는 너무 지체했다! 오! 내 심장은
	이 이교도가 죽어갈 불을
	보기 원하며 떨린다!
	신의 이름으로! 아들들이여! 자, 가라!
지휘관	그 자가 달아나지 못하도록! 더 단단히 잡아라!

페르난도	겁내지 마라! 달아나지 않을 테니.
	(비웃으며, 소리니를 가리키면서)
	이런 천사를
	하늘로 보내고자 한 자는,
	가장 끔찍한 처형을
	당할 만하지!
모세	(문 밖에서) 놔 줘요! 어서요!
	(절망에 빠져 달려 들어온다.)
	내 아들! 페르난도! 어디 있습니까? 어디? 어디 있어요?
	페르난도, 넌 내 아들이다! 조금 전에 알았다.
	랍비가 내게 알려주셨어. 무슨 짓을 한 거냐?
	찾았구나! 그런데 다시 영원히 잃다니!
	내 아들! 내 아들아! 오 하늘이여!
페르난도	(전율한다.) 내가 당신의 아들이라고! (침묵)
	노인장… 사실이 아니오! 말해요. 사실이 아니라고!
	이런 순간에 아버지를 찾았다는 게 내게 무슨 소용이란 말인가?
	노인장… 당신은 스스로 기만한 거요! 나는 당신의 아들이 아니오,
	누구도 내게서 사랑 이상의 것을 요구하지 말아 주시오.
모세	안 돼! 내가 너를 구하겠다!
	(소리니의 발에 몸을 던진다.) 오 나리!
	기독교인에게 동정을 청하는 것이 아닙니다,
	나리, 그게 위반이라는 걸 압지요!
	하지만 저의 전 재산은 당신의 것입니다!
	(무릎을 꿇는다.) 여기 금화가 있습니다!
	(지갑을 꺼낸다.) 그를 구해 주세요! 도망치도록 해 주세요!

	그는 제 아들입니다! 그를 위해서라면 뭐든 주겠어요
페르난도	일어나요! 일어나! 그자 앞에서 자기를 낮추지 말아요.
	나처럼 오만하게 행동해요. 아니면 내 아버지가 아니오!
	일어나요! 그리고 경멸하며 증오하는 법을 배우시오.
모세	(무릎을 꿇고) 내 부를 가지시오, 전부! 모두
	당신 앞에 있으니… 나는 딸도 있다오!
페르난도	노인장, 조용히 하시오! 내가 묶여있지 않았다면,
	입을 막아버렸을 거요…
모세	자비를 베푸시오! (무릎을 끌어안는다.)
소리니	안 돼!
모세	그럼 처형을?
소리니	어쩌겠나?
지휘관	(수하 중 하나에게) 앞으로 가라.
페르난도	(모세와 에밀리아에게) 안녕히! (그를 데려간다.)
소리니	(모세에게) 자, 어쩌겠나?
모세	데려가 버렸어! 도울 수가 없다니!
소리니	(돈지갑을 잡는다.) 해보도록 하지! 모든 수단이 사라졌다!
	재판정에서 나는 상당히 힘이 있다고
	넌 유태인이잖나. 아하! 어째서 여기 있는 건가?
	오, 기다려라! 나는 너의 일을 처리해주지. (웃으며 나간다.)
모세	가 버렸어! 돈을 가지고, 아들을 데리고,
	음울한 협박을 남기고! 오 창조주여!
	오, 예루살렘의 하나님! 저는 참았습니다.
	그러나 전 아버지입니다! 딸은 정신이 나갔고,
	아들은 수치스러운 무덤 언저리에 있고,
	재산은 사라졌습니다… 오, 신이여! 신이여!
	아니! 아브라함이 이삭의 위로 칼을 들었을 때가

더 나았을 것입니다..23) 저보다는!

터져라, 심장아! 터져라! 부탁이다. 그리고 너희

숱 많은 머리털아, 사라져라, 하늘의 천둥이

드러난 이마를 쪼개도록!

(머리카락을 쥐어뜯는다.)

아들! 딸! 재산! 금화!

전부, 전부! (손을 비튼다.)

영원히 잃고 말았다! (두 사람이 들것을 가지고 들어온다.)

오, 화(禍)로다! 내게 화가! 오, 화! 화로다!

(유태인은 달려 나간다. 두 사람이 놀라서 쳐다본다.)

관 짜는 사람1	사방에 온통 절망과 처형뿐이군.
	물론, 이 사람에게도 불행은
	적지 않은 거야. (모세가 나간 문을 가리키며)
관 짜는 사람2	그래! 머리를 온통 쥐어뜯었어!
관 짜는 사람1	유태인이야. 하지만 안됐어!
관 짜는 사람2	돈 알바레스가
	딸의 시신을 가지러 우리를 보낼 때,
	그가 간신히 서 있었고
	뺨으로는 눈물이 가득 흘렸던 걸 알아보았나?
관 짜는 사람1	그래, 온 도시가 이 사건에 대해
	떠들더군!
관 짜는 사람2	(에밀리아의 시신을 들것에 놓는 것을 도우면서)
	처녀여, 그대의 영혼에 평화가 있기를!
관 짜는 사람1	그녀를 위해 호화로운 장례식이 준비될 거라고
	들었네.
관 짜는 사람2	그걸 이해할 수가 없어!
	망자에게는 다 마찬가지 아닌가,

에스파냐인들

비단 속에서나, 마포 속에서나 벌레에게 먹히는 건 말이
야?

관 짜는 사람1   그러기 마련이지.

관 짜는 사람2   (들것 위의 시신이 떨어지지 않도록 덮개로 싸며)

이것이 당신의 결혼 침상이오,

미인이여! (침묵)

그녀는 정말 아름다웠는데!

내가 이 일에 익숙해지긴 했지만,

지금은 정말 안됐네,

마음이 정말로 무거워.

에밀리아를 실은 들것을 들어올린다.

관 짜는 사람1   수다는 그만 됐어! 일하자고!

가자⋯ 그렇게! 잘 봐, 수평으로 잡으라고!

(시신을 운반해 나간다.)

2장

알바레스의 집 근처 거리. 군중.

에스파냐인1   아! 잘 있었소! 안녕하시오!

페르난도의 슬픈 이야기를 들으셨는지.

에스파냐인2   그는 오늘 도시로 호송되어

감옥에 갇혀 있죠. 이미 그에 대한 재판이 끝났어요.

장작이 준비되어 있더군요. 내 눈으로 봤어요.

여기선 너무 오래 끄는 걸 싫어하죠,

어떤 수도승이든 모욕을 당하면 말입니다.

이제 화형에 처할 거예요, 죄가 없더라도 말이죠.

에스파냐인3 하지만 페르난도는 죄가 있어요.

뭣 때문에 가엾은 에밀리아를 죽였답니까.

잔인한 심장을 지닌 자예요! 아니! 태워 죽여야 해요

에스파냐인4 치욕적인 삶보다는 죽음이 더 낫다고 생각해서

그녀에게 선을 행한 거예요, 악이 아니라!

에스파냐인2 사람들이 밀려나와 모이는군요.

사람이 죽는 것을 구경하려고 (군중을 가리키며)

이 사람들 자신이 죽을 운명이라

누가 말하겠소?

사라 (무대 뒤에서) 오, 그녀를 잡게 도와줘요!

(나오미가 산발을 하고 들어온다, 그녀를 따라 사라)

그녀는 이 도시까지

이렇게 달려왔어요… 난 완전히 지쳤어요!

나오미! 아아! 그녀는 정신이 나갔어요.

나오미 놔줘! 내 오빠! 오빠! 오빠!

어디로 간 거야? 난 오빠를 사랑해, 이토록 정답게 사랑한

다고

법률은 폭군이야! 이 얼마나 추악하고 사악한 모습인가!

내게 손을 줘요! 오 아니야.

아니? 이 손가락에서 죽음의 냄새가 나요!

내게 목걸이를 줘요…

내 오빠! 오빠! 오빠!

난 그가 죽는다는 걸 알았어, 사라.

집에 가자.

(사라는 그녀의 손을 잡는다.) 아니! 그러기 싫어!

	(무릎을 꿇는다.) 오, 착한 사람들이여! 말해 줘요
	우리 오빠는 어디 있나요?
에스파냐인2	저 여잔 누구지?
사라	아아! 불쌍히 여겨 주세요!
	정신이 나간 게 보이시죠.
	아무도 그녀를 잡을 수가 없어요…
에스파냐인2	유태인들이 전부 이 처녀처럼 정신이 나가면
	우리에겐 훨씬 좋을 텐데 말이야.
나오미	우리 오빠는 어디 있어요?
에스파냐인4	가엾은 유태 여인!
나오미	(일어나며)
	당신들은 제가 가난하다고 생각하나요. 하지만 우리
	아버진 당신들보다 수백 배는 부자인 걸. 그리고 그만큼
	더 훌륭하셔.
	당신들 앞에 내가 오랫동안 무릎을 꿇고 있을 거라고
	생각했나요. 잘못 생각했어요!
	나는 노래하고 춤추고 즐겁게 지낼 거예요!
	(눈을 훔친다.)
	물러가라! 물러가, 너희 눈물아! 너희 거짓말쟁이들아!
	난 울고 싶지 않아, 즐겁게 지낼 거야.
	눈물을 거둬요. 우리 아버지는 부자니까! (신음한다.)
사라	무슨 소릴 하는 거지? 전부 헛소리야!
	우리는 가엾은 유태인들이야!
에스파냐인2	(나오미를 보며) 불쌍해라!
나오미	그는 어디 있나요?
	하늘이 타오르고 사람들이 죽어요.
	땅이 흔들려… 저기, 불 속에, 불 속에

우리 오빠가! 우리 오빠! 난 그에게 갈 수 없나요?

놔 줘요!

사라   위대하신 신이여, 뭘 하고 계시나요!

그녀가 정신을 차리게 해 주세요!

에스파냐인5   (달려 들어온다.) 다 끝났어! 법정에 다녀왔는데

페르난도는 처형될 거야. 오랫동안 고문을 하고

심문을 했지. 그는 침묵했어.

오만한 페르난도에게서 단 한 마디도 짜내지 못했어.

이제 곧 연기와 불꽃을 보게 될 거야.

에스파냐인2   페르난도의 처형을 보러 가세!

(몇 명이 간다. 군중이 거리를 지나 모여든다.)

나오미   누구의 처형이라고요! (땅에 쓰러진다.)

난… 들었어, 페르난도

(조용히) 나의 오라버니! 어떻게 할까? 웃어요! 처형과 죽음!

그건 너무 고통스러워!

(그녀 주위로 사람들이 모여든다.)

사라   그녀를 도와주세요!

물을! 신의 이름으로 간청컨대 도와주세요.

(곁에 무릎을 꿇는다.)

아직 따뜻해… 오, 악마들, 사람이 아니야!

힘없는 노파인 내가 무엇을 할 수 있나?

오, 도와주세요, 그녀를 도와주세요!

에스파냐인6   (건조하게) 유태 여자는 혼자 죽지도 못하나?

뒈지라고 해! 그리고 페르난도는,

유태인의 아들이었다더군.

사라   적어도 그는

인간의 아들이야. 당신은 목석이고!

에스파냐인들

당신이 누구건 간에 저주를 받아라!

(나오미에게 몸을 굽히고) 나오미! 우리를 버리려 하나요!

끔찍한 아버지의 운명이야.

딸과 아들을 한 순간에 잃다니!

나오미   (조용히) 페르난도!

군중 가운데서 한 젊은이가 곁으로 다가온다.

에스파냐인7   매혹적인 자태로군! 슬픔과

죽음이 그 아름다움을

절반이나 말려버렸는데도 너무나 창백해!

(사라는 그녀의 손을 잡고 몸을 떤다.)

입술이 납처럼 되었군.[24]

1) 누구에게 바친 것인지는 밝혀지지 않았다.
2) 1516~1556년에 재위한 에스파냐의 왕. 1519~1555년에 신성로마제국 황제로 재위했다. 황제로서는 카를 5세라 불린다.
3) 가톨릭교회의 시성(諡聖)을 의미한다.
4) 기독교적 관념에 의하면 최후의 심판의 도래를 의미한다.
5) 가톨릭교회의 교황은 지상에서 사도 베드로의 대리인으로 간주된다.
6) 16세기 말 이후 에스파냐의 수도
7) 성 도미니크(1170~1221): 도미니크 수도회의 설립자. 종교적 이단의 호전적인 박해자. 시성(諡聖)을 받았다.
8) 토르콰토 타소의 바로크 서사시 <해방된 예루살렘 Gerusalemme liberata>(1580)의 여주인공.
9) ergo (라틴어)
10) postium (라틴어)
11) Гурии: 이슬람 신화에 나오는 낙원의 처녀들.
12) Guadiana: 에스파냐의 라만차 지방에서 시작하여 포르투갈 국경을 거쳐 카디스만으로 흘러드는 강.
13) 고대의 아랍계 유목민족. 여기서는 이슬람교도를 의미함.
14) troubadour: 11~13세기 프랑스의 방랑시인, 가객(歌客).
15) zither: 옛 현악기.
16) 이스라엘, 혹은 '이스라엘의 땅': 팔레스타인의 성서상 명칭. 여기서는 이스라엘 민족을 지칭한다.
    살렘: 고대 예루살렘의 명칭 중 하나.
17) A.D. 70년 로마의 예루살렘 정복 이후 유태인들은 아프리카, 아시아, 유럽으로 흩어졌다.
18) 성서에 의하면 유태인들이 이집트에서 나오던 때에 불이 붙었으나 타서 사라지지 않는 떨기나무 속에서 신이 예언자 모세에게 나타났다고 한다.
19) 시온: 예루살렘 남동쪽에 있는 산. 요새가 솟아 있다. 시온은 '다윗성'이라 불렸으며 고대 유태왕국의 수도로 간주되었다.
20) 대심문관: 에스파냐 종교재판소의 수장 (1483년 이후)
    성스러운 아버지: 로마 교황
    추기경: 가톨릭교회에서 교황 다음으로 가장 높은 지위
21) Victoria (라틴어): 승리!
22) veni, vici. (라틴어): 케사르의 유명한 승전선언을 인용함. 본래 형태는 'Veni, vidi, vici'로 '처녀를 아직 보지 못했기 때문에' 중간의 'vidi 보았노라'를 생략했다.
23) 창세기 22장에 나오는 아브라함이 외아들 이삭을 제물로 바치려 하다가 천사의 만류로 실현되지 않은 사건을 염두에 두고 있다.
24) 여기서 원고가 끊겨 있다. <에스파냐인들>은 완전히 마무리되지는 않았으나 결말을 예상할 수 있어 레르몬토프 최초의 희곡으로 간주된다.

에스파냐인들

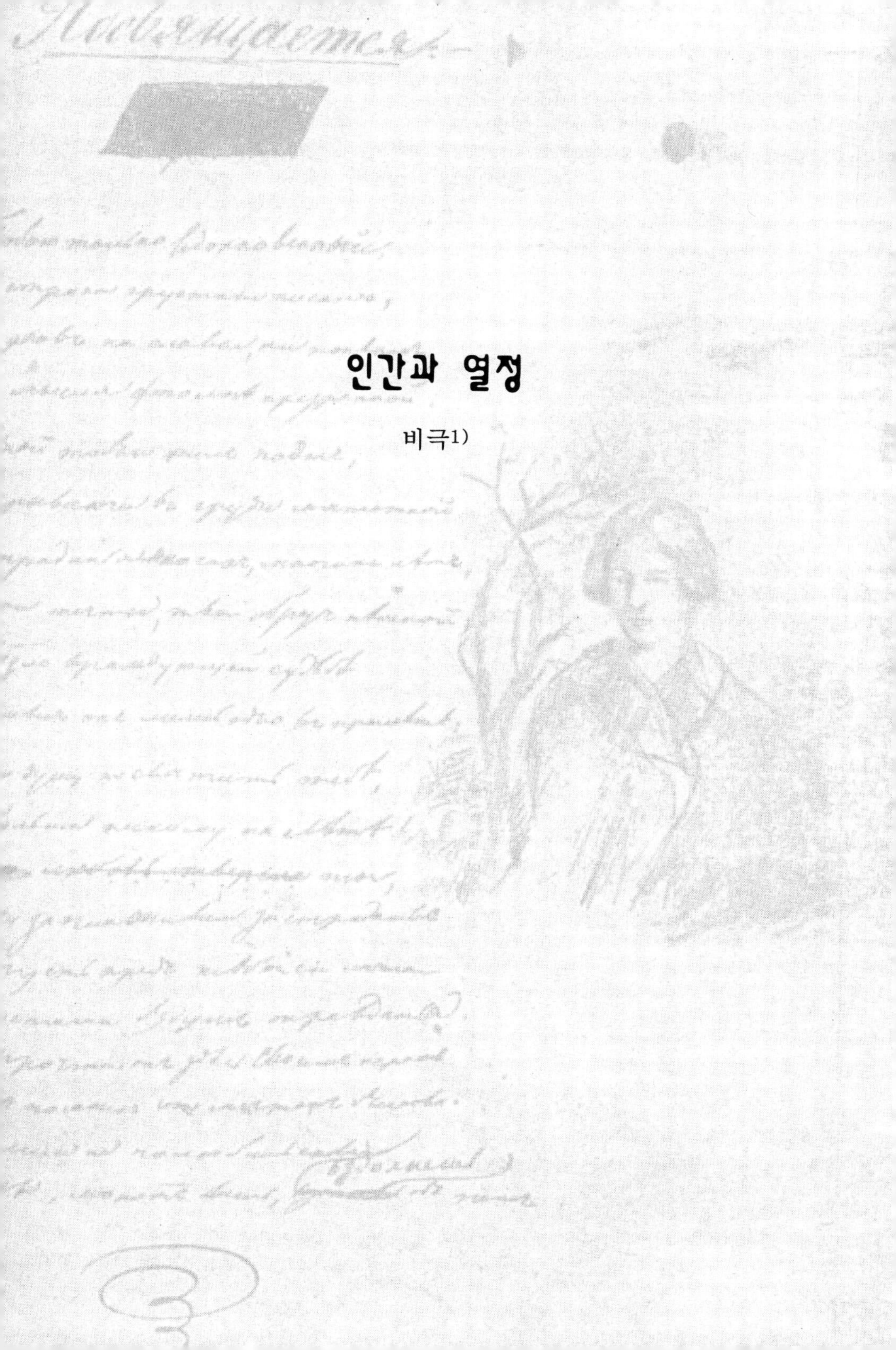

인간과 열정

비극[1]

헌사

그대에게서만 영감을 얻어
우울한 행들을 썼습니다.
영광도, 칭송도 알지 못한 채,
경멸하는 군중에 대해 생각하지도 않으며.
그대 한 사람으로 인해 시인이 살았습니다.
반항적인 가슴 속에
오랜, 아주 오랜 세월의 고통을,
자신의 몽상을, 그대의 부드러운 모습을 감추고.
적대적인 운명에 적의를 품은
그에게는 단 하나의 대상만이 있었습니다.
온 영혼을 당신에게 바치고
더 이상 세상의 다른 누구에게도 주지 않습니다!
당신은 정열에 응답하지 않고
그의 사랑을 거절했습니다,
이 종이를 당신 앞에 놓아두고
변명이 되게 해 주십시오.
읽어 주십시오. 그는 여기서 자신의 펜으로
과거의 꿈들을 기억나게 했습니다.
그리고 만약 다시 사랑하지 않는다면
당신은 아마 그를 생각하며 한숨지을 것입니다.

등장인물

마르파 이바노브나 그라모바2) 80세

니콜라이 미할리치 볼린 45세

유리 니콜라이치 그의 아들. 22세

바실리 미할리치 볼린 니콜라이 미할리치의 형. 48세

류보피 바실리의 딸. 17세

엘리자 바실리의 딸. 19세

자루츠키 젊은 장교. 24세

다리야 그라모바의 여종. 38세

이반 유리의 하인

바실리사 두 번째 아가씨의 하녀

볼린 가의 하인

사건은 그라모바의 시골 영지에서 일어난다.

1막

1장

아침. 탁자 위에 차 주전자, 사모바르와 찻잔이 있다.

다리야 어때, 이반, 지하실에 다녀왔나? 거긴 어제 비가 내려서 몽땅 젖었다고들 하던데… 유리 니콜라이치가 어디 계신지 봤어?

이반 다녀왔지요. 다리야 그리고리예브나 아주머니, 닦아야 할 건 전부 닦았지요. 주인님은 못 봤습니다… 아시다시피, 아마 위층의 아버님께 가셨겠지요. 흔히 있는 일이지요 친아버지와 함께 있는 것을 누가 원치 않겠습니까. 외국으로 가면 그러기 어려울 테니까요… 저와 젊은 주인님이 곧 떠나야 하는지 아닌지 아주머니는 혹시 모르시나요? 당신들은 곧 그분과 헤어지는 겁니까?

다리야 마님이 일주일 후라고 하시는 걸 들었어. 니콜라이 미할리치가 온 가족과 함께 이리 오셔서. 그래, 그거 아나, 정말이지, 그분들이 여기 오신 뒤부터, 바로 그때부터(내 손에 손가락이 다섯 개 있는 것만큼이나 확실히 알지) 은수저 두 개가 보이지 않아. 못 믿겠나?

이반 아주머니 당신이 그렇게 얘기하신다면 어떻게 안 믿겠어요 하지만 이해할 수 없군요… 당신네선 모든 걸 빡빡하게 하니까. 은수저 두 개를 훔치려면 대단한 명수가 되어야겠죠. 그래요! 경제적으로 하려는 거죠 감시하고 봉급과 옷도 적게 주고, 하고 싶은 대로 다요. 그런데도 매일 없어지는 것이 생기는데 방법이 없단 말이지요…

다리야	다 내 탓이지, 내 탓. 하지만 난, 하나님이 보고 계시지만 진실하게 마르파 이바노브나를 섬기고 있다고 더는 못해. 주여, 내 죄를 용서 하소서. 집안일을 하다가 없어지는 게 생기면, 내가 책임을 지지. 그럼 욕을 하는 거야, 욕을 해! (우는 척 한다.)
이반	왜 주인마님이 니콜라이 미할리치와 말다툼을 하셨는지 물어봐도 되나요? 그럴 이유가 없어 보이는데요. 가까운 친척…
다리야	이유가 왜 없어? 어떻게 이유가 없어? 있어 봐. 내가 어떻게 된 건지 전부 다 얘기해 줄 테니. (앉는다.) 저기, 내가 아직 어렸을 때, 우리 마님의 따님인 마리야 드미트리예브나가 돌아가셨어. 어린 아들을 남기고 말이지. 모두 정신 나간 것처럼 울었어. 우리 마님이 제일 심했지. 그 다음에 마님은 손자인 유리 니콜라이치를 남겨두라고 요구했다네. 그 아버지는 처음에는 동의하지 않았지만 결국 설득 당했고 아들을 남겨두고 자기 영지로 가셨지.[3] 마침내 우리 집에 오실 생각을 하셨는데, 착한 사람들이 전해준 소문에 의하면 그분이 우리에게서 유리 니콜라이치를 빼앗을 거라는 거야. 바로 그래서 그때부터 싸우는 거지. 아직도…
이반	어떻게 그것 때문에 화를 낼 수가 있죠? 내 생각엔 아버지는 언제나 아들을 데려갈 자유가 있어요. 자기 소유니까요. 니콜라이 미할리치가 선량해서 자기 장모의 슬픔을 동정한 건 좋은 일이죠. 다른 사람이라면 그렇게 안할 텐데요. 자기 자식을 두고 가지는 않는다구요
다리야	그분이 도련님을 양육하게 되면 어떻게 될지 뻔히 보이는군. 그분이 중요한 사람이 되려고 애쓰긴 하지만 자기도

먹고 살 게 거의 없잖아. 어떻게 아들에게 여러 가지 언어를 가르치는데 일 년에 사천 루블을 지불하겠어?

이반 어휴! 아주머니! 러시아에 이런 속담이 있어요. 어리석은 아들은 부(富)가 도울 수 없다. 부는 이 선생들을 돕는 거죠. 아들이 똑똑하다면 똑똑할 것이고, 멍청하다면 다 소용없는 거예요.

다리야 (미소를 띠고) 이제 보니 니콜라이 미할리치를 변호하는 거로군. 그분이 자네를 길들인 거야, 동정심 많은 사람. 자넨 그런 사람이지, 착하군, 착해.

이반 (방백) 자기 식대로 판단하는군. (오만한 표정으로) 나는 항상 옳은 쪽을 변호하는 거고 누구도 나를 길들인 적이 없다는 건 하인들이 다 알고 있어요.

다리야 그럼 우리 마님을 내버려둬. 좋아, 좋아, 이반. (한 발을 구른다.) 나 혼자 그분 편에 남을 테니까. 온 마음으로 그분을 따르니까, 불행하신 마님. (우는 척 한다.)

이반 (방백) 독사 같으니!

2장

바실리사가 우유 항아리를 가지고 들어온다.

바실리사 저기요, 다리야 그리고리예브나, 아가씨들께 크림을 갖다 드리세요. 당신은 우유를 갖다 드렸어요. 그런데 아가씨들은 댁에서 차에 크림을 넣어 마시는 습관이 있어서요. 그러니 화내지 마세요.

다리야 당신네 집에선 모두 크림을 마셨군. (방백) 봤지, 부자들이란! (그녀에게) 여긴 크림이 없어, 지금은 금식 기간이야.

그래서 끓이지 않았어.

바실리사 그렇게 말씀드릴까요?

다리야 그렇게 말해! 뭘 꾸물거리는 거야! 말했잖아, 나한텐 없다고 (바실리사는 나간다. 그녀는 계속한다.) 정말 건방지기 짝이 없군. 완전히 거렁뱅이인 주제에, 진짜 거지면서, 여기 와서는 그래 크림이라니, 크림. 그럼 크림이 있는 곳으로 가던가. 내가 자기들 하인이 아니란 걸 알아야지. 정말로 이런…

3장

니콜라이 미할리치, 바실리 미할리치가 들어온다.

니콜라이 미할리치 (다리야에게) 안녕, 다리야!

다리야 안녕하세요, 나리! 잘 주무셨나요?

니콜라이 미할리치 잘 잤네. 이 집의 위층은 좀 덥군. 자! 내 하인을 보내줘.

다리야 (이반에게) 나가봐! 왜 그러고 서 있어? (그는 나간다.)

니콜라이 미할리치 (형에게) 봐, 형, 아침이 참 아름답고 모든 것이 상쾌해. 아아, 나는 정말 이 시간을 사랑해. 정원으로 산책 나가자, 가자고…

바실리 미할리치 그래, 난 준비됐어. (그들은 나간다. 다리야는 그들에게 문을 열어 준다. 다리야에게) 차를 정원으로 가져다 줘! 알았지?

다리야 저런 사람들을 봤나! 그리로 차를 가져오라고 내가 자기네 종이기라도 한 것처럼. 그건 아니지. 차를 안 가져다 줄 거야, 기다리든지 직접 가지러 오라지. 아하, 시간이 지났어, 모두 일하러 갈 시간이야!

4장

농가에 있는 자루츠키의 셋방.

침대 위에 어린아이들이 있다. 구석의 물레 뒤에 요람과 농부 아낙이 있다.

자루츠키 (탁자에 앉아 있다. 탁자에는 병과 잔 두 개가 놓여 있다. 그는
기병대 정복을 입고 있다.) 자, 내 젊음의 동지를 또 찾은 것
같군. 공교육이란 참 유익한 거야! 인생의 매 걸음마다 과
업과 사랑스러운 농담을 나누는 동료를 만나게 되니까.
아직 젊은 시절에만 말이야. 오랜 추억처럼 오랜 친구도
소중하지. (침묵)

볼린은 용감한 친구였지, 누구에게도 논쟁을 양보하지 않
았고, 소란을 피우는 일이나 똑똑한 행동이나 생각에 있
어서나 모두 중에서 제일이었지. 난 그 친구가 부러웠어!
헌데 곧 오겠지. 옛 친구가 여기 있다 전하라고 보냈으니
까. 어디, 그 친구가 날 기억하는지 볼까? (마신다.) 멋진
포도주로군. 이걸 대접해야겠어.

(기타를 들고 치면서 노래한다. 기타는 탁자 위에 놓여 있었다.)

1절[4]
삶이 그대를 속일지라도
슬퍼하거나 화내지 말라
절망의 나날 참고 견디면
기쁨의 날 반드시 찾아오리라

가슴은 미래에 살고
현재는 언제나 슬픈 법

모든 것은 한 순간 사라지지만
버린 것은 마음에 소중하리라…

2절5)
필멸자여, 너는 나를 모방하라!
즐기라, 즐기라,
뜨거운 열정으로 지치라
그리고 술잔 너머에서 쉬라.
(마신다.)

이때 문이 열리고 유리가 빠르게 농가 안으로 들어와서 자루츠키의 품에 뛰어든다. 침묵.

5장

유리	자루츠키. 이렇게 갑자기…
자루츠키	볼린 군, 정말 오랜만이군. 자넬 기다리면서 자네가 날 잊지 않았으리라는 걸 알았네. 나는 예언자인가 봐.
유리	못 보는 동안 무척 변했군. 하지만 나이는 먹지 않았고 여전히 유쾌하고 씩씩하군 그래.
자루츠키	내 직업이 기병이잖나! 자네는 정말 끔찍하게 변했군…
유리	그래, 난 변했지. 내가 얼마나 늙었는지 보라고 오, 자네가 그 이유를 안다면, 몸서리치고 한숨을 쉴 것이네.
자루츠키	어디, 더 자세히 보세. 자넨 음울하고 무뚝뚝하고 슬프군. 피투성이 전투 전야의 기병처럼 근심 없이 함께 연회를 벌이고 나다니던 그 유리가 아니로군.
유리	그렇다네, 친구. 나는 그 유리가 아니야, 이전에 자네가

알던, 어린애 같은 소박한 마음과 쉽게 남을 믿는 마음으로 모든 사람의 포옹에 몸을 던지던 그 친구가 아니고, 지상 공통의 실현 불가능하지만 아름다운 형제애를 꿈꾸던[6] 사람도 아니고, 자유의 이름 앞에 심장이 떨리고 생기어린 홍조로 뺨을 물들이던 그 사람도 아니야. 오! 내 친구여! 그 젊은이는 아주 오래 전에 땅에 묻혀 버렸네. 자네 앞에 있는 것은 하나의 그림자이지. 절반만 살아있는 인간이야. 거의 현재도, 미래도 없이, 어떤 힘으로도 되돌릴 수 없는 과거가 있을 뿐이야.

자루츠키 됐네! 됐어! 나는 내 귀를 믿을 수가 없네. 아니, 이것이 자네가 한 말인가? 말해보게, 무슨 일이 있었던 건가? 설명해 주게. 제기랄, 아무 것도 이해할 수가 없군. 용맹하던 친구가 이렇게 음울해지다니. 마치 파우스트 박사 같아! 됐어, 친구, 그런 멍청한 헛소리는 그만두게.

유리 자네가 날 이해 못하는 건 이상한 일이 아니야. 자넨 나보다 2년 먼저 기숙학교에서 나왔으니 나에게 무슨 일이 있었는지 알 수 없지… 자네가 없는 새 내겐 아주, 아주 많은 일이 있었네, 아아! 너무 많았어! (이야기를 시작한다. 자루츠키는 파이프 담배를 피우기 시작한다…)

자루츠키 그래, 자네에게 무슨 일이 있었던 건가? 상부나 동료가 부당하게 굴었나? 그걸 6년 동안 잊을 수 없었던 건가? 됐네, 됐어, 뭔가 다른 것이 자네의 영혼을 괴롭히고 동요하게 만드는 건가. 예를 들면[7] 검은 눈썹 미인의 눈동자라든가.

유리 아니. 전혀 아닐세! 우스운 생각이로군! 하, 하, 하! (침묵)
자루츠키 그렇단 말이지! 궁금해지는군! 그건 그렇고 마셔보자고! (손을 잡으며) 자네에게 무얼 대접해야할지 모르겠네, 친애하는 손님에게…

유리 (마시며) 기억하나, 행복하던 시절의 유리를. 아직 가족의 불화나 부당함으로 괴로워하게 되기 전의 그를? 내게 있어 가장 좋은 대화는 사람들에 대한 고찰일세. 내가 얼마나 사람의 마음을 알기 위해 안달하며 노력했는지, 얼마나 열렬히 자연을 사랑했고, 인류의 작품이 내 멀어버린 눈에 얼마나 훌륭했는지 기억하나? 난 지나치게 인간을 잘 알아서 그 꿈이 소중했다네…

자루츠키 우리 기병들은 그런 시시한 일은 취급하지 않는다고 우리에게 인생이란, 돈이 인생을 즐겁게 보내게 해 주는 거지.

유리 자네가 없었다면 내겐 가슴 속에 있는 모든 감정, 사상, 희망, 꿈과 의심을 털어놓을 친구가 없었을 거야… 모르겠어. 요람에서부터 어떤 이상한 예감이 나를 괴롭혀왔네. 자주 밤의 어둠 속에서 온 세상에 아무도, 아무도, 아무도 내 곁에 없다는 사실이 생각날 때마다 차가운 베개 위에서 울곤 했어. 자네를 제외하고는 말이야, 하지만 자넨 멀리 있었지. 부당함과 악의가 온통 내 머리 위로 쏟아져 내렸어. 마치 먹구름처럼 나를 휩쓸고 내 위로 떨어지고 파열했어. 난 무감각한 돌처럼 서 있었지. 어떤 기계적인 자극으로 나는 손을 뻗었고 조소하는 웃음소리를 들었어. 아무도 내 손을 잡아주지 않았고 손은 다시 심장으로 떨어졌어… 인류의 자유에 대한 나의 사랑은 자유사상으로 취급 받았네. 자네 외엔 아무도 나를 이해하지 못했어. 하지만 자네가 다시 나에게 돌아왔군! 그렇지 않은가?

자루츠키 오, 폐하! 우리의 현명하신 폐하! 만약 그런 히드라, 괴물, 비열한 도덕적 괴물에게 자네 청춘의 가장 좋은 시절을 맡겨버릴 것을 자네가 알았더라면. 하지만 자네가 어떻게 알았겠나? 하나님만이 전지하신 것을! 내가 그··· 악당이 눈에 띌 때 그놈을 토막내주지 않으면 악마가 나를 잡아갈 거야. 그자는 많은 사람을 불행하게 만들었으니까. 계속하게! 내 친구!

유리   그 다음엔 알다시피, 내 양육자인 할머니는 내 아버지와 잔인한 갈등이 있어. 그게 전부 내게로 떨어지고 있네. 결국, 자네에게 하는 말이네만. 새로운 불쾌한 일이 우리를 당혹케 하지 않고 그냥 지나가는 날이 하루도 없다네. 나는 이런 비열한 사람들에 둘러싸여 있네. 이렇듯 모든 것이 내게 반대하고 있어···

자루츠키   어휴! 이 사람아, 젠장! 모든 것을 바로잡을 수는 없어!

유리   또 있네. (그의 손을 잡는다.) 알고 있나? 나는 사랑을 하고 있네···

자루츠키   뭐 그래, 그것 없이는 말이 안 되는 건가? 누구와 사랑에 빠졌는지 말해주게. 내가 자넬 도와주겠네. 경기병은 그러라고 만들어진 거니까. 장난하고 싸우고, 연인을 도와주고 그리고 그의 결혼식에서 연회를 벌이려고 말이지.

유리   결혼식에서? 결혼식은 피투성이일 걸세! 그녀는 절대로 내 것이 되지 않을 거야. 그녀의 이름을 말해 뭐하겠나. 나는 마지막 희망을 꺼버리고 싶어. 나는 사랑하고 싶지 않네. 하지만 사랑에 푹 빠졌어!

자루츠키   이보게, 친구, 나도 사랑하고 있다는 걸 아는가, 사랑을 받고 있는지는 모르네. 자네가 가엾어졌어, 자넨 정말 불행해. 들어보게! 기병대에 들어오지 않겠나? 우리가 얼마나 중요한, 형제들 같은 삶을 사는지 알잖나. 아낙네들이 방해하는 곳에 좋은 일이란 별로 없을 테니까!

유리   (방백) 오, 내가 백부의 딸을 사랑하는 걸 자네가 안다면,

　　　　　　　자넨 날 이전처럼 대해주지 않겠지. (소리 내어) 외국으로
　　　　　　　가겠네. 모든 사람을, 조국을 뒤로 하고 아마 벗어나는
　　　　　　　데 도움이 될 테지.

자루츠키　　자네 아버지와 백부, 그리고 사촌누이들이 여기 있지… 둘
　　　　　　　이었던가?

유리　　　　(눈에 띄게 당황하면서) 응… 그래. 모두 나와 작별 인사를
　　　　　　　하러 왔어! 그리고 자네와 난 또다시 헤어지겠지!

자루츠키　　자네 상상력이 망가졌군. 이 친구야, 자넨 환자야. 왜 우
　　　　　　　리를 떠나려는 건가?
　　　　　　　"나를 믿어, 그 나라는 더 아름답지도, 사랑스럽지도 않아,
　　　　　　　우리의 사랑이나 우리 친구가 사는 그 곳보다."

유리　　　　어째서 나를 믿지 않고, 왜 불행한 자를 만류하는 거지.
　　　　　　　자넨 정말 내게 반대하는 건가. 자넨 정말 나의 파멸을 바
　　　　　　　라나. 자넨 날 배반했어. 간단히 말해보게, 무슨 생각을
　　　　　　　하는지. 아마 자넨 나와 나의 희망 없는 사랑을 비웃고 싶
　　　　　　　은 게로군. 예전에 나를 비웃던 친구가 있었어. 그 웃음은
　　　　　　　오랫동안 내 귀에 남아 있을 거야. 아아! 동정심을 좀 가
　　　　　　　져보게, 사람이 가질 수 있는 최소한이라도 날 내버려두
　　　　　　　는 게 더 나아!

자루츠키　　가엾게도, 광기에 빠졌군. 내가 왜 그의 신경을 건드렸던
　　　　　　　가? (유리에게) 들어봐, 내 말을 명심하게. 집에 있는 편이
　　　　　　　나아!

유리　　　　난 갈 거야. 난 가야 해. 난 가고 싶네… (의자에 몸을 던지
　　　　　　　고 갑자기 손으로 얼굴을 가린다.)

자루츠키　　(그를 내려다보고 서서 말없이 고개를 젓는다.) 가엾은 친구!
　　　　　　　누구의 잘못인가? 정말 사람이 이렇게까지 예민할 수 있
　　　　　　　다니. 온갖 사소한 것들이 그를 이 지경까지 화나게 한 거

	야. (자기 가슴을 치며) 명예를 걸고 말하지만, 난 이런 걸 이해할 수가 없어! 어이, 친구. 일어나게. 자넨 아픈 거야… 정신 차리게. (그를 건드린다.)
유리	그래! 난 아파! 치명적인 독이 내 혈관에 흐르고 있어. (자루츠키가 그를 일으킨다. 꿈에서 깨어난 것처럼 일어난다.) 여기가 어디지, 누구의 집에 있나?
자루츠키	자네 친구의 품속에.
유리	(환희에 차서 그를 포옹한다.) 난 친구가 있어.
자루츠키	진정하게, 친구. 슬픔은 100년도 못가.
유리	(그의 말을 듣지 않고) 나에게 화난 건 아니지? 응? 뭔가 불쾌한 말을 했다면 용서해주게. 그건 내 말이 아니라. 내 고통, 내 광기가 한 거야. 날 용서하게…
자루츠키	자넨 신선한 공기가 필요해! 자, 여기서 나가세… 들판으로… (그들은 나간다.)

6장

아가씨들의 방. 류보피는 앉아서 책을 읽고 있다. 하녀는 옷을 깁고 있다. 엘리자는 거울 앞에 있다. 모두 조용하다.

엘리자	(모자를 써 보며) 좀 봐줘, 류보피,8) 이 모자가 나에게 어울리는지. 정말 멋있지 않아…
류보피	그래, 정말로. (책을 내려놓으며) 아아! 내가 얼마나 멋진 책을 읽고 있는지 언니가 안다면.
엘리자	물어봐도 된다면 뭔데?
류보피	월터 스코트의 <우드스톡, 혹은 기수>! 알리나가 왕과 대령을 붙잡는 대목까지 읽었어9)… 아아, 그녀가 정말 부

러워…

엘리자 내가 보기엔 거기 멋진 건 아무 것도 없어. 그들은 싸우고… 자기 목을 부러뜨리라고 해… 하, 하, 하. 너의 알리나는 정말 바보야!

류보피 모든 사람은 각자 취향이 있어…

엘리자 그건 그렇고, 우리가 모스크바에 있을 때 생각나니. 나는 어떤 젊고 멋진 청년과 춤을 추었어. 그는 내게 편지를 쓰고 나를 위해 쿠즈민 가와 안면을 텄어…

류보피 (경멸하며) 그럼 편지를 받은 거야?

엘리자 정말 중요한 거야! 난 무척 기뻐… 우리가 다시 수도에 가게 되면. 그는 나와 결혼할 거야… 그런데 넌 결혼하고 싶지 않니, 예쁜아? 가만히 있으면 아무도 널 안 데려갈 거야.

류보피 어느 곳에서 우리가 대귀족들과 평등할 수 있을까… 언니는 사랑받는 딸이야, 하지만…

엘리자 (그녀의 말을 듣지 못한 것처럼) 정말 멋진 계절이야. 난 정원에 갈 거야… (나간다.)

류보피 왜 아버지는 저를 언니보다 덜 사랑하는 걸까요, 하나님? 제가 뭘 어쨌다고요? 정말로 아버지의 사랑은 불공평하게 나눠져야 하는 건가요! 나는 아버지와 언니와 똑같은 상냥함으로 이어져 있는 것 같은데, 한 번도 불순종으로 언짢으시게 한 일이 없었는데. 절대로. 절대로… 아아, 엄마가 살아계셨더라면, 다른 사람이 엄마 대신 상냥하게 나를 자기 가슴에 꼭 안아주었더라면, 나의 운명을 애석해 하지 않았을 텐데.

(하녀 바실리사가 일어나서 나간다.)

엄마의 마지막 말씀이 기억나. "울지 마라, 내 딸아. 아버지가 너를 사랑하시지 않으면 어떻게 할까. 기도하거라, 내 딸아, 하나님의 사랑은 부모의 것보다 공평하단다!" 그리고 엄마의 파리하고 병든 얼굴은 완전히 평온해졌지. 마치 죽음처럼! (침묵) 나는 영원히 고아인 것 같아. 트로이츠키 수도원에 갔을 때가 어렴풋이 생각나. 고행 수도사님이 나에게 불행이 많을 거라고 예언했지. 오! 성스러운 노인이여, 어째서 당신의 예언은 이루어진 건가요?

그녀는 책을 들고 앉는다. 갑자기 자루츠키가 들어온다. 그녀는 놀라서 벌떡 일어난다.

7장

자루츠키가 그녀에게 다가간다.

류보피	무슨 일로 오셨나요, 신사분. 여기 저 혼자 있을 때. 분명 방을 잘못 찾으신 거겠죠. 여기로 들어오실 생각이 아니었던 거예요…
자루츠키	아닙니다, 아가씨. 저는 정확히 원하던 곳에 왔습니다… 여기가 당신의 방이지요…
류보피	제가 보기엔…
자루츠키	놀라지 마십시오 부탁입니다. 겁내지 마세요…
류보피	당신을 겁낼 이유는 없어요. 다만 이 행동은 무척 놀랄 만하군요…
자루츠키	당신이 이런 행동의 이유를 아신다면. 맹세컨대, 놀라지 않으실 겁니다… 만약 당신이 자연의 모든 것이 복종하는 그 힘에 대해 들었거나 스스로 느끼셨다면… 그럼 제 부

탁을 들어 주십시오…

류보피   제 생각엔 당신의 부탁이 무엇이든 열일곱 살 소녀인 제
가 당신께 해 드릴 수 있는 일은 아닐 것 같은데요…

자루츠키   저는 기병입니다. 기병들은 생각하는 대로 말하죠. 탁 터
놓고 말씀드려도 되겠습니까? (그녀는 당황하여 침묵한다.)
당신은 사랑의 고통을 느껴본 적이 있습니까? 당신이 그
이름을 가지고 있으니[10] 대답해 주세요, 그 불꽃이 당신
의 혈관에 흐르고 있습니까?

류보피   아주 이상한 질문이로군요…

자루츠키   당신은 사랑을 느껴본 적이 있습니까?

류보피   이건 너무 하는군요, 너무 뻔뻔해요. 저는 이런 대화에 익
숙하지 않아요. 절 내버려두세요. 싫으시군요. 명령이에요,
아니면 사람을 부르겠어요… 하지만 당신께 그런 불쾌한
일을 하고 싶지는 않아요. 절 내버려 두세요.

자루츠키   마지막으로 간청합니다. 어떤 청년을, 온 세상에서 그만을
사랑한 적 있는지 말해주세요.

류보피   (짜증이 나서) 너무 방종하시군요, 신사분. 다시 한 번 말씀
드리는데 만약 저를 내버려 두시지 않는다면…

자루츠키   (벼락 맞은 듯이 뛰어오른다. 방백) 그렇다면 나의 모든
희망은 땅에 떨어졌다… 한 번 더 시도해 봐야지… 아마
도, 그녀는 자루츠키가 *그녀를* 사랑한다고 생각하는 것
같다. 아아! 행복한 생각이다. 아직 구원이 있어.
(평온한 표정으로 그녀에게 다가간다.) 저는 사모합니다. 당
신의 언니를…

류보피   그게 저하고 무슨 상관인가요. 어째서 이렇게 갑자기 찾
아와서 저의 평온을 방해하시는 거죠. 대체 왜 저를 찾아
오셨어요? 당신의 행동은 이해할 수 없어요!

자루츠키	저는 당신께 간청하러, 눈물로써 도움을 얻으러 왔습니다. 제 소망이 순수하다는 걸 믿어주십시오. 맹세컨대 전, 전 그녀와 결혼하고 싶습니다. 하지만 그 전에 그녀와 단 둘이 이야기할 기회를 마련해 주십시오. 그녀에게 사랑을 받고 있다는 것을 알려주세요. 열정적으로, 경기병이 사랑할 수 있는 최대한 말입니다. 저는 그녀를 더 가까이서 알고 싶습니다. 당신이 증인이 되어 주세요. 간청합니다. 하지만 그건 무슨 뜻인가요? 고개를 돌리시는군요? 할 수 있는 상황인데, 어떻게 착한 일을 거절하실 수 있습니까.
류보피	저는 그럴 수 있는 상황이 아니에요!
자루츠키	아니! 당신 언니의 신뢰와 우애를 받고 있으면서 당신은…
류보피	틀렸어요! 저는 그 누구의 신뢰도, 우애도 받고 있지 않아요!
자루츠키	그렇다면. 저는 희망 없이 가야 합니까. 예?
류보피	아니에요. 잠시만요… 들어보세요… 그녀의 관용을 악용하지 않겠다고 맹세해 주세요… 하지만 당신이 무엇으로 맹세를 하겠어요. 아니에요… 이게 낫겠어… 가슴에 손을 얹고 말해줘요. 사람들이 비난하는 것처럼 남자들이 악하고 교활하다는 것이 사실인가요. 그들의 영혼에는 아가씨를 영원히 파멸시키는 것이 아무 의미도 없다는 것이 사실인가요…
자루츠키	(생각에 잠겨, 단호하게) 사실이 아닙니다.
	(소란스러운 소리가 들린다.)
류보피	제가 엘리자를 설득해 보겠어요… 하지만 저와 언니의 신뢰를 이용하는 건 죄가 되리란 걸 기억하세요… 들리시죠. 그녀가 와요. 얼른 가세요, 얼른…
자루츠키	희망을 갖겠습니다. (나간다.)
	(잠시 후 엘리자가 들어온다.)

8장

엘리자   아아, 얼마나 우스운지! 맙소사! 맙소사![11] 아래층에서 무엇 때문에 소란인지 알아? 류반카. 마르파 이바노브나가 얼마나 변덕스럽게 구는지. 그걸 참느니 집에서 도망치는 게 낫지! 굉장했어! 계집애 뺨을 후려쳤다고 하! 하! 하! 하! 볼만 했어. 뭣 때문이었을까? 아아, 숨 좀 쉬자. 멍청하기 짝이 없었어. 아아! 피곤해라! 나중에 너한테 말해줄게!

류보피   언니에 대해서 아주 중요한 일이 있어… 언니 생각에…

엘리자   무슨 일인데? 말해줘, 응! 말해줘!

류보피   나하고 같이 가자!

(그들은 나간다.)

1막의 끝

2막

1장

마르파 이바노브나의 방. 그녀는 안락의자에 앉아 있다. 그 앞에 다리야가 서 있다.

마르파 이바노브나 다쉬카, 오늘 어떻게 감히 부엌에 닭을 두 마리 준 거냐. 내 지시도 없이? 응? 대답해봐!

다리야   제 잘못이에요… 두 마리가 많다는 건 알고 있었지요, 마님, 하지만 말씀드릴 짬이 없었어요.

마르파 이바노브나 멍청이, 돼지 같으니. 두 마린 많아… 이제 우린 먹을 게 아무 것도 없을 거야. 너는 나를 굶겨 죽일 작정이지. 당장 내 앞에서 네 따귀를 치라고 명령할 것을 아느냐…

다리야 (허리를 굽히며) 마님의 권한입지요, 마님, 내키시는 대로. 저희는 당신의 노예입니다…

마르파 이바노브나 니콜라이 미하일로비치와 네가 무슨 일인가로 소릴 지르지 않았나…

다리야 아닙니다요. 어떻게 저희와 실랑이를 하시겠어요. 이렇게 된 것이지요. 오늘 나리들께서 저에게 크림을 달라고 사람을 보내셔서요. 저에게 크림이 있기만 했어도, 그렇죠…

마르파 이바노브나 뭐야, 정말로 주긴 한 거야?

다리야 그게 아닙지요…

마르파 이바노브나 어떻게 네가 감히…

다리야 마님 허락을 받았더라면 좋았겠지요, 하지만 마님은 주무시고 계셨는걸요. 모두에게 크림을 드렸더라면, 마님, 모자랐을 거예요… 우리 소 한 마리가 오늘 앓기 시작했거든요. 마님, 제 잘못입니다. 안 드렸어요. 짙은 크림을 안 드렸어요… 주인님의 허락 없이 그랬다는 얘기를 한 번이라도 들어보셨나요?

마르파 이바노브나 뭐, 그렇다면 잘했어… 내 손자, 젊은 주인님이 어디 있는지 모르느냐?

다리야 아마도, 마님, 자기 아버지와 있을 거예요.

마르파 이바노브나 모두가 거기 있구먼. 이쪽은 쳐다보지도 않아. 그 녀석 하는 짓이라니. 전에는 자주 오더니만, 내게서 떠나질 않았다고 어렸을 땐 말이지. 아버지에게서 떼어놓은 게 소용없군. 그 사람들이 유리에게 내가 그 애 아버지에게서 어머니의 영지를 빼앗고, 그 영지를 그 애에게 주지 않을 것 처럼 믿도록 했어… 오오! 악랄한 사람들 같으니!

다리야   그 말씀이 옳습니다, 마님. 악랄한 사람들이지요.

마르파 이바노브나 누가 나의 노년을 평온하게 해 줄까! 그 애의 양육을 위해서라면 뭐든지 해주려 했다. 하나님이 알고 계실 거야. 차도 마시지 않을 각오가 되어 있었어. 선생들에게 1년에 사천 루블을 지불했지… 전부 소용없게 되어버렸어… 지금의 재난을 피하기 위해 온갖 수단을 다 썼다. 매주 일요일마다 1푼트[12]의 초를 켜고 모든 성인들에게 참배했지. 그 애에게 아버지나 백부, 모든 친척들에 대해서 모함을 하지 않았느냐. 아무 것도 소용없었지. 아아, 내 딸만 살아있었어도, 모두를 화해시켰을 텐데. 아니면…

다리야   마님, 왜 그렇게 상심하시나요. 아직 모든 것을 바로잡을 수 있어요. 유리 니콜라이치가 뭔가에 동정심을 느낄 수 있어요. 동정심이 많은 분인 걸 아시잖아요. 지성이면 감천이라고요… 마르파 이바노브나, 속담도 있잖아요. 쇠는 뜨거울 때 두드려야 한다고…

마르파 이바노브나 허튼 소리. 그게 될 일이냐. 어떻게 동정심을 품게 한단 말이냐. 그 애는 이제 아무 것도 믿지 않을 거야.

다리야   마님께서 우리 종들에게 그런 것을 물으시다니요… 아시지 않습니까…

마르파 이바노브나 (위쪽을 쳐다보며) 성모님이 보고 계셔, 나는 기도를 쉬지 않았다고… 너의 충고대로 해 보도록 애써 보마, 다쉬카… 그 애가 아버지와 하는 이야기를 듣고, 전부 알아내서 나에게 전해다오…

다리야   알겠습니다. 마르파 이바노브나, 저만 믿으세요…

마르파 이바노브나 그래, 믿어보마. 너는 언제나 나를 충실히 섬기는구나…

다리야	하나님이 보고 계십지요. 저는 한 번도 마님을 속인 일이 없고 항상 틀림없이 당신의 명령을 수행하지요… 마님은 만족하시고요. (절을 한다.)
마르파 이바노브나	하지만 일주일 후면 유리쉬카는 떠나는걸. 나는 이 지긋지긋한 볼린 가 사람들에게서 해방이고 내 딸만 살아 있었어도! (침묵)
	이봐라, 다쉬카, 복음서를 가져다가 읽어다오.
다리야	어디를 읽어드릴까요?
마르파 이바노브나	아무 데나! (다리야는 책을 펴고 읽기 시작한다.)
다리야	(충분히 또렷하게 소리 내어 읽는다.) "또 다른 두 행악자도 사형을 받게 되어 예수와 함께 끌려 가니라. 해골이라 하는 곳에 이르러 거기서 예수를 십자가에 못 박고 두 행악자도 그렇게 하니 하나는 우편에, 하나는 좌편에 있더라. 이에 예수께서 가라사대 아버지여 저희를 사하여 주옵소서 자기의 하는 것을 알지 못함이니이다 하시더라 저희가 그의 옷을 나눠 제비 뽑을쌔13)…"
마르파 이바노브나	아아! 악랄한 유대인들, 저주받을 이교도들… 그리스도께 하는 짓이라니… 그놈들을 모두 가차 없이 처형해 버렸을 텐데… 아니지, 바르게 말하자면, 내가 그 당시에 살았다면 말이다. 주님을 위해 목숨을 걸고, 그분을 고문하지 못하게 했을 거다… 뒤로 넘어가서 어딘가 다른 데를 읽어 보렴…
다리야	(읽는다.) "화 있을찐저 외식하는 서기관들과 바리새인들이여 회칠한 무덤 같으니 겉으로는 아름답게 보이나 그 안에는 죽은 사람의 뼈와 모든 더러운 것이 가득하도다. 이와 같이 너희도 겉으로는 사람에게 옳게 보이되 안으로는 외식과 불법이 가득하도다14)…"

마르파 이바노브나 사실이야, 그 말은 사실이라고… 오오! 이 위선자들! 바로 내 이웃 자루보바야… 그 여자는 경건하게 보이면서, 축제일마다 아침 예배에 나오지, 하지만 최근에 자기 소와 말들을 내 밭에 몰아넣으라고 했단 말이야. 몽땅 짓밟았어. 못된 여자 같으니…

다리야 또 있어요, 마님, 집집마다 마님 욕을 하고 다녀요. 뱀 같으니라고… 그리곤 자기 하인들에게 마님을 모함하라고 시킨다니까요. 우리가 종들이긴 하지만 그런 소리를 들으면 피가 끓어 오른다구요. 머리채를 잡고 싶을 정도로요…

마르파 이바노브나 계속하렴…

다리야 (읽는다.) "너희가 너희 조상의 분량을 채우라. 뱀들아 독사의 새끼들아 너희가 어떻게 지옥의 판결을 피하겠느냐?"[15]

마르파 이바노브나 피할 수 없지… 이봐라, 다쉬카… 어딘가 다른 데를 읽어 보렴!

다리야 어떤 복음서 중에서 읽을까요?

마르파 이바노브나 마가복음.

다리야 "그러므로 내가 너희에게 말하노니 무엇이든지 기도하고 구하는 것은 받은 줄로 믿으라. 그리하면 너희에게 그대로 되리라. 서서 기도할 때에 아무에게나 혐의가 있거든 용서하라. 그리하여야 하늘에 계신 너희 아버지도 너희 허물을 사하여 주시리라 하셨더라."[16] (사기그릇이 깨지는 요란한 소리가 들린다. 두 사람은 놀란다.)

마르파 이바노브나 뭐지? 틀림없이, 뻔뻔한 녀석들이 뭔가를 깨뜨린 거야… 얼른 가서 봐! (다리야 나간다. 잠시 후 돌아온다.)

다리야 크리스털 잔이에요, 이니셜과 도금한 손잡이가 있는…

마르파 이바노브나 그게!

다리야 바닥에 깨진 조각이 있습니다요…

마르파 이바노브나 아아, 나쁜 녀석! 누가 깨뜨렸니. 그 망할 녀석이 누구야?

다리야 주방꼬마 바시카예요!

마르파 이바노브나 그 녀석을 이리 데려오렴… 얼른… 이 도둑놈을 때려주어
야겠다.

다리야가 그를 부른다.

마르파 이바노브나 무슨 짓을 한 거냐, 이놈아… 그 잔이 15루블짜리인 건 알
고 있느냐? 그 돈은 네 봉급에서 깎을 것이다. 그걸 어떻
게 떨어뜨린 거냐. 대답해, 멍청아? 자. 뭐지? 말해 봐. (소
년이 무슨 말인가를 하려 한다.) 뭐라고? 아직도 변명을 하려
는 게냐… 어휴! 자, 매를 때려라, 마구간에서 매를 때려…
(소년이 무릎을 꿇는다.) 헛소리! 난 그런 맹세는 믿지 않는
다… 악마에게나 가버려, 주여, 내 죄를 용서하소서… (소
년이 간다.) 가 버려… (발을 구른다.) 내 가장 좋은 잔이, 도
금한 손잡이와 내 이니셜이 든 것이! 다쉬카, 고칠 수는
없겠지, 어떻게든 붙이는 건…

다리야 그렇게 깨져선 안 되겠던데요.

마르파 이바노브나 에이, 재수가 없으려니.

니콜라이 미할리치와 바실리 미할리치 볼린이 들어온다. 다리야는 책을 들고
나간다.

2장

니콜라이 미할리치 안녕하십니까, 장모님, 오늘은 잘 주무셨는지요… 오래 주
무시지 못한다고 들었습니다만…

마르파 이바노브나 그래, 자네, 나는 잠을 못 잤네. 온통 나의 유리쉬카 생각뿐
이라서… 그 애가 여행을 간다고 해서, 나는 걱정이라네. 자
네들, 아버지들은 자식들에 대해 그렇게 걱정하지는 않지!
하지만 나는 그 애와 헤어지는 것이 무척 슬프다네…

니콜라이 미할리치 제 마음은 더 편할 거라고 생각하십니까? 실례지만 잘못
생각하셨습니다. 저는 장모님보다 아들을 덜 사랑하는 게
아닙니다. 아들을 장모님께 양보하고 아들과 함께 지내는
기쁨을 잃어버린 것이 그 증거입니다. 제가 장모님이 하
실 수 있는 만큼 그 애를 양육할 재산이 충분치 않다는
것을 알았으니까요.

마르파 이바노브나 (바실리 미할리치에게) 자, 당신은! 당신 일은 어찌 되었소,
상원에선 뭐라고 합니까?

바실리 미할리치 상원이요? 그 일은 아직 끝나지 않았습니다. 지방법원과
현 관청에서는 모두가 방탕하고 혼탁해져 있지요… 누군
가 나타나기만 하면 탐욕스러운 작자들, 협잡꾼들, 관청서
기보조의 갈고리들이 온갖 부랑배들과 함께 에워싸는 겁
니다. 개코들이니까요! 주머니에 돈푼깨나 있다는 사실을
그자들이 알게 되면… 5년 동안 이 희극이 계속되는 것입
니다… 그렇지만 제가 등장인물이니 저에게는 전혀 우습
지가 않은 거죠!

마르파 이바노브나 (니콜라이 미할리치에게) 알고 있나, 니콜라이 미할리치, 나
는 유리쉬카가 프랑스로 가길 바라네, 독일을 곁눈질하지
말고 나는 이제 독일인들을 참을 수 없어! 그들에게서 뭘
배우겠나! 전부 소시지 장수에, 천박한 놈들인데!

니콜라이 미할리치 잠시 끼어들겠습니다, 장모님. 독일인들은 비록 사회 계몽
에 있어 프랑스인들에게 뒤쳐졌지만, 예의범절이나 태도
에 있어 좀 이상한 점이 있고, 그렇게 빈틈없고 거리낌 없

는 것은 아니지만, 프랑스인들보다 사상적으로 심오하고, 여러 학문에 있어 보다 발전되어 있습니다. 그리고 유리의 나이면 자기 일을 알아서 할 수 있습니다. 스물두 살이고 이미 관등이 있습니다. 그리고…

바실리 미할리치 여쭤 봐도 된다면, 유리 니콜라예비치는 배로 갑니까?

마르파 이바노브나 하나님, 보호하소서! 아니, 절대 아닐세.

바실리 미할리치 그렇다면 독일을 거쳐 가야겠군요. 다른 길은 없습니다. 지도를 보시지요.

마르파 이바노브나 그렇단 말이지! 하지만 난 그 애가 독일인들과 사는 것을 원하지 않네. 그자들은 바보야…

니콜라이 미할리치 맙소사! 그들은 다른 어디에서보다도 철학을 더 잘 가르친단 말입니다! 칸트가 바보였단 말입니까?

마르파 이바노브나 주여, 철학으로부터 지켜주소서! 유리쉬카가 무신론자가 되었다고?

니콜라이 미할리치 (불쾌한 기색으로) 제가 제 아들에 대하여 장모님보다 덜 좋은 것을 바란단 말입니까? 저는 제가 무슨 말을 하는지 알고 있습니다. 철학은 무신론이 아닙니다. 무신과 광신 대신에 그것으로부터 구해주는 수단입니다. 철학자는 진실합니다. 세상에서 가장 행복한 사람이지요, 그리고 그가 아무 것도 모른다는 사실을 아는 사람입니다. 이것은 제 말이 아니라 더 현명한 사람들의 말이지요… (바실리 미할리치는 남몰래 기뻐한다.) 좋은 의도가 별로 없는 사람이라 할지라도 모두 저에게 동의할 겁니다.

마르파 이바노브나 그럼 나는 좋은 의도라곤 전혀 없는 셈이로군… 자네 입장에 지나친 자부심을 갖고 있군… 확실하네!

니콜라이 미할리치 할머니보다는 아버지가 아들에 대하여 더 많은 권리를 가지고 있다는 걸 알아두시는 게 좋을 겁니다… 저는 당신을 가엾게 생각하여 저의 단 하나뿐인 위안을 남겨두었습니다, 장모님께서 유리를 잘 양육하시리란 걸 알고 말입니다… 그러나 저는 감사를 기대했습니다, 아들을 만나러 올 때의 이 모든 불쾌한 일이 아니라요… 장모님은 크게 실수하신 겁니다. 유리는 이미 다 컸습니다. 그 애는 성인 남성이고, 아버지를 부당하게 대하는 사람이 아들로부터 존경을 받을 가치가 없다는 것을 이해할 수 있습니다… 저는 진실을 말하는 겁니다. 듣기 싫으시겠지요. 용서를 빕니다… 하지만 이걸 아십니까. 저는 장모님의 비열한 이웃들과는 다르며 제가 느끼는 바를 말하지 않을 수 없습니다. 장모님께서 저를 혐오하셔서 저는 매우 슬픕니다… 그러나 어쩌겠습니까, 장모님께서는 제 생명을 가로막고 계십니다. 저는 아버지이고 아들에 대하여 완전한 권리를 가지고 있습니다… 그 애는 장모님께 양육과 후견의 은혜를 입고 있습니다. 그러나 저는 어떤 빚도 없습니다. 장모님은 그 애를 위해 1년에 기숙학교에 오천씩을 지불하셨습니다. 그러나 저는 당신을 위해 더한 희생을 했습니다. 모든 어떤 사위도 장모를 위하여 하지 않는 것을 말입니다. 영지에 대해서는 말씀드리지 않겠습니다… 죄송합니다.

마르파 이바노브나 (일어나려 하며) 어떻게 자네가 나를 가장 비천한 종처럼 꾸짖고 욕할 수가 있는가. 내 집에서… 아아! (악의로 기진맥진하여 안락의자 위에 쓰러져 종을 울린다.) 다쉬카, 다쉬카, 지팡이.

다리야 잠깐만요 (지팡이를 가져와서 그녀를 부축하여 방 밖으로 데려간다.)

니콜라이 미할리치 오, 하나님! 여자의 광기가 저 지경에까지 이를 수 있습니까! (앞뒤로 왔다 갔다 한다.)

바실리 미할리치 (그에게 다가온다.) 동생, 바로 이것이 아낙네들과 논쟁하는 것의 의미라고! 이게 다 무슨 일이야. 어째서 그냥 자기 아들을 데려오지 않는 거지. 3000명의 농노 문서에 값을 치르고 싶지 않은 거지. 그녀가 너에게 영지를 주었으니까. 어리석은 관대함 때문에 가지지 않다니! 약속대로 가져도 마찬가지잖아. 그녀가 이런 조건을 걸었으니까. 네가 아들을 데려가면 그녀는 그 애에게서 유산을 빼앗고 너는 후견인이 될 수 없다는 거지. 그래, 동생! 그런 거야, 늦었어!

니콜라이 미할리치 하지만 그녀의 약속과 그녀 오빠의 보증은. 어째서 그들이 나를 속이리라고 장담하는 거지?

바실리 미할리치 뭐야, 농담이지? 솔직히 말하라고! 하! 하! 하! 오늘은 좀 밀렸군. (그들은 나간다.)

3장

정원, 황혼이다, 하늘에는 달이 떠 있고 왼쪽에는 정자가 있다. 류보피는 흰 원피스를 입고 머리에 긴 검은 숄을 둘렀다. 손에 편지를 들고 있다.

류보피 (읽으며) 그는 나와 단 둘이서 이 시간에 이야기하길 원해. 무슨 뜻일까? 유리가 나와 이야기하길 원한다. 무엇에 대해? 우리 사이에는 목격자들 앞에서 말해서는 안 되는 것이 있을 수도 없고 있어서도 안 돼. 아가씨들은 남자를 겁내야 한다고들 하지만 위험할 리가 없어. 내가 왜 유리를 겁내야 하지?

아아! 자주 그가 움직이지 않는, 빛나는 시선을 내게 기울일 때면, 뭔가 이상한 것이 내 가슴을 지나갔어. 심장이 뛰었어. 어쩌면, 그가 나를 사랑하는 걸까? 아니! 아니야!

그런 일은 절대 없어! 나는 이 사랑을 믿지 않아. 그는 나와 결혼할 수 없어. 희망 없는 열정으로 자신을 괴롭히는 거야. 난 예쁘고, 누군가 날 좋아할 수도 있다고 거울이 내게 말해주지만, 그 사람은, 그 사람은 나보다 나은 미인들을 많이 알았잖아. 그리고 정말로 나를 사랑하는 거라면, 나를 존경해야 해. 미덕이 그에게 확실히 대답하는 걸 허용하지 않을 거야. 그의 열정을 불러일으킬만한 암시는 준 적이 없는 것 같은데. 정말 그는 내 심장이 뛰는 것을 알아차린 거야. 아아! 아니야! 유리 자신은 항상 내게 음울하고 냉정했잖아. 부드럽게 사랑하는 건 못할 거야… 하지만 왜 만나자고 한 걸까? 이 편지! 모르겠어, 뭘 원하는 건지… (침묵) 달이 떠올랐네, 모든 것이 조용하고 선선해. 하지만 그는 오지 않을 거야. (침묵) 여기 오다니, 얼마나 바보 같은 짓을 한 걸까, 이해할 수 없는 힘이 내 걸음을 지배해서 잡아끌었어. (정자 옆에 앉는다.) 만약 우리가 함께 있는 것을 사람들이 본다면… 나의 명예는 끝장이야. 오, 어리석은 것 같으니!

4장

유리	(망토를 두르고 모자를 쓰지 않은 채 조용히 그녀에게 다가가서 손을 잡는다.) 류보피! 벌써 여기 와 있었군요!
류보피	(놀라서) 아아!
유리	놀랐습니까?
류보피	아뇨… 할 말이 있다고 했죠. 들을 준비가 되었어요. 경청하지요.
유리	그래요. 당신에게 하고 싶은 이야기가 많아요… 기억하십

니까. 우리가 알게 된 이후로 당신은 한 번도 나의 부탁을 무신경하거나 경솔하게 거절하지 않았지요… 지금… 사실을, 당신의 마음처럼 순수한 사실을 말하겠다고 약속해주길 바라요…

류보피   약속하라고요? 좋아요. (그의 눈을 들여다본다.)

유리   (강한 동작으로 그녀의 손을 잡는다.) 지난 밤, 내가 놀랍게도 평온히 잠들었을 때, 기이한 꿈이 나의 영혼을 괴롭히기 시작했습니다. 나는 아버지와 할머니를 보았습니다. 할머니는 내가 아버지의 행복을 희생시켜 자신의 노년을 위로해주길 원했습니다. 나는 경멸을 품고 탐욕스러운 노파에게서 돌아섰습니다… 그런데 갑자기 위로자 천사를 만났습니다. 천사는 나의 손을 잡고, 한 번의 시선으로 나를 위로했고, 한 번의 형언할 수 없는 시선으로 내게 생기를 되찾아주었습니다… 그리고… 내 품 속으로 쓰러졌습니다. 인간과 자기 자신에 대한 지옥의 증오가 꼬여 있던 생각들, 내 생각들은 갑자기 정화되었고, 하늘로, 당신에게로, 창조주에게로 올라갔습니다. 나는 다시 인간을 사랑하게 되었고, 이전처럼 선량하게 되었습니다. 참으로 이것이 달의 은총 아래 가장 위대한 것이 아니겠습니까? 그리고 또 이거 알아, 류보피, 이 위로자 안에서, 이 천상의 존재 안에서. 나는 당신을 알아보았어! 당신은 그 모습 안에서 빛나고 있었어, 그건 당신이었어, 아름다운 사람, 지금처럼… 세상의 누구도, 지옥 자체도 내 믿음을 잃게 할 순 없어! 아아! 한 순간이었지만, 복된 순간이었어. 꿈이었지만, 지복의 꿈이었어! 들어봐, 류보피, 이제 약속을 지켜줘, 고백에 대답해, 이 꿈은 실현될 수 있어… 당신이 지금 가치 있게 여기거나 언젠가 가치 있게 여길 모든 것의 이름으로 간청하는 거야. 고해성사에서처럼 말해 봐… 당신의 한 마디, 그 한 마디가 선악 간에 많은 것을 이룰 수 있다는 걸 알아줘…

(류보피는 몹시 망설이고 있다.) 말이 없네! 류보피.

류보피	안 돼!
유리	뭐라고! 안 된다고 했어, 안 된다고!
류보피	당신의 꿈은 절대 이루어지지 않을 거야!
유리	하늘이여! 그녀는 무엇을 하려는 걸까요? '그래!'라고 말해줘. (침묵) 어째서 '그래'라고 말하려 하지 않는 거야… 그 말, 그 소리가 내 목숨을 소생시킬 있는데, 나를 행복으로 부활시킬 수 있는데! 원하지 않는 거야? 내가 당신에게 무슨 짓을 했다고, 어째서 이토록 교활하게 내게 복수하는 거지. 정말로 여인은 사랑을 할 수 없고, 정말로 자신에게 행복의 은혜를 입고 있는 사람을 볼 때 기쁘지 않은 건가. 그것이 단 한 마디를 필요로 한다는 걸 안다면, 설령 그것이 진심이 아니라 해도… '그래!'라고 말해줘.
류보피	안 돼.
유리	당신은 양심이 있는 거야?
류보피	난 '그래'라고 말할 수 없어. 무엇으로 당신을 유혹할까. 당신은 절대로, 절대로 *내 것*이 되지 않을 거야. 우리를 서로 이어주는 혈연의 도리가 우리의 가슴을 찢어놓을 거야… 그 꿈을 잊어버려! 가엾은 처녀를 망치려는 건 아니겠지, 그렇지? 그러니 그 어리석은 소망을 잊어, 잊으라고! (침묵) 당신은 외국에 갈 거고, 다양하고 새로운 대상들이 당신의 생각을 즐겁게 해 줄 거야. 다른 여자가 마음에 들게 될 거야…
유리	가지 않을 거야… 당신의 발치에서, 당신에게 말하지, 인

간 삶의 모든 행복이 당신의 발치에 있다고. 무자비하게 짓밟지 마! 당신이 나를 거절한다면. 아아, 분명 더 이상 어떤 여자도 마음에 들지 않을 거야. 아마 난 영원히 돌처럼 굳어지겠지.

류보피 (정자 옆의 긴 의자에 앉고 그를 앉힌다.) 오빠, 떠오르는 달이 얼마나 아름다운지 봐. 조용하고 밝은 조화가 자연에 뿌려져 있어. 하지만 오빠의 가슴 속에는 열정이, 반항적이고, 법에 대항하는 잔인한 열정이 들끓고 있네. 저 흩어진, 빛나는 구름을 봐. 마치 기쁨의 순간 같아. 그것처럼 무상하지. 봐, 공중의 여행자들이 지나가는 걸… (그녀는 숄로 얼굴을 가린다.) 괴로워하지 마, 나의 친구. 충분하니까! (완전히 무감각해져서 눈을 하늘로 향하고 움직이지 않고 앉아 있는 유리의 가슴에 눈물을 흘리며 쓰러진다.)

유리 (긴 침묵 후에) 아아! (그녀의 손을 잡는다. 그동안 멀리서 피리소리와 함께 러시아 노래가 멀어졌다 가까워졌다 하며 들려온다. 그것이 끝나자 유리는 벼락을 맞은 듯이 뛰어 올라 류보피로부터 물러선다.)

저 소리가 내 영혼을 패배시키는구나… 누가 지은 걸까… 하늘로부터도 아니요, 지옥으로부터도 아니다… 아니… 하지만 다시… 또다시… 전능하신 신이여! (류보피의 발아래 몸을 던진다, 그녀는 긴 의자에서 일어났다.) 온 세상이 우리를 파멸시키라지. 난 당신을 사랑해. 당신도 말해. '사랑한다'고!

류보피 (억지로) 아니. (달아나려 한다.)

유리 (그녀의 발밑에서) 난 믿지 않아… 날 속이진 못해. 당신 눈에서 읽었어… 다만… 난 만족하지 않아… '사랑한다!'고 말해.

류보피	(뭔가 말하려 하나 갑자기 멈춘다.) 당신이 내 눈에서 다 읽었다면 왜 고백해야 하지!
유리	(환희에 차서 뛰어 오른다.) 난 사랑받네. 사랑받아. 사랑받아. 이제 지상의 모든 불행아, 내게 몰려들어라. 경멸해주마. 그녀가 날 사랑해… 그녀는 하늘이 자랑할 만한 존재라네… 그리고 그 존재가 내게 속하였네! 나는 얼마나 부유한가! (그녀에게) 아십니까, 아가씨, 이 순간 당신이 얼마나 많은 선행을 한 것인지… (그녀를 포옹한다.) 오, 만약 나의 아버지가 이것을 보았더라면, 두 심장의 서로 타오르는 불꽃을 얼마나 기뻐하셨을까.
류보피	당신 아버지! 무슨 소리야?
유리	(떨리는 목소리로, 가슴을 치며) 그래, 그래… 사실이야, 이것에 대해서 누구에게도 말하면 안 되지, 모든 환희, 이 잊을 수 없는 순간의 모든 달콤함은 여기, 여기 내 가슴 속에 남겨 두어야 해. 온종일 나는 추억에 몰두할 거야, 증오와 후회의 쓰디쓴 감정은 하나도 침입하지 못할 거야. 나의 보물을 보관한 이곳에… (류보피에게) 이제 작별의 키스 한 번만. (그녀에게 키스한다.) 오!!! 사람이 감당하기엔 난 너무 행복해! (검은 망토를 두르고, 급히 나간다.)
류보피	사랑에 빠졌어… 착한 사람! (침묵) 나는 나쁜 일은 아무 것도 하지 않은 것 같아. 내게 죄의 짐은 하나도 없어. 나 자신을 비난할만한 것은 아무 것도 없어… 심장이 뛰고 떨려, 마치 뜻하지 않게 그물에 걸린 작은 새처럼! (침묵) 하지만 밤은 깊어가고, 달은 하늘 중간에 이르렀네. 여기 저기서 나를 찾고 있을 거야. 그리고 여기는 텅 비고 무서워… (무릎을 꿇고 위로 손을 뻗는다.) 수호천사여! 가엾은 처녀에게 아무 일도 일어나지 않게 해 주소서. 당신께 맡

깁니다. 그녀의 나약함을 용서하소서… 그리고 부정한 영
으로부터 지켜 주소서. (일어나서 나간다.)

2막의 끝

3막

1장

정원이 보이는 회랑. 엘리자가 양산을 들고 혼자 간다.

엘리자　오늘은 정말 덥군. 얼굴과 목이 달아오르네. 이 고마운 양
산이 없었더라면, 검둥이 아랍인처럼 되었을 거야. 그러면
나에게 나빴을 테지, 왜냐하면 '오늘 난 다른 어느 때보다
도 더 예뻐야 하니까',[17] 제안 받은 만남을 위해서… 하!
하! 하! 어제 류반카는 얼마나 우스웠는지, 그 자루츠키와
그자의 소원을 그렇게 중요하게 취급해서 나한테 얘기하
기 시작했지. '마치 나랏일이라도 되는 것처럼!'[18] 하! 하!
하! 하! 불쌍한 아이, 소설을 시작했어. 곧 정신이 나갈 거
야. 그 앤 온 세상을 자기 식대로 판단해… 예를 들면 오
늘 밤새도록 울었지. 아마 누군가가 칭찬을 해 준 걸 가지
고 자기를 사랑한다고 상상하는 걸 거야… 그리고는 유감
스러워서 우는 거야! 아니, '난 이 모든 것이 우스워!'[19]
자, 아마 오늘은 열정적인 해명이 있겠지, 그는 무릎을 꿇
을 거야… 그에게 살짝 '중의적인 애매한 말'[20]을 해줘야
지. 그럼 만족할 거야… 그 이상 뭘 해주겠어? 그런데 이

자루츠키는 아마 대사교계에 출입하겠지. 그는 자기 동료 군인들과 정말 비슷해… 하! 하! 하! 군인 같아! 이 한 마디가 무슨 가치가 있을까? 그런데 누군가 오는군! 오늘 난 혼자 있어야 해. (나간다.)

2장

유리와 바실리 미할리치가 회랑으로 온다. 바실리 미할리치는 그의 손을 잡아 끌면서 그에게 무슨 말인가를 한다.

바실리 미할리치 정말 고집 센 친구로군! 그냥 내가 하는 말을 끝까지 들어… 너희 아버지와 나는 오늘 마르파 이바노브나에게 갔어. 네 할머니는 우리를 잘 맞아들였지. 그녀의 곁에는 우리의 모든 불쾌함의 원인인 뱀 같은 다리야가 있었어. 자, 들어봐, 네 아버지가 말하기 시작했어…

유리 (멀어지며) 내겐 평온이 없다. 단 1분도… 이 소문들, 이 악마의 음악이 매일 내 귀 주변에서 불타고 있어… (백부에게) 큰아버지, 다음에요… 지금 전…

바실리 미할리치 지금이어야 해, 다음이 아니라… 들어봐, 너는 이 얘기를 전부 알아야 한다. 네 주변의 사람들을 평가할 수 있으려면…

유리 저는 그저 항상 모함을 해서 저를 괴롭히지 않는 사람을 높이 평가해요…

바실리 미할리치 나를 두고 하는 말인 거 안다. 하지만 화내지 않으마… 나좋자고 하는 말이 아니야… 하지만 너의 아버지와 할머니가 어떤 사람들인지 알려주었으면 한다!

유리 (단호하게) 그러시다면 듣겠습니다!

바실리 미할리치 우선 너희 아버지는 네 외할머니에게 너에 대해서 말하기 시작했지. 너의 여행에 대해서 말이다… 그녀는 평소처럼 위선을 떨었어. 자기가 네 아버지보다 너를 더 사랑한다고 단언하더구나. 상상해보렴, 그 다음 네 아버지는 아주 정중하게 반대 증거를 제시했지. 그녀는 그가 너에 대한 권리가 없다는 것을 보여주려고 했어. 여기서 니콜라이 미할리치는 참지 않고 솔직히 말했지. 그녀가 그에게 잘못이 있다는 것과 너를 그녀에게 남겨둘 의무가 없었으나 자신에게는 다른 이유가 있었다는 것, 그녀가 스스로의 약속을 어겼다는 것을 간단히 설명했다. 그녀는 머리끝까지 화가 나서 나가버렸어. 이제 그녀는 우리를 집에서 내쫓을 거야… 안녕, 나의 조카… 왜냐하면, 아마 오랫동안 나도, 동생도 이곳에 들르지 못할 테니까.

유리	(두 손을 꼭 쥐며) 전능하신 하나님! 제가 항상 이 반목을 끝내려 노력했다는 것을 당신은 보셨습니다… 어째서 이 모든 것이 제 머리 위로 떨어지는 겁니까. 저는 여기서 두 승리자가 서로 차지하려고 잡아 찢는 전리품과 같습니다… 큰아버지, 저를 내버려 두세요, 저는 괴롭습니다…
바실리 미할리치	아니… 너는 누군가의 유익을 위하여 결정을 해야 해.
유리	어떤 것을요? 뭘 위해 해야 한단 말인가요? 누가 명령한 겁니까?
바실리 미할리치	명예가.
유리	명예가요? 큰아버지에게 이 말을 하도록 한 게 누굽니까? 오! 지옥의 간교함이여… 이 얼마나 가치 없는 말인가, 또한 얼마나 내게 많은 힘을 가진 말인가… 나의 의무, 자연과 감사의 의무. 너희들은 서로 무서운 투쟁을 벌이는구나… 큰아버지! 어째서 이 단어를 말한 거지요 저는 결정했습니다…

바실리 미할리치	누구를 위한 것이냐, 내 조카야?
유리	아버지는 제 생명을 가지고 계십니다. 그러나 아시지요, 만약 할머니가 배은망덕을 비난하신다면, 어린 시절에 베푼 자신의 모든 원조와 선행을, 제가 그분께 빚지고 있는 은혜 전부를 제 눈앞에 보여주려 한다면, 제가 그분의 노년을 해치고 백발을 고통의 불로 태웠다고, 이유 없이 그분을 버렸다고 저를 저주한다면, 그래서 끝내 저 자신이 후회로 말라비틀어진다면, 이 죄로 인하여 하늘과 땅으로부터 거절당하게 된다면, 그때 제가 당신을 절망적인 말로 저주하게 된다면… 만약… 오, 조심하세요, 조심해요. 온갖 납덩이같은 죄의 고통에 빠지게 될 겁니다… 갖고 계신 증거를 버리세요. 거짓된 것입니다. 당신의 영혼을 구하세요. 증거는 거짓입니다. 말씀드리건대… 거짓말이라고 고백하세요…
바실리 미할리치	아니, 버리지 않을 거다. 그들이 동생과 나를 집에서 쫓아내는 것을 내가 직접 보고 들었으니 말이다.
유리	그렇다면 모든 것은 끝났습니다. 이게 제 결정입니다.
바실리 미할리치	자, 다행이로구나, 결국 너는 결정했구나… 나는 네 아버지에게 가서 네가 그를 버리지 않기로 결정했다는 것을 알려야겠다… 네 아버지가 얼마나 기뻐할까. 전보다 너를 더 사랑하리란 걸 확신한다.
유리	기뻐해요? 누가 기뻐합니까? 내 아버지! 신이여, 이것이 그분의 삶에 큰 기쁨이 되지 않도록 해 주소서… 배은망덕한 자를 포용한다고 생각하지 않도록. (자기 이마를 치고 손을 비틀며) 그러나 솔직히 말하자면!
바실리 미할리치	배은망덕한 자? 어떻게 네가 배은망덕한 자가 된다는 거냐? 그 반대가 아니고? 그래, 너 하나로 인해 숨을 쉬는

니콜라이 미할리치를 버린다면 배은망덕한 자와 죄인이 되었을 것이다… 그리고 제발 믿으렴, 할머니는 너에게 좋은 일이 아니라 나쁜 일을 했단다. 황제 앞에서도 이 말을 다시 할 수 있어…

유리 적어도 할머니는 좋은 일을 하길 원했어요.

바실리 미할리치 (교활한 미소를 띠고) 우리는 그게 악당의 소망이라는 걸 잘 알잖니.

유리 더한 고문이군요… 곧 만족하시게 될 겁니다… 말해주세요. 끔찍한 타격을 내리치고, 갑자기 악의 모든 수단이 제 가슴에 지옥의 독이 쏟아부으세요… 하지만 단번에요. 참을 수 없는 신랄한 고통이 매일 심장을 조각조각 쥐어뜯는 것보다는 나으니까요… 말씀하세요! 저는 단호합니다! 겁내지 마세요, 보세요… (거칠게) 보세요… 하! 하! 하! 제가 즐겁고, 무관심하고, 냉담한 것을 보세요. 바로 당신처럼… (강한 동작으로 그의 손을 움켜쥔다.) 다만 사실을 말해야 합니다…

바실리 미할리치 그리스도께서 함께 하시길. (성호를 긋는다.) 모든 일을 처음부터 말해주마. 교활한 노파와 그녀의 조력자들, 그 형제자매들과 하인들의 작태를 폭로하기 위해서 말이다… 너의 어머니가 돌아가시기 한 달 전에[21] (너는 아직 세 살이었지), 무척 편찮으시게 되었다. 그녀는 마르파 이바노브나의 교활함을 의심하기 시작했고 니콜라이 미할리치를 친아들처럼 사랑하겠다고 신 앞에서 약속하도록 했어. 너의 어머니가 그녀에게 말했어. "어머니! 그이는 저를 사랑해요, 남편이 아내를 사랑할 수 있는 한 많이요. 그이를 저 대신으로 생각하세요… 저는 죽음이 다가오는 것을 느껴요." 여기서 그녀의 말은 끊어졌고, 그녀는 너를 바라보았어. 말없이, 생기 있는 시선이 그녀가 너를 생각하여 무슨 말인가를 하려 한다는 것을 보여주었지… 그러나 다시금 말은 고인의 입술에서 끊어졌지. 결국 그녀는 노파의 약속을 요구하여 얻어 내었어… 그리고 곧 영원한 꿈속에 잠들었지… 너의 할머니는 무섭도록 슬퍼했어, 너의 아버지도 마찬가지였다. 온 집안이 당혹과 눈물 속에 잠겼어. 노파의 형제인 파벨 이바노비치와 다른 많은 고인의 친척들이 왔지.

이 파벨 이바니치가 너의 *아버지*를 방심하게 하기 위해 산책길에 불러내서 마르파 이바노브나가 당분간 *너를* 키우길 원한다고 말했어. 아직 너에게는 엄마가 필요하니까. 그녀는 그에게 이 희생을 해달라고 세상의 모든 성인을 두고 간청했단다. 너의 아버지는 너를 편찮으신 할머니에게 남겨두는 데 동의했고, 혼란스러운 상황이어서 나와 함께 떠났지. 이렇게 모든 일이 시작된 거란다…

석 달 후에 니콜라이 미할리치는 너를 보러 이곳으로 왔어. 왔는데 두 가지 의미를 지닌 소심한 대답을 하인에게서 들었다. 너에 대해 물어 보았는데 '없습니다'라고 그들이 말한 거지… 그는 네가 죽었다고 생각했고, 그렇게 생각하도록 그들은 너를 그 때에 다른 시골마을로 보냈지. 동생은 앓게 되었다. 그의 영혼은 불길한 예감에 괴로워한 거야. 결국 너는 할머니와 함께 왔다… 그리고 무슨 일이 있었냐고? 네 할머니는 네 아버지에게 완전히 냉정해졌어. 마르파 이바노브나가 딸이 살아있을 때에 그에게 선물한 영지에 대해서 그는 조치를 취하길 원치 않았어. 솔직히 짐작컨대, 그건 이미 그의 관리를 완전히 벗어나 있었던 것 같다! 그는 떠났어. 반 년 후에 다시 여기 나타났지.

유리	무서운 이야기가 예상되는군요. 모든 사람에게 수치스러운… 그러나 꼼짝 않고 듣겠습니다, 큰아버지… 다만… 약속을 기억하세요…
바실리 미할리치	당치 않아! 거짓말이라면 나는 저주를 받을 거다! 계속 들어보렴. 네 아버지가 와야 했을 때, 위선을 떨어서 마르파 이바노브나의 신임을 얻은 이곳의 비열한 이웃들이 그녀에게 말했다. 그가 너를 그녀에게서 빼앗으러 왔다고… 그리고 그녀는 믿었어… 사람들의 광기가 그 지경이었단다!
유리	아버지는… 아들을 버리려 했어요… 버리려… 아버지는 저에 대하여 완전한 권리를 가지지 않은 걸까요. 저는 정말 아버지의 소유가 아닌 걸까요… 하지만 아닙니다. 다시 말하건대 큰아버지는 저를 비웃고 있어요…
바실리 미할리치	내 이야기가 진실이라는 증거는 너의 할머니가 그 순간에 파벨 이바니치에게 밀사를 보냈고, 그 사람이 네 아버지가 도착한 다음날 달려왔다는 사실이야… 니콜라이 미할리치는 말을 자제하지 않고 그에게 말했지. 그들이 그를 영지에서 소외시켰고, 여기서 아들에 대해서는 외부인이라고. 이건 그전에 알려진 것과는 다른 얘기다… 하지만 그 교활한 사람이 다시금 그를 *쉽게* 설득했지. 너의 아버지는 고결한 사람이고 모든 사람을 자기 영혼의 선량함에 따라 판단하니까. 떠나기에 앞서 동생은 너를 할머니에게 16세까지 남겨두는데 동의했다. 너의 양육에 대한 것은 전부 동생에게 알려주기로 하고 말이다. 하지만 두 번째 약속은 첫 번째 것과 마찬가지로 잘 지켜지지 않았어.
유리	그럼 그게 전부군요! 그렇지 않나요?
바실리 미할리치	아니다, 이건 아직 절반이야.
유리	아아! 어째서 전부가 아닌가요? 나를 불쌍히 여기소서, 불

쌍히, 하늘의 왕이여…

바실리 미할리치　마르파 이바노브나는 그 여름에 현 소재지로 가서 행동을 취했어. 어떤 행동이냐? 바로 지옥이 그녀에게 이 생각을 불어넣은 거야, 그녀는 약속을 파기했다. 네 아버지를 아무 것도 아닌 것으로 생각한 거야. 그리고 이것이 그 간단한 내용이다.

"내가 죽으면 오빠 파벨 이바니치가 영지의 후견인이 되고, 그가 죽으면 다른 형제가, 그가 죽으면 시아버지에게 이것을 위탁한다. 니콜라이 미할리치가 자기 아들을 데려가면, 유리의 상속을 영원히 박탈한다."…

바로 이것이 지금 네가 이곳에 살고 있는 이유란다. 고결한 너의 아버지는 일을 크게 벌이고 싶어 하지 않았어. 정부에 편지를 쓰고 너의 소유를 박탈하는 것 말이다… 그러나 그는 네가 이 희생을 보상해주기를 기대했단다…

유리　(벼락 맞은 듯이 서서 잠시 침묵 후에) 그녀는 그 가증스러운 영지로 숨이 막히라지! 오! 이제 모든 것이 명백합니다… 사람들, 사람들,. 사람들… 어째서 나는 이전처럼 당신들을 사랑할 수 없는가… 나는 너를 알아보았다, 증오, 복수의 열망… 복수… 하! 하! 하! 얼마나 달콤한가, 지상의 넥타르로다![22]

바실리 미할리치　하지만 그에 따르는 불쾌함은 아주 자연스러운 것이지… 노파가 사랑하는, 절대 자기를 거스르지 않는 사람들에겐 말이야, 그리고 이 주변 사람들… 이 충실한 다리야는 아주 위험한 뱀이야…

유리　됐습니다, 부탁이에요. 계속하지 마세요. 나머진 모두 알고 있습니다…

바실리 미할리치　아니, 조카야, 더… 더 있다…

유리	더 이상 알고 싶지 않습니다… 알아듣게 잘 이야기 하셨어요… (생각에 잠긴다.)
바실리 미할리치	(방백, 미소를 띠고) 내 일은 끝났다. 모든 것은 제자리를 찾았어… 이 모든 것에 대해서는 동생에게 말하지 않을 것이다… 그는 그런 사람이지… 이런 농담을 싫어해… (웃는다.) 그 애는 얼마나 흥분했던가, 불쌍한 것…
유리	(그 동안 바실리 미할리치를 보다가) 나의 고통이 큰아버지에겐 우습군요… 그렇지 않습니까!
바실리 미할리치	아니다… 무슨 그런 말을… 너는.
유리	(방백) 아니다… 아니다… 이 얼마나 얼음장 같은 말인가… 그는, 큰아버지는 사랑 때문에 내게 악행을 폭로한 것이 분명해… 내게 항상 그래왔듯이… 언젠가 나는 집착 때문에 우정에 기만을 당했었지… 오, 쓸모없는 확신… 이제는… (백부에게) 저를 내버려 두세요, 부탁입니다. 저는 혼자 있어야 해요… 온통 불 속에 있는 것 같아요. 숨을 쉬어야 합니다…
바실리 미할리치	좋다, 애야… 잘 가거라. (손을 흔들며 나간다.) 내 할 일은 다 했으니 다행이구나… (나간다.)

3장

유리	마음이 산란하구나, 고통스럽다… 머릿속에서 노여움이 일어난다… 가슴이 요동친다… 심장이 뛴다, 피로 가득 찬 납덩이와 같이… 감각의 과잉으로 나는 감정을 잃어버렸다… 그러나 쉬자… 그녀를 볼 것이다, 위로의 천사를, 그녀는 내게 잃어버린 평온을 금방 되찾아줄 것이다… 가자, 가자… (손으로 얼굴을 가리고 느린 걸음으로 회랑으로 나간다.)

4장

마르파 이바노브나가 들어온다. 다리야가 따라 들어와서 그녀에게 의자를 갖다 준다. 그녀는 앉는다.

마르파 이바노브나 저런 무식한 작자들 같으니! 내 집에서 나한테 폭언을 했겠다. 그러고 나서도 여기 남아있다니… 쫓아내, 쫓아내라고!

다리야 옳으십니다, 마님… 그런 근심걱정은… 족하지요. 마님을 좀 보세요, 얼굴이 말씀이 아니시네요… 호프만 물약23)을 드시는 게 편하지 않으시겠어요?

마르파 이바노브나 뭣 때문에, 뭣 때문에… 유리쉬카를 내게 불러다 주는 편이 낫겠다…

다리야 잠깐만요. (나간다.)

마르파 이바노브나 어떤 하인이 나의 충실한 다쉬카처럼 이 이상 자기 주인에게 매여 있을 수 있을까… (침묵) 뭐, 곧 이 볼린 형제들과는 헤어질 테지. 하지만 유리쉬카는 떠나고 나를 혼자 버려둘 거야… 하늘에 쓰여 있는 것처럼 똑똑히 보여… 그 애가 없으면 나는 기도할 거야. 일요일마다 두꺼운 초를 성모님 앞에 세워야지. 키예프로 갈 거야. 그럼 그 애는 내게 편지를 하겠지… (기침한다.) 오늘 소리를 질렀더니 기침이 나오는군… 복음서와 성경의 말씀을 들을 필요가 있지. 다 이유가 있어서 화를 내지 말라는 거라고… 그리고 자기보다 젊은 사람들과 말다툼하는 건 할 짓이 아니야, 심장을 움켜잡게 될 거라고 금세기에는 사위들이 거만해졌어, 손자들은 똑똑해지고, 젊은 사람들은 누구의 말도 듣지 않아… 우리 때는 그렇지 않았는데… 시어머니는 나를 주먹으로 때리곤 했지… 하지만 난 아무 말도 안했어. 아무 말도… 시어머니는 돌아가시면서 내게 돈을 남겨 주셨지, 삼만 루블과 금은을… 오늘날 우리 러시아의 모든 부는, 모든 증조부의 금은 성상으로 가는 게 아니라 회교도와 프랑스인들에게 간다니까. (침묵)

요즘 세상을 보라고, 봐… 몸이 다 떨린다. 처녀들이 남자들과 한 방에 앉아서 이야기를 하다니. 이 노인네는 그 애들이 부끄럽구나… 오오! 전에는 품위 있고 겸손하게 모였다가 헤어지곤 했는데… 어휴! 이런 시절이라니! 러시아인들은 변했어… (뒤쪽의 회랑을 본다.) 저기 유리쉬카가 오는군.

5장

유리는 노파를 보지 않은 채 음울하고 조용하게 다가온다. 그를 따라 다리야.

유리   (창백하고 흐트러져 있다. 불쾌한 듯 마르파 이바노브나를 보지 않으며) 저에게 물어볼 게 있으시다면서요?

마르파 이바노브나 그래, 얘야! 나는 전부터 너와 이야기를 하고 싶었단다… 그런데 잘 안되었구나.

유리   (냉정하게) 대단히 유감입니다…

마르파 이바노브나 너는 항상 아버지와 백부와 함께 있고, 내게는 들르지 않더구나… 내가 이미 늙고 어리석어진 것이 눈에 보이더냐, 그런 거냐? 내가 헛소리를 하지, 그렇지 않으냐?

유리   저는 아주 어릴 때부터 아버지와 함께 지낸 일이 적었고, 할머니는 출발에 앞서 아버지와 이야기할 것을 허락하셨어요… 적어도 저는 그렇게 생각했습니다…

마르파 이바노브나 누가 너를 막더냐… 하지만 나는 너에게 이야기를 좀 하

	고 너에게 무엇이 더 중요한지 묻고 싶었다…
유리	말씀하세요… (다리야에게) 나가봐…
마르파 이바노브나	어째서? 그 앤 들어도 좋다…
유리	전 이런 참관인이 싫습니다… 내보내 주시길 부탁드립니다…
	(마르파 이바노브나는 신호를 하고 그녀는 나간다.)
마르파 이바노브나	너의 아버지가 내게 아주 무례한 비방을 했다는 것과, 우리가 말다툼을 했고 그가 내일 여길 떠난다는 걸 아느냐?
유리	압니다… 그러나 여기서 저에 관해서는… 그렇다면 저 스스로 아버지와 함께 갈 겁니다…
마르파 이바노브나	네가… 그와 함께… 간다고… 정신이… 나갔구나. 난 너를… 보내지 않겠다.
유리	절 보내지 않으시겠다고요? 할머니가? 아버지와 아들 사이에서 당신은 도대체 뭡니까? 제가 아무 생각 없이 할머니의 행동을 쳐다보는 어린애입니까? 아니면 아버지와 아들 사이에는 신만이 계시다는 걸 모르시는 건가요! 그런데 할머니는 감히 그 자리를 차지하셨어요…
마르파 이바노브나	이것이 바로 내 양육의 결과로군! 이것이 요즘의 감사인가? 오, 무엇 때문에 지금까지 살았던가… 유리는 날 버리려 해. 내 모든 선행에 대한 대가로… 상냥한 손으로 내 눈을 감겨줄 사람은 아무도 없다!
유리	그럼 할머니의 다리야는요?
마르파 이바노브나	네가 감히! 배은망덕한 녀석! 네가 어떻게 아느냐?
유리	(방백) 양심인가? 난 그저 이름을 언급했을 뿐인데, 할머니는 전부 짐작하잖아.
마르파 이바노브나	말해봐라, 나쁜 녀석아, 내가 너를 먹이고 가르치지 않았더냐…

유리	저로선 많은 고통, 많은 불면을 할머니의 양육에 대한 값
	으로 치렀습니다… 할머니께선 제 안에 아버지에 대한 증
	오를 일으키려 했고, 그분의 삶을 망쳐놓았습니다… 당신
	은… 그러나 충분합니다. 할머니는 스스로의 행동을 알고
	계십니다… 그러니 스스로를 탓하세요!
마르파 이바노브나	너는 이렇게 아버지를 위해 나를 버리려는 것이냐, 내가
	미워하고 나를 욕하는 악당, 무뢰한을 위해서… 그자를 위
	해서, 배은망덕한 녀석아?
유리	이제 저는 당신에 대하여 더 이상 아무런 빚이 없습니
	다… 오! 이 말이… 모든 것에 대하여 대가를 지불했습니
	다, 모든 것에 대하여… 용서하세요. (나간다.)
마르파 이바노브나	(놀라서 무서운 당혹 속에서 말없이 안락의자에 앉는다.) 그 앤
	모든 것을 알고 있어!
	(막이 내린다.)

3막의 끝

4막

1장

마르파 이바노브나와 다리야. 마르파는 자기 방의 큰 안락의자에 앉아 있다.

마르파 이바노브나	호프만 물약을 다오, 다쉬카.
다리야	잠깐만요, 마님. 무슨 일이신가요?
마르파 이바노브나	유리가 나를 버린다는 구나… 자기를 키워준 나를.

다리야	(위선적으로) 마님, 이 모든 것이 하나님의 뜻이에요. 태어날 때 그렇게 정해져 있었던 거예요. 노년에 불행하게 살 거라고요. 저는 오늘 마님, 마님을 위해서 울어서 눈이 빨개요.
마르파 이바노브나	그 애가 날 버린단다. 마치 대로의 비천한 거지처럼 내팽개친다고. 필경 그 애 아버지와 큰아버지가 그 애더러 그렇게 하라고 가르쳤을 거야…
다리야	말할 것도 없이 그 사람들이죠, 마님. 아니면 누가 그랬겠어요.
마르파 이바노브나	그런 것 때문에 내가 그자의 영지를 빼앗은 것을 모르는 것처럼 말이다. 유리에게는 동전 한 푼 안 돌아갈 거다… 내 돈이 사라진다 해도 말이다.
다리야	아아! 마르파 이바노브나, 속담에도 있잖아요, '늑대를 키우지 마라, 그것이 온 숲을 넘볼 것이다'라고요.
마르파 이바노브나	유리가 그자들 때문에 나를 버릴 거야. 누가 내 노년을 위로해주지. (얼굴을 스카프로 가리고 흐느낀다.)
다리야	마님, 왜 스스로를 괴롭히세요… 진정하세요, 마님. (방백) 이제 감쪽같이 속일 수 있겠어… 마님이 사위와 손자와 싸우도록 만들어야지. 직접 서로 싸우게 하는 거야. 나중에 들통 나면 그녀에게 책임을 뒤집어 씌워야지. 유리 니콜라이치에게서 영지를 빼앗으면 아마 마님은 내게 돈을 많이 줄 거야. 그걸 누구한테 주겠어? 자기는 못 가져갈 테니. (그녀에게) 누우시는 게 편하지 않겠어요?
마르파 이바노브나	오! 주여, 저는 한 번도 당신께 불평한 일이 없었지만 지금은 그럴 수가 없나이다…
다리야	사실을 말하자면. 마님은 도련님 마음을 돌리기 위해 얼마나 노력하셨습니까. 그런데 모두 소용없었지요. 이미 그의 아버지와 말다툼을 했고 모함을 하시지 않았습니까. 아들을 남겨둔다는 조건으로 니콜라이 미할리치를 영지로

유혹하셨고요. 그랬지만 젊은 주인님을 잡지 못했지요.

마르파 이바노브나 하지만 그런 건 다 네가 나에게 충고한 것이 아니냐. 나는 네 말대로 한 게 아니냐? 사실 우리가 계략을 쓰지 않았다면 일이 훨씬 더 낫게 돌아갔을 텐데… 이 악마, 너는 내게 끊임없이 이 지옥의 수단들을 떠들어대었지. 너는… 너는 나의 슬픔과 가족의 분열을 원했어…

다리야 (절하며) 당신이 바라시는 대로… 저의 역할은 하인 노릇입니다. 제가 마님께 충고를 할 수 있겠습니까? 만약 마님이 저의 어리석은 말을 들어주신다면, 그것은 마님의 자비입니다… 마님의 슬픔이 제게 무슨 이득이 되겠습니까… 지금이라도 마님이 우시면, 저도 울어요. 정말 저에게도 매일 밤잠을 못자는 것이 편하겠습니까, 마님… 아닙니다요. 우리 모든 하인들은 그저 주님께 마님의 평안을 빌고 마님의 건강을 지킬 뿐입니다… (침묵)

마르파 이바노브나 내 상황에서 어떤 방법이 남았는지 알고 있느냐? 어떻게 하지?

다리야 (생각하며) 방법은 많지요… 그 중 하나가 마님의 마음에 드실지는 모르겠습니다만…

마르파 이바노브나 그러지 말고, 다 말해 봐. 거리낌 없이.

다리야 니콜라이 미할리치에게 용서를 구하고 남으라고 말씀하세요. 그러면 유리 니콜라이치도 남을 테지요. 그 다음에 완전히 남겨두려면 편찮으신 척 하세요… 그러면 도련님은 독일로 가지 않을 거예요.

마르파 이바노브나 오, 아니야, 그건 성공하지 못할 거야… 그들은 이제 우리를 믿지 않을 거야… 그리고 날더러 사위에게 용서를 구하라고? 내가? 그의 앞에서 내가 정말 빌빌거려야 하나? 뭣 때문에, 세상에 왜. (침묵) 다른 방법은 없을까?

다리야	강하게 붙잡는 거요.
마르파 이바노브나	안 돼. 여기엔 책임을 져야 한다.
다리야	(꿰뚫는 듯한 시선을 던지며) 모함이요!
마르파 이바노브나	모함? 그게 뭐냐… 모함이라니? 어디, 설명해 보렴…
다리야	마님, 이건 최후의 수단입니다…
마르파 이바노브나	얼른 말해봐…
다리야	유리 니콜라이치가 자기 아버지와 말다툼을 해야 한다고 생각해요. 그러면 도련님은 자기 생각과 달리 뜻하지 않게 마님께로 돌아올 겁니다, 마님은 그분을 달래주세요… 사람이 물에 빠지면 지푸라기라도 잡는다잖아요. 그럼 젊은 주인님은 절망에 빠질 거고, 명예를 건 약속을 받아낼 수 있을 거예요. 의심 많은 유대인이라도 그분의 약속은 기꺼이 믿을 겁니다. 말할 것도 없지요!
마르파 이바노브나	(당황하여) 됐다. 됐어. 그럼 어떻게 그들을 다투게 하지? 방법이 있나?
다리야	이미 말씀드렸잖아요, 마님. 모함이라고요!
마르파 이바노브나	그걸 어떻게…
다리야	니콜라이 미할리치의 귀에 유리 니콜라이치가 당신에게는 이런 이야기를 하고 그분에게는 다른 말을 하는 것으로 전해주어야 합니다. 이게 마지막 방법입니다요. 찾아낼 수 있는 다른 수단은 거의 없지요…
마르파 이바노브나	너에게 이 일을 맡기겠다, 다쉬카… 그리고 조심해야 한다, 만약 그 애에게 해를 끼친다면!
다리야	(생각하며) 마르파 이바노브나, 제 생각엔 우리가 이런 식으로 그들을 서로 싸우게 하지 않으면 유리 니콜라이치는 당신을 완전히 버릴 거예요.
마르파 이바노브나	아니… 어째서? 어쩌면 이 방법은 적당하지 않을지도 몰라.

다리야	(방백) 승부처로군. (그녀에게) 다른 방법은 없습니다.
마르파 이바노브나	나는 반드시 유리쉬카를 손에 넣어야 해… 그 애 없이는 살 수 없어.
다리야	사실 마님께만 그렇게 보이는 거죠…
마르파 이바노브나	내게 거역하는구나.
다리야	어떻게 그럴 수가 있습니까, 마님. 볼린 가 사람들을 술책으로 이기는 것은 성공하지 못할 겁니다, 성공한다 해도 무엇이 유익할까요. 젊은 주인님은 마님을 더 평안하게 해드리지는 않을 겁니다… 이미 끝난 일이에요… 마님을 비난하게 될 뿐입니다, 마님에게 근심이 될 거예요…
마르파 이바노브나	내가 원해…
다리야	좋으실 대로요, 마님, 저는 당신의 명령을 모두 수행할 준비가 되어 있습니다.
마르파 이바노브나	(방백) 하지만 저 애 말은 사실이야. 손자는 모든 걸 알고 있어. 그 애가 내 집에 살면서 나를 비난한다면 내 양심에 걸림돌만 될 거야. 하나님이 그 애와 함께 계시길. (다리야에게) 자, 나는 너에게 동의한다. 나는 예전에는 즐겁게 살았지만 노년은 홀로 보낼 팔자인 거야. 하지만 나는 그들에게 복수하고 싶어!
다리야	(방백) 일이 돌아가기 시작했어. (그녀에게) 복수를 위해서라면 저의 방법이 가장 좋지요. 유리 니콜라이치에게 주는 벌로 이보다 더 좋을 수는 없답니다. 그는 어디에도 머리 둘 곳이 없게 될 겁니다. 길거리에라도 나가라지요… 그리고 니콜라이 미할리치에게는 무시무시할 겁니다… 두 사람은 많은 피를 흘릴 겁니다…
마르파 이바노브나	나는 그들의 고통을 보고 싶어… 복수… 복수! 악당들, 내 죄를 용서하소서, 주여… 힘이 없습니다. 성모님과 성인들

이여. 나를 용서하소서… 키예프로 가겠나이다. 영지의 반을 교회에 기부하렵니다. 매주 일요일마다 10푼트의 초를 걸려 있는 성상마다 켜겠습니다… 다만 지금은 나의 복수를 도와주소서… 지금 나를 용서하소서! (쇠약하게) 물약을… 다쉬카! 어지럽구나!

다리야 (준다.) 그럼 저는 이제 일을 시작하겠습니다… 마님, 걱정하지 마세요. 괴로워하지 마세요… 온 집안이 마님으로 인해 슬퍼하지 않게 될 거예요…

마르파 이바노브나 어떻게 괴로워하지 않겠니…

다리야 마님의 의지는 실현될 것입니다, 마님…

마르파 이바노브나 나의 의지! 아아! 이봐라, 아무도 모르게 해야 해…

다리야 알겠습니다… 이미 전…

마르파 이바노브나 그래! 나를 침대로 데려다 다오 (다리야는 그녀를 문으로 데려간다.) 자. 보석함을 가져다 줘… 이제 지팡이를 짚고 혼자 가겠다. (나간다.)

다리야 (보석함을 가지고 돌아와서) 하! 하! 하! 이제 생선이 프라이팬 위에서 춤을 추겠군… 이 노파는 군인이 북에 맞춰 움직이는 것처럼 내가 바라는 대로 움직일 거야… 이제 금은보화가 눈에 보이는군… 하! 하! 하! 내 손에서 돈주머니 소리가 울린다… 그들이 없으면 나는 여기서 주인이 될 거야… 여주인은 쇠약해. 그게 마음에 들어! 그러나 부디 죽지는 않기를… 그녀가 곁에 있어야 내게 좋으니 말이지… 그러면… 내 모든 간계로 인해 나쁜 일이 생길 거야. 특히 그들이 연을 끊는다면… 이런 추문은 심각한 죄악이고 하나님이 벌하신다고 하던데… 그렇진 않을 거야… 옛 주인에게서 듣기를 신부님에게 고해성사에서 모두 말하고 땅에 열 번 절하면, 그럼 끝나는 거라고 했어. 1년 내내 괜찮다고. 지금의 이 농담이 무슨 죄란 말인가. 이해할 수 없구먼. 아버지와 아들의 말다툼. 죽이는 것도 아니고 강도질도 아니야… 화해할 거야… 틀림없이… 아버지와 아들이 말다툼하는 건 정말 중요하다고… 히! 히! 히! (보석함을 들고 여주인의 방으로 가려고 하다가 멈춘다.) 그래! 나의 거짓 소식을 퍼뜨릴 방법을 생각하는 걸 잊었군… (생각하며) 바실리 미할리치의 하인들을 통해서 하는 게 가장 좋겠어, 우연인 것처럼. 그가 알게 되면, 자기 동생에게 기쁜 소식을 알리는 걸 지체하지 않겠지. (나간다.)

2장

정원, 낮. 2막의 마지막 장과 같은 무대 장치. 유리가 들어온다… 흐트러진 모습이다.

유리   이 시골에서 나의 나날은 나쁘게 끝나가는구나… 마지막 날들… 얼마나 두려운 장면들인가… 나의 처지는 끔찍하다, 희망 없는 추억처럼… 하루가 지나면… 우리는 떠난다… 하지만 어디로. 나의 아버지는 자신을 지탱할만한 재산이 충분치 않아… 그리고 난 아버지에게 짐이 되겠지… 짐이… 오! 나는 얼마나 어리석은 일을 했던가… 그러나 여기서는 나아질 것이 없어… 이 미궁에서 빠져나갈 길이 없구나… (침묵) 내가 무슨 말을 하는 거지? 아니야, 내 아버지에게 짐이 되지 않겠다… 착한 마음을 가진 사람들 속에서 마른 빵을 먹고 맹물을 마시는 게 나아… 정말 여기서는 뱀들 사이에서 즐거워하고 식탁에 둘러앉아 연회를 벌인다. 모든 사치와 음식들은 내 아버지의 피눈물로 값을 치른 것들이야… 이건 끔찍하다… 지옥의 일이야…
(대화 소리가 들린다.) 그런데 누군가 가로수 길로 오는군.
두 그림자… 자루츠키. 그 친구의 제복이다… 그리고 저
건… 엘리자. 아니, 아니야… 류보피야… 어째서 내 심장이
이토록 망치로 치는 것처럼 두근거리는가, 마치 밖으로
튀어나갈 것처럼. 이게 다 무슨 뜻이지? 또다시 유혹이구
나. 또다시. (숨는다.)
(류보피와 자루츠키가 이야기에 열중하여 들어와서 멈춘다. 그
에게 말은 들리지 않으나 볼 수는 있다. 그들은 그가 있는 것을
알아차리지 못한다.)

3장

자루츠키   간청합니다. 나를 행복한 사람으로 만들어 주십시오. 한
          번도 사랑을 해 보신 적이 없다면, 내 심장이 얼마나 뜨겁
          게 불타고 있는지 모르실 겁니다. 그러나 언젠가 큐피드
          가 당신의 심장에 눈짓을 한 적이 있다면… 스스로 판단
          해 보십시오. 당신이 사랑하시는 그 젊은이의 이름으로
          간청합니다. 그녀를 이리로 데려와 주세요…

류보피   너무 뻔뻔하시군요, 신사분… 제가 누군가를 사랑하고 있
          는지 아닌지 어떻게 아신다는 거예요… 갑자기 저를 정원에
          서 붙잡아서, 평온을 깨뜨리시는군요. 생각해 보세요. 저는
          당신을 쫓아낼 수 없어요. 쫓아내라고 명령하거나 아버지께
          불평할 수도 없고요… 다른 아가씨였어도 그러지 않았을 거
          예요… 당신은 유리 니콜라이치의 친구니까요.

자루츠키   (방백) 좋았어! (그녀에게) 그 친구의 이름으로 간청합니다.
          (무릎을 꿇는다.) 간청합니다, 엘리자를 데리고 나와 주세

요… 당신은 여기서…

유리 (나무 뒤에서) 그녀가 이런 걸 용납할 수 있다니… 사악한 영이 그녀의 마음을 해친 거야… 오! (탄식한다. 자루츠키가 그녀의 손을 잡는다.) 충분해! 곧 권총이 준비될 것이다… 그리고… (거친 기쁨으로) 그는 내게 자기 뇌로 값을 치를 것이다. (나간다.)

류보피 (방백) 만약 이 사람이 유리와 비슷한 사람이 아니었다면 그의 친구가 될 수 있었을까. 그이는 나를 너무 행복하게 해 주었지. 뭣 때문에 언니를 시기하겠어. (그에게) 엘리자의 관용을 악용하지 않겠다고 다시 한 번 약속해 주세요.

자루츠키 맹세합니다.

류보피 당신의 맹세는 필요 없어요. 그저 명예를 걸고 약속해 주세요. 하지만 저는 당신에게서 강제로 약속을 받아내고 싶지는 않아요. 자발적으로 해 주세요.

자루츠키 (일어나며) 기병장교로서의 약속입니다.

류보피 확실히요? 그럼 전 동의해요! 다만 약속을 기억하고 지켜 주세요. (달려 나간다.)

자루츠키 자, 나의 일이 결말을 향해 다가간다. 멋지군. 내가 스스로 한 약속을 뒤집는 게 대수겠는가. 여자들도 그렇게 자주 우리를 속이잖아. 같은 방법으로 보복하는 것도 죄는 아니지. (콧수염을 꼬며) 엘리자는 아주 흥미로운 물건이야. 좀 교태를 부리긴 하지만, 그런 거야 별 것 아니지. 첫 번째 만남은 남들이 보는 데서, 하지만 두 번째는 단 둘이서만.[24] 눈으로, 억지로 할 수도 있고 아니면 결혼할 수도 있지. 하지만 별로 그러고 싶진 않은데. 기병대 생활이 더 즐겁다고들 하니까.

유리가 권총을 가지고 빠르게 들어온다.

4장

유리	장교님…
자루츠키	내 친구!
유리	당신은 나를 과거에 그렇게 불렀소
자루츠키	지금도 그러길 바라네.
유리	(그에게 권총을 준다.) 여기 우리의 우정이 있소
자루츠키	아니? 이게 무슨 뜻인가?
유리	(돌아서며) 받으시오
자루츠키	그러고 싶지 않네! 설명해 보게. 무엇 때문에, 어쩌려고 그러는가? 받지 않겠네… 아마도 실수일 거야… 제기랄… 나는 실수 때문에 친구와 총을 겨누진 않겠네.
유리	(씁쓸한 어조로) 겁쟁이…
자루츠키	이보게 친구, 정신이 나갔거나 농담을 하는 거지. (내민 권총을 밀어낸다.)
유리	(방백) 만약 그가 나를 죽인다면 그녀는 절대 그의 것이 되지 않을 거야. 만약 내가 그를 죽인다면… 오! 복수다! 그는 그녀를 절대로 차지할 수 없을 거야, 그도, 나도… 그렇게 되어라… 어째서 쏘지 않으려 하는지 이제 알겠군. 그녀를 잃고 싶지 않은 거야… 나는 얼마나 그의 입장이 되길 원했던가. 그에게 죽음을, 나의 마지막 보배를, 내 영혼의 마지막 행복을 약탈한 자에게… 죽음과 저주를! (그에게) 겁쟁이, 마음 약한 어린애… 자넨 기병이 될 자격이 없어. 여자들 앞에서 무릎 꿇을 수 있을지는 몰라도… 하! 하! 하! 부끄러워하게, 꾸물거리는 작자야, 권총을 잡

으라고

자루츠키   (다가오며) 그럼 유리는 정말로 농담이 아닌 건가?

유리   (무기를 보이며) 나의 마지막 농담은 여기 있네… (권총 하나를 땅에 던진다.)

자루츠키   오! 이건 농담이라기엔 지나친데. (권총을 집어 든다.) 여기서 쏘도록 하지!

유리   정말로? 이 행복을 내게 보내는 것은 하늘인가 지옥인가? 고맙네, 나의 조력자…

자루츠키   다만 자넨 나에게 설명을 해야 하네…

유리   약속하게, 총을 쏜다고

자루츠키   약속하지!

유리   자넨 내게서 그녀의 마음을 빼앗았네, 그 마음을… 지금 여기 있었던… 그래! 그… 충분한 것 같군, 내게는 지나치게 충분해.

자루츠키   그런 거라면 나는 무척 기쁘네, 자네가 실수했기 때문이야… 다만 들어보게.

유리   듣지 않겠네… 나는 더 이상 세상의 누구도 믿지 않아, 이 순간이 나의 존재를 바꿔 버렸어…

자루츠키   듣지 않겠다면 쏘지 않겠네…

유리   (난폭한 기쁨으로) 그럼 자네의 약속은?

자루츠키   (방백) 빌어먹을 약속…

유리   쏘게!

자루츠키   난 준비됐네. (혼잣말로) 공중으로 쏴야지!

유리   (방백) 아마도 그는 아직 잘못이 없을지도 몰라. 아마도 그녀가 나를 속인 거겠지… 그녀가 그를 사랑했다면 과연 그는 그녀를 사랑할 권리가 없었던 걸까… 하지만 이건 피를 요구해, 피를… 나의 피를 흐르게 하리라. (그의 손을

	잡는다.) 친구로서 쏘기로 하세…
자루츠키	뭐라고? 어째서 이렇게 변한 건가?
유리	나를 자네 친구로 죽게 해 주게.
자루츠키	뭣 때문에 총을 쏜단 말인가?
유리	아아! 나는 죽거나 자넬 죽이고 싶네. 나의 마음은 비밀의 짐을 지고 있어… 간단히 말해서 나는 자네와 총을 쏘아야 하네…
자루츠키	하지만 어떤 비밀인가?
유리	오, 아니야! 나를 괴롭히지 말게… 참견하지 말게, 나에게 그것은 존재해서는 안 돼… 영혼의 가리개를 벗기지 말게. 그곳은 온통 지옥 같고 열정의 격노로 가득하네… 허락해 주게. 마지막으로 자넬 포옹하는 게 좋겠어. (포옹한다. 일어나며) 자, 모두 끝났네… 나는 필요한 일을 한 거야… 내 모든 눈물 중에서 마지막 눈물은, 내 고통의 납빛 눈물은 그의 가슴에 떨어졌다… 그 가슴을 아마 나의 총알이 꿰뚫겠지. 그러면? 그러면 그는 나보다 행복할 거야. (그에게) 안녕히, 친구… 신부들이 우리의 영원한 추억을 위해 장송곡을 불러주겠지. (그들은 선다.)
자루츠키	(권총을 들고) 하나… 둘…
유리	멈추게!
자루츠키	뭔가!
유리	자네는 내게 맹세해야 하네, 만약 내가 죽으면… 그럼 자넨 그녀를 더 이상 한 번도 속여선 안 되네… 그녀를 영원히 버리는 건… 자루츠키! 자루츠키! 잊지 말게, 우리는 아직 친구라는 걸… 자넨 내게 복수해야 하네… 나는 자네를 위해 필요한 일을 모두 해두었어. 내 주머니 안에 내가 스스로 총을 쏘았다고 쓴 종이가 들어 있네… 그리고 자넨

도망쳐! 도망쳐! 양심이 자넬 괴롭혀선 안 돼. 양심은 모든 사람을 비난하니까…

자루츠키   자네 정신이 흐트러져 있군… 누구에 대해 말하는지 모르고 있어…

유리   말하지 말게, 그녀를 정당화하지 마. 그녀는 숯처럼 검어… 이 처녀는 내 품에서 사랑을 맹세하지 않았던가. 여기서 자신의 맹세를 어기지 않았던가? 나는 마치 천사, 죄 없는 천사 앞에서처럼 무릎을 꿇었었지. 전능하신 하나님, 용서하소서, 나는 당신의 가장 순결한 창조물을 모함하였습니다!

자루츠키   할 거라면, 빨리 하세. 누군가 방해할 수도 있어…

유리   (생각에 잠겨) 어떤 지옥의 영혼이 나를 이 나무 뒤로 이끌었는가… 어째서 나는 내게 준비된 배신을 보아야만 했는가. 어째서 독이 든 잔을 마시고 나는 그것을 알아야 했는가. 음료가 이미 내 혀에 있었던 그 순간에… 아마 그렇지 않았자면 나는 곧 그녀를 사랑했을 것이고 혹은 배신자의 품에서 평온한 환희의 몇 달을 지내었을 것이다. 그러나 이제는, 이제는 내 눈으로 보았어… 이제는… 질투의 뱀이 내 가슴 속에서 소용돌이친다… 증오가 내 영혼을 삼켜버린다… 나는 내 심장의 모욕에 대하여 복수해야 해…

자루츠키   볼린! 준비됐네!

유리   (듣지 않는다.) 정말 이건 불가피한 것이었는가. 정말 운명이 나를 잡아 찢는 것 외에 다른 것은 없었는가… 운명은 인간이 자기보다 약하다는 것을 알고 있다. 내 가슴이여, 오로지 드높은 감정에 항상 제단이 되었던 너… 그녀의 심장처럼 돌이 되어라… 너의 위에서 복수가 연기를 내며 타게 하라… 오! 어째서 사랑의 첫 순간들 속에 질투의 고통이 감추어져 있었던가? 그러나 그는, 그는… 나의 친구다. 아아! 어째서! 내가 그의 머리를 박살낸다면… 나는 지금 죽어야 한다… 나에게 삶이란 무엇인가. 무엇이 스무 살짜리 노인의 환멸을 겪은 영혼에 다시금 번쩍이는가. (생각하며) 난 정말 늙었군… 이미 충분히 살았어!

자루츠키 (그의 어깨를 친다.) 지금은 심사숙고할 시간이 아닐세… 혹은 겁나는 건가?

유리 (꿈에서처럼) 난 준비됐네! (돌아서서 이마를 보인다.) 내가 숫자를 세겠어. 셋을 세면 쏘게… 하나, 둘 (멈춘다.)… 할 수가 없어… 이상하군! 심장이 차가워졌어… 말이 흘러나오지 않아… 하지만 난 공중으로 쏠 거야.

(외침이 들린다. 류보피가 달려 들어온다.)

5장

류보피 (유리에게 달려와서 권총을 본다.) 아아! 이게 무슨 일이야…

유리 (물러서며) 아무 것도 아니야!

류보피 (자루츠키에게) 세상에! 이게 무슨 뜻인가요! (침묵) 당신은 내게 말도 하려 하지 않는군요… (유리에게) 이 권총들은 뭘 하러! 그리고 총구를 자기한테…

유리 (독살스럽게) 저 친구에게 물어봐… 이 기병에게는 금빛 제복과 긴 콧수염이 있으니 이젠 나보다 더 당신의 소원을 잘 만족시켜줄 수 있을 거야.

류보피 (부드럽게 질책한다.) 유리! 어째서 그렇게 말투가 냉정한 거야… 너무 빨리 변했잖아…

유리 (방백) 오, 이해할 수 없는 여자의 허위여. (그녀에게) 나를 내버려 두십시오… 말했잖습니까, 자루츠키에게 물어보라고!

자루츠키 (유리에게 다가간다.) 방해를 받았군. 그렇다면 내일 보세…
(나간다.)

유리 내일 무슨 일이 있을지 어떻게 알겠는가? 난 어쩌면 행복할 것이고, 또 어쩌면 탁자 위에 누워 있을지[25]도 모르지… (류보피에게) 왜 그를 따라 가지 않았습니까. 그는 나보다 당신을 더 사랑하는데.

류보피 너무나 냉정하네. 하지만 이제 우리끼리잖아. 이 비밀을 설명해줘, 제발 부탁이야…

유리 나를 사랑한다고 맹세했잖아…

류보피 나는 맹세를 지켰어.

유리 내가 잊어버린 것은 그녀가 나 하나만을 사랑한다고 맹세하지 않았다는 거지… 아마 그녀가 옳을 거야. 여자의 마음을 누가 알겠나. 동시에 여러 사람을 사랑할 능력이 있다고들 하니까…

류보피 (슬퍼하며) 오! 당신은 너무 부당해…

유리 당신에 대해? 내가 부당하다고? 그렇게 무심하게 말할 수 있다니… 마치… 오, 내가 당신에게 증명해 보인다면 두려워하라고

류보피 내가 뭘 두려워해? 내 양심은 깨끗한 걸…

유리 그녀의 양심? 지옥과 저주다… 나는 당신을 아무 사심 없이 사랑했어. 하지만 그 고상한 감정은 처음으로 날 기만했지. 당신의 모든 피 한 방울 한 방울을 위하여 나는 영혼을 내어줄 준비가 되어 있었어. 당신의 즐거운 한 순간을 위하여 나는 지복의 모든 세월을 대가로 치렀을 거야… 그런데 당신은… 나는 배신했어!

류보피 뭐? 어떻게 그런 모함이, 무서운 의심이 당신의 마음에서

나온 거지? 믿을 수 없어! 나를 놀래 주려는 거지. (그의
손을 잡는다.) 농담이야… 오, 말해 줘. 농담이라고! 유리!
그만 해. 나는… 견딜 수 없어… 이런 건…

유리   (격노하여) 당신은 우리가 서로에게 한 약속의 증인이 되
어준, 우리를 둘러싸고 자라난 이 나무와 꽃들과 푸른 하
늘 앞에서 부끄럽지 않단 말인가… 지옥의 미소를 띠고
있는 나무들을 보라고, 우리 사이에 무죄를 가장하고 움
직이지 않은 채 마치 롯의 아내처럼[26] 서 있어… 아가씨,
그들을 봐… 고개를 흔들고, 당신을 질책하고, 비웃고 있
어… 아니… 나를 비웃는 거야… 들리는가, 미친 자식아,
어떻게 여자를 믿을 수 있었는가. 그녀의 맹세는 모래 위
의 것, 진실은… 허공에… 달려라, 달려라, 이미 너의 피는
치명적으로 감염되었다… 멀리 달려가라, 더 이상 너에게
는 아무 것도 없는 조국으로부터… 여자가 없는 곳으로
달려가라… 그 축복받은 땅으로… 나는 그곳을 찾아낼 거
야… 찾아내고, 죽을 때까지 세상을 방랑할 거야… 어디
를? 그녀로부터 더 멀기만 하다면… 내게는 모든 것이 마
찬가지니까! 용서하라, 내 어린 시절의 장소들이여, 용서
하라, 사랑이여, 희망이여, 어린 시절의 꿈들이여… 모든
것은 내게 실현되었다… (달려가려 한다. 류보피는 잠에서 깨
어난 것처럼 갑자기 그를 멈춰 세운다.)

류보피   멈춰, 잠깐만! 죄 없는 처녀를 파멸시키지 마. (구슬프게)
들어봐, 잔인한 사람. 맹세할게, 처음으로 내가 두려워하
는 모든 것을 걸고 맹세해. 나는 당신 하나만을 사랑했고
사랑하고 있어! 당신한테 무엇이 더 있어야 하지. 정말로
이 말이 당신에게 확신을 주지 못하는 거야? 유리! 내게
다정하게 대답해 줘. 그렇지 않으면 당신은 나를 죽이게

	될 거야. (더 세게 그의 손을 자기 쪽으로 움켜쥔다.)
유리	(그녀의 말을 거의 듣지 않고) 어떤 강력한 영이 나를 멈춰 세웠는가? 어째서 나는 아직 여기에 있는가… 나의 머리는 불타고, 생각은 혼란스럽다. (뿌리치고 도망치려 애쓴다.) 놔… 놓으라고
류보피	유리! 당신을 놔주지 않겠어, 내가 결백하다고 당신이 인정하지 않는다면, 죽을 때까지 당신의 다리에서 나를 떼어낼 수 없어. 난 무릎을 껴안을 거야. 만약 당신이 팔을 잘라내면 이로 잡겠어. 모든 걸 설명하게 해 줘!
유리	(차갑게) 그대는 공정하시군요…
류보피	진심으로 하는 말이 아니잖아.
유리	당신은 잘못이 없어, 순결해… 나를 놔 줘…
류보피	(그의 손을 잡은 힘을 늦추지만 유리는 그 손을 빼지 않는다. 손은 그대로 남는다.) 지난번 일을 기억해? 당신 스스로 나의 상냥함이 당신을 행복한 사람으로 만들었다고 고백했지. 난 믿어. 첫 번째 열정의 모든 불꽃을 다해 당신을 사랑하니까… 당신이 이미 오래 전에 말했던 것을 기억해 봐. 당신의 첫사랑 상대가 너무 냉정해서 성격이 음울하고 의심이 많아졌다고 했지. 그때부터 당신의 심장은 상처로 괴로워했다고… (유리는 당혹감을 감추기 위하여 다른 쪽을 본다.) 당신이 가련한 처녀의 첫사랑을 파멸시키고 있어… 스스로 판단해 봐… 당신은 음울해졌고, 나는 그걸 참을 수가 없어… 정말로 당신은 감정과 영혼을 가지고 자기 하나만 생각하는 이기주의자인 건가… 오, 유리, 당신은 그렇게 날 기만한 거야. 온 세상과 모든 사람에 대한 당신의 애착에 대해 얘기해놓고, 지금 가련한 처녀에 대한 동정은 없으니까…

	(유리는 매우 당황한다.) 하지만 당신은 울고 있잖아… 오, 당신이 나를 아주 버렸다는 걸 믿지 않아. 아니, 나는 아직 사랑받고 있는 거야. 당신의 냉정함을 믿지 않아. 그건 지나갈 거야, 이 질투심 많은 남자! 내가 당신의 발치에서 동정을 청하는 게 보이지. 나를 사랑해 줘… 변명을 들어 봐…
	(흐느끼며 그의 앞에 쓰러져 그의 무릎을 안는다. 유리는 심하게 동요한다. 흐느낌이 말을 막아서 도막도막 끊어진다. 그는 운다.)
유리	(떨리는 목소리로) 저리 가라, 저리 가… 세이렌[27]… 내게서 떨어져…
류보피	(일어나서 눈을 하늘로 든다. 조용히) 오, 세상에! 맙소사!
유리	(한쪽으로 물러난다.) 나약함! 나약함이여! 그녀는 내게 첫 사랑을, 영혼의 첫 번째 고통을 생각나게 했다. 그리고 나는 울기 시작했지. 그러나 그녀의 영혼은 나보다 확고하지 못해. 나는 그녀가 창백해져서 떨면서 배신을 고백하도록 만들겠어… (침묵) 그녀가 아직 내게 이토록 많은 힘을 가지고 있는지 몰랐군. 완전히 돌이 되기 위해서는 모든 단호함을 불러낼 필요가 있어… 그러니 나는 이 아름다운 얼굴에 가장 작은 동정도 가져서는 안 된다. 가슴 속에서 사랑을 완전히 파괴하려면 그녀를 추하게 만들어야겠지. (권총을 들고 그녀에게로 다가간다.) 이 무기가 보이나… 내가 손가락 한 번 까딱하면 당신을 피투성이 시체로 만들 수 있어… 봐. (겨눈다.)
류보피	쏴, 할 수 있으면…
유리	(권총을 던진다. 성이 나서) 여자란 것은!
류보피	정말로 지금 내가 목숨을 아까워한다고 생각해… 아니, 나는 한 번도 인생을 누려본 일이 없으니 살인자를 겁내지 않을 수 있어.

(다시금 생각에 잠겨 머리와 손을 떨어뜨린다.)

유리　　　(음울하다. 그녀에게 다가간다.) 우리 마음의 연결은 깨어졌
어, 당신이 잘못이 있건 없건 간에. 나는 당신을 사랑하지
않을 거야, 내가 원한다 해도 그럴 수 없어… (그녀의 눈을
뚫어지게 쳐다보고 손을 잡는다.) 얼마 전에 당신이 준 반지
야. 내 사랑의 소용없는 증인으로 돌려줄게. 도로 받아.
나는 조국을 떠나 타국으로 가겠어. 여기에는 더 이상 나
를 붙잡는 것이 없어… (감동을 받아) 내 인생의 가장 좋은
시간에 대해서 당신에게 감사해. 그리고 아무 것도 비난
하지 않을게. 부드러운 여자의 심장에 완전한 행복이 존
재할 수 있다는 걸 당신이 보여줬어, 그 행복은 모든 행복
보다 짧았지… (그녀의 손을 쥔다.) 고마워, 류보피! (침묵.
그 다음 유리는 열렬히 계속한다.) 오, 내 사랑! 쓸데없는 고
집을 버려. 내 눈으로 모든 것을 보았으니 내가 믿지 않게
할 수는 없어…… 하지만… 솔직히 고백해, 잘못이 있다고,
그러면 아마 나는 다시 당신을 사랑하게 될 거야…

류보피　　(오만하게) 아니! 나는 내 명예를 모함하지 않겠어… 하지
만 만약 내가 정말로 당신에게 잘못이 있다면, 나의 고백
은 소용없을 테지…

유리　　　그렇다면, 당신은 원하지 않는군…

류보피　　(단호하게) 할 수 없고 해서도 안 돼!

유리　　　안녕히. (간다, 그러나 돌아온다.) 마지막 키스를 해 줘. (그
녀의 두 손을 잡는다.) 안녕, 류보피, 오랫동안 안녕! (그녀의
입술에 키스한다. 환희에 차서) 아니! 아니! 이 입술은 절대
로 죄를 지었을 리가 없다, 나는 아무도 믿지 않을 것이
다, 만일… 저주받을 시력! 전지하신 하나님! 어찌하여 당
신은 이 일이 있기 전에 내게서 시력을 빼앗지 않으셨습니

까… 어찌하여 보도록 내버려 두셨습니까, 내가 당신께 무슨 짓을 했다고 신이여! 오! (거칠게 신음하며) 이제부터 내 안에는 당신을 향한 믿음은 없을 겁니다, 내 영혼에는 아무것도 없을 겁니다! 그러나 반항적인 불평으로 인하여 나를 벌하지 마소서, 당신은… 당신은… 당신 스스로 참을 수 없는 고통으로 이 모함을 짜내었습니다… 어찌하여 내게 극단적으로 사랑하고 증오하는 불타는 마음을 주셨습니까… 당신 잘못입니다! 내게 벼락을 내리소서. 오래 전에 멸망한 벌레의 마지막 통곡이 당신을 기쁘게 할 수 있으리라고는 생각지 않습니다… (절망 속에서 달려간다. 침묵)

류보피 (돌아서서 보고, 구슬프게) 가버렸어! 오, 나는 불행한 여자야!
(힘없이 잔디 벤치에 쓰러진다.)
(막이 내린다.)

4막의 끝

5막

1장

니콜라이 미할리치의 방. 상자와 여행 가방이 떠날 준비가 되어 있다.

바실리 미할리치 (들어오며, 그를 따라온 하인에게) 뭐? 뭐라고? 그럴 리가 없어. 정말로 그게 사실이냐?

하인. 확실히 그렇습니다요…

바실리 미할리치 그래, 그래, 나도 그런 것 같더라니… 이 사기꾼 같으니…

내 동생을 이리로 불러 와라… 이 얼마나 불행한 일인가!
(하인은 나간다.) 이제 그 애에게 어떻게 설명할까. 단순하
게, 그래, 단순하게. 이런 추문은 단번에 끝낼 필요가 있
지. (앉는다.) 조카를 단단히 꾸짖어야겠어. 대체 무슨 짓을
한 거야. 하지만 그 애에게 약간은 인정을 베풀어야겠지.
젊음이란! 다 젊어서 그래! 이런 과실이란 우리가 매일 해
결하는 종류의 문제일 뿐이야. 아마 그는 전혀 그런 말을
하지 않았을 수도 있고 다른 뭔가 있을 수도 있지… 하지
만 유리가 그 정도로 비열할 수 있으리라곤 생각지 않았
는데, 만약 (생각에 잠겨 고개를 떨어뜨린다.)… 저런! 메모가.
'친애하는…'28) 궁금해지는군. (메모를 집어 든다. 갑자기 놀
라서 펄쩍 뛴다. 그리고 메모를 보며 오랫동안 침묵한다. 그 뒤
화가 나서 말한다.) 아니… 류보피에게, 내 딸에게 연애편지
라니. 밀회… 유리. 안 돼, 이건 참을 수 없어. (침묵) 오래
전에 쓴 것 같군. 아주 오래된 것처럼 바닥에 굴러다니고
있었으니.

(침묵) 자, 내 처사가 불공평하다고 말해 봐, 내 딸들을
똑같이 사랑하지 않는다고… 나는 이것을 사전에 예감했
던 거야… 리주쉬카는 이런 짓을 하지 않아… 사촌오빠
와 밀회라니. 세상 어디에서 이런 일을 볼 수 있단 말인
가…

오! 나는 그 녀석에게 복수하리라. 이제 나를 잊을 수 없
게 될 것이다. 이런 일이 있은 후에, 사촌누이를 유혹한
자에게서 무엇을 기대하겠는가! (앞뒤로 왔다 갔다 한다.)
하지만 메모는 기회가 올 때까지 간직해 둬야겠다. (주머
니에 넣는다.) 헌데 동생이 오는 것 같군…

2장

니콜라이 미하일로비치가 들어온다.

니콜라이 미할리치 무슨 일이야, 형. 또다시 중요한 일이라니. 정말로 지금
　　　　　　　　　　내겐 어떻게 처리해야 할지 모를 일이 너무 많아.

바실리 미할리치 중요한 일이야, 너와 너의 아들에 관한.

니콜라이 미할리치 마르파 이바노브나가 또 무슨 일을 꾸미는 거지, 그렇지?

바실리 미할리치 아니야, 그녀는 이 일과 아무 관련도 없어.

니콜라이 미할리치 어휴, 형! 그렇다면 그게 어떻게 중요한 일일 수 있어? 그
　　　　　　　　　　저 내 일을 방해했을 뿐이야… 거기에 대해선 나중에 이
　　　　　　　　　　야기해도 돼.

바실리 미할리치 그건 안 돼…

니콜라이 미할리치 대체 무슨 일인데?

바실리 미할리치 너의 아들이…

니콜라이 미할리치 내 아들. 가장 좋은 아들이지. 고결하고, 공정하고, 몽상적
　　　　　　　　　　이긴 하지만, 노파의 모든 음모에도 불구하고 나를 사랑
　　　　　　　　　　해…

바실리 미할리치 흠! 흠! 흠!

니콜라이 미할리치 도대체 왜 그렇게 보는 거야? 누군가 아니라고 할 수도
　　　　　　　　　　있단 말이야?

바실리 미할리치 그래! *전혀* 사랑하지 않는다는 건 아니야. 하지만 의심의
　　　　　　　　　　여지는 있지.

니콜라이 미할리치 의심이라니? 뭔가! 그 애에 대해서 정말 그렇게 생각한단
　　　　　　　　　　말이지? 형!

바실리 미할리치 그렇게 생각해… 그리고 아마도, 너 스스로도 곧 그렇게
　　　　　　　　　　생각하게 될 거야.

니콜라이 미할리치 적어도 지금까지 그 애는 자기를 불명예스러운 사람으로 생각할 이유를 주지 않았어.

바실리 미할리치 그것 봐. 자신의 목적과 행동을 그렇게 숨길 수 있는 사람들이 있어…

니콜라이 미할리치 형! 유리는 그런 사람이 아니야…

바실리 미할리치 배은망덕한 사람은 좋은 사람일 수가 없어.

니콜라이 미할리치 그 애에겐 그런 것이 없어…

바실리 미할리치 그럼 뭐가 있지? 정말 마르파 이바노브나가 그 애를 양육하지 않았던가. 어린 시절에 애쓰지 않았던가. 그 애에게 자신의 영지를 다 주려 하지 않았던가. 그런데 그 애는 할머니를 버릴 거야. 뭐, 아버지를 위해서지. 그녀에게 어떻게 행동했나. 어찌 보면 보기 안됐어. 가장 비천한 하녀에게처럼 자기 할머니에게 무례하게 대했으니…

니콜라이 미할리치 대체 무슨 말을 하려고 그런 소릴 다 하는 거야! 제발 설명해 줘!

바실리 미할리치 내가 하려는 말은 그 애가 그녀를 속였다면, 너도 속일 수 있다는 거야. 봐라. 네가 보기엔 그 애가 할머니에게 나쁘게 행동하고 그녀를 버리고, 그녀에 대해서 나쁘게 말하는 것 같지… 누가 알겠니, 그녀에게 너를 모함하는지 어떻게 알아.

니콜라이 미할리치 부끄러운 줄 알아! 다 부당한 의심일 뿐이야! 제발! 무슨 짓을 하는 거야?

바실리 미할리치 나는 오로지 너에 대한 우애에서 너의 눈을 뜨게 해주려는 거야. 믿어 봐, 공연한 의심이 아니야. 증거가 없었다면 감히 말할 수도 없었겠지.

니콜라이 미할리치 여기에 좋은 의도는 없는 거지, 형!

바실리 미할리치 어째서?

니콜라이 미할리치 유리가 영리하다는 건 필시 동의하겠지!

바실리 미할리치 어리석은 사람은 그렇게 음흉하지 않아!

니콜라이 미할리치 그건 그래! 그럼 무슨 목적이 있지? 그 앤 그 소문이 형의 말대로 아무 소용이 없다는 걸 알았어야 해!

바실리 미할리치 그건 정말 그래. 그 애는 영리하지. 그래서 나는 아직 목적을 전혀 모르겠어. 이제 그에 대해서 너에게 말해주지. 나는 확신해.

들어봐. 어제 그녀의 방에서 그 애가 자기 할머니에게 말했어. 이제 저의 애정에 만족하시나요! 제 아버지가 있으면 할머니는 괴로우시죠! 저는 아버지에게 할머니에 대한 험담을 했어요. 아버지는 할머니와 서로 욕설을 퍼부으셨죠. 그리고 이제 할머니는 아버지에게 여기서 나가라고 할 완벽한 권리를 얻으셨어요…

니콜라이 미할리치 끔찍한 후안무치로군…

바실리 미할리치 그래. 하지만 그게 다가 아니야…

니콜라이 미할리치 무엇이 이보다 더 비열할 수 있단 말인가! 그러나 아니야, 난 믿지 않아… 이걸 누가 들었어? (강한 동작으로 그의 손을 잡는다.) 대답해, 누가 들었냐고? 누가?

바실리 미할리치 (방백) 아뿔사! 거짓말을 해야겠군. (그에게) 내가. 내가 들었어… 정말로 내가…

니콜라이 미할리치 이해할 수 없는 일이군. 아들이… 이런 일은 생각도 할 수 없어. 괴물 같으니!

바실리 미할리치 진정해! 진정하라고…

니콜라이 미할리치 나더러 진정하라고? 하, 하! (종을 울린다. 사람이 들어온다.) 내 아들을 불러와. 악마한테 가 있더라도 당장 찾아 내… 알았지. (방 안을 왔다 갔다 한다.)

바실리 미할리치 하지만 부탁이다, 동생아. 그 애를 다스려라, 잘 다스려…

제발. 이러라고 내가 이런 이야기를 다 한 것은 아니잖
니… 그 애를 용서해 줘, 아직 젊잖아. 알다시피… 동생…

니콜라이 미할리치 (격노하여) 절대로. 절대로. 나더러 그 애를 용서하라고 아
니. 꾸중을 해야겠어. 누가 생각했겠나. 그런 악행을… 한
방울 양심만 있어도. 전혀 없어! 지금까지 나를 속인 거
야… 오! 이 일로 인해 비싼 대가를 치르게 될 거야… (왔
다 갔다 한다.)

바실리 미할리치 (방백) 자, 유리가 이리로 오는 것 같군. 마치 아무 일도
없었던 것처럼 이 안락의자에 앉아서 들어야겠다. 나는
그가 제대로 보복당하기를 원했다. 친척의 도리를 모르는
것이 확실하니까. 내 딸과 밀회라니! 주여, 맙소사! 요즘
젊은 것들은! 자, 이제 그에게 되갚아주었다! 그런 경우에
거짓말하는 것은 용서할 만하지! (탁자 옆에 앉는다.)

3장

앞의 사람들과 유리. (조용히 들어온다.)

유리   저를 찾으셨다고요, 자상하신 아버지?

니콜라이 미할리치 (방백) 자상하신! 이 녀석이 잊지 못할 자상함을 보여줄 테
다.

유리   (더 가까이 와서) 아버지! 무슨 일이신가요?

니콜라이 미할리치 (돌아서며, 화가 나서 엄격하게) 당신은 저와 얘기할 때 더
예의를 지키셔야 할 것 같군요…

유리   (놀라서 뒤로 물러선다.)

바실리 미할리치 (방백) 잘 되어가고 있군.

니콜라이 미할리치 누가 너에게 이리로 오라고 명령했지?

유리　　　　　(그대로 계속 그를 쳐다본다.)

니콜라이 미할리치　다시 말한다. 여기 왜 왔나?

바실리 미할리치　바로 너잖아, 동생, 부르라고 사람을 보냈던 것 같은데!

니콜라이 미할리치　나도 알아. 나는 그가 대답을 하길 바라는 거야… (경멸을 품고) 봐, 꼭 황소처럼 쳐다보는 걸. (유리에게) 왜 말이 없나, 쓸모없는 녀석아?

유리　　　　　무슨 일이지요? 하지만 필시, 농담을 하시는 거겠죠. 아버지, 그만 하세요, 부탁이에요. 오늘 그런 농담을 제 마음에 두기엔 너무 힘들어요… 그만 두세요…

니콜라이 미할리치　(성이 나서) 이것 좀 봐. 내가 농담을 한다고! 아니오; 진담입니다, 신사분. 네가 쓸모없는 녀석이라는 것, 혐오스러운 인간이라는 것은.

유리　　　　　(격렬하게) 아버지, 저는 그런 말엔 합당치 않아요!

니콜라이 미할리치　더한 말도 합당하다… 때려도 마땅해… 더한 것도

유리　　　　　(오만하게, 더한 열기를 띠고) 제가 이미 어린애가 아니라는 걸 기억하세요… 저를 극단으로 몰고 가지 마세요. 제 머리는 오늘 충분히 뜨겁습니다… 저는 잘못이 없습니다. 명예를 걸고 보장하지요! 허나 자신에 대해서는 항상 책임을 질 수 있는 건 아닙니다! 아니지요…

니콜라이 미할리치　(끼어든다.) 아버지는 언제나 아들에 대한 권리를 가지고 있지… 그럼 너는 내게 반항하려는 게냐, 배은망덕한 녀석아?

유리　　　　　그래요, 저는 배은망덕한 자입니다. 다만 당신께는 그렇지 않지요. 저는 당신께 생명 하나만을 빚지고 있습니다… 그것을 도로 찾아가세요, 그럴 수만 있다면… 오! 쓰디쓴 선물입니다…

니콜라이 미할리치　무슨 말을 하고 싶은 거냐. 그래서…

유리　　　　　당신을 위해서 저는 불행한 노파를 버렸습니다. 제가 할

머니의 말년의 버팀목이 될 수 있었겠지만 말입니다… 그분은 절 양육했고, 제 어린 시절을 돌보았습니다. 저는 그분께 생계와 재산을, 소유한 모든 것을 빚지고 있습니다, 생명을 제외하고는… 그리고 저는 그분을 조금은 무덤에 가까이 가도록 했습니다… 그분에게 저는 배은망덕한 자입니다… 저는 당신들의 불화를 보지 말았어야 했습니다. 제 심장은 인간된 도리를 다했어야 했습니다… 하지만 전 당신들께 큰 죄를 지었습니다… 그래서 저를 비난하시는군요. 당신이, 제 아버지께서… 아닙니다. 이건 정도를 넘어버렸어요!

니콜라이 미할리치 그렇게 부끄러움 없이 거짓말을 할 수 있구나, 위선자… 너는 네 비열한 추문으로 우리의 말다툼을 더 크게 만들었어, 애정의 탈을 쓰고 각 사람 앞에 나타나서 한 사람을 다른 사람에 대항하여 무장하게 했고, 그래서 나는 가장 비천한 거지처럼 이 집에서 쫓겨난다… 불행한 자. 내가 이것을 알았더라면, 네가 막 태어났을 때 숨통을 틀어막아서 내 눈이 이런 괴물을 보지 않도록 했을 것이다!

유리 (그의 발에 몸을 던진다.) 두려운 모든 것에 걸고 부탁입니다. 그만하세요. 나의 아버지! 무슨 말씀을 하시려는지 대강 알겠어요… 모함입니다… 모함이에요… 전부 모함입니다… 아무도 믿지 마세요… 저를 제외하고는… 저는 당신을 사랑합니다, 그건 제가 증명해드렸잖아요…

니콜라이 미할리치 뱀 같으니…

유리 보세요, 알아주세요… 하지만 제가 절망하지 않도록 조심해 주세요. 저는 죄가 없습니다!

니콜라이 미할리치 나는 모두 안다… 너의 교활함은 이제 늦었어. 너는 오늘 성공하지 못했다. 이 무고한 고뇌에 찬 표정 속에서, 이 창백한 모습에서 나는 지옥의 영혼을 본다… 그것을 포기한다. 너는 더 이상 내게 아들이 아니다… 저리 가라, 너의 유산을 가지고 여기서 꺼져라. 너는 내 혀를 황금으로 틀어막지 못할 것이다… 나는 네게 백만이 있다 해도 너를 완전히 거부한다… 그런 교활함은… 부친살해 못지않은 것이다. 더 나쁘지 않다고 하면, 그건 내가 너를 사랑했기 때문이다… 그 젊은 날에… 저리 가라, 썩 꺼져… 나는 네 목소리를 가까이서 들을 수가 없다! 나의 재정 상태는 아주 위험하지. 어쩌면 곧 완전히 파산할 게다… 구걸을 하게 될 거야… 그러나 단언컨대 너의 창가엔 얼씬하지 않을 것이다… 거기서 내 저주의 낙인과 마주치긴 싫을 테니 말이다… 그 때에 나의 심장은 후회로 넘쳐흐를 것이다… 난 그런 건 싫다. 꺼져라! (유리는 저주의 말에 전율한다. 그리고 두려움에 찬 몸짓을 하다가, 갑자기 돌처럼 굳어진다. 침묵.)

바실리 미할리치 (동생에게 다가간다.) 충분하지 않나? 저애가 얼마나 창백한지 봐… 마치 죽은 사람 같군.

니콜라이 미할리치 그래야지… 아쉬울 것 없어! 그는 아직 회개할 수 있다고…

유리 (갑자기 거칠게 웃는다.) 하! 하! 하! 아버지가 아들을 저주했다… 너무나 쉽구나… 보라, 보라, 보라, 이 스스로 만족한 얼굴을… 이 평온한 모습을 보라. 이 아버지가 아들을 저주했다! (강렬한, 그러나 말없는 절망 속에서 나간다.)

4장

유리를 제외한 앞의 사람들

니콜라이 미할리치 가 버렸나?

바실리 미할리치 아마도, 동생, 아마도

니콜라이 미할리치 피곤해졌어, 쉬어야겠어… 오, 신이여, 어떤 아버지의 삶에
도 이런 날이 없도록 하여 주소서.

바실리 미할리치 네가 옳다, 동생… 그렇게 하여 주소서, 신이여…

니콜라이 미할리치는 나간다.

5장

바실리 미할리치 (혼자서) 이미 너에게 충분하다, 무뢰한… 만약 내가 마지
막 것까지 말하고 이 편지를 내놓았다면, 사태는 더 나빴
을 테지… 내 영혼이 동정심을 보인 거야.
이제 가야겠다. 그러나 내 딸을 꾸짖지는 않을 것이다… 적
당한 때가 있겠지… 그리고 우리가 아니라도 여기엔 소란과
슬픔이 충분하다… 오! 오! 오! (자기 동생을 따라 나간다.)

6장

다리야 (문 저편에서 엿듣고 있었다. 발끝으로 걸어 나온다.) 모두 끝
났다. 아주 잘 끝났어. 나는 다른 많은 사람들처럼 이 일
에 성공했지만, 이보다 더 나은 얘긴 생각나지 않는걸. 내
가 꾸며낸 이야기를 사람들을 통해 바실리 미할리치에게
전한 것은 얼마나 잘 한 일인가. 어리석게도 그걸 믿다니…
나는 여주인으로부터 감사를 받겠지… 돈, 돈… 이 볼린은,
내가 그의 나무집에 불을 질렀으니 바닷물로도 끌 수 없
어… 이제 전부 우리 거야… 적어도 성인들에겐 미리 기도

를 드려야겠지… 하지만 서둘러 이 소식을 주인에게 알려야겠다… 잘 가시게, 불청객들!

7장

다리야는 나가려 하나 문에서 마르파 이바노브나와 마주친다.

마르파 이바노브나 (지팡이를 짚고 들어온다.) 다쉬카! 다쉬카! 여기서 무슨 일이 일어난 거냐! 얼른 말해! 소란스러운 소리를 들었다… 네 얼굴에서 기쁨이 보이는구나… 무슨 일이냐? 다쉬카! 의자를 다오…

다리야 (의자를 움직이며) 무슨 일이 일어나다니요, 마님?

마르파 이바노브나 그래! 말해봐라.

다리야 무슨 일이 일어나다니요?!

마르파 이바노브나 멍청하게 반복하는구나! 빨리 대답해.

다리야 아버지와 아들 사이에 작은 희극이 벌어졌지요… 겁내지 마세요. 아무 것도 아니니까요. 유리 니콜라이치를 그분의 아버지가 꾸짖고는 농담으로 저주했어요. 그래서 고민했지요. 이게 전부랍니다, 마님.

마르파 이바노브나 저주했다고… 네 탓이다, 쓸모없는 것아… 너는 (때리기 위해 그녀에게 손을 든다.) 소문을 가지고 이런 짓을 했구나…

다리야 마님께서 직접 명령하신 것이지요, 마님 (절하며) 제가 어떻게 당신을 화나시게 할 수 있겠습니까…

마르파 이바노브나 추방해 버리겠다, 황무지로… 그들을 싸우게 하라고 했지… 하지만 그건 네가 내게 권한 것이 아니었느냐… 이제 유리와 그가 어떻게 되겠느냐… 그는 자기 영혼을 파멸시킬 거야… 꺼져라, 지옥의 망령아, 꺼져… 내 눈 앞에서…

시베리아로… 지옥으로… 아아, 나는 불행하다… 저주받았다… 우리가 무슨 짓을 한 거냐…

다리야 (그녀의 발치에 쓰러지며) 자비를 베풀어 주세요… 혈육과 같으신 분… 황금 같은… 은과 같은… 지배자여… 저를 구해 주세요…

마르파 이바노브나 어떻게 일이 이 지경까지 되었는가… 누가 생각했겠는가… 오, 이 저주받을 뱀 같으니… 오! 내가 알았더라면, 내가 얼른 볼린 가와 몇 번이고 화해했더라면… 이렇게는 되지 않았을 것을… 노년에 내게 이러한 죄가… 그 애는 이제 파멸이야… 나도 파멸했다… 그리고 전부… 전부… 윽! 어둡구나… 추워… 마치… 마치 쇠로 된 손이 내 심장에서 마지막 피 한 방울을 짜내는 것 같다… 저기가 밝다… 잔이 있구나… 그 안에 물이 있고… 물 안에는… 독이. (침묵 조용히) 물러가라… 물러가… 비난하는 아이야… 물러가라, 내게서 뭘 원하는 것이냐? 네가 내 손자의 영혼이라고 말하는구나! 아니다… 너는 어디서 나타난 것이냐? 오오! 오오! 내 손을 건드리지 마라! 나는 너를 모른다… 모른다… 나는 너를 한 번도 본 적이 없다. (광기의 조짐을 보이며 나간다.)

다리야 (일어나며) 정신이 나갔군. 이제 다시 모든 것이 우리 것이다. 또 성공했어.

(즐거운 얼굴로 나간다.)

8장29)

유리의 방. 어둡다. 그는 탁자 옆에 손을 짚고 서 있다. 그 옆에 물잔. 이반, 그의 하인이 곁에 서 있다.

이반	괜찮으십니까, 주인님…
유리	왜 그러나?
이반	창백하십니다…
유리	내가 창백한가? 아마 곧 더 창백해질 거야.
이반	아버님께선 그저 흥분하신 것뿐입니다. 곧 용서해주실 거예요…
유리	물러가게, 착한 친구, 자네가 상관할 일이 아니네.
이반	나리를 떠나지 말라는 분부를 받았습니다…
유리	거짓말이야! 여긴 나와 상관할 사람이 아무도 없어… 난 괜찮아. 물러가게.
이반	그렇게 믿게 하려 하셔도 소용없습니다, 나리. 흐트러진 모습이며 불안한 눈, 떨리는 목소리가 정반대라는 걸 보여주고 있으니까요…
유리	(상자에서 지갑을 꺼내 탁자 위에 놓는다. 방백) 듣자하니 이건 (지갑을 가리킨다.) 사람들에게 많은 일을 초래할 수 있다더군. (이반에게) 이걸 받고 여기서 나가 주게. 금화 서른 닢이야…
이반	유다는 은화 서른 닢에 예수 그리스도를 팔았지요… 게다가 이건 금화로군요… 안 됩니다, 나리, 전 그런 놈이 아니라고요. 제가 설사 노예라 할지라도 나리께 그런 봉사를 해드리려고 돈을 받지는 않겠습니다.
유리	(창밖으로 던진다.) 그럼 아무나 주워가라지.
이반	무슨 일이십니까, 나리. 진정하세요… 완전한 고뇌도, 완전한 슬픔도 세상엔 없답니다. 진정하세요, 주인님.
유리	(힘겹게) 그렇지만.
이반	하나님께서 나리에게 행복을 보내주실 겁니다… 저에게 은혜를 베풀어 주셨으니까요. 하나님이 보고 계십지요. 저는

	나리에게서 한 번도 성난 말씀을 들어본 일이 없습니다…
유리	정말인가?
이반	저는 언제나 아내와 자식들에게 나리를 위해 기도하라고 시키고 있습지요
유리	그럼 자네에겐 아내와 자식들이 있군…
이반	그럼요… 하늘에서 보내주신 것처럼 예쁘고 착한 아내지요… 그리고 어린 것들을 보고 있으면 마음이 기쁘답니다…
유리	내가 잘해 준 것이 있다면 부탁 하나만 들어주게…
이반	당신을 섬기기 위해 몸과 마음이 준비되어 있습니다, 나리…
유리	자네에겐 자식들이 있지… 절대로 그들을 저주하지 말게. (한쪽으로 물러난다.)
이반	(동정하며 그를 쳐다본다. 누군가 무대 뒤에서 그를 마르파 이바노브나의 거처로 부른다. 그는 천천히 나간다. 유리는 혼자 남는다.)

9장

유리 혼자.

유리	그러나 그는, 내 아버지는 나를 저주했다! 얼마나 두려운 일인가… 내가 아버지를 위하여 모든 것을 희생한 그 순간에. 이것을 견디지 못할 불행한 노파를. 나의 감사를… 바로 그 순간에… 하! 하! 하! 오, 사람들, 사람들… 두세 마디 가장 어리석은 모함으로 인해 나는 여기 무덤가에 서 있다… 아름다운 영원이여! 아름다운 추억들이여! 그러

나… 이 모든 것은 이렇게 끝나야 했다… 황금을 주된 목적으로 삼은 곳에서 사건이 이보다 더 좋게 끝날 수는 없어…

이날 아버지는 나를 저주했다! 내가 배신당한 사랑으로, 우정으로 괴로워한 바로 그 날… 나의 인내는 끝났다… 끝났어… 참을 수 있을 만큼 참았다… 그러나 이제는… 사람이 견딜 수 있는 한계를 넘었다! 이제 내게 삶이 무슨 의미가 있는가, 삶 속의 모든 것에 독이 퍼져 있는데… 죽음이란 무엇인가! 한 방에서 또 하나의 비슷한 방으로 건너가는 통로와 같아. (잔을 가리키며) 이 하찮은 것이 내 안에 있는 창조적인 생명의 힘을 이긴다고 어떻게 생각하겠는가? 흰 가루가 내 몸을 먼지로 만들고 신의 창조물을 파괴한다고? 그러나 신이 정말로 전능하시다면, 어찌하여 무서운 범죄인 자살을 막지 않는가. 어째서 내 심장에 내려치는 인간들의 타격을 붙잡지 않았는가? 나의 파멸을 알면서 어찌하여 나의 탄생을 원했는가? 내가 원하는 대로 스스로 죽고 살 수 있다면 신의 뜻은 어디에 있는가? 오! 인간은 불행하고 버림받은 피조물이다… 인간은 나약하게 창조되었다. 운명은 그를 극단으로 몰아갔고… 운명이 그를 징벌한다. 말 못하는 동물은 우리보다 행복하다. 그들은 선도, 악도 분별하지 못하므로 그들은 영원을 가지지 못한다. 그들은 할 수 있기를… 오! 내가 만약 내 자신을 파멸시킨다면! 그러나 아니다! 그래! 아니다! 나의 영혼은 파멸했다. 나는 나의 창조주 앞에 서 있다. 나의 심장은 떨지 않는다… 나는 기도했다… 구원은 없었다… 나는 고통 받았다… 어떤 것도 그것을 건드리지 못했다! (잔에 가루를 뿌린다.) 오! 나는 죽을 것이다. 참으로 그들은 나의 죽음을 나의 탄생보다 더 기뻐할 것이다. 아버지는 나를 거절했고, 내 영혼을 저주했다. 그러니 이런 일이 있을 줄 알았을 게 분명해. (길지 않은 침묵) 자연은 불꽃이 일어나 날리는 난로와 같아. 나무가 다 타면 난로는 꺼져 간다. 인간의 여러 고통의 수단들이 실행될 때 자연은 부서진다. 모든 것은 사라진다. 난로는 불꽃을 만든다. 자연은 인간 중 어떤 이는 더 어리석게, 다른 이는 더 현명하게 만든다. 어떤 자들은 세상에 소란을 빚어내고, 다른 자들은 세상에 알려지지 않는다. 이렇게 불꽃은 사람들 중에 평등하지 않다. 그러나 그들은 비슷한 다른 이들처럼 대단한 성과 없이, 모두 똑같이 흔적 없이 스러진다. 불길이 사라지면 사람들은 재를 전부 모아서 내다 버린다… 우리 가련한 인간들도 그렇다. 고통스러워하거나 즐거워하거나 모두 마찬가지다. 나도 마찬가지로 죽을 것이다. 내게 있는 과거의 추억 중 어떤 것도 남지 않을 것이다. 어리석은 자들! 어리석은 우리들! 우리는 살고 싶어 하지… 마치 세월을 집어삼키는 심연 속에서 2,3년이 무슨 의미가 있기라도 한 것처럼, 마치 조국이나 세계가 우리가 근심할 가치가 있는 것처럼. 그 근심은 삶과 마찬가지로 헛된 것. 아무 것도 잊지 않은 때에 죽는 사람은 행복하다… 무명(無名)의 납빛 순간을 알지 못하므로… 존재의 짐을 느끼고 그것을 끊어낼 힘을 넉넉히 가진 사람은 행복하다. 안녕히, 나의 아버지, 우리는 다시는 만나지 못할 겁니다… 난 당신으로 인해 죽는 것은 아닙니다… 당신은 다만 내가 깨닫도록 도왔을 뿐… 아아! 그리고 그녀… 그 아름답고도 기만적인 모습이 매력을 잃어 간다. 누가 믿을 것인가? 나는 그들이 가엾다. 오! 곧… 곧… 당신들은 모두 그림자처럼 될 것이다… (잔을 들어 마신다. 몸을 떤다.) 당신의 건강을 위하여… 이 생각이 나를 위로하는구나. 모든 사람은 죽을 것이다… 예외가 되길 바라는 것은 어리석었다. 그러나… 어찌하여 한기가 내 혈관 속을 달리는가. 어째서 나는 떨고 있는가… 아직 시간이 되지 않았다… 기다려… 기다려라, 지옥의 괴물이여… 아직 15분이 있다. 죽음이여. 나는 너의 것이다! (안락의자에 앉는다. 길지 않은 침묵.)

10장

류보피와 엘리자가 이야기를 하며 들어온다. 유리는 그들을 보고 벌떡 일어나 한쪽으로 물러난다. 방은 어둡다.

엘리자 자루츠키가 네게 뭐라고 한 거야. 왜 그가 정원에 없었을까… 이게 다 무슨 뜻이지? 너의 불안은 나쁜 조짐이야, 류보피.30) 나한테서 도망치네. 그리고 확실히 뭔가를 찾고 있어.

류보피 유리가 어디 있는지 못 봤어…

엘리자 그 사람은 왜…

류보피 아아! 언니! 다 언니 탓이야, 그 사람들은 총질을 하려고 해… 자루츠키가 내게 언니를 만나게 해 달라고 무릎을 꿇고 부탁했어. 유리가 그걸 보고 완전히 다른 뜻으로 받아들였어… 오! 난 불행한 여자야! 그이는 나를 버렸어, 내가 배신했다고 생각하거든… 내 말을 들으려고도 하지 않아. 오! 만약 그이가 알았더라면… 내 눈물을 보았더라면…

유리	(방백) 그리고 나는 이제서야 듣는구나! 어리석은 나!
엘리자	그래서 지금 어쩌려는 건데, 류보피?[31]
류보피	숙부님이 그 사람을 저주했고… 그이는 절망에 빠져 있어… 확실히 아무 소용없이 말이야. 하나님이 나 때문에 그 사람을 벌하신 거야. 나는 그이를 찾고 싶어… 유리를 위로해주고 싶어… 아아! 언니, 언니! 그가 내 눈물을 보았더라면… 하지만… 그 사람은 나를 사랑해, 그 안에는 아직 미련이 있어… 오, 내 마음 속에서 벌어지는 일을 그이가 알았더라면.

이때 유리는 망설이며 다가갔다 물러섰다 한다.

류보피	나는 그이를 위로하겠어. 그 사람 아버지에게 갈 거야. 무릎을 꿇고 용서를 빌 거야… 그렇지 않으면 난 죽을 거야… 두려워… 오! 어디서 그를 찾지… 내 사랑만이 그를 위로할 수 있어… 잔인하게도 그는 모든 사람에게 버림받았어!
유리	(절망 속에서) 악한! 자살자!
엘리자	뭐지?
류보피	(몸을 던진다.) 유리! 유리, 그 사람이 여기 있어… (유리가 일어난다.) 너무 창백해… 이 고통스러운 눈길!
유리	당신은 나를 사랑하는군… 나도 언제나 당신을 사랑했어…
류보피	(그의 목에서 흐느끼며) 내가 당신을 사랑하느냐고? 하늘이여, 감사합니다! 마침내 나는 행복해요… 내 사랑… 내 사랑… 나는 당신에게 언제나 충실했어…
유리	그래! 그래! 이것이 나의 마지막 위안이구나.
류보피	(여전히 그의 품속에서) 모두가 당신을 버렸어.

유리	틀렸어! 내가 모두를 버리는 거야… 그걸 몰랐어?
	(류보피는 고개를 들고 놀라 바라본다.) 나는 먼, 끝없는 길을 떠나…
류보피	무슨 말이야? 떠나다니…
유리	우리는 다시는, 다시는 보지 못할 거야…
류보피	여기가 아니라면, 다른 세상에서…
유리	내 사랑! 다른 세상은 없어… 혼돈이 있지… 세대를 삼켜 버리는… 그리고 우리는 그 안으로 사라져 보이지 않게 되는 거야… 우린 다시는 만나지 못할 거야… 길이 다르니까… 모든 것은 허무 속으로… 안녕! 우린 다시는 만나지 못할 거야… 천국은 없어. 지옥도 없지… 인간이란 버림받은, 안식 없는 피조물이야.
류보피	오, 전능하신 하나님! 그에게 무슨 일이 있었나요… 그는 무슨 말을 하는지 모르고 있어요…
유리	(그녀를 뚫어지게 쳐다본다.) 이 순간 당신은 얼마나 아름다운가… 내 마지막 기쁨이로다… 큰 기쁨이다… 동의하지… 아니, 괴롭히지 않을게… 이 부드러운 눈의 표정, 이 반쯤 열린 입술… 그녀에게 말하지 않으리라… 그녀가 공포에 질린 것을 보고 싶지 않아… 아아! 그러나 아니다, 그녀가 알게 하리라. 내게 무슨 일이냐고? 나는 죽는다! 모든 것을 밝히리라… 만약 여기 나의 아버지가 계셨더라면… 내 임종의 경련을 보고 아주 기뻐했을 테지…
류보피	무슨 말이지… 유리! 유리! 무서운 예감이 들어…
유리	(그녀의 손을 잡는다.) 기만적인 마음이, 아버지의 영원한 저주가 무슨 짓을 할 수 있는지 봐… 알아 둬… 그리고… 당신의 연약한 가슴이 찢어지는군… 전율해… 당신 혈관 안에서 피가 멈췄군… 아! 생각해 봐! 맞춰 봐. 하! 하! 하!

하! 아니, 더 크게 웃어, 노래하고 즐거워하라고, 춤을 춰… 나는 두렵지 않아… 난 그저… 독약을 마셨어!

엘리자　아아! 도와줘요, 얼른! (달려 나간다.)

류보피는 떨고 창백해져서 안락의자에 쓰러져 기절한다… 그는 그녀를 내려다보고 서 있다.

유리　이런! 이럴 줄 알았어! 여자란! 여자들이란! 그대들은 이런 감각을 위해서는 창조되지 않았지! 창백하구나… 죽음의 형상이다… 오, 만약 그녀가 깨어나지 않는다면… 내 시체를 볼 수 없다면… (무릎을 꿇는다.) 정신을 차리지 마… 당신은 지금 정말 아름다워… 죽는 편이 더 나아… 당신과 난 사람들을 위해 창조되지 않았어. 나의 심장은 너무 뜨겁고, 당신의 것은 너무 부드럽지, 너무 연약해. (그녀의 손에 키스한다.) 손이 따뜻하구나.

류보피　(정신을 차린다. 의자에서 일어나 그의 목에 몸을 던진다.) 기도해!

유리　늦었어! 늦었어!

류보피　늦은 때는 없어… 기도해! 기도!

유리　(벌떡 일어난다.) 아니, 나는 기도할 수 없어.

류보피　(일어난다.) 오, 천사들이여, 그에게 기도할 마음을 주소서! 유리!

유리　난 괴로워!

류보피　괴로워…

유리　때가 됐어! 아버지에게 전해 줘, 내가 아버지를 용서하길 원했다고… (땅에 쓰러진다.)

류보피　쓰러졌어… (하늘을 본다.) 도와주세요! 도와주세요 (유리의 곁에 무릎을 꿇는다.) 그의 영혼을 붙잡아 주세요⋯ 하나님! 첫 번째 기적[32]을 베풀어 주세요⋯ 그는 당신께로 돌아갑니다⋯

유리 (죽어가는 목소리로) 울어⋯ 울어. 울라고⋯ 하나님은 나를⋯ 절대⋯ 용서하지 않을 거야!
(죽는다. 류보피는 흐느끼며 그의 위에 쓰러진다. 침묵.)

11장

니콜라이 미할리치, 바실리 미할리치, 엘리자, 이반, 다리야.

다리야 (공포에 질려) 죽었어요

니콜라이 미할리치 내 아들아⋯ 내 저주 때문에? 그럴 리 없어! 아직 살아 있어⋯ 믿을 수 없어⋯ 그 앤 살아 있어!

다리야 (시체를 가리키며 차갑게) 뭐라고요? 여길 보세요⋯ 당신이 바라신 거잖아요. 죽었어요⋯

바실리 미할리치 (류보피를 일으키며) 내 딸아! 알코올! 아아! 거의 숨을 쉬지 않아⋯ 살려줘요, 이 애를 살려줘⋯ (바실리 미할리치와 엘리자가 류보피를 데리고 나간다.)

이반 하나님! 주인의 영혼을 용서하소서!
(모두 패배의 침묵 속에 서 있다. 막이 내린다.)

끝

1) 원제는 독일어로 표기되어 있다. MENSCHEN UND LEIDENSCHAFTEN (Ein Trauerspiel)

2) 러시아인의 이름은 세례명, 부칭, 성의 순서로 이루어져 있다. 마르파는 세례명, 이바노브나는 아버지인 이반의 이름을 사용한 부칭, 그라모바는 성에 해당한다. 남성의 성에 'a' 혹은 'aya'를 붙이면 여성형이 된다. 세례명과 부칭을 붙여서 부르면 지인들 간의 정중한 호칭이 되고, 성만을 부르는 것은 중립적인 호칭이다. 가족과 친구 등 친밀한 관계에서는 세례명을 변형한 애칭을 사용하며, 19세기 귀족사회에서는 프랑스식 이름을 사용하는 관습이 있었다.

3) 이 이야기는 레르몬토프의 전기상의 사실과 일치한다.

4) 1825년 발표된 푸시킨의 시.

5) 푸시킨의 시 <아나크레온의 관 Гроб Анакреона>(1815)의 변형된 인용. 이 시의 최종본은 1826년에 출판되었다.

6) 공통의 형제애에 대한 유리의 대사는 생시몽의 <신(新)그리스도교>(1825)의 사상을 언급하는 것이라 볼 수 있다.

7) par exemple (프랑스어)

8) ma sœur (프랑스어): 직역하면 '내 동생아' 정도가 되겠으나 우리말의 어감을 고려하여 'ma chère 내 사랑'과 함께 이름을 부르는 것으로 대체하였다.

9) 월터 스코트의 소설 <Woodstock, or The Cavalier. A Tale of the Year Sixteen Hundred and Fifty-one>(1826) 1권 4장에 관한 대화.

10) '류보피'는 여자의 이름인 동시에 사랑이라는 뜻의 일반명사이다.

11) Grand dieu! Grand dieu! (프랑스어)

12) 러시아의 중량단위. 1푼트는 약 407.7g

13) 누가복음 23장 32~34절. 이하 인용된 성서 구절은 개역한글판 성서의 해당구절을 옮겼다.

14) 마태복음 23장 27~28절.

15) 마태복음 23장 32~33절.

16) 마가복음 11장 24~25절.

17) je dois être aujourd'hui plus belle que jamais. (프랑스어)

18) comme si c'etait une affaire d'etat! (프랑스어)

19) moi je me moque de tout cela! (프랑스어)

20) equivoque (프랑스어)

21) 이어지는 이야기는 레르몬토프의 실제 가정사와 유사하다.

22) 희랍신화에 나오는 신들의 음료. 젊음과 영원한 생명을 준다고 한다.

23) 어지럼증에 효과가 있는 물약. 현기증 약.

24) tête-à-tête (프랑스어)

25) 러시아에서는 장례식에서 시신을 탁자 위에 안치한다.

26) 소돔의 멸망 때 도시를 탈출하다가 뒤를 돌아보는 바람에 소금기둥이 된 것으로 전해지는 성서상의 인물.

27) 희랍 신화에 나오는 바다의 요정. 상반신은 여자이고, 하반신은 새의 모습을 하고

사랑스럽고 달콤한 노래로 항해하는 뱃사공의 넋을 빼앗아 죽도록 만든다.
28) Ma chère (프랑스어)
29) 레르몬토프는 이 8, 9장을 거의 바꾸지 않고 <이상한 사람>의 11장으로 가져온다.
30) ma chère (프랑스어)
31) ma sœur (프랑스어)
32) 신이 사람을 만든 기적을 의미한다.

이상한 사람

낭만적 드라마

나는 평생 나를 괴롭혀왔으며, 아마 앞으로도 계속될 실제 사건을 극의 형식으로 서술하기로 결심했다.

내가 묘사한 인물들은 모두 실제의 삶에서 취해졌으며, 나는 그들이 누군지 알아볼 수 있기를 바란다. 그렇게 되면 틀림없이 후회가 그 사람들의 영혼을 찾아갈 터이다… 그러나 그들이 나를 비난하지 않기를 바란다. 나는 불행한 이의 영혼을 변호하려 했고, 또 그래야만 했다!

나는 사회를 정확히 묘사했는가? 모르겠다! 최소한 내게 있어 사회는 언제나 극도로 오만하고 무감각하며, 천상의 불의 가장 작은 불꽃이라도 간직한 영혼에 대한 질투로 가득 찬 사람들의 모임으로 남아 있다!

그리고 이 사회의 판결에 나 자신을 맡기는 바이다.

그가 사랑한 여인은
그녀를 더 사랑하지 않는 이와 결혼하였다…
… 그리고 이 세상은 광란을 부르나, 현자의 광기는
더 깊은 것, 우수의 눈짓은 두려운 선물이어라.
그것이 진실의 망원경 외의 무엇이랴?
환상의 거리를 벗겨내고,
삶을 완전히 벌거벗기는,
차가운 실상을 너무도 실제로 만드는 것!

- <꿈> 바이런 경

1장. 8월 26일 아침.

파벨 그리고리치 아르베닌 집의 방. 책장과 사무용 책상. 사건은 모스크바에서 벌어진다. 파벨 그리고리치가 편지를 봉인하고 있다.

파벨 그리고리치 아이들은 어릴 때에만 우리에게 부담이 된다고들 하지. 하지만 난 정반대라고 생각해. 어린애들은 돌보고 가르치고 젖을 먹여야 하지만, 스무 살짜리는 근무처를 잡아줘야 하고, 무슨 장난이라도 쳐서 자신과 명예로운 이름을 영원히 망치지나 않을지 매순간 벌벌 떨게 만들거든. 솔직히 말하자면 지금 내 처지가 가장 위험한 거지. 블라디미르는 군복무엔 맞지 않아. 첫째 그 애 자신도 말하듯이 너무 제멋대로인 성격 때문이고, 둘째로 녀석은 수학에 능하질 못하거든. 대체 어디에 취직을 시킨다? 사령부에? 제일 좋은 자리는 다 찼고, 더군다나… 안 좋군! 지금 교육이란 가장 어려운 일이야. '자, 이제 다 끝났군!'이라고 생각하겠지만, 천만의 말씀. 이제 시작일 뿐인걸!
내가 고생 끝에 명망을 얻은 사교계에서 블라디미르가 명예를 잃지 않을까 걱정이군. 그러면 내가 비난을 듣게 될 거야. 요즘 듣자하니 내가 아들의 성품을 제대로 잡아 주지 않았다고들 한다는군. 그 나이에 무슨 성품이란 말인가? 녀석의 성격이야말로 몰개성 그 자체지. 뭐, 아들 녀석을 충분히 엄격하게 다잡지 않은 것은 나도 알지. 그 애의 감정과 생각이 그토록 조숙한 것이 무슨 소용이란 말인가? 하지만 내 계획에서 벗어나도록 놔두진 않겠어. 4년 후엔 퇴역하고 부유한 신붓감과 결혼시켜서 지위를 튼튼히 해야지. 내 지위는 사랑하는 아내 덕에 다 망쳤어.

그녀가 날 기만했던 일을 생각할 때마다 격분하지 않을 수 없군. 오! 간교한 여자! 당신은 내 복수의 모든 짐을 견디고 있소. 가난 속에서, 마음 깊이 후회하며 미래에 대한 아무 희망도 없이, 당신은 내 눈에서 멀리 떨어져 죽어가고 있소. 두 번 다시 당신을 절대 만나지 않으리라. 그녀가 원하는 것은 다 해주지 않았던가? 그런 남편의 명예를 훼손하다니! 그녀를 도와줄만한 가까운 친척이 없다는 게 정말 기쁘군. (침묵) 아마 누군가 이리로 오는 모양인데… 확실히…

블라디미르 아르베닌이 들어온다.

블라디미르   아버지! 안녕하세요…

파벨 그리고리치   지금 오다니 아주 반갑구나. 너와 할 이야기가 있어. 네 장래 운명에 관한 일이다… 그런데 어쩐지 침울해 보이는구나, 얘야! 어디 있었니?

블라디미르   (아버지에게 빠르고 음울한 눈초리를 던진다.) 제가 어디 있었냐고요, 아버지?

파벨 그리고리치   그 우울한 표정은 뭐지? 이런 식으로 아버지의 친절을 맞이하기냐?

블라디미르   제가 어디 있었는지 맞춰 보시죠?

파벨 그리고리치   너랑 비슷한 말썽꾸러기네 집에서 노름을 하다가 돈을 잃었든지, 아니면 거절로 너를 괴롭히는 어떤 미인의 집에 있었을 테지. 다른 어떤 모험이 너를 괴롭힐 수 있겠니? 내가 맞춘 것 같은데…

블라디미르   전 그런 즐거운 곳과는 너무 멀리 떨어져 있었어요. 전 한 여자를 봤어요. 연약하고, 병들고, 과거의 잘못으로 인해

남편과 가족에게서 버림받은 사람이었죠. 거의 걸식을 해
야 할 형편이에요. 온 세상이 그녀를 비웃고 아무도 동정
하지 않아요… 오! 아버지! 그 영혼은 다른 운명과 용서를
얻을 가치가 있어요! 아버지! 저는 회한의 쓰디쓴 눈물을
보았어요. 전 그녀와 함께 기도했고, 그녀의 무릎을 끌어
안았어요, 전… 저는 어머니의 집에 있었습니다… 더 무슨
말이 필요한가요?

파벨 그리고리치   네가?

블라디미르   오, 아버지가 아셨다면, 보시기만 했다면… 아버지! 이 부
드럽고 축복받은 영혼을 이해하지 못하신 겁니다. 그게
아니라면 아버지는 부당합니다, 부당해요… 저는 온 세상
앞에서 이 말을 큰 소리로 반복하겠어요. 천사들이 듣고
인간의 잔인함에 몸서리를 칠겁니다…

파벨 그리고리치   (얼굴이 달아오른다.) 네가 감히… 나를 비난해, 배은망덕
한…

블라디미르   아닙니다! 용서하세요! 제가 지나쳤어요. 하지만 생각해
보세요. 제가 어떻게 냉혹할 수 있었겠어요. 어머니가 아
버지를 모욕했다는 건, 용서받을 수 없을 만큼 모욕했다
는 건 동의합니다. 하지만 *저에게는* 무슨 잘못을 하셨나
요? 제 어린 시절 최초의 날들이 어머니의 무릎 위에서
흘러갔고, 그녀의 이름은 아버지의 이름과 함께 저의 첫
번째 말이었고, 제가 처음 앓은 병은 그녀의 애무로 치유
되었어요… 그리고 이제 곤궁 속에서 이리로 오셨어요. 어
머니의 발 앞에 쓰러지지 않을 수 없었습니다… 아버지!
아버지를 뵙고 싶어 하세요… 간청합니다… 만약 저의 행
복이 아버지께 조금이라도 의미가 있다면… 오직 그녀의
깨끗한 눈물만이 아버지의 마음에서 검은 의심을 씻어내

	고, 편견을 쫓아낼 것입니다!
파벨 그리고리치	잘 들어라, 건방진 녀석! 나는 그 여자에게 화를 내는 게 아니다. 그러나 그녀를 보고 싶지도 않고 더 이상 보아야 할 이유도 없어! 세상 사람들이 뭐라 하겠느냐?
블라디미르	(입술을 깨물며) 세상 사람들이 뭐라 하겠느냐고!
파벨 그리고리치	그리고 넌 아주 멍청한 짓거리를 했다, 내 아들아. 마리야 드미트레브나에게 간다고 말하지 않은 것 말이다. 위임장을 주었을 텐데…
블라디미르	어머니의 마지막 희망을 빼앗을 위임장을 말이죠? 그렇지 않습니까?
파벨 그리고리치	그래, 그래! 그녀는 아직 벌을 다 받은 게 아냐… 세이렌, 부정한 여자…
블라디미르	제 어머닙니다.
파벨 그리고리치	그녀를 다시 보게 되면, 내 앞에 나타나지도 말고, 헤어져 있는 것보다 만나는 것이 더 나와 그녀에게 수치스럽지 않도록 용서를 빌려 하지 말라고 충고해 줘라.
블라디미르	아버지! 전 그런 위임을 위해 창조된 것이 아닙니다.
파벨 그리고리치	(차가운 미소를 띠고) 그 일은 됐다. 우리 중 누가 옳고 그른지는 네가 판단할 일이 아니야. 한 시간 후에 내 서재로 오너라. 거기서 최근에 도착한 너에 대한 서류를 보여 주마… 백작에게서 온 복무 결정에 대한 편지를 읽어주지. 그리고 다시 한 번 부탁하겠는데 다시는 내 앞에서 네 어머니에 대한 이야기를 꺼내지 마라. 명령할 수도 있지만 부탁하는 거다! (나간다. 블라디미르는 그의 뒷모습을 오랫동안 바라본다.)
블라디미르	나에게 명령할 권리가 있다는 게 좋은가보군! 하나님! 한 번도 쓸데없는 간청으로 귀찮게 한 적이 없지 않습니까.

이제 간청하건대 이 불화를 멈춰 주십시오! 우스운 사람들 같으니! 별 것 아닌 일로 싸우고 화해할 시간이 언제까지고 있기나 한 것처럼 화해의 시간을 미루고들 있으니! 아니, 사람들과 함께 살려면 잔인해져야 하는 걸 알겠어. 내가 자기들의 변덕을 만족시켜주려고 태어난 것으로 생각들을 하지. 내가 자기들의 어리석은 목적을 이룰 수단이라고 말이야! 아무도 날 이해 못해. 아무도 사랑으로 가득하고, 그 사랑을 헛되이 낭비하도록 강요당하는 이 심장을 다룰 줄 모르지!

벨린스키가 옷을 잘 차려입고 들어온다.

벨린스키　　아! 안녕, 아르베닌… 잘 있었나, 다정한 친구! 무슨 생각에 빠져 있나? 쩔렁거리는 돈을 셀 수 있는 사람이 뭐 하러 별을 세고 있겠나? 나를 보게. 자네가 무슨 생각을 하는지 맞춰보지, 내기를 하세.

블라디미르　　손을 주게! (악수한다.)

벨린스키　　자네는 어떻게 하면 여자가 사랑을 하게 만들거나, 그녀가 사랑하지 않는 척 했다고 고백하게 강요할까 하는 궁리를 한 게야. 두 가지 다 어렵긴 하지만 나라면 전자를 택하겠네. 왜냐면 후자는 말이야…

블라디미르　　대체 무슨 소릴 하는 건가?

벨린스키　　무슨 소리냐고? 솔로몬 왕은 멍청해지거나 귀가 먹었던 게야! 중용을 찬미하고 절제하라고 충고했으면서 자기 자신은 전혀 그러지 못했던 양반 말일세… 하! 하! 하! 자넨 꼭 자네의 사랑스런 여인이 제피로스[1]의 날개를 타고 자네에게 날아들기를 기다리는 것 같군… 아니지, 직접 작업

	을 하라고. 이 친구야! 여인을 사로잡는 자가 누구겠나? 자네가 생각을 하고 있는 이 순간에 말이야…
블라디미르	(말을 자르며) 자네 어제 어디 있었나?
벨린스키	이른바 음악회라는 곳에 있었네. 아이들이 명명일 선물로 아버지를 놀래 주더군. 그들은 여러 가지 악기를 연주했고 그들에게나 아버지에게나 아주 좋았지. 그 자리에 아주 많이 있었던 손님들에게는 엄청나게 지루했지만 말일세.
블라디미르	웃기는 사람들이군! 그런 식으로 어리석은 오만이 언제나 가족의 기쁨을 망친단 말이야.
벨린스키	아버지는 기쁨에 차서 갖가지 몸짓을 하면서 각 사람에게 눈을 돌렸다네. 모두 그에게 고개를 숙여 보이고 만족스러운 미소로 응답했지. 그리고 가엾은 아버지가 반대편으로 돌아보는 때를 틈타 모두들 무자비하게 하품을 했지… 그 아버지와 아이들이 안쓰럽더군.
블라디미르	난 수치를 모르는 손님들이 안쓰러운 걸. 종류를 막론하고 이웃의 행복에 대한 이런 경멸을 나는 무심히 보아 넘길 수가 없다네. 모든 사람은 타인들이 자기가 생각하는 모습대로 행복하기를 바라지. 그리고 그건 마음에 치유할 길 없는 상처를 남긴다네. 난 사람들을 아주 떠나고 싶지만, 습관이 허락하질 않아… 혼자 있을 때 아무도 날 사랑하지 않고 아무도 내게 괘념치 않는 것 같아… 이게 힘들어, 참 힘들어!
벨린스키	어휴! 시시한 얘긴 됐네, 친구. 동지들은 모두 자넬 사랑하지 않나… 만약 뭔가 다른 불쾌한 일이 있다면 마음 굳게 먹고 참아낼 수 있어야지… 모든 건 지나간다네, 나쁜 것이나 좋은 것이나…

블라디미르 　참아라! 참아라! 참으로 오랫동안 인류에게 반복해온 것이
로군. 비록 거의 아무도 그런 훈계를 따르지 않는다는 걸
안다 해도 말이지… 언젠가 나는 행복했고, 결백했지. 하
지만 그런 날들은 그 추억으로 나를 위로하기에는 지나치
게 먼 과거와 이어져 있지. 나의 진실한 삶 전부는 몇몇
순간들로 이루어져 있고, 그 밖의 모든 시간은 단지 그러
한 순간들의 준비나 결말일 뿐이야… 자네는 내 몽상을
이해하기 어렵겠지, 그런 것 같아… 나의 친구! 나는 내가
찾아야 할 것을 어디서 찾을 수 있을까?

벨린스키 　자신의 심장에서지. 자네에겐 위대한 지복의 원천이 있어,
다만 거기에서 퍼 올릴 수 있도록 하게. 자넨 모든 측면에
서 비루한 습관을 분간하고, 운명이 자네에게 보낸 슬픔
의 부스러기들을 하나하나 분석할 수 있지… 불쾌함을 경
멸하고 현재를 즐기는 법을 배우게. 미래를 염려하거나
과거를 후회하지 않는 것도 말이야. 인간에게 있어 모든
것은 습관이라네, 다른 이들보다도 자네에겐 더욱 그래.
목표가 닿을 수 없다는 것을 알면서 어째서 멈추지 않는
건가. 아니야! 그때 거기서 뿐인 거야. 그 다음에야 누가
견딜 수 있겠는가?

블라디미르 　그렇게 경솔히 판단하지 말게. 내 입장에서 생각해 보라
고. 내가 가끔씩 고아를 부러워하는 것을 알고 있나. 때로
나의 부모님은 나의 사랑을 놓고 싸우시고, 때로는 그걸
전혀 소중히 여기지 않으시는 것 같아. 그분들은 내가 당
신들을 사랑하는 것을, 아들이 사랑할 수 있는 한 가장 많
이 사랑한다는 것을 아시지. 아니야! 어째서 그들이 서로
곁눈질을 할 때, 그들을 재결합시키고, 그 젊은 사랑의 불
꽃을 전부 그들의 편견으로 가득 찬 마음에 다시 부어주

기를 바라는 존재가 있는 걸까! 내 친구! 드미트리! 난 이렇게 말해선 안 되지만, 자네는 전부, 전부 알고 있지 않은가. 그리고 난 자네에게 머지않아 나를 무덤이나 광기로 몰아갈 내 인생의 불행을 고백할 수 있어.

벨린스키 마호메트는 물속에 머리를 넣었다가 꺼냈는데 그 사이에 14년 나이를 먹었다고 하더군. 그것처럼 자넨 짧은 시간에 끔찍하게 변했어. 말해 보게, 자네의 연애 사건은 어찌 되어 가는가? 얼굴을 찌푸리는 건가? 말해주게, 그녀를 만난 지 오래되었나?

블라디미르 오래됐지.

벨린스키 그럼 자고르스킨 가(家)가 어디 사나? 그 집엔 자매가 둘 있고 아버지는 없지? 그렇지 않나?

블라디미르 그래.

벨린스키 그들에게 나를 소개해 주게. 그 집에서 야회나 무도회가 열리곤 하지?

블라디미르 아니.

벨린스키 내 생각엔… 하지만 그런 건 다 괜찮아… 소개를 시켜 주게…

블라디미르 그러지.

벨린스키 자네 사랑 얘기 좀 해 주게.

블라디미르 그녀는 아주 평범해서 자네는 흥미 없을 걸세!

벨린스키 자고르스킨 가의 사촌인 공작 영애를 아나? 아주 근사하고 사랑스러운 아가씨라네.

블라디미르 그럴 지도 모르지. 그녀를 처음 봤을 때, 어쩐지 좀 반감이 들었어. 그녀의 말을 한 마디도 더 듣지 않았지만 불길하다고 생각해. 자네도 알다시피 나는 예감을 믿는다네.

벨린스키 미신가 같으니!

이상한 사람

243

블라디미르   얼마 전에 말을 타고 가는데 말이 문으로 가려고 하질 않는 거야. 말에 박차를 가했더니 말이 날뛰어서 기둥에 머리를 부딪칠 뻔 했다네. 영혼이 꼭 그렇지. 이따금씩 누구에겐가 마음이 쏠리는 걸 느끼고, 어쩔 수 없이 애교를 떨게 되고, 사람을 사랑하고 싶어지는 거야… 두고 보게, 그것이 자네를 교활함과 배은망덕으로 얽어맬 테니까!

벨린스키   (시계를 본다.) 이런, 세상에! 벌써 갈 시간이 지났군. 아주 잠깐 들른 거였다네…

블라디미르   그런 것 같군. 어딜 그렇게 급히 가나?

벨린스키   프론스키 백작 댁으로. 끝내주게 권태롭지! 하지만 가야 해…

블라디미르   왜 가야 한다는 건가?

벨린스키   그렇고 그런…

블라디미르   중대한 이유로군. 그래, 잘 가게.

벨린스키   또 봄세. (나간다.)

블라디미르   벨린스키는 저 유쾌한 성격이 좋단 말이야! (이리저리 거닌다.) 머리가 깨질 것 같아. 머릿속이 꼭 주정뱅이의 집안처럼 엉망진창이군.

가야지… 천사 같은 나타샤를 볼 거야! 여자들의 시선은 마치 달빛처럼, 내 가슴에 뜻하지 않게 평화를 가져다준단 말이야. (앉아서 주머니에서 종이를 꺼낸다.) 이상해! 어제 난 이걸 내 서류 사이에서 찾아내고는 놀랐지. 매번, 이 쪽지를 볼 때마다 초자연적인 힘의 존재와 미지의 목소리가 내게 속삭이는 것을 느껴. "자신의 운명에서 도망치려 하지 마라! 그렇게 되어야만 해!" 한 해 전, 내가 그녀를 처음으로 보았을 때, 나는 그녀에 대해 한 가지 소견을 적어 두었지. 그때 그녀는 내게 자비로운 권력을 가지고 있었어. 그런데 지금은, 지금은 기억하면 모든 피가 흥분하게 돼. 내가 나 자신이 원하는 만큼 선량하지 않고, 영혼이 순결하지 않은 게 유감이로군. 아마도 그녀는 나를 사랑하는 걸 거야. 그녀의 눈, 홍조, 말… 난 정말 어린애 같아! 마치 내가 그녀의 시선과 말만으로 세상을 살아가기라도 하는 것처럼 그런 모든 것이 내게 잊지 못할 일이고 소중하다니. 무슨 소용이 있나? 내가 작년에 기대했던 바로 그 결말이다! 신이여! 신이여! 나의 마음은 무엇을 원하는 것인가? 그녀에게서 멀리 있을 때면, 나는 그녀에게 무슨 말을 할지, 어떻게 그녀의 손을 열렬히 움켜쥘지, 어떻게 옛일을, 모든 사소한 것들을 상기시킬지 상상한다… 하지만 그녀와 함께 있기만 하면. 전부 잊고 말아. 나는 동상 같아! 영혼은 눈 속에 빠져버리고 모든 것이 사라져. 희망이, 구원이, 추억이… 오! 나는 얼마나 무가치한 인간인가! 심지어 그녀를 사랑한다고, 그녀가 내게 목숨보다 소중하다고도 말할 수 없어. 이 놀라운 피조물과 마주앉아 있을 때, 사리에 맞는 말은 하나도 할 수가 없어! (쓴웃음을 띠고) 내 인생이 어떻게 끝나건, 시작은 나쁘지 않군. 그렇긴 하지만 내가 어떤 추억을 지니고 무덤으로 내려가건 전부 마찬가지 아닌가. 오! 만족에 몰두하고, 그 급류에 어린 시절부터 내 숙명이었던 자기 인식의 무거운 짐을 가라앉혀 버리기를 나는 얼마나 바라왔던가! (조용히 나간다.)

2장. 8월 28일 저녁 무렵.

자고르스킨 가의 소파가 있는 방. 문 하나는 응접실로 통하고 다른 하나는 홀로

통한다. 안주인인 안나 니콜라예브나 그녀의 딸 나탈리야 표도로브나 공작 영
애 소피야. 어떤 이들은 앉아 있고 다른 이들은 서서 이야기를 하고 있다.
여덟 시를 친다.

안나 니콜라예브나 (손님 중 한 사람에게) 어제 백작 댁에 계셨던가요? 고상한
　　　　　　　　　연극이었다고들 하더군요… 또 실내장식 얘기도 들었어
　　　　　　　　　요… 대단했다고… 황궁처럼요!

손님1　　　　　그러니까, 그게. 에, 거기 있었습니다. 새벽 다섯 시까지
　　　　　　　　　춤을 추었습니다. 모든 것이 만족스러웠고 모든 사람이
　　　　　　　　　즐거웠죠.

나탈리야 표도로브나　비웃으시는군요! 청년들 중에 누가 거기 있었죠?

손님1　　　　　슈모프 공작 가에서 두 사람, 벨린스키, 아르베닌, 슬료노
　　　　　　　　　프, 차츠키… 그리고 다른 사람들이 있었죠. 어떤 사람들
　　　　　　　　　은 기억이 안 나고 다른 사람들은 잊어버렸습니다… 벨린
　　　　　　　　　스키를 아시지요? 상냥한 젊은이고, 사랑스런 친구죠. 그
　　　　　　　　　렇지 않습니까?

안나 니콜라예브나 네, 들어본 적 있어요.

아가씨 중 한 사람 그 아르베닌은 어떤 사람인가요? 그 사람에 대해 많이들
　　　　　　　　　얘기하더군요.

손님1　　　　　우선 엄청난 난봉꾼에다 냉소가, 그것도 악의에 찬 냉소
　　　　　　　　　가랍니다. 그리고 대단히 영리한 사람이죠. 이건 개인적인
　　　　　　　　　생각이 아닙니다. 아뇨. 그 친구에 대해서는 모두가 같은
　　　　　　　　　의견인걸요.

나탈리야 표도로브나 그게 다가 아니라고 장담하죠. 저는 그 사람에 대해서
　　　　　　　　　그렇게 생각하지 않는 첫 번째 사람이에요. 저는 오랫동
　　　　　　　　　안 그를 알아왔고 그 사람은 우리 집에 드나들었지만 악
　　　　　　　　　의가 있는 것은 본 적이 없어요. 최소한 제 앞에서는 여러

분이 지금 이야기하시는 그런 사람이 아닌걸요.

손님1   오! 그건 전혀 다르죠. 당신에게라면 아마도 대단히 상냥할 겁니다, 그러나…

다른 아가씨   저도 아르베닌을 조심해야 한다고 들었는걸요…

손님2   (다가오며) 제 생각엔 정반대인걸요…

나탈리야 표도로브나   (아가씨 중 한 사람에게) 얘!2) 이보다 더 어리석은 말치레가 또 있을까?

손님3   (막 도착한 사람) 아르베닌의 과거를 아십니까?

부인 중 한 사람   과거가 궁금할 만큼 중요한 인물인 것 같지는 않은데요. 하긴 누구의 과거는 중요할까요? 그는 아주 행복한 사람이에요. 유쾌한 성품이 그걸 증명하죠. 행복한 사람들의 과거란 언제나 흥미로운 것이 못 돼요…

손님3   믿으세요. 사교계에서의 유쾌함이란 가면일 뿐인 경우가 아주 많지요. 하지만 바로 그 유쾌함이 내면의 슬픔과의 투쟁 속에서 어떤 거친 형태를 취하는 순간들이 있습니다. 만약 갑작스러운 웃음이 음울한 상념을 중단시킨다면, 그를 부추긴 것은 즐거움이 아니지요. 이러한 갑작스러운 변화는 그저 사람이 자신의 감정을 완전히 감출 수 없다는 사실을 증명해줄 뿐입니다. 언제나 미소를 띤 얼굴, 이게 바로 행복한 사람들의 얼굴이지요!

나탈리야 표도로브나   오! 당신이 언제나 아르베닌 씨를 변호해준다는 것쯤이야 알지요!

손님3   그러면 당신은 남들이 쓸데없이 비난하는 사람을 변호해본 적이 없으신가요?

나탈리야 표도로브나   정반대예요! 아르베닌이 귀족답게 행동하지 않고 악의에 찬 말을 한다는 둥 주장하는 아저씨와 꼬박 한 시간을 논쟁한 것만도 세 번째인 걸요… 전 아르베닌이 명예가 무엇인지 잘 안다는 것과 심성이 착하다는 것을 알아요…
여러모로 보아 알 수 있어요!

손님1 (다른 사람을 돌아보며) 얼굴 붉히는 것 좀 보세요!

손님4 요부(妖婦)잖아요.3)

나탈리야 표도로브나 (문을 보고) 누가 또 왔을까요? 아, 내가 사촌을 못 알아
보다니!

공작영애 소피야가 들어온다. 사촌누이에게 키스한다.

공작영애 소피야 (조용히 나타샤에게) 지금 막 마차에서 내리다가 아르베닌
을 봤어. 그는 너희 집 곁에 와서 꼼짝도 않고 창문을 쳐
다보고 있었어. 아마 황제가 그 곁을 지나가도 돌아보지
않았을 거야. (미소 짓는다.) 그 사람이 여기 올까?

나탈리야 표도로브나 왜 나한테 알려주는 거야? 난 물어본 적 없어, 그리고
그 사람은 한 번도 방문하는 것을 미리 알려온 적이 없어.

공작영애 소피야 (방백) 하지만 나는 그를 한 번 더 보고 싶어. (큰 소리로)
저는 오늘 어떤 일로 골치가 아파요!

손님2 마음이 아프지 않으면 됐죠!

공작영애 소피야 (방백) 진부하기도 하지! (그에게) 어제 백작 댁에서 굉장히
훌륭한 연기를 하셨더군요. 특히 두 번째 희곡에서요. 모
두 당신께 열광했죠. (그는 고개를 숙여 보인다.) 다만 왜 만
찬 후에 그렇게 일찍 떠나신 거죠?

손님2 머리가 아팠거든요.

공작영애 소피야 (미소를 띠고) 그게 대순가요? 마음이 아픈 건 아니잖아요!

안나 니콜라예브나 (다가온다.) 아가씨들, 신사분들, 무쉬카4)를 하지 않으시겠
어요… 테이블이 준비됐어요.

많은 이들 기꺼이 하지요. (나타샤와 소피야를 제외하고 모두 퇴장.)

공작영애   사촌! 내가 보기엔 승리가 전혀 기쁘지 않은 것 같은데? 마치 눈치 채지 못한 것처럼 말이야. 어째서 능청을 떠는 거야? 아르베닌이 너에게 반한 건 모든 사람이 눈치 챘어. 그리고 넌 누구보다도 먼저 눈치 챘지. 왜 그렇게 나를 믿어주지 않는 거지? 내가 너와 친하고 항상 내 이야기를 다한다는 걸 알잖아. 아니면 난 아직도 신임을 얻지 못한 건가…

나탈리야 표도로브나   귀여운 것! 뭘 그렇게 꾸짖는 거야? (그녀에게 키스한다.) 그런데, 거짓말이야… (공작 영애의 손을 잡는다.) 화내지 마세요, 소피야 니콜라예브나! (웃는다.)

공작영애   오! 그가 마음에 든다는 거 알아, 하지만 조심해! 넌 아르베닌을 잘 몰라. 아무도 그를 잘 알 수 없으니까… 지성은 신랄한 동시에 심오하고, 욕망은 어떤 장애물도 알지 못하며, 취향의 불안정함, 바로 이것이 네가 좋아하는 사람의 위험한 점인데, 그 자신도 무엇을 원하는지 몰라. 무슨 이유인가로 사랑에 빠지고, 새로운 목표물이 나타나면 곧 정이 떨어지지!

나탈리야 표도로브나   대단히 열정적으로 얘기하는구나, 사촌!

공작영애   너를 사랑하니까 경고하는 거야…

나탈리야 표도로브나   어떻게 그를 그렇게 잘 아는 거지?

공작영애   오, 난 충분히 들었거든…

나탈리야 표도로브나   누구한테서?

공작영애   아르베닌 본인한테서! (나타샤는 외면하고 나간다.) 질투하는 거야! 저애는 그를 사랑해! 그런데 그는, 그는… 자주 내가 뭔가를 이야기할 때, 그는 마치 단 한 가지 생각이 그의 존재를 지배하는 것처럼 고정된 눈길로 주의를 기울이지 않고 앉아 있었지. 그러다가 나타샤가 들어올

때 그의 시선을 따라가 보았어. 갑자기 불꽃이 일더군. 오, 난 불행해! 하지만 어떻게 사랑하지 않을 수 있을까? 너무나 총명하고 고결함으로 가득 차 있어. 그는 자주 나와 이야기를 했지만 거의 대부분 나타샤에 대한 이야기였지. 그 사람이 나와 함께 있는 걸 좋아한다는 걸 알고 있지만, 그게 나 때문인지는 모르겠어…

그는 미남은 아니지만 다른 사람들과 닮지는 않았어. 그의 가장 나쁜 점은 보기 드물다는 것이지만 그게 마음에 들어. 어두운 눈에서 영혼이 빛나고 있어! 그 목소리하며! 오! 난 미쳤어! 그의 성품 위에 내 머리를 부딪치면서 이런 열정을 설명할 순 없어. (침묵) 아니! 그들은 행복하지 못할 거야… 하늘에 맹세코, 내 영혼에 맹세코, 여자의 모든 독한 간계가 그들의 지극한 행복을 파괴하는데 사용되리라… 그 후에 죽더라도 흡족하게 중얼거릴 거야. "내가 눈물 흘릴 때, 그는 즐거워하지 못하리라! 그의 삶은 나의 것보다 평온하지 않다!" 결심했어! 아주 마음이 편해졌구나. 난 결심했어!

이때 무대 안쪽에서는 손님 몇 명이 지나간다. 어떤 이는 떠나고 다른 이들은 도착한다. 안주인은 손님들을 배웅하거나 맞이한다. 블라디미르 아르베닌이 거실에서 조용히 나온다.

공작영애 (아르베닌을 발견하고) 감히 내가 그런 결심을 하다니!

블라디미르 아, 공작 아가씨! 당신이 여기 계셔서 기쁘군요…

공작영애 오신 지 오래됐나요?

블라디미르 방금 왔습니다. 거실로 들어왔죠. 무쉬카 게임에 5코페이카[5]씩 걸고 하더군요. 거의 한 마디도 하지 않고 지켜보

앞습니다. 답답해지더군요. 이 어리석은 카드 노동을 도저히 이해할 수가 없어요. 눈이나 지성의 만족도 없고 심지어 많은 사람들이 단념하지 못하는, 이겨서 적수의 주머니를 텅 비게 만들겠다는 희망도 없어요. 지긋지긋한 무위도식, 사소한 것에 대한 지향, 비속한 자기과시가 러시아 젊은이의 절반을 점령하고 있어요. 목적 없이 도처를 방황하고, 자기 자신과 타인들을 무료하게 만들죠…

공작영애   여긴 왜 오신 거죠?

블라디미르   (어깨를 으쓱하며) 왜냐고요!

공작영애   (가시 돋친 어조로) 제가 맞춰보죠!

블라디미르   그래요! 실수입니다! 실수라고요! 하지만 말해 주세요. 나타나면 부담스러운 사람이 행복할 수 있겠습니까? 나는 금세기와 우리나라의 사람들을 위해 창조된 게 아닙니다. 그 가운데서 개개인은 자신의 감정과 생각을 군중에게 희생할 의무가 있지요. 하지만 난 그렇게 못해요. 나는 어디서나 똑같습니다. 그러니 아무 데도 맞질 않지요. 아주 명확한 증거지요, 그렇지 않습니까…

공작영애   당신은 스스로를 몰락시키고 있어요.

블라디미르   그래요, 나 자신이 나의 적입니다. 한 번의 상냥한 시선에, 너무 차갑지 않은 한 마디 말에 내 영혼을 팔아넘기고 있으니까요… 내 광기는 극단에 이르고, 나에게는 곧 슬픔이 생겨나는데, 그건 지혜가 아니라 멍청함에서 오는 것이죠!6)

공작영애   이런 가장된 음울한 예감들은 무엇에 대한 건가요. 당신을 이해할 수 없군요. 모든 것은 지나가요, 당신의 슬픔도, 그리고 (뭐라고 불러야 할지도 모르겠네요) 당신의 키메라7)들도 사라질 거예요. 무쉬카를 하러 가요. 나의 사촌 나타샤를 보셨나요?

블라디미르 제가 올라갔을 때, 어떤 부관이 견장을 흔들면서 그녀에게 지난번 모임에서 어떤 남자 파트너가 가면을 쓴 부인을 넘어뜨렸는데 그녀의 남편이 도와주다가 멍청하게도 그녀가 누구인지를 폭로했다는 이야기를 해 주고 있었습니다. 당신의 사촌은 진심으로 웃었어요… 그것이 저를 기쁘게 했습니다. 오늘 제가 얼마나 명랑할지 보시죠. (거실로 나간다.)

공작영애 (그의 뒷모습을 바라본다.) 많이 성공하길 바라요! 오늘 내 계획을 시작하겠어. 이제 곧 모든 것의 결말을 보게 될 거야… 하나님! 하나님! 나는 왜 이렇게 마음이 약하고, 단단하지 못할까요? (거실로 나간다.)

3장. 10월 15일. 낮.

블라디미르의 어머니인 마리야 드미트레브나 집의 방. 녹색 벽지. 작은 탁자와 안락의자. 창가에는 나이든 하녀인 안누쉬카가 바느질을 하고 있다. 비바람 소리가 들린다.

안누쉬카 바람과 비가 뒤늦은 길손처럼 우리 창문을 두드리는구나. 누군가는 그들에게 말하겠지. 바람과 비야, 저리 가라. 여기엔 부자들이 많으니 그들의 잠과 휴식을 방해하렴. 우리는 너희가 없어도 잠과 평온을 얻기 힘드니 말이다. 우리 마님은 남편 나리와 화해하러 오셨지. 오. 오호! 오호! 오호! 무언가 평화롭게 시작되지는 않았으니 그렇게 끝나지도 않을 거야. 그분은 우리를 굶어죽을 지경으로 내버려두었지. 그 말인즉슨 전혀 사랑하지 않고 사랑한 적도 없다는 거지. 만약 그렇다면 화해는 의미가 없을 거야. 나쁜 남편을 두는 것보다는 남편이 없는 편이 낫지. 대체 마리야 드미트레브나는 그런 적그리스도를 아직도 사랑하고 싶다는 걸까. 그건 이미 노예생활보다 더 심한 거야!

대신 젊은 주인님이 우리를 방문하니 좋군. 참 다정한 분이야. 6년, 아니지, 더 오래, 8년 동안 그분을 보지 못했어. 지금껏 잘 자라고, 참 미남이 됐어. 그분을 안고 달래던 게 아직도 생각나는군. 정말 호기심이 많았지. 뭔가를 볼 때마다 항상, 왜? 어째서? 그리고 마치 화약처럼 성미도 급했지. 한 번은 접시와 잔을 마룻바닥에 던지겠다는 생각이 들었나봐. 화를 내며 울기 시작했어. 바닥에 던지라고 그에게 주었지. 내던졌어. 그리고 만족했지…8) 그러곤 했어, 기억나 (아직 세 살이었지), 마님이 그를 자기 무릎에 앉히고 피아노로 뭔가 슬픈 곡을 연주하곤 했지. 이거 참, 어린애 뺨에 눈물이 흐르지 않겠어! 필시 파벨 그리고리치가 어머니의 험담을 이미 많이 해두었을 거야. 그래, 어쩌면 나쁜 말은 만약을 위해 나쁘지 않겠지. 하나님, 블라디미르 파블로비치가 건강하도록 해 주소서, 하나님께 빕니다! 늘그막에 그분이 나를 잊어버리지 않게 되길. 다만 상냥한 말이라도 해 주시기를.

마리야 드미트레브나가 책을 들고 들어온다.

마리야 드미트레브나 책을 읽으려고 했지만 한 눈으론 읽으면서 생각은 글자를 따라가질 않는구나. 괴로운 상황이야! 운명의 장난은 이해할 수가 없어! 여자의 자존심과 궁핍의 무서운 투쟁이구나! 내 어린 시절의 꿈들은 무슨 소용이 있을까? 헛되이 예감하는 것이 정말 소용이 있을까? 어린 시절에 나는 종종 청명한 하늘, 밝은 태양, 즐거운 자연에 취해 내 마음이 요구하는 어떤 존재를 마음속에 그리곤 했지. 그들은 어디에나 나를 따라다녔고, 나는 밤낮으로 그들과 이야기를 했어. 그들은 나를 위해 온 세상을 아름답게 해 주었지. 심지어 그들은 나의 이상과 어떤 면에서 유사한 점을 지니고 있어서 내게 더 나아 보이기도 했지. 그들과 교제하며 나 자신도 더 나은 사람이 되었어. 그들은 천사였을까? 모르겠어. 하지만 천사와 아주 비슷해. 하지만 이제 냉혹한 현실이 내게서 마지막 위안을 빼앗았지. 행복을 상상하는 능력을! 친척도 없고 소유한 재산도 없으니, 나는 남편의 용서를 얻기 위해 비굴해져야 하지. 용서라니? 내가 용서를 빌다니! 주여! 당신은 인간의 사정을 아시니 나와 그의 영혼을 읽으시고 모든 악의 근원이 간직된 곳을 보셨겠지요! (생각에 잠겼다가 천천히 안락의자에 다가와 앉는다.) 안누쉬카! 내가 시킨 대로 파벨 그리고리치의 집에 다녀왔어? 그 집의 늙은 하인들은 모두 너를 사랑했지! 내 남편과 아들에 대해 뭘 알아왔어?

안누쉬카   갔었죠, 마님, 그리고 물어봤어요.

마리야 드미트레브나   그래서? 파벨 그리고리치가 나에 대해 뭐라고 하셔? 듣지 못했어?

안누쉬카   당신에 관해선, 마님, 아무 것도 이야기하지 않으셨어요. 만약 아드님이 없었더라면, 파벨 그리고리치가 결혼했다는 걸 아무도 모를 뻔 했어요

마리야 드미트레브나   나에 대해 한 마디도 없어? 그이는 내 이름을 인정하는 게 부끄러운 거야! 그는 나를 경멸해! 경멸! 그건 동정과 닮은 거지. 두 감정은 서로 비슷해! 마치 삶과 죽음처럼

말이야!

안누쉬카   그런데요, 블라디미르 파블로비치가 당신을 매우 사랑한 다고들 해요. 하지만 아버지가 반대하니 소용없어요!

마리야 드미트레브나   그래! 내 아들은 나를 사랑해. 난 그걸 어제 알았어, 난 그의 손이 뜨거운 걸 느꼈어, 그가 아직 완전히 내 아들이 라는 걸 느꼈다고! 그래! 영혼은 변하지 않아. 그 애는 바 로 엊그제 같은 행복하던 시절, 내 무릎에 앉아 있던 때와 똑같아. 나약함이, 단 하나의 나약함이 아직도 나를 하늘과 사람들에게로 돌아가지 못하게 해! (손으로 얼굴을 가린다.)

안누쉬카   어휴, 마님! 지금 일 가지고도 울지 않으시면서 지난 일로 우세요. 사람들이 그러는데, 파벨 그리고리치가 젊은 주인 님이 마님을 만난다고 꾸짖었대요. 그분이 여기 오시는 것도 금지당한 것 같아요!

마리야 드미트레브나   오! 말도 안 돼! 너무 잔인해! 아들이 어머니를 만나지 못하다니, 그것도 그 어머니가 쇠약하고 병들고 가난하고, 아들과 바로 지척에 살고 있는데! 오, 아냐! 사실이 아닐 거야… 안누쉬카! 정말로 그렇게 말씀하셨어?

안누쉬카   정말로 그렇답니다요!

마리야 드미트레브나   그리고 내 아들이 날 만나는 걸 금지하셨다고? 확실해?

안누쉬카   금하셨습죠, 확실히요!

마리야 드미트레브나   (침묵하다가) 그래! 그는 블라디미르가 그의 아들이 아니 라고 생각하거나, 그 자신이 한 번도 어머니를 불러본 적 이 없는 걸 거야! (바람이 더욱 세차게 창문을 두드린다. 두 사람은 몸을 떤다.)

그러면 나는 화해를 하러 온 것일까? 그런 사람과? 아니 야! 그와의 결합은 천상과의 결별을 의미해. 비록 나의 배 우자가 하늘의 분노의 도구라 해도, 하지만 창조주여! 당신께서 처형의 도구로 덕 있는 존재를 택하셨더라면요? 지상에서 형리 노릇을 하는 자들이 정직한 사람들인가요?

안누쉬카 너무 창백하세요, 마님! 쉬시는 게 좋지 않겠어요? (벽시계를 본다.) 의사가 곧 올 거예요. 12시에 오겠다고 약속했거든요.

마리야 드미트레브나 마지막으로 오는 거겠지! 내가 보기에도 난 정말 우습구나! 의사가 마음의 깊은 상처를 고쳐줄 거라고 생각했다니! (침묵) 오! 어째서 난 아직 시간이 있을 때 화해할 수천 번의 기회를 잡지 않았을까. 하지만 지금 난 잠이 지나간 뒤에 꿈을 찾는구나! 늦었어! 늦었다고! 느끼고 이해하는 것은 다 헛일이야. 그게 바로 나를 죽이는 것이야. 오, 이 후회! 어째서 당신은 한 순간의 죄악으로 나의 영혼을 갉아먹는 건가요 이 수모라니! 나는 *다른 이름*으로 모스크바에 와야만 했어, 내 아들이 세상 앞에서 얼굴을 붉히지 않도록 말이야. 세상 앞에서? 멍청이와 악인들의 모임이 세상, 오늘날의 세상이라는 것은 정말이야. 그들은 마치 자신들이 성인이기나 한 것처럼 아무 것도 용서하지 않아.

안누쉬카 (창밖을 보고) 의사 선생님이 오셨어요.

의사가 들어온다.

마리야 드미트레브나 안녕하세요, 흐리스토포르 바실리치. 어서 오세요!

의사 (다가와서 손을 잡는다.) 좀 어떠십니까?

마리야 드미트레브나 선생님 덕분에 훨씬 좋아졌어요!

의사 (맥을 짚으며) 정반대로군요! 정반대에요! 더 약해지셨어요! 담즙이 피에 영향을 주어서 흥분을 만들어내고 있어요! 신경은 대단히 손상되어 있고요. 제가 말씀드리지 않았습니까, 오랫동안, 꾸준히, 치료법대로 치료받을 필요가 있다고요. 그런데 부인께선 한순간에 전부 해결되길 원하시니!

마리야 드미트레브나　하지만 방법이 없으면요?

의사　어휴, 부인! 건강은 제일 중요한 겁니다! (처방전을 쓴다.)

마리야 드미트레브나　지금 어디서 오시는 길이죠, 흐리스토포르 바실리치?

의사　아르베닌 씨 댁에서.

마리야 드미트레브나, 안누쉬카　(동시에) 아르베닌에게서! (두 사람은 당황한다.)

의사　그분을 아시나보군요?

마리야 드미트레브나　아뇨! 아르베닌이 누구죠?

의사　아르베닌 씨는 8등관인데 부인과 이혼했죠. 사실은 이혼이 아니고 말입니다, 그녀는 부정한 여자라서 남편을 버렸답니다.

마리야 드미트레브나　부정하다니! *그녀가* 그를 버렸다고요?

의사　암, 그럼요. 부정하죠! 그녀는 어떤 프랑스인과 모종의 음모를 꾸몄다고들 해요! 이 아르베닌 씨에겐 아들이 있는데, 열아홉인가 스물인가 먹은 장난꾸러기, 난봉꾼에 사교계에선 평판이 형편없는 청년이죠. 심지어 주정뱅이란 말까지 있어요. 그럼, 그럼요! 왜 그렇게 저를 뚫어지게 쳐다보시는 거죠? 전부, 모든 사람이 다 아르베닌 씨처럼 존경할 만하고, 모스크바에서 유명한 분에게 그런 형편없는 아들이 있다는 걸 안타깝게 여긴답니다. 점잖은 사교계에서 그 친구를 받아준다면 그건 다 아버지를 봐서 그러는 거라니까요! 게다가 상상해 보십시오! 그자는 저와 제 학문을 비웃고 있어요! 그자가, 내 학문을! 비웃어?!

마리야 드미트레브나　(방백) 성격이니까! (큰 소리로) 전 쉬어야겠어요.

의사　아! 얼굴에 붉은 반점이 있군요! 아직 전혀 건강하신 게 아니라고 제가 말씀드렸지 않습니까!

마리야 드미트례브나 일시적인 거예요, 의사 선생님! 새 소식을 전해 주셔서
고마워요. 그리고 선생님과 작별을 해야겠어요! 선생님은
제가 어떤 상태인지 대강 아시지요! 저는 곧 모스크바를
떠나요! 돈이 부족해서 시골로 돌아가야만 해요!

의사 아니! 건강도 되찾지 않고 말입니까?

마리야 드미트례브나 의사들은 제 건강을 되찾아주지 못한다는 걸 알고 있어
요! 제 병은 그들 소관이 아닌 걸요…

의사 뭐라고요? 부인께선 의학의 탁월한 효과를 믿지 않으십니까?

마리야 드미트례브나 실례했어요! 전 굳게 믿고 있어요… 하지만 그걸 이용할
수가 없는 걸요…

의사 사람에게 굳은 의지로 불가능한 것도 있습니까…

마리야 드미트례브나 저는 시골로 가야 해요, 제 의지로요. 그곳엔 제 소유의
농민 서른 가구가 백작과 공작들보다 훨씬 더 평화롭게
살고 있지요. 거기 외딴 곳의 신선한 공기 속에서 제 건강
은 회복될 거예요. 거기서 죽고 싶어요. 더 이상 저를 찾
아오실 필요는 없어요. 모든 것에 감사드립니다… 제 마지
막 감사의 표시를 받아주세요…

의사 (돈을 받는다.) 하지만 아직 건강이 매우 안 좋으십니다! 부
인께 필요한 것은…

마리야 드미트례브나 (그를 의미심장한 시선으로 보면서) 안녕히 가세요!

의사는 인사를 하고 불만스러운 표정으로 나간다.

이 사람은 마지막 한 푼까지 빨아먹는구나!

안누쉬카 너무 흥분하셨어요! 안색이 변하셨어요! 아아! 마님! 앉으
세요. 마님 손이 떨리고 있어요!

마리야 드미트레브나 내 아들은 나와 같은 운명을 가졌어!

안누쉬카 (그녀를 부축하며) 마님, 이미 운명이 그렇게 결정된 걸 아 시잖아요. 참으세요!

마리야 드미트레브나 난 죽고 싶어.

안누쉬카 죽음은 누구도 피해가질 않지요… 뭐 하러 굳이 불러들이 세요, 마님! 죽음은 누구를 어느 때에 잡아가야 할지 알지 요… 죽음을 좋지 않은 때에 잘못 부르면… 더 나빠질 거 예요! 하나님께 기도하세요, 마님! 성인들께도요! 그분들 은 모두 우리보다 더 많이 고통 받았으니까요! 순교자들 도요, 마님!

마리야 드미트레브나 나의 종말이 가까이 온 걸 알아… 이런 예감은 한 번도 나를 속인 적이 없지. 하나님! 나의 하나님! 죽기 전에 남편 과 화해하게만 해 주소서. 누군가의 정당한 비난이 무덤까 지 나를 쫓아오지 않기를. 안누쉬카! 방으로 데려다 줘!

두 사람은 나간다.

4장. 10월 17일. 저녁.

학생 랴비노프의 방. 탁자 위에 샴페인 병들이 있고 온통 어질러져 있다. 스네 긴, 첼랴예프, 랴비노프, 자루츠키, 븨쉬넵스키가 담배를 피우고 있다. 모두 20 세를 채 넘지 않았다.

스네긴 저 친구 왜 저래? 왜 펄쩍 뛰고 한 마디도 없이 나가버린 거야?

첼랴예프 뭔가에 모욕당한 게지!

자루츠키 아닌 것 같은데. 항상 저렇지 않은가. 어떤 때는 농담하고 웃다가, 갑자기 입을 다물고 동상처럼 되어버리니. 그리곤 갑자기 천장이 머리 위로 무너지기라도 한 것처럼 벌떡 일어나서, 뛰쳐나가지.

스네긴 아르베닌의 건강을 위해. 빌어먹을![9] 근사한 동지야!

랴비노프 건배!

쉬넵스키 첼랴예프! 어제 극장에 갔었나?

첼랴예프 응, 갔었지.

쉬넵스키 뭘 공연하던가?

첼랴예프 만신창이가 된 쉴러의 <군도>였네. 모찰로프는 무지하게 게을러졌어. 이 훌륭한 배우가 항상 상태가 좋지는 않다는 게 유감이야. 내가 어제 그를 처음이자 마지막으로 보았을 수도 있는 거잖아. 그런 상태로는 명성을 잃게 될 거야.

쉬넵스키 그리고 자넨 정말로 극장에서 죽도록 무서워하더군…

첼랴예프 무서워해? 뭘?

쉬넵스키 뭐 어때? 자넨 도적들과 혼자 있지 않았나!

모두 브라보! 브라보! 앙코르! 건배!

스네긴 (자루츠키를 한 쪽으로 잡아끈다.) 아르베닌이 글을 쓴다는 게 사실인가?

자루츠키 그래… 썩 괜찮다네.

스네긴 그렇군! 내게 뭔가 얻어줄 수 없겠나?

자루츠키 물론이지… 때마침… 내 주머니에 작은 조각이 몇 장 있어.

스네긴 제발 보여주게… 저 친구들은 마시고 멍청한 짓을 하라지. 우리는 저기 앉자고… 자네가 내게 읽어주게

자루츠키 (주머니에서 종이를 몇 장 꺼낸다. 그들은 다른 방의 창가에 앉는다.) 첫 번째야. 단장(斷章), 환상곡이야… 잘 들어보라고! 맙소사! 어찌나 떠들어대는지! 그건 그렇고, 그 친구가 자고르스카나를 열정적으로 사랑한다는 걸 말해 두어야겠

군… 들어보게.

1. 나는 기억한다, 어린 시절부터 나의 영혼은[10]
기적적인 것을 찾아왔다. 나는 사랑했다
세상의 모든 미망을, 세상은 그렇지 않다.
그 안에서 나는 찰나를 살았을 뿐이다,
그 찰나는 순전한 고통이었다.
그런 찰나에 비밀스러운 꿈들을
나는 채웠다. 그러나 꿈은
마치 세상처럼, 그로 인해 어두워질 수 없었다!

2. 얼마나 짧은 시간에 생각의 힘으로
수 세기와 다른 삶을 살았던가,
지상의 일은 잊곤 했다. 몇 번이나,
슬픈 몽상으로 근심하였다.
나는 울었다. 그러나 나의 작품들,
상상의 악의 혹은 사랑의 대상들은
지상의 존재들과 닮지 않았다.
오, 아니다! 그 안에 지옥과 천국이 모두 있었다!

3. 그렇다! 미(美)에게 무덤이란 없다!
내가 먼지가 될 때에, 나의 몽상들은,
비록 포착되지 않을지라도, 놀라운 빛이
은총을 베풀 것이다. 그리고 그대, 나의 천사여,
그대는 나와 함께 죽지 않을 것이다. 나의 사랑이
그대에게 불멸의 생명을 다시금 돌려줄 것이며,
사람들은 나의 이름과 함께 그대의 이름을

이상한 사람

되뇌게 될 것이다… 무엇하러 그들과 죽은 자들을 나누겠
는가?

스네긴   천재적인 순간에 쓴 거로군! 다른 것은…
자루츠키   이건 자고르스키나에게 보내는 편지라네.

어찌하여 매혹적인 미소로[11]
잊혀진 몽상을 일깨우는가?
나는 즐거울 것이오 그러나 실책이라네.
이유는 그대가 너무 잘 알 터이니.
우리는 서로에게 어울리지 않소
그대는 소란스러운, 냉담한 세상을 사랑하며,
나는 마음으로 광야와 남방의 아들이니!
마치 이른 아침 하늘처럼
그대 천상의 시선은 아름답소
그 시선 안에서 감정은 모든 것에 친밀하오.
허나 세상에서 나는 모든 것에 낯설다오!
나의 영혼은 다시금 신성한 과거를
회상하길 두려워하네.
그 희망은 병자의 망상이니
그것을 믿음은 꿈을 믿는다는 뜻이오
내게는 고독한 길이 결정되어 있소
그 길은 가혹한 운명으로 저주받았으니.
마치 그대 없는 행복처럼 음울하오
용서하오! 용서해 주오, 나의 천사여!

그는 여기 쓰여 있는 것을 전부 느낄 수 있어. 그래서 내

가 그 친구를 좋아하는 거라네.

다른 방에서 심한 소음이 들린다.

많은 목소리들 여러분! 우리는 (발표하는 영광을 가지겠습니다.) 바람직한
사상과 수치심의 장례에 초대받아 이곳에 왔습니다. 멍청
이와 … (매춘부들)의 건강을 위하여!

랴비노프 건배! 다시 건배! 여러분! 코페르니쿠스가 옳았어. 지구는
돈다고!

소란이 잠잠해진다. 그 다음 다시 박수를 친다.

스네긴 내버려 둬! 듣지 마! 다음을 읽어 주게…

자루츠키 잠깐만. (다른 종이를 꺼낸다.) 이 단편은 자연으로부터 취
한 그림인데 훌륭하다고 밖엔 할 수 없어. 아르베닌은 단
지 그에게 있었던 일을 묘사했지만, 이 작품의 정신에는
뭔가 특별한 것이 있어. 이건 어떤 의미에서 바이런의
《The Dream》의 모방작이야. 이 얘긴 전부 아르베닌 이
직접 나에게 말해준 거라네. (읽는다.)

나는 젊은이를 보았다. 그는 잿빛 준마에[12)
올라앉아 있었지. 그리고 가파른
클랴지마[13) 강변을 따라 달렸다. 저녁은
이미 새빨간 수평선에 사그라지고,
구름 낀 달은 물결 위에
비치니, 물결 위에서 더욱 아름답구나!
그러나 젊은 기수는 확실히

밤도, 찬 이슬도 겁내지 않는구나…
거무스레한 그의 두 뺨은 뜨겁게 타오르고,
검은 시선은 줄곧 안개 낀 먼 곳에서
무언가를 찾고 있다. 무질서하게
옛 일들이 그에게 나타났다.
위협적인 환영이, 어두운 예언으로
속기 쉬운 영혼을 위협하며.
그러나 그는 자신의 사랑만을 믿고
그 사랑에 장애물이란 것을 알지 못했다!

그는 달린다. 울리는 발굽 소리가 들판을 따라
바람을 흩었다. 저기 행인이 걷는다.
그는 나그네를 멈춰 세우고, 그 사람은
그에게 말없이 길을 가리켜 보이고
놀란 모습으로 멀어져갔다.
그리고 기수는 다른 편 강둑에서
떨리며 반짝이는 빛을 알아채었다.

그늘진 참나무 숲을 질주하여 지나며,
그는 창문을, 창문과 집을 구별해냈다.
그는 다리를 찾는다… 그러나 낡은 다리는 부서져 있었다.
강은 어둡고 소란한, 소란스러운 물이었다.

비록 그녀의 입술이 책망을 말한다 해도,
매혹적인 손에 입술을 누르지 않고,
그 마법적인 목소리를 듣지 못하고
어찌 돌아갈까? 오, 안 돼!

그는 전율하고, 재갈을 잡아당기고, 말을
내리쳤다. 소란한 물이 철썩거리고
거품을 일으키며 길을 비켰다.
힘찬 말이 헤엄친다. 가까이, 더 가까이…
이미 그는 맞은편 강둑에 닿았고
산으로 날아오른다… 그리고 현관계단으로
젊은이는 뛰어올라, 오래된 평온 속으로
들어간다… 그녀가 없다!
그는 긴 복도로 들어가서
몸을 떤다… 아무 데도 없다… *그녀의 누이가*
그를 맞으러 온다. 오! 언제쯤 나는
그의 고통을 표현할 수 있을까!
창백하고 말없는 대리석처럼, 그는
서 있었다. 무시무시한 고통의 세월이
그 같은 순간에 필적하리라. 오랫동안 그는 서 있었다…
갑자기 무거운 신음이 가슴에서 터져 나왔다,
마치 심장의 가장 좋은 현이
끊어진 것처럼… 그는 음울하고 단호하게
밖으로 나와 안장에 뛰어올라 부리나케 달려갔다.
마치 후회가 그를 뒤쫓거나 하는 것처럼…
그는 오랫동안 달렸다,
첫 동이 틀 때까지, 길도 없이,
모든 두려움도 없이. 마침내
그는 이제 기진맥진했고… 울기 시작했다!
이파리에 얼룩을 남기는
해로운 이슬이 있으니,
절망의 납빛 눈물이 그러하다.

이상한 사람

265

심장으로부터 강제로 달아나, 굴러 내릴 수는
있으나, 눈을 소생시키지는 못하니.

나는 어째서 이 환영을 적어 두는가?
정말로 꿈은 차가운 실재에 그토록
가까울 수 있는가? 아니다!
그것은 영혼에 흔적을 남길 수 없고,
상상력이 아무리 애쓴들
그 고문도구는 심장과 영혼에 있거나
영향을 미치는 것에 대항하여
아무 것도 아니므로…

나의 꿈이 문득 바뀌었다.
나는 방을 보았다. 창에는
따뜻한 봄날이 빛났다. 창 안에는
상냥한 얼굴에 불꽃과 생기로
가득 찬 눈을 한 처녀가 앉아 있었다.
그녀 곁에는 내가 아는 젊은이가
침묵에 잠겨 앉아 있었다. 둘은, 두 사람은
만족한 것처럼 보이려 애쓰고 있었으나,
미소는 그들의 입술에
겨우 나타났다가, 희미하게 사라져 버렸다.
청년이 더 평온한 것 같았다,
그는 고통을 더 잘 감추고
이겨낼 수 있었으므로 처녀의 시선은
펼쳐진 책장 위를 헤매고 있었으나,
글자는 모두 책장 아래서 합쳐질 뿐이었다…

그리고 심장이 세차게 뛰었다. 까닭도 없이!
그리고 젊은이는 그녀를 쳐다보지 않았다.
비록 그녀만이 그의 상상과
모든 달콤하고 드높은 상념의 이유가 되는
여왕이었으나.
푸른 하늘을 바라보았고,
은빛 구름 조각을 눈으로 쫓았으며,
영혼을 억누르고, 한숨 쉬지도 못하고,
침묵을 중단하려 조금 움직이지도 못했다. 그는
차디찬 대답을 듣거나 간청에 답변을 얻지 못할 것이
너무나 두려웠던 것이다!

여기 적힌 것은 전부 아르베닌과 함께 있었지. 다른 사람에게는 이런 사건들이 아무 의미도 없었어. 하지만 사물은 마음에 인상을 만들지, 마음의 성향에 따라서 말이야.

스네긴   아르베닌은 *이상한 사람*이야!

두 사람은 다른 방으로 나간다.

쉬넵스키   여러분! 언제쯤 러시아인들이 러시아적이 되겠습니까?

첼랴예프   백 년 전으로 돌아가 다시금 건전하게 계몽되고 교육을 받을 때지.

쉬넵스키   훌륭한 해법일세! 자네 의사가 그런 처방전만 써 준다면, 나는 자네가 지금 탁자에 앉아 있는 게 아니라 탁자 위에 누워있을[14] 거라는 데 걸겠네!

자루츠키   우리는 1812년에 러시아인임을 증명하지 않았던가? 그런 사례는 세상이 시작된 이래 없었지! 우리 동시대인들은 모스크바 대화재를 완전히 이해하지 못하네. 우리는 이 행동에 놀랄 수 없어. 이런 생각, 이런 감정은 러시아인들과 함께 태어난 거라네. 우리는 후대인과 타국인들이 놀라도록 내버려 두고 자랑스러워해야 한다네! 만세! 여러분! 모스크바 화재 만세!

(잔이 부딪히는 소리)

5장. 1월 10일. 아침.

벨린스키의 집. 이국 취향으로 꾸며진 그의 서재. 창문은 얼어붙어 있다. 탁자 위엔 담뱃재와 빈 찻잔

벨린스키   (혼자다. 방안을 거닌다.) 운명은 내가 반드시 결혼하기를 원해! 무슨 소린가? 결혼이란 많은 질병, 특별히 주머니의 폐병에 매우 유익한 약이니까. 지금 난 시골마을을 사기 위해 돈을 빌렸지. 하지만 천 루블이 부족해. 어디서 구할 것인가? 결혼해라! 결혼해! 이성이 소리친다. 그러지! 그런데 누구와? 어제 난 자고르스킨 가와 안면을 텄지. 나타샤는 사랑스러워, 아주 사랑스러워. 그녀에겐 뭔가 있어! 하지만 블라디미르가 그녀를 사랑해. 그게 어떻단 말인가? 이기는 사람이 누구건, 그편이 옳은 거지. 나는 꽤나 위험한 상황에 처해 있으니, 나를 용서해줘야 할 거야. 그건 그렇고 그 친구가 그녀를 많이 사랑한다는 건 못 믿겠는걸! 그는 이상하고, 이해할 수 없는 사람이야. 하루는 이렇고, 다른 날엔 또 다르단 말이야! 자기 자신에게 반박하지만 뭔가 항상 얘길 하고 또 타인에게 무언가를 믿게 하려고 한단 말이지. 의심의 여지가 없어! 견딜 수 있는 사

람은 드물지! 반대로 이따금씩은 말 한 마디도 얻어낼 수가 없어. 앉아서 침묵하며 듣지도 않고 보지도 않고, 눈은 마치 그 순간에 그의 전 존재가 한 가지 생각에 머물러 있기나 한 것처럼 멈춰 있어. (침묵) 하지만 나는 일의 결말이 나기 전에는 그 친구에게 내 의도에 대해 아무 이야기도 하지 않을 거야. 당분간은 그 집에 드나들어야지. 그리고 거기서, 두고 보자고!

아르베닌이 빠르게 들어온다.

블라디미르　벨린스키! 무슨 생각을 그리 하는가?

벨린스키　아! 어서 오게, 아르베닌! 계획들이야… 계획들…

블라디미르　자네는 운명이 계획 세우는 걸 그만두게 하지 않았나?

벨린스키　아닐세! 만약 내가 무언가를 하려고 굳게 마음먹는다면, 성공하지 못하는 일은 드물다네. 믿게. 무언가를 꼭 원하는 사람은 운명에 양보를 강요하는 법이야. 운명은 여자니까!15)

블라디미르　나의 경우엔 그토록 자주 소망에 기만당했고, 또 목적을 달성하고는 몇 번이고 후회했으니 이제는 아무 것도 바라지 않네. 난 그저 살아지는 대로 살고 있어. 아무도 건드리지 않고 이것 때문에 모든 사람들이 무엇인가로 나를 격동시켜보려고 노력하고, 어떻게든 내게서 모욕적인 말을 짜내지. 그거 아나. 때때로 난 그런 게 즐겁다네. 집에서 기어 나와 무언가를 가지고 나의 존재를 더욱 지긋지긋한 것으로 만드는 사람들이 보여! 정말로 내가 세상에서 그렇게 중요한 인물이란 말인가, 아니면 그들의 자비심이 가장 하찮은 자들에게까지 미치는 것인가!

벨린스키   내 친구! 자넨 상상 속에서 키메라를 만들고 거대한 낭만
          주의를 위해 검은색을 칠하는군.

블라디미르 아닐세! 아니, 자네에게만 하는 말인데, 나는 사람들을 위
          하여 창조된 게 아닐세. 그들에게 난 너무 오만하고, 그들
          은 내게 너무 비열하지.

벨린스키   뭐, 자네가 사람들을 위해 창조된 게 아니라고? 그 반대일
          세! 자넨 사회의 총아인걸. 부인들은 자네의 이야기를 찾
          고, 청년들은 자넬 사랑하네. 비록 이따금 지나치게 불편
          한 진실을 면전에서 이야기하긴 하지만 어쨌거나 스스로
          에게 어울리는 방식으로 똑똑하게 이야기하니 다들 자넬
          용서하지 않는가!

블라디미르 (쓴웃음을 띠고) 날 안심시키려는 걸 알고 있네!

벨린스키   언제 자고르스킨 가에 갔었나? 거기서 자넬 안심시켜 주
          던가?

블라디미르 어제 그들을 만났어. 이상하군. 그녀는 날 사랑하기도 하
          고 사랑하지 않기도 해! 나와 함께 있을 때 그녀는 아주
          선량하고 사랑스러워. 눈으로 많은 이야기를 하고, 자주
          그 수줍음의 홍조는 사랑을 표현하지… 하지만 또 가끔씩
          은, 특히 무도회 같은 곳에서 그녀는 완전히 다른 사람이
          야. 나는 더 이상 그녀의 사랑도, 나 자신의 행복도 믿지
          않네!

벨린스키   그녀는 요부야!

블라디미르 믿지 않아. 여기엔 비밀이 있어…

벨린스키   비밀은 무슨 빌어먹을! 단순한 거야. 그녀가 즐거울 때,
          자네의 나타샤는 자네에 대해 생각하지 않고, 지루할 때
          는 자네와 사랑에 빠지는 거라네. 바로 이것이 비밀의 전
          부지.

블라디미르	그 이야긴 마치 대단한 선행을 베푸는 것처럼 상냥한 목소리로 말해주는군!
벨린스키	(고개를 흔들며) 자네 오늘 기분이 별로군!
블라디미르	(찢어진 편지를 꺼낸다.) 이거 보이나?
벨린스키	그게 뭔가?
블라디미르	내가 그녀에게 썼던 편지일세… 읽어 보게! 어제 난 그녀의 사촌, 공작영애 소피야에게 다녀왔어. 사람들이 우리를 신경 쓰지 않는 기회를 보아 나는 그녀에게 편지를 자고르스키나에게 전해달라고 간청했지… 그녀는 동의했지만 그녀 자신이 먼저 편지를 읽어보겠다는 조건을 걸었어. 나는 그녀에게 편지를 주었지. 그녀는 자기 방으로 갔어, 나는 무시무시한 시간을 보냈네. 갑자기 공작영애가 나타나서 나의 편지가 자신의 사촌을 매우 즐겁게 해 주었으며 그녀를 웃게 했다는 거야! 웃었다고! 나의 친구! 나는 그 편지를 찢었고, 모자를 움켜쥐고 떠났네…
벨린스키	나는 공작영애의 계략이 의심스러운데. 자고르스키나는 그런 편지에 웃지 않아, 그 편지 내용을 아주 잘 알 것 같으니까… 질투, 어쩌면 더 심각한 것이거나, 아니면 단순히 농담…
블라디미르	계략이라고! 계략! 난 *그녀*를 보았고, 저녁 내내 거의 단둘이 에스코트했어… 나는 그녀를 극장에서 보았어. 쉴러의 <간계와 사랑>을 보며 그녀의 눈에서 눈물이 빛났어! 정말 그녀가 내 고통의 이야기를 듣고 무심할 수 있을까? (벨린스키의 팔을 잡는다.) 만약 나탈리야를 이 가슴에 끌어안고 그녀에게 말할 수만 있다면. 그대는 나의 것, 영원히 나의 것이오! 신이여! 신이여! 나는 그걸 견딜 수 없을 거야! (벨린스키의 눈을 뚫어지게 쳐다본다.) 아무 말도 하지 말

게, 내 유년의 희망을 부수지 마… 지금만은 부수지 말게! 하지만 나중에…

벨린스키　나중에! (방백) 어떻게 된 거지? 정말 자신의 운명을 예감하는 건가?

블라디미르　오, 마음은 얼마나 기만에 능한가! (초조하게 왔다 갔다 한다.)

벨린스키　(방백) 그런데 내가 이 기만을 파괴해야 하는가? 이런! 나도 이 친구를 흉내 내기 시작하는 것 같군! 아니지! 말도 안 돼! 그는 보이는 것처럼 많이 사랑하는 게 아니야. 인생은 소설이 아니라고!

　(벨린스키의 하인이 들어온다.)

하인　드미트리 바실리치! 어떤 농부가 뵙길 허락해달라고 합니다. 그자의 마을을 주인님이 구입하실 것 같다는 이야기를 듣고 왔다고 합니다…

벨린스키　들어오라고 해. (하인은 나간다. 백발의 농부가 들어와서 벨린스키의 발치에 몸을 던진다.) 일어나게! 일어나! 뭐가 필요한 건가, 내 친구?

농부　(무릎을 꿇고) 우리가 듣기로 당신이, 부양자님, 우리를 사려 하신다고, 그래서 왔습죠… (절한다.) 우리가 듣기로 당신은 좋은 나리시라고…

벨린스키　형제여, 일어나서 말하게! 우선 일어나!

농부　(일어나며) 화내지 마세요, 혈육과 같으신 나리, 만약 제가…

벨린스키　말해보게…

농부　(절하며) 온 동네가 저를, 노인네를 당신께 보냈습지요, 부양자님, 당신이 우리의 보호자가 되어 주시도록 당신의 발 앞에 절하라고 말이지요… 하나님이 당신께 복을 내리

시도록 모두가 기도하게 될 겝니다! 우리의 구원자가 되어 주세요!

벨린스키 어찌된 일인가? 자네들은 자기 여주인을 떠나길 원치 않았던 것 같은데?

농부 (발에 절하며) 아닙니다! 사주세요, 우리를 사주세요. 혈육과 같으신 분이여!

벨린스키 (방백) 이상한 사건이로군! (농부에게) 아! 그럼 당신들을 필경 여주인에게 불만이 있는 게로군?

농부 오오! 쓰라리지요! 우리의 죄 탓입지요! (아르베닌은 관심을 가지고 듣기 시작한다.)

벨린스키 자! 말해보게, 형제여, 더 용기를 내서! 그러니까, 여주인이 자네들을 가혹하게 대우하는가?

농부 그렇지요, 나리… 어쨌거나 정말로, 더는 참을 수가 없습니다. 우리는 오랫동안 참아왔습니다만, 끝이 다가왔어요… 물에 뛰어들 지경이지요!

블라디미르 그녀가 대체 무엇을 했소? (블라디미르의 얼굴은 어둡다.)

농부 뭐 생각나시는 대로 닥치는 대로지요.

벨린스키 예를 들어… 자주 채찍질을 하나?

농부 채찍질을 하지요, 나리. 아주 심하게요… 온갖 사소한 일로, 더 잦게는 아무 잘못 없이 말이지요. 아시겠지만 마님에게는 잘 지내는 집사가 있습지요. 그자가 좋을 대로 한답니다. 그자 앞에서 모자를 벗지 않으면 무슨 짓을 할지 모르지요. 1베르스타[6] 밖에서 보게 되면 그 즉시 모자를 벗어야 하고, 한낮의 땡볕에도 모자를 쓰라고 명령하지 않는 한 그러고 일을 해야 하지요. 화가 나거나 잊어버리면 어떤 때는 그런 식으로 온종일 괴롭힌답니다.

벨린스키 직권남용이로군!

농부	한 번은 마님에게 이런 얘기가 들어갔습니다. "페지카가 당신에 대해 나쁘게 말하고 읍내에서 불평을 하려 합니다!" 페지카는 좋은 농부였습니다. 마님은 그의 팔을 틀에 넣고 뽑아내라고 명령했습니다… 집사가 그에게 화가 나 있었거든요. 그 친구를 큰 마당으로 데려갔을 때 아이들은 소리를 지르고 마누라는 울었습니다… 그렇게 팔을 비틀기 시작했지요. 페지카가 말했습니다. "집사 나리! 제가 당신께 대체 무슨 짓을 했나요? 그런데 당신은 저를 죽이시네요!" "헛소리!" 집사가 말했지요. 그리곤 비틀어서 부러뜨렸지요… 페지카는 팔이 없어졌습니다. 페치카[7]에 누워서 자기 생일을 저주하고 있지요.
벨린스키	그런데 정말로 이웃의 누군가나 경찰서, 아니면 시장이 그녀를 고발하지 않나? 그런 일 때문에 우리나라엔 법정이 있어. 아마 자네들 여주인에게 불리할 텐데.
농부	불쌍한 사람들에게 수호자가 어디 있나요? 여주인은 우리의 소작료로 판사들을 전부 매수했지요. 괴롭습니다, 나리! 우리는 괴로워졌어요! 다른 마을을 보세요… 심장은 피투성이가 될 겁니다! 평온하고 즐겁게들 살고 있습니다. 그런데 우리는 모임에서 노랫소리가 들리지 않게 되었습니다. 하녀들이 하는 말이 한 번은 주인마님이 화가 나서 하녀 하나를 가위로 찔렀답니다… 오오! 고통스러워요… 수염을 한 가닥 한 가닥 잡아당기라고 명령하기도 합니다… 나리! 자! 이러니 성자들을 잊게 되지요… 나리! (벨린스키의 앞에 무릎을 꿇는다.) 오! 당신이 우리를 도와주신다면! 우리를 사주세요! 사주세요, 혈육과 같으신 나리! (운다.)
블라디미르	(화가 나서) 사람들! 사람들이란! 그 정도의 악행을 저지를

수 있는 여자란, 때때로 그만큼 천사에 가까운 피조물이 기도 하지… 오! 나는 그대들의 미소를, 그대들의 행복을, 그대들의 부(富)를 저주한다. 이 모든 것은 피눈물로 산 것이니. 팔을 부러뜨리고, 찌르고, 채찍질하고, 베고, 수염을 한 올 한 올 뽑아내다니! 오, 신이여! 생각만 해도 내 모든 혈관 속에서 고통을 느낍니다… 악어 같으니, 이 여자의 뼈마디를 하나하나 발로 짓밟아주고 싶군! 이야기만으로 난 격분에 빠졌어!

벨린스키　정말로 끔찍하군!

농부　우리를 사 주십시오, 자비로우신 나리!

블라디미르　드미트리! 자네 돈 있나? 이게 내가 가진 전부일세… 지폐로 천 루블이야… 언젠가 자네가 돌려주게. (탁자에 지폐를 놓는다.)

벨린스키　(세면서) 그렇다면 내가 이 마을을 사도록 하지… 가보시게, 착한 농부 양반, 마을 사람들에게 이제는 위험이 없을 거라고 말해 주시게. (블라디미르에게) 대단한 숙녀가 아니신가?

농부　하나님께서 두 분에게 행복을 주시길, 나리님들, 장수하게 해 주시길, 마음으로 소원하는 것을 모두 주시길… 안녕히, 자비하신 나리! 하늘의 왕께서 당신을 축복하시길 빕니다! (나간다.)

블라디미르　오, 나의 조국! 나의 조국이여! (방 안을 빠르게 왔다 갔다한다.)

벨린스키　아아, 지금 이 마을을 살 수 있어 기쁘다네! 정말로 기뻐! 처음으로 내가 고통당하는 인류의 짐을 덜어주는 데 성공했군! 그래. 이건 좋은 일이야. 불행한 농부들! 매 순간 가진 것을 다 잃고 형리의 손에 떨어질 위험에 처해 있다면 삶이 무슨 소용이란 말인가!

블라디미르   이 농부보다 더 동정을 받을만한 사람들이 있네. 외적인 불행은 지나가지만, 자기 고통의 모든 원인을 마음 깊은 곳에 가지고 다니는, 그 안에 가장 작은 만족의 불꽃을 먹어치우는 벌레가 사는 그런 사람… 갈망하지만 기대하지는 않는 그런 사람… 모든 이에게, 심지어 그를 사랑하는 사람에조차 짐이 되는 그런 사람… 그런 사람! 하지만 무엇 때문에 그런 사람들에 대해 말하겠나? 그들은 연민을 얻을 수 없는데. 아무도, 아무도 그들을 이해하지 못하지.

벨린스키   또다시 자기 문제로 돌아오는군! 오, 이기주의자! 어떻게 정말로 불행한 이들을 키메라와 비교할 수 있는가? 노예와 자유인을 비교할 수 있나?

블라디미르   하나는 인간의 노예고, 다른 이는 운명의 노예지. 전자는 좋은 주인을 기대할 수 있거나 선택할 수 있지. 후자는 절대 그럴 수 없어. 눈먼 우연이 그들을 농락하고, 그의 고통과 다른 이들의 무감각함은 전부 그의 파멸과 연결되어 있네.

벨린스키   정말로 자넨 섭리를 믿지 않는가? 정말 모든 것을 알고 모든 것을 다스리시는 신의 존재를 믿지 않는 건가?

블라디미르   (하늘을 보며) 내가 믿느냐고? 내가 믿느냐고?

벨린스키   자네 머릿속은 거짓된 생각으로 꽉 차 있군 그래.

블라디미르   (잠시 침묵하다가) 들어보게! 지금 날씨가 아주 좋아, 그렇지 않나? 거리로 나가지 않겠나?

벨린스키   희한한 친구 같으니! (마리야 드미트레브나의 하인이 들어온다.) 무슨 일이지? 넌 누구냐?

블라디미르   내 어머니의 하인이야!

하인   나리, 마리야 드미트레브나가 저를 당신께 보내셨습니다.

나리께서 자주 다니신다고 하는 세 집을 반시간 동안 찾
아다녔습니다.

블라디미르 무슨 일이 있나?

하인 저희 마님께서요…

블라디미르 뭐?

하인 몹시 편찮아지셔서 나리가 얼른 와 주시길 청하십니다.

블라디미르 편찮으시다고 했나? 아프다고?

하인 몹시 편찮으십니다요.

블라디미르 (생각에 잠겨) 몹시! 그래, 가겠다! (벨린스키에게 손을 내민다.)
나는 정말 스스로의 불행 속에서 굳건하지 않은가? (나간다.
이 말을 하는 동안 그의 안색은 변하고 목소리는 떨린다.)

벨린스키 (그의 뒷모습을 보며) 그 민감성의 과잉이 자넬 망치게 될
거야! 자네는 평온을 원하지만, 그걸 즐길 줄은 모르지.
만약 평온이 자네 가슴 속에 자리를 잡는다면, 자네에게
가장 큰 고통이 될 걸세. 난 보통은 유쾌한 성격이지만 아
르베닌의 슬픔엔 전염성이 있다는 걸 알았어. 그 친구를
만난 뒤 두어 시간은 수습이 안 된단 말이야. 하! 하! 하!
여자의 충실성을 시험해봐야지! 자고르스키나가 내 공격
에 대항해 버티는지 한 번 보자고. 그녀가 아르베닌을 배
신한다면, 최상의 방법으로 그 친구의 가장 어리석은 질
병을 고쳐주는 셈이지.

(벨린스키의 하인이 들어온다.) 무슨 일이냐?

하인 시키신 대로 입장권을 구하러 극장에 다녀왔습니다, 여기
입장권입니다요

벨린스키 좋아! 첫 번째 열이라? 좋군. (혼잣말로) 오늘은 프랑스 극
장에서 지루하겠구나. 추악하고, 거북하고, 답답하게들 연
기하지. 하지만 할 일이 없잖아! 온 사교계[18]가 말이야!

(파이프에 불을 붙이고 나간다.)

6장. 1월 10일. 낮.

자고르스킨 가, 아가씨들의 방.
공작영애 소피야가 침대 위에 앉아 있다. 나타샤가 거울 앞에서 머리를 빗는다.

공작영애 소피야   내 친애하는 사촌![19] 조심하는 게 좋을 거야!

나타샤   제발, 훈계는 빼고! 어떻게 처신해야 할지는 나도 알아. 난 한 번도 아르베닌에게 크게 호의를 보인 적이 없어. 작은 것에 만족하라고 해야지.

공작영애 소피야   그에게 너와 결혼하라고 강요하지 마… 그는 전혀 그런 사람이 아니야!

나타샤   그 말은 내가 직접 그에게 청혼하지는 않을 거란 뜻이지. 하지만 그가 나를 사랑한다면 결혼할 거야.

공작영애 소피야   (비웃음을 띠고) 그는 흥미롭고, 눈물로 가득 찬 눈이 사랑스럽지, 안 그래?

나타샤   그래, 나에겐 정말 흥미로워.

공작영애 소피야   내 말을 믿어, 그는 그저 바보짓을 하고 장난을 치는 거야. 바로 네가 그를 사랑한다는 걸 확신하기 때문이지.

나타샤   확신할만한 이유가 없어.

공작영애 소피야   냉정하게 굴어 봐… 곧바로 떨어질걸!

나타샤   해 봤어. 그런데 그는 떨어지지 않았고, 그 후로 나를 더 사랑할 뿐이야.

공작영애 소피야   하지만 너는 위장을 못해, 너는…

나타샤   너보다 못하지 않아, 정말이야!

공작영애 소피야   아르베닌은 작년에 리지나 폴리나에게 똑같이 구애했었

	지. 그런데 이제 그녀를 떼어 버리고 그 자신이 그녀를 비웃고 있어… 기억해? 너에게도 똑같은 일이 벌어질 거야.
나타샤	난 폴리나가 아냐.
공작영애 소피야	두고 보자고.
나타샤	어째서 넌 그렇게 한 가지 얘기만 하는 거야?
공작영애 소피야	내가 아는 것을 알고 있으니까… 어제…
나타샤	무슨 일인데? 아니, 알고 싶지 않아.
공작영애 소피야	어제 아르베닌이 우리 집에 왔어.
나타샤	그래서?
공작영애 소피야	리자 슈모바에게 친절하게 굴더군, 그녀에게 온갖 이야기를 다 하더니 너에게 편지를 전해달라고 나에게 부탁하더라고. 바로 이게 남자들이야! 이 여자에게 빠져 있으면서, 다른 여자에게 편지를 쓴다고! 이런데도 남자들을 믿으라니. 나는 편지를 읽고 돌려주었어. 네가 그 편지를 읽고 많이 웃을 거라고 하면서 말이야. 그는 편지를 찢고 떠났어. 이게 무슨 코미디야! (침묵) 게다가 사람들이 나에게 하는 말이, 네가 특별한 사랑의 징조를 보여주기나 한 것처럼 그가 자랑을 하고 다닌다는 거야. 하지만 난 믿지 않아!
나타샤	(방백) 멍청한 짓을 하고 있네! 이제 난 그에게 화가 났어, 화났다고! 자랑을 해! 누가 생각해낸 거지! 이건 너무 심하잖아! (큰 소리로) 그거 알아, 소피야, 어제 우리 집에 벨린스키가 왔었어! 매력적인 청년이야![20] 잘 생기고, 똑똑하고 상냥한 매력적인 사람이야. 뚱하지도 않아! 꼭 평생을 궁정에서 지내온 것처럼 교양이 있어!
공작영애 소피야	축하해. 네가 그의 마음에 쏙 들기를 바라! (방백) 정말 기쁘군. 내 말이 먹혀 들어갔어! (큰 소리로) 어제 우리 집에서 아르베닌은 넬리도프하고 거의 싸울 뻔 했어. 알지, 아

주 조용하고, 침착하고, 신중한 사람인 거. 그런데 블라디미르는 그런 사람을 지나치게 신경 쓰지 않아. 넬리도프는 사교계와 세간의 의견에 대하여 그와 이야기를 나눴는데, 자신의 명성을 소중히 여긴다는 말을 몇 번 반복했어. 그 어조로 아르베닌에게 그가 명성을 잃었다는 것을 느끼도록 해 주었지. 그 사람은 이해하고 창백해졌어. 그 후에 나에게 말했지. "넬리도프는 나의 자존심을 찌르려 했고, 목적을 달성했습니다. 내가 사교계에서 가망이 없다는 건 사실입니다… 하지만 그 사실을 상기시켜주는 말을 무심히 들을 만큼은 충분히 오만합니다!" 하! 하! 하! 나타샤, 이게 성격의 단호함을 보여주는 거야, 그렇지 않아?

나타샤 당연하지! 아르베닌은 사교계의 나쁜 평판을 얻을 이유가 전혀 없어. 하지만 별로 신경 쓰지 않잖아. 넬리도프가 그 사람을 모욕하려 했다면 정말 어리석은 짓을 한 거야! (나타샤는 창문으로 다가간다.)

공작영애 소피야 내 말을 믿어. 악담이 다른 사람을 괴롭히는 것과 똑같이 아르베닌을 괴롭히고 있어. 다만 그는 내색하고 싶어 하지 않을 뿐이야. (침묵)

나타샤 (생기 있게) 아아! 지금 벨린스키가 왔어!

7장. 2월 3일. 아침.

파벨 그리고리치 아르베닌의 서재. 그는 안락의자에 앉아 있고 맞은편에는 푸른 프록코트를 입고 백발이 된 볼수염을 기른 중년 남자가 서 있다.

파벨 그리고리치 아니! 이보게, 안 되네! 주인에게 가서 내가 기다리지 않을 거라고 전하게. 뭘 해야 하는가? 지불이지. 왜인가? 빚진 것 때문이지. 러시아에서는 이런 일은 법정에서 처리하지. 만약 내가 가난했다면? 두 달 동안 기다려 준 것은 아무것도 아니란 말인가?

대리인   꼭 2주면 됩니다, 나리. 며칠 내로 공장에서 돈이 올 거예요. 설마 저희가 당신을 속이겠습니까?

파벨 그리고리치   하루도 기다리지 않겠네.

대리인   그럼 어디서 돈을 받으려고 하십니까? 길거리에서 8000루블을 찾으실 수는 없는 일 아닙니까.

파벨 그리고리치   자네 주인더러 직접 가져오라고 하게. 정해진 날짜에 갚게 될 거야. 그리고 이자에 대해서 말인데, 들었나?

대리인   제발 자비를 베풀어 주십시오!

파벨 그리고리치   더 이상 말할 것 없네. 물러가게! (대리인이 나간다.) 얼마나 약삭빠른지 보라고! 모든 사람더러 자길 기다리라는 건가! 안 돼, 친구! 요즘 돈은 값지고, 빵은 헐값인데다가 작황마저 나쁘지! 백작가의 아들들과 대귀족들은 영지를 탕진하라지. 우리 평범한 귀족들은 거기서 이익을 챙길 테니까. 그들은 궁중에 있으면서, 시종의 열쇠를 가지고 접견실에서 발바닥을 비비라지. 우리는 더 조용히, 더 높아질 테니까. 그리고 결국 그자들이 주위를 둘러보고 우리가 그들을 추월했다는 것을 깨달았을 땐 이미 늦은 거야. (안락의자에서 일어난다.) 후우! 지치는 일이야. 많은 사람들의 값을 담은 서류를 자기 앞에 두고 보고 생각한다는 건 어딘가 즐거운 구석이 있긴 하지만. 자신의 노동으로 사람들을 서류로 교환할 수단을 얻었다는 거니까. 왜 아니겠는가? 그리고 사람은 마치 서류처럼 부패하지, 그리고 마치 서류처럼, 사람은 자신을 타인보다 더 높은 위치에 있게 해주도록 정해진 표시를 지니고 다니지. 그게

이상한 사람

281

없으면 그 사람은… (하품을 한다.) 휴우! 자고 싶군! 내 아들은 어디에 있을까? 필시 또 빚을 졌겠지, 사흘에 한 번은 집에서 저녁 식사를 하니까. 그래! 자식이 있으면 단념해야지!

창백한 블라디미르가 빠르게 들어온다.

블라디미르　　　(크고 빠르게) 아버지.

파벨 그리고리치　무슨 일이냐?

블라디미르　　　제가 온 것은… 아버지께 단 한 가지 부탁이 있어서입니다… 거절하지 말아주세요… 저와 같이 가 주십시오! 가주세요! 간청합니다. 1분을 지체하시면 아버지 스스로 후회하시게 될 겁니다.

파벨 그리고리치　날더러 너와 어디로 가자는 게냐? 정신이 나간 게로구나!

블라디미르　　　어려운 일이 아닙니다. 만약 아버지께서 제가 본 것을 보셨더라면, 그러고도 온전한 정신이실 수 있다면 제가 놀랄 겁니다!

파벨 그리고리치　이런 일은 들어본 적도 없다! 블라디미르, 넌 내 인내심을 끝장내는구나.

블라디미르　　　그럼 저와 함께 가지 않으시겠다는 거군요! 절 믿지 않으시는 겁니다! 제 생각엔… 하지만 이젠 전부 말씀드릴 수밖에 없군요. 들어 보세요. 어떤 죽어가는 여자 분이 아버지를 뵙길 원합니다. 이 여자 분은…

파벨 그리고리치　내가 그 여자와 무슨 볼일이 있다는 게냐?

블라디미르　　　아버지의 아내십니다!

파벨 그리고리치　(화를 내며) 블라디미르!

블라디미르　　　분명, 아버지는 그 엄격한 시선으로 저를 위협하고 제 가

습 속에 있는 자연의 목소리를 질식시키려는 생각이시겠
죠? 하지만 저는 아버지와 다릅니다. 당신께 복종하라고
명하는 바로 그 목소리가 강요합니다⋯ 그래요! 당신을 증
오하라고! 그렇습니다! 만약 당신이 이 이상 제 어머니의
간청을 거절하신다면! 오! 오늘 제 안에서 모든 구원은 사
라졌습니다. 직설적으로 말씀드리지요! 저는 아버지의 아
들인 동시에 그분의 아들입니다. 아버지는 행복하시고 그
분은 죽음의 침상에서 고통받고 계십니다. 누가 옳고 누
가 그른지는 제가 관여할 일이 아닙니다. 전 어머니의 간
청과 흐느낌을 들었습니다, 들었다고요. 만약 제가 아직도
아버지를 사랑할 수 있다면 가장 비천한 거지도 저를 비
열하다고 할 것입니다!

파벨 그리고리치 건방진 녀석! 너에게서 사랑을 바라지 않은지는 오래됐다.
하지만 아들이 아버지를 그런 말로 비난하는 것은 어디서
보았더냐? 내 눈앞에서 꺼져라!

블라디미르 전 이미 제 안에서 아들의 복종의 마지막 불꽃을 없애버
리지 마십사 부탁드렸습니다. 온 세상 앞에서 이 비난을
반복하지 않도록 말이지요!

파벨 그리고리치 맙소사! 어쩌다 이 지경이 된 거지? (그에게) 알고 있느
냐⋯

블라디미르 압니다. 아버지도 양심의 가책을 받으시는 거죠. 아버지
스스로도 편할 날이 없으신 겁니다. 많은 잘못이 있으시
니까⋯

파벨 그리고리치 입 다물어라!

블라디미르 못 다물겠어요! 전 부탁을 드리러 온 게 아니라 요구하러
온 겁니다! 요구하러! 전 그럴 권리가 있어요! 아니요! 그
눈물은 제 뇌리에 박혀 있어요! 아버지! (무릎을 꿇는다.)

아버지! 저와 함께 가세요!

파벨 그리고리치 일어나거라! (놀란다.)

블라디미르 가실 건가요?

파벨 그리고리치 (방백) 만약 정말이라면 어떻게 하나? 어쩌면…

블라디미르 정말 싫으십니까? (일어난다.)

파벨 그리고리치 (방백) 그녀가 죽어간다고 블라디미르가 말한다! 내게 용
서받길 바란다고… 사실이야! 만약 내가… 하지만 거기엘
간다? 사람들이 알면 뭐라고들 할까?

블라디미르 걱정하실 것 없습니다. 어머니는 곧 돌아가실 테니까요
아버지와 화해하길 바라시는 것은 아버지의 재산으로 살
기 위해서가 아닙니다. 어머니는 지상에 원수를 둔 채로
무덤에 가길 원치 않으십니다. 그것이 그분의 부탁 전부
이며, 신께 드리는 기도 전부입니다. 아버지는 원치 않으
셨지요. 하늘에는 재판장이 계십니다. 아버지의 공적은 훌
륭합니다. 단호한 성격을 보여 주셨지요. 믿으세요, 사람
들은 그 점에서 아버지를 칭찬할 겁니다. 수천의 칭찬 중
에서 비난하는 목소리가 하나 울린다고 해서 무엇이 대수
겠습니까. (씁쓸하게 미소 짓는다.)

파벨 그리고리치 (완고하게) 날 내버려 둬라!

블라디미르 좋습니다! 물러가지요… 가서 아버지는 바빠서 못 오신다
고 전하겠습니다. (씁쓸하게) 어머니는 일생에 한 번 더 희
망을 믿으실 겁니다! (조용히 문으로 간다.) 오, 이 문턱에서
벼락이 나를 죽여준다면. 뭐? 내가 혼자 간다고! 나는 내
어머니의 살해자가 되겠구나. (멈춰 서서 아버지를 본다.) 신
이여! 이게 바로 인간입니다!

파벨 그리고리치 (혼잣말로) 하지만 무엇 때문에 갈 수 없다는 건가? 무슨
문제가 있겠어? 죽음을 앞두고 화해한다는 것은 아무 것

도 아니지. 여기에 대해선 아무도 비웃지 않을 거야… 모든 것이 나아질 거야! 그래, 그런 거지, 가야겠어. 그녀는 필경 기억이 없을 거고 나를 알아보지 못할 거야… 그녀에게 용서한다고 말해야지, 그럼 끝나는 거야! (큰 소리로) 블라디미르! 들어봐라… 기다려라! (블라디미르는 의심스러워하며 다가온다.) 너와 함께 가겠다… 결정했다! 아무도 우리를 못 보겠지? 믿어보마! 가자꾸나… 그저 다음부터는 말조심 좀 하거라…

블라디미르 그럼 정말 어머니께 가시려는 건가요? 정말로요? 믿어지지 않습니다! 하지만 말씀해 주세요. 정말인가요?

파벨 그리고리치 정말이다!

블라디미르 (그의 목을 끌어안는다.) 난 아버지가 있어! 난 다시 아버지가 있어! (운다.) 주여! 주여! 나는 다시금 행복합니다! 마음이 얼마나 놓이는지 몰라요! 난 아버지가 있어! 자연스러운 감정과 싸우는 게 얼마나 힘든지 알겠어, 알겠어… 오! 난 정말 행복해! 보이시나요, 아버지! 선을 행하기로 결정하는 것이 얼마나 기분 좋은지… 아버지의 눈은 맑아지고, 아버지의 얼굴은 천사 같아졌어요! (그를 포옹한다.) 오, 나의 아버지, 신께서 아버지께 보답하실 거예요! 가요, 어서 가요. 어머니가 살아계실 때 만나야 해요!

파벨 그리고리치 (가려고 하며, 방백) 이렇게 만나야 하는군… 좋아! 여기에 무슨 덫 같은 건 없는 걸까? 허나 블라디미르의 절망이! 하지만 자기가 죽어간다고 그 애가 믿도록 가장했을 수도 있지 않은가? 여자에게, 특히 내 아내에게 기만이 어려운 일이던가… 상대가 누구건 간에 말이야? 오, 난 이 간계를 예감하고 꿰뚫어 보았어, 이제 모든 것이 명백하군. 또다시 나를 꾀어 들이는 거야… 간청을 하고… 그리고 내가 동의하지 않으면 내 아들은 온 도시에 이런 잔인함에 대해 떠들게 되겠지! 아마 그녀가 이 애를 부추길 거야! 솔직히 말하지! 교활한 계획이야! 가장 교활한! 하지만 누굴 속이려고! 제때 알아채서 다행이군! 가지 않겠어! 나 없이 살 수 없다면 혼자 죽으라지!

블라디미르 미루시는군요!

파벨 그리고리치 (냉정하게) 그래! 미루고 있다!

블라디미르 아버지… 그렇게 변하시다니! 아버지는…

파벨 그리고리치 (오만하게) 나는 여기 있겠다! 네 어머니, 나의 전처에게 전해라. 나는 준비된 덫에 또다시 걸려들지는 않겠다고… 초대에 감사하며 즐거운 여행이 되길 바란다고 전해라!

(블라디미르는 몸서리치며 뒤로 물러난다.)

블라디미르 뭐라고요! (절망하여) 기대 이상이로군요! 그렇게 노골적으로 냉혹하게! 그런 지옥의 미소를 띠고 말인가요? 그리고 전, 당신의 아들이고요? 그렇다면 당신의 아들인 저는 모든 신성한 것들의 적, 당신의 적이 된다는 거군요… 감사 때문에 말입니다! 오, 내가 만약 나의 감정과 심장과 영혼, 나의 호흡을 하나의 단어, 하나의 소리로 바꿀 수 있다면, 그 소리는 내 생의 첫 번째 순간에 대한 저주일 거야. 그것이 나의 아버지, 당신의 내면을 진동시킬 천둥 같은 일격이 될 거야… 나를 당신의 아들이라 부르는 것을 멈추게 할!

파벨 그리고리치 조용히 해라, 미친 녀석아! 내 노여움을 두려워해라… 기다려라. 더 잠잠한 나날이 올 테니. 그때가 되면 부모를 모욕하는 것이 얼마나 위험한 일인지 알게 될 게다… 나는 본보기로 너에게 벌을 줄 것이다!

블라디미르 (손으로 얼굴을 가리고) 그런데 난 연민을 찾으리라 꿈꾸었다니!

파벨 그리고리치	배은망덕한 놈! 배은망덕한! 괴물 같으니! 너는 내게 은혜를 입지 않았더냐? 그런데 그런 비난을 하다니…
블라디미르	배은망덕하다고요? 당신은 내게 생명을 주셨죠. 다시 가져가시죠, 가져가요. 그럴 수 있다면… 오! 쓰디쓴 선물입니다!
파벨 그리고리치	당장 내 집에서 나가! 나의 가련한 아내가 죽지 않는 한 감히 돌아올 생각 말아라. (웃으며) 금방 돌아올지 어떨지 두고 보자꾸나. 병이 진짜여서 무덤으로 데려가는 중인지 아니면 신통치 못한 잔꾀가 적지 않은 소란을 일으키고 너로 하여금 존경과 의무를 잊게 만든 것인지! 이제 가거라! 자신의 행동을 잘 숙고하고, 네가 한 말을 되새겨 보아라. 그러면, 그때, 그때 감히 용기가 난다면, 다시 내 눈앞에 나타나도록 해라! (표독스럽게 아들을 쳐다보고, 나가서 등 뒤로 문을 닫는다.)
블라디미르	(못 박힌 듯이 서서 뒷모습을 바라본다. 짧은 침묵 후에) 다 끝장이야!

다른 문으로 나간다. 완전한 절망이 그의 모든 움직임에 드러난다. 등 뒤로 문을 열어둔 채로 나간다. 그가 빠른 걸음으로 걷다가 멈추는 것이 오랫동안 보인다. 마침내 손을 흔들고는, 사라진다.

8장. 2월 3일. 낮.

마리야 드미트레브나의 침실. 탁자 위에 약이 놓여 있다. 그녀는 침대에 누워 있다. 안누쉬카가 그녀의 곁에 서 있다.

안누쉬카	마님, 열이 심하세요! 뜨거운 차나 접골목 열매를 드셔야 하지 않겠어요? 금방 준비할게요. 아아, 혈육 같으신 분!

손이 너무 차가워요. 꼭 얼음 같아요. 마님, 의사를 부르러 사람을 보낼까요?

마리야 드미트레브나 저기! 뭐가 내 가슴을 누르고 있지?

안누쉬카 아무 것도요, 마님. 담요는 아주 가벼운 걸요! 어째서 누르는 것 같을까요?

마리야 드미트레브나 안누쉬카! 난 오늘 죽어!

안누쉬카 뭐라구요! 마리야 드미트레브나! 건강해지실 거예요! 하나님은 자비로우세요. 어째서 죽는다는 거예요?

마리야 드미트레브나 왜냐고?

안누쉬카 모든 환자가 죽는 건 아니죠, 가끔은 건강한 사람들이 환자보다 이 세상을 먼저 하직한다구요. 약 드실 시간이 되지 않았나요?

마리야 드미트레브나 약은 먹기 싫어⋯ 내 아들은 어디 있어? 그래, 내가 부르러 보내놓고 잊고 있었어! 창밖을 내다봐, 그 애가 오고 있어? 창가로 가봐⋯ 응? 오고 있어? 너무 오래 걸리네!

안누쉬카 거리는 텅 비었어요!

마리야 드미트레브나 (혼잣말로) 그 애가 아버지에게 말했을 거야! 확실해⋯ 오! 종말을 앞두고 화해한다는 것은 얼마나 감미로운가. 이제 난 그의 시선을 마주하는 것이 부끄럽지 않아. (더 크게) 안누쉬카! 창문에서 뭘 그렇게 보는 거야?

안누쉬카 제가요? 아니에요⋯ 이건 그저⋯

마리야 드미트레브나 아니야, 정말로⋯ 사실대로 다 말해줘. 무슨 일이야?

안누쉬카 장례식이에요, 마님⋯ 정말 화려한 걸요! 사륜마차가 여러 대 따라 가요. 정말로 부자인가 봐요! 말들도 아주 훌륭해요! 관 덮개도 엄청 화려하고요! 주교가 두 사람에! 성가대에! 말로 표현할 수가 없네요!

마리야 드미트레브나 안누쉬카! 내 차례야⋯ 마지막 순간이 가까이 온 걸 느꼈! 오, 좀 더 빨리! 더 빨리요, 하늘의 왕이여!

안누쉬카 됐어요, 마님. 뭘 그렇게 바라시는 거지요? 만약 돌아가시게 되면, 그런 일이 없도록 해 주소서, 그럼 저는 어떡하라고요? 누가 저를 생각해 주겠어요? 정말 파벨 그리고리치가 식솔로 받아주실까요? 그럴 리는 없어요. 구걸을 하는 편이 낫지요. 착한 사람들이 창문 너머로 먹을 것을 주니까요!

마리야 드미트레브나 내 아들 블라디미르가 자넬 저버리지 않을 거야!

안누쉬카 하지만 그분이 마님을 여의고 견딜 수 있을까요? 마님도 아시다시피 불같은 분이지요. 사소한 일에도 격분하시고, 그러면… 아이고 맙소사!

마리야 드미트레브나 자네 말이 맞아… 자네에게 보답해야겠어. 내 보석함 안에 80루블이 있어… 파벨 노인에게 좀 줘! 언제나 나를 진실하게 섬겨주었어. 그리고 자네에 대해서는 항상, 항상 난 만족스러웠어… (희미한 기쁨이 안누쉬카의 얼굴에 나타난다.) 오, 심장이 너무 뛰어! 뭐가 더 나쁠까? 기다림, 아니면 희망 없음?

문이 열린다. 블라디미르가 조용히 들어온다. 그는 음울하다. 말없이 침대 곁으로 다가와 발치에서 멈춘다.

안누쉬카 블라디미르 파블로비치가 오셨어요!

마리야 드미트레브나 (빠르게) 왔구나! (몸을 일으켰다가 다시 고개를 떨어뜨린다.) 블라디미르, 혼자구나! 내 생각엔… 너 혼자야!

블라디미르 네.

마리야 드미트레브나 내 아들아! 그이를 여기로 불렀니? 내가 죽는다고 말했어? 곧 오신대?

이상한 사람

289

블라디미르	(음울하게) 기분은 좀 어떠세요? 기운이 충분히 있으신가요, 말씀을 하고… 들으실 만큼?
안누쉬카	당신이 안 계실 때 마님은 계속 우셨어요, 블라디미르 파블로비치!
블라디미르	신이여! 신이여! 당신은 전능하시지 않습니까! 어째서 꼭 제가 어머니를 죽여야 하는 건가요?
마리야 드미트레브나	어서 말해보렴, 나를 조금씩 괴롭히지 말고 네 아버지가 오시는지. (침묵) 그이는 어디 있니! 어떻게 신 앞에 설까… 블라디미르! 그 사람 없이는 난 평안히 죽지 못해!
블라디미르	(조용히) 그래요.
마리야 드미트레브나	(듣지 못하고) 뭐라고 했니? 손을 주렴, 블라디미르!
블라디미르	(눈물이 그의 눈에서 떨어지기 시작한다. 그는 침대 곁에 무릎을 꿇고 그녀의 손에 키스를 퍼붓는다.) 제가 곁에 있잖아요! 어째서 다른 사람을 찾으세요? 정말 저만으로는 충분치 않으시나요? 저보다 어머니를 더 사랑하는 사람이 누가 있나요?
마리야 드미트레브나	일어나라… 우는 거니?
블라디미르	(일어나서 한쪽으로 물러난다.) 무서운 고문이다! 내가 이 모든 것을 견딜 수 있다면, 나는 스스로 사람의 이름을 지닐 자격이 없는 동상이라 여길 것이다! 내가 견딜 수 있다면… 아들은 언제나 아버지를 닮으며, 그의 피가 내 혈관에 흐른다고, 그와 마찬가지로 내가 그녀가 죽기를 바라는 거라고 믿게 될 것이다. 그래! 나는 완력으로 아버지를 이곳으로 끌고 와서 협박과 공포로 용서를 얻어냈어야 했다… (광포한 기쁨으로) 들어보세요. 제가 하는 말씀을 들어보세요! 제 아버지는 유쾌하고, 건강하고 어머닐 보고 싶어 하지 않아요! (갑자기 놀라서 멈춘다.)
마리야 드미트레브나	(몸서리친다. 침묵 후에) 기도하렴… 우리를 위해 기도해

주렴… 그이가 원치 않는다고… 오!

안누쉬카   상태가 나빠지셨어요, 나빠졌어!

마리야 드미트레브나   아니! 아니야! 마지막 힘을 모으고 있어… 블라디미르! 너는 모든 것을 알고 너의 부모를 판단해야 한다! 이리 오렴. 나는 죽어. 내 영혼을 올바로 판단하시는 신께 맡기고 네가, 유일한 내편인 네가 남의 말을 듣고 나를 비난하기 않기를 바란다… 내가 직접 나 자신의 선고를 밝히겠어. (멈춘다.) 나는 죄를 지었다. 젊음이 나의 허물이었지. 내 영혼은 불과 같았고, 너의 아버지는 내게 냉담했어. 이전에 나는 다른 사람을 사랑했었다. 만약 남편이 원했다면 나는 과거를 잊었을 거야. 몇 년 동안 이 사랑을 극복하려 노력했고, 한 순간이 나의 운명을 결정했어… 나를 그렇게 보지 마라. 오! 가장 잔인한 말로 책망하는 것이 더 낫겠구나. 나는 너에게 나쁜 짓을 했어! 나의 행동은 너로 하여금 나를 경멸하도록 강요하고, 나뿐만 아니라… 나는 오랜 회개로 내 행동의 대가를 치렀어. 들어보렴. 그일은 비밀이었단다. 하지만 나는 양심을 속이고 싶지 않았고 그럴 수도 없었어… 그래서 스스로 모든 것을 너의 아버지에게 밝혔단다. 비통한 눈물을 흘리면서, 겸손하게 그의 발 앞에 쓰러졌어… 나는 그가 관대하게 나를 용서해주길 바랐단다… 하지만 그는 나를 집에서 내쫓았어. 나는 어린아이인 너를 남겨두고 떠나야 했고, 말없이, 자신의 죄의 짐에 짓눌린 채 세상의 비웃음을 감수해야 했어… 그는 내게 잔인하게 행동했어! 난 죽어… 만약 그가 아직도 나를 용서하지 않는다면, 신께서 그를 벌하실 거야… 블라디미르! 너는 네 어머니를 비난할 거니? 나를 보지 않을 거니? (끝으로 갈수록 그녀의 목소리는 점점 더 약해진다.)

블라디미르 (매우 동요하여, 혼잣말로) 알겠다! 알겠어! 자연이 내게 대항하여 무장하는 것이다. 내 안에는 악의 씨앗이 있어. 나는 자연의 질서를 파괴하기 위하여 만들어진 것이다. 신이여! 신이여! 여기 죽어가는 어머니가 있습니다. 그리고 나의 혀에는 한 마디 위로의 말도 없습니다. 단 한 마디도! 나의 심장이 눈물 한 방울도 없이 이토록 메마를 수가 있습니까? 화 있으라! 이 심장을 메마르게 한 자에게 화가 있으라! 그는 내게 대가를 치르게 될 것이다. 그자로 인해 나는 범죄자가 되었다. 이 순간부터 동정은 집어치워라! 나는 내 아버지에게 밤낮으로 무서운 노래를 읊조려줄 것이다. 머리털이 곤두서고 후회가 영혼을 갉아먹기 시작할 때까지! (어머니에게로 돌아서며) 천사님! 천사님! 그렇게 빨리 죽지 마세요. 아직 몇 시간이 더 있어요…

안누쉬카 (몹시 불안해하며 여주인을 쳐다보다가) 블라디미르 파블로비치! (그는 듣고서 그녀를 뚫어지게 쳐다본다. 그녀는 마리야 드미트레브나의 손을 건드리고는 갑자기 멈춘다.) 주여, 그녀의 영혼을 용서하소서! (성호를 긋는다. 블라디미르는 몸을 떨고 휘청대다가 거의 쓰러질 뻔 한다. 의자 등받이를 잡고 몸을 지탱하고서 얼마간 움직이지 않는다.) 이렇게 조용히 가시다니, 혈육과 같으신 분! 이제 저는 어떡하나요? (운다.)

블라디미르 (시신에 다가가서 쳐다본 뒤 빠르게 돌아선다.) 이러한 영혼을 위하여, 이러한 죽음을 위하여 눈물은 아무 의미도 없어… 나에게 그런 것은 없어! 없어! 하지만 나는 복수하겠다. 잔인하게, 끔찍하게 복수하겠다. 가겠어, 어머니가 돌아가셨다는 소식을 내 아버지에게 가져가서 강요할 거야. 강제로 울게 만들 거야, 그리고 그가 울면… 비웃어 주리라! (달려 나간다. 긴 침묵)

안누쉬카	친아들이 그녀를 버려두다니! 이제 내가 손에 넣을 수 있는 것은 전부 내 것이야! 뭐 어때? 죄 될 것은 없어. 다른 누군가의 손에 들어가는 것보다는 내가 가지는 편이 낫지. 그리고 블라디미르 파블로비치에게는 필요 없잖아! (죽은 여인의 입술에 거울을 가까이 가져간다.[21]) 거울에 얼룩이 없군! 마지막 숨결이 사라졌어! 너무나 창백해!
	(방에서 나가 의식을 행하기 위해 나머지 하인들을 부른다.)

9장. 2월 3일. 한밤중.

자고르스킨 가의 방. 나타샤와 공작영애 안나 니콜라예브나가 두 명의 노파와 함께 들어온다.

안나 니콜라예브나	오늘 오실 거라곤 전혀 생각 못했어요! 어서 오세요! 앉으시지요! 건강은 어떠신가요, 마르파 이바노브나? (그들은 앉는다.)
노파1	어휴! 친애하는 부인! 제 건강이 어떠냐고요? 온통 류머티즘에 치조염증(齒槽炎症)이랍니다. 이제야 겨우 뺨에 묶었던 것을 풀었다우. (다른 노파에게) 카체리나 드미트레브나, 우리가 이렇게 모이게 되다니요! 내가 막 마당에 들어서는데 당신이 내 뒤로 오지 않겠어요. 마치 안나 니콜라예브나를 방문하자고 약속이나 한 것처럼 말이지요.
노파2	(여주인에게) 편찮으셨다고 들었는데요?
안나 니콜라예브나	그래요… 방문해 주셔서 고맙습니다… 이제 좀 나았어요. 그런데 뭔가 새로운 소식은 못 들으셨나요?
노파2	그거 아시나요. 저희 예고루쉬카가 페테르부르크에 와 있어요. 우리 군대가 터키인들을 풍비박산 냈다고 편지를

했어요. 터키군 사령관을 잡았대요!

노파1 하나님 감사합니다! 그런데 고린킨이 결혼했다는 얘길 들 었어요 누구랑 했는지 아세요! 볼로티나를 아시나요? 그 녀의 딸과 했다는 거예요. 기막히게 좋은 상대지요… 얼마 나 많은 신랑감들이 그녀를 쫓아다녔는데! 하지만 행운이 누구에게 돌아갈지는 아무도 모르는 거지요.

안나 니콜라예브나 저는 스비트스키 백작이 죽었다고 들었어요. 아내와 아이 들을 남기고요

노파1 그래요! 너무 안됐어요… 사람들이 하는 얘기가! 들어보셨 나요?

안나 니콜라예브나 무슨 얘기요?

노파2 무슨 얘기요? 이상하네! 난 못 들었는데!

노파1 주여 그를 용서하소서. 사람들 얘기가 고인이 자기의 영 지를 거의 다 팔아서 그 돈을 서자들에게 주었다는 거예 요 그런 사람들이 있지요! 그리고 또 하는 말이, 그 사람 이 자기 장례식에 100루블 이상은 쓰지 말라고 유언장에 썼다나 봐요. 요람에서처럼 무덤으로 간다는 데 뭐라고 하겠어요! 고인은 항상 기인이었지요! 천국이 그에게 임하 길! 그 사람의 유언대로 했던가요?

노파1 어떻게 그럴 수가 있겠어요? 아마 그 사람은 자기를 골짜 기에 던지라고 썼겠지요! 아니요, 부인, 장례식에는 5000 루블이 들었답니다. 돈 수도원에서 치렀는데, 주교가 두 사람이었지요.

안나 니콜라예브나 그럼 대단히 호화로웠겠군요!

나타샤 이러나저러나 마찬가지 아닌가요!

노파1 뭐라고? 어떻게 백작을 거지와 똑같이 장례지낼 수 있단 말이냐?

노파2	(다 함께 침묵한 뒤) 안나 니콜라예브나! 실례해야겠어요! 저는 이 댁에 잠시 들른 거라서요! 시누이네 세례축하연에 서둘러 가봐야 해요. (일어난다.) 안녕히 계세요!
안나 니콜라예브나	그러시다면 붙잡을 수 없겠네요! 안녕히 가세요! (서로 키스한다.) 다음에 뵈어요, 부인. (그녀를 배웅한다.)
노파1	어떤가요? 우리 마브라 페트로브나가 참 곱게도 차려입었군요! 모자에 진홍색 리본이라니! 이게 가당키나 한가요? 다리를 질질 끌고 다니는 주제에! 안나 니콜라예브나, 당신 생각엔 그녀가 몇 살 같나요?
안나 니콜라예브나	쉰 살이라는군요! 자기가 그렇다던데요.
노파1	열 살을 빼먹었군요! 내가 결혼할 때, 그녀의 애들이 벌써 뛰어다니고 있었어요.
나타샤	(조용히 소피야에게) 결혼을 서른 살에 했기 때문인 것 같은데.
공작영애 소피야	그들의 얘기를 듣고 싶지 않은 거야, 나타샤?
나타샤	이런! 너무 즐거워서 그래!
	(하인이 들어온다.)
하인	드미트리 바실리치 벨린스키 씨가 오셨습니다.
안나 니콜라예브나	이건 무슨 뜻이지? (하인에게) 거실로 모셔라. (하인은 나간다. 조용히 노파에게) 저와 함께 가시지요, 아주머니. 그가 왜 왔는지 맞춰 보지요! 사람들이 말하길 그 자신은 별로 부유하진 않지만 죽기 직전인 그의 삼촌에게는 1500명의 농노가 있다는군요
노파1	알만하네요. (방백) 벨린스키가 어떤 자인지 두고 보자고! (나타샤에게) 오! 교활한 아가씨.
	(두 사람은 나간다.)
공작영애 소피야	어째서 그렇게 얼굴을 붉히는 거야?

나타샤	내가?
공작영애 소피야	(손을 흔들며) 자! 아무 것도 들리지 않고 보이지 않는 거야! 나타샤! 너의 뺨은 달아오르고, 몸을 떨고, 자제력을 잃었어. 그건 무슨 뜻이지?
나타샤	(공작영애의 손을 잡으며) 그런가! 아무 것도 아니야! 내가 떤다고 누가 그래? 아아, 알겠니! 그가 왜 왔는지 짐작이 가. 이제 모든 게 결정될 거야! 그렇지 않아?
공작영애 소피야	뭐가 결정되는데?
나타샤	어리석은 질문이구나, 소피야! 어제 우리 집에 공작부인이 왔었어, 그리고…
공작영애 소피야	이해하겠어! 넌 벨린스키를 사랑하는 거지. 그게 뭐 어때. (나타샤가 돌아선다.) 아주 자연스러운 일이지.
나타샤	(생기 있게) 있지! 그 사람은 정말 상냥해! 너무 매력적이야!
공작영애 소피야	가엾은 아르베닌!
나타샤	뭐가 가엾다는 거야?
공작영애 소피야	그는 너를 정말 사랑하는데! 벨린스키는 청혼을 하러 왔지. 너는 아마 그를 거절하지 않을 거야. 그렇지? 그런데 난 아르베닌이 너를 너무, 너무 사랑하는 것을 알지. (비웃듯이 미소 짓는다.)
나타샤	마지못해 사랑하기를 관뒀지. 그런데 그는 다른 사람들 앞에서 정말 그럴듯하게 꾸며낼 수 있는데 나한테 그러지 않으리란 법이 있나? 누가 보증할 수 있어? 처음에 그가 좀 마음에 들었던 건 사실이야. 그에게는 뭔가 비범한 것이 있어… 하지만 그 견딜 수 없는 성격에, 표독스러운 지성과 항상 슬픔에 찬 상상력이라니. 맙소사! 그런 사람은 일주일 안에 사람을 우울증에 빠뜨린다고 그에 못지않게 감정을 느낄 줄 알지만 유쾌한 사람들도 많단 말이야.

공작영애 소피야	너는 전부 비웃고 싶었던 거구나! (그녀를 빤히 쳐다본다.) 어느 날, 황혼녘에 아르베닌이 우리 집에 왔어. 피아노 앞에 앉아서 반시간 동안 즉흥연주를 했지. 나는 듣고 있었어. 갑자기 그가 벌떡 일어나서 내게 다가왔어. 그의 눈에는 눈물이 있었어. "왜 그러시나요?" 내가 물었어. 그는 쓴웃음을 띠고 대답했어. "발작입니다! 음악이 저에게 이탈리아를 생각나게 했습니다! 온통 얼어붙은 러시아에는 저에게 응답해줄 심장이 없습니다! 제가 사랑하는 모든 것은 저에게서 달아날 것입니다. 저는 동정을 바라는 걸까요? 아닙니다! 저는 페스트 환자와 비슷합니다. 저를 사랑하는 모든 사람은 제가 인생에 불러들이도록 강요받은 이 불행이라는 질병에 감염되고 맙니다!" 이때 아르베닌은 나를 빤히 쳐다보았어, 마치 대답을 기대하는 것처럼… 나는 눈치를 챘지… 하지만 넌 듣고 있지 않은 거야?
나타샤	날 내버려 둬. 너의 아르베닌이 나한테 무슨 소용이야. 그 사람을 마음대로 해. 질투하지 않겠다고 맹세할게! 들리니… 저기… 누군가 이리 오는 것 같아… 엄마 같은데!
공작영애 소피야	(방백) 하늘이 멋지게 나의 소원을 실현시켜 주었구나! 운명이 나를 위해 복수했어. 좋아! 그는 희망 없고 기만당한 사랑의 온갖 괴로움을 느끼게 될 거야. 나는 다 생각이 있어서 나타샤가 그에게 냉담해지도록 노력한 거야. 그 점이 기뻐. 하지만 내게 무슨 이득이 있을까? 나는 복수를 했어. 무엇을 위해? 그는 내가 자기를 얼마나 사랑하는지 몰라! 하지만 알게 될 거야! 여자란 무엇인지 내가 그에게 증명해 보이겠어…

안나 니콜라예브나가 들어온다.

안나 니콜라예브나 나타샤! 이리로 오렴! 네 일생의 운명을 결정할 중대한 일에 대하여 이야기하자꾸나. 결혼하는 것은 문지방을 넘는 일이 아니야. 너의 미래가 전부 한 순간에 달려 있어. 네 마음은 제비를 뽑아야 하지만 분별 있는 생각도 침묵해선 안 되지. 생각해 보렴. 벨린스키가 너에게 청혼을 했어. 승낙할거니, 아니니? 그 사람이 마음에 드니?

나타샤 (당황하며) 전⋯ 모르겠어요⋯

안나 니콜라예브나 모르다니! 제발! 그 사람이 저 방에서 기다리고 있어. 누가 알았겠니? 얼른 결정해라. 적어도 그에게 희망은 주렴. 왜 말이 없어? 그는 교양 있고 명예롭고 재산이 있는데, 너도 알다시피 우린 상황이 엉망이야. 벨린스키는 곧 부유한 상속인이 될 거고. 생각해봐, 농노 1500이야! 결정하렴! 너도 벌써 나이가 찼고, 곧 열아홉이 돼. 지금 결혼하지 않으면 아마 영원히 못할 거야. 여자답게 처신하렴. 요즘은 상황이 나빠. 모스크바엔 신랑감이 없어! 젊고 부유한 이들은 결혼하길 원하지 않고 자유를 누리길 바라지. 그럼 늙은이들은? 그들에게 뭘 바라겠니? 멍청하거나 가난하지! 결정해, 나타샤 그 사람이 바로 저기서 기다려. 솔직히 말해 보렴. 그 사람이 마음에 드니?

나타샤 마음에 들어요⋯

안나 니콜라예브나 그럼 승낙한 거다⋯ 가 보마⋯

나타샤 (어머니를 제지한다.) 엄마!22) 잠깐만⋯ 너무 일러요! 세상에! 전부 다 꿈속에서 보는 것 같아⋯ 1분만요 (눈에 눈물이 보인다. 손으로 가린다.) 못해요! 꼭 지금 결정해야 하나요?

안나 니콜라예브나 (그녀를 달랜다.) 진정하렴, 아가. 왜 우는 거니? 그가 마음에 든다고 아직 말한 것도 아니잖아. 심장 뛰는 것 좀 봐. 이건 건강에 안 좋아! 지나치게 신경을 쓰는구나. 내가 경솔했나보다. 이제 직접 판단하렴. 그 사람이 기다리잖니! 약혼자를 잃을 건 없잖아! 강요는 아니고, 그냥 물어보는 거야. 승낙하겠니? 그럼 바로 그에게 말해 줄게! 싫어? 그럼 싫은 거야! 크게 나쁠 건 없어…

나타샤 (눈물을 닦으며) 그 사람을 좋아해요! 다만… 그에게 희망을 주세요. 집에 보내고, 약혼자처럼 생각하게 해요… 다만! 저 자신도 모르겠어요… 너무 급하게 얘기하신 걸요… 전 몰라요… 바보처럼 운 게 창피해요. 엄마!23) 그에게 뭐라고 말할 지는 엄마가 아실 거예요… 전 미리 다 동의할게요.

안나 니콜라예브나 진작 그랬더라면… 울 일이 뭐가 있니, 나의 천사야? (그녀에게 성호를 그어준다.) 주님이 너와 함께 하시길! 안녕! (나간다.)

나타샤 아아!

공작영애 소피야 창백해졌어, 사촌 누이! 축하해! 새색시님!

나타샤 모든 게 너무 빨리 이루어졌어! (나간다.)

공작영애 소피야 맞아. 우리 뭔가 원할 때 그 열망은 이루어지지. 그리고 우리가 보기엔 언제나 너무 빨리 이루어진단 말이야. 우린 과거가 아닌 미래의 기쁨을 보길 더 좋아하지. 그녀는 행복해… 그런데 나는? 왜 후회하지? 운명이 무심하게 사람들의 어리석은 소망을 이루어준다면 그들은 잘못이 없어. 공평하게 되는 거니까. 그러니 내 마음은 평온해야 해, 평온했어야 해!

10장. 2월 4일. 저녁.

파벨 그리고리치 집의 홀. 하인들이 램프에 불을 붙인다.

하인1	제 정신이 아냐. 어제부터 아직 정신을 차리질 못했어.
하인1	주인님이 그분에게 뭐라고 하셨는데?
하인3	'너를 저주한다'라고 했어.
하인1	블라디미르 파블로비치는 그런 얘길 들을 이유가 없어.
하인1	큰 주인님은 어디 계시지?
하인3	다른 집을 방문하러 가셨어.
하인1	옷을 입혀 드릴 때 괴로워하시지 않았어?
하인3	전혀. 놀랄 일도 아니지. 아들을 저주하는 것하고 다른 집에 놀러가는 것, 이 두 가지 일은 주인님에게는 포도주 한 잔 마시는 것과 물 한 잔 마시는 것 정도의 차이 밖에 없는걸.
하인1	젊은 주인님이 아버님께 너무 심한 말을 했잖아. 그게 먼저였고 정신을 차리지 못했지.
하인1	그건 그래. 다만 안됐어, 정말 너무 안됐어. 아버지의 저주는 농담이 아니라고. 심장에 맷돌을 얹어 놓는 편이 나을 거야.
하인3	이반에게 그를 떠나지 말라고 명령했어. 바로 이게 아버지란 거지! 저주하긴 해도, 아들이 자살할까봐 겁을 먹은 게야.
하인1	혈육이잖나.
하인3	내 생각엔 말이지, 저주하느니 죽이는 편이 낫다고.

11장. 2월 4일. 저녁.

블라디미르의 방 달빛이 창을 비춘다. 블라디미르는 탁자에 팔을 기대고 있다. 문에 이반이 서 있다.

이반	괜찮으십니까, 나리?
블라디미르	왜 그러나?
이반	창백하십니다.
블라디미르	내가 창백한가? 언젠가는 더 창백해질 테지.
이반	아버님께선 그저 흥분하신 것뿐입니다. 곧 용서해주실 거예요.
블라디미르	물러가게, 착한 친구, 자네가 상관할 일이 아니네.
이반	나리를 떠나지 말라는 분부를 받았습니다.
블라디미르	거짓말이야! 여긴 나와 상관할 사람이 아무도 없어. 날 내버려 두게, 괜찮으니까.
이반	그렇게 믿게 하려 하셔도 소용없습니다, 나리. 흐트러진 모습이며 불안한 눈, 떨리는 목소리가 정반대라는 걸 보여주고 있으니까요
블라디미르	(지갑을 꺼낸다. 혼잣말로) 사람은 돈으로 부리는 법이지. 그거면 돼! (큰 소리로) 받고 여기서 나가주게. 금화 서른 닢이야.
이반	유다는 은화 서른 닢에 우리 구주님을 팔았지요. 게다가 이건 금화네요. 안됩니다, 나리, 전 그런 놈이 아니라고요. 제가 설사 노예라 할지라도, 나리께 그런 봉사를 해드리려고 돈을 받지는 않겠습니다.
블라디미르	(지갑을 창으로 던진다. 창이 깨진다. 유리 소리가 울리고 지갑은 길바닥에 떨어진다.) 그럼 아무나 주워가라지.
이반	무슨 일이십니까, 나리! 진정하세요. 완전한 슬픔은 없답니다…
블라디미르	그렇지만…
이반	하나님께서 나리에게 행복을 보내주실 겁니다… 저에게 은혜를 베풀어 주셨으니까요. 하나님이 보고 계십지요. 저

는 나리에게서 한 번도 성난 말씀을 들어본 일이 없습니다…

블라디미르   정말인가?

이반   저는 언제나 아내와 자식들에게 나리를 위해 기도하라고 시키고 있습지요.

블라디미르   그럼 자네에겐 아내와 자식들이 있군…

이반   그럼요… 하늘에서 보내주신 것처럼… 예쁘고 착한 아내지요… 그리고 어린 것들을 보고 있으면 마음이 기쁘답니다…

블라디미르   내가 잘해 준 것이 있다면 부탁 하나만 들어주게…

이반   당신을 섬기기 위해 몸과 마음이 준비되어 있습니다, 나리…

블라디미르   (그의 손을 잡는다.) 자네에겐 자식들이 있지… 절대로 그들을 저주하지 말게! (창문 쪽으로 물러난다. 이반은 그를 동정적으로 바라본다.) 그런데 그는, 그는, 내 아버지는 나를 저주했어, 그의 말로 죽을 수도 있었던 그 순간에! 하지만 나는 해야 할 일을 했어. 가장 높으신 분 앞에서 *어머니가* 나를 변호해 주겠지! 이제 지상에서 마지막 것을 시도해 봐야겠어. 여자의 사랑! 신이여, 저에겐 얼마나 적게 남겨 주셨는지! 저를 삶과 이어주는 마지막 실오라기가 끊어지면 저는 당신과 함께 있을 겁니다. 당신은 제 마음을 자신을 위해 만드셨으니 인간의 저주는 당신의 분노에 영향을 미칠 수 없을 테죠. 당신은 자비로우신 분, 그렇지 않았더라면 제가 태어날 수도 없었겠지요! (창밖을 본다.) 이 달과 별들이 인생이 아무 의미도 없다고 믿게 하려 애쓰는군요! 저의 원대한 구상은 다 어디 갔을까요? 위대한 것에 대한 이 열망은 무슨 일에 쓰였던 건가요? 모두 지난 일입니다! 알겠어요. 저녁 구름이 저토록 선명하고, 태양은 아직 지평선을 건드리지 않았고, 천상(天上) 도시의 모습을 하고서, 황금빛 가장자리를 빛내며 상상력에게 기적을 약속하지만 태양은 졌어요. 바람이 불고 구름이 흩어졌고, 어두워졌고. 그리고 마침내 이슬이 땅 위로 내리는군요!

12장. 2월… 저녁.

자고르스킨 가의 방. 문이 손님이 많이 있는 다른 방으로 열려 있다.
안나 니콜라예브나와 공작영애 소피야가 들어온다.

공작영애 소피야   아주머니! 나타샤와 저는 지금 상점가에서 필요한 것을 전부 사 왔어요. 맘에 드실지는 모르겠어요. 제가 보기엔 좋아요! 비단 레이스만 비싸네요.

안나 니콜라예브나   지금은 시간이 없단다, 소뉴쉬카. 나중에 보마! (손님이 들어온다.) 아아! 안녕하세요, 세르게이 세르게이치! 건강은 어떠신가요! 와주시리라고 전혀 생각 못했어요. 너무 거만해지셔서 저희를 만나러 오기 싫으신가 보다고…

손님1   그럴 리가요! 댁의 나탈리야 표도로브나가 약혼하셨다는 걸 알고 축하를 드리고 온갖 행복을 빌어드리러 왔습니다!

안나 니콜라예브나   공손히 감사를 드리지요! 하나님께서 허락해 주시기를! 사윗감은 좋은 사람 같아요!

손님1   재산도 상당하다고 들었습니다.

안나 니콜라예브나   그럼요! 벨린스키 씨를 아시나 봐요?

손님1   만난 적이 있습니다. 아주 호감 가는 젊은이지요!

안나 니콜라예브나   거실로 오시지요, 세르게이 세르게이치! (두 사람은 거실로 나간다.)

공작영애 소피야 모든 것이 내 생각대로 되고 있어. 어째서 불안한 거지? 정말 내게 두 가지 마음이 있어서 같은 일이 나를 기쁘게도 하고 슬프게도 하는 것일까? 원하는 바를 이룬 것으로 내적인 자기만족을 얻은 걸까? 아니, 나의 중요한 목적은 아직 멀었어. 나는 이 모든 것이 블라디미르에게 어떤 영향을 미치는지 알고 싶었어. 맙소사! 공허한 일에 대해 너무나 열을 올려 이야기하면서, 매 순간이 내게서 희망을 빼앗고 무엇이든 새로운 고통을 가져온다는 것을 눈치 채지 못하는 이 사람들의 무리 속에서 너무나 답답해! 불행한 사람들은 어디 있는 걸까? 만나는 얼굴에는 전부 미소뿐이니! 나 혼자 고통 받고, 나 혼자 울고, 혼자 눈물을 닦네… 만약 그가 그들을 만나 보았다면, 나를 사랑하게 되었을 텐데. 그는 견딜 수 없었을 거야! 불가능해, 그가 완전히 무심해지는 것은 불가능하다고!

나타샤 (달려 들어온다. 즐겁게) 하! 하! 하! 하! 하! 소피야,[24] 들어봐. 네가 거기 있었다면 실컷 웃었을 텐데. 하! 하! 하! 맙소사! 아아! 그의 면전에서 겨우 웃음을 터뜨리지 않고 지금까지 참았어.

공작영애 소피야 누구?

나타샤 억지로 도망쳐왔어. 세르게이 세르게이치가 축하를 하러 내게 다가왔어, 당황하고, 말을 더듬고, 중얼거렸어… 나는 아무 것도 이해할 수 없었고, 내 생각엔 그 자신도 자기가 무슨 말을 하는지 몰랐을걸. 배꼽이 빠지도록 웃겼어! 그렇게 서로 마주보고 있었다고… 하! 하! 하!

공작영애 소피야 정말 유쾌하구나! 벨린스키는 어디 있어?

벨린스키 (들어온다.) 다행입니다! 또다시 당신들과 있게 되었군요!

오차코프 요새처럼 백 년은 포위당해 있었습니다. 좋은 사람들이지요, 참을 수 없이 지루하긴 하지만. 그들은 전부 과거에 대해서 이야기하지만 저는 현재가 참으로 행복합니다!

공작영애 소피야 당신의 얼굴을 보니 알겠네요.

나타샤 친애하는 내 친구!25) 그녀를 내버려 두세요. 기분이 별로거든요. 앉아서 이야기해요. (그들은 앉는다.)

벨린스키 (그녀의 손에 키스한다.) 이제 전 질투하는 자들에게 결투를 신청할 권리를 얻었군요.

공작영애 소피야 (혼잣말로) 이 사람은 자기 친구에게서 마지막 행복을 빼앗고서 행복에 대해 말하고 생각하는구나… 어째서 나는 더 죄가 적은데도 후회를 느껴야 하는 걸까? 오, 어떻게 블라디미르가 잃은 것을 메워줄 수 있을까, 만약… 그저 만약에…

청년인 한 손님이 거실에서 나와 소피야에게 인사하고 그녀에게 다가온다.

손님 공작영애, 어머님은 건강하신가요?

공작영애 소피야 아뇨, 많이 편찮으세요.

손님 당신은 틀림없이 블라디미르 아르베닌을 아시지요.

공작영애 소피야 우리 집에 오곤 해요.

손님 그가 미쳤다는 것을 눈치 못 채셨습니까?

공작영애 소피야 그가 매우 똑똑하다는 것을 항상 눈치 채고 있답니다. 왜 그런 질문을 하시는지 모르겠네요.

손님 아니요, 저는 정말로 농담을 하는 게 아닙니다. 며칠 전 저는 그의 아버지 집에 있었습니다. 갑자기 문이 요란하게 열리더니 블라디미르가 뛰어 들어왔어요. 전 놀랐습니

다. 그의 얼굴은 창백하고, 눈은 흐릿하고, 머리카락은 흐
트러져 있었지요. 그런 사람은 처음 봤습니다. 그의 아버
지는 아연실색하여 한 마디도 꾸짖지 못했죠. "살인자!"
블라디미르가 소리쳤죠. "너는 나를 믿지 않았어, 가서 그
녀의 죽은 손에 키스해라!" 그리곤 억지로 웃다가 의식을
잃고 바닥에 쓰러졌습니다. 하인들이 달려 들어와 그를
운반해갔죠. 아버지는 한 마디도 하지 않았지만 떨고 있
었습니다. 비록 불안해한다는 것을 내색하지 않으려 애쓰
고는 있었지만요… 저는 잽싸게 모자를 집어 들고 떠났습
니다. 나중에 파벨 그리고리치가 그를 심하게 꾸짖고 저
주하기까지 했다고 사람들이 말하는 것을 알았습니다. 하
지만 난 믿지 않아요…

공작영애 소피야 (심하게 동요하며) 저주했다고 하셨나요… 쓰러졌다고요…
하지만 그 사람에게 아무 일도 없었던 건가요? 그 사람이
한 말이 무슨 뜻인지 모르시나요? 아니요! 그건 광기가 아
니에요… 그에게 뭔가 끔찍한 일이 일어난 거예요…

손님 (미소를 띠고) 당신이 그렇게 큰 관심을 보이실 거라곤 기
대하지 않았습니다만…

공작영애 소피야 그런가요? (화가 나서 방백) 이런! 동정을 표할 수도 없단
말인가!

손님 결국 전 바로 그날 아버지와 이혼한 블라디미르의 어머니
가 돌아가셨다는 것을 알게 되었습니다. 하지만 그런 광
포함, 그런 비난은 완전한 광기를 보여주는 것이지요! 사
실 정말 안 된 일이지요. 그는 재능도, 지성도, 지식도 있
었는데…

공작영애 소피야 당신이 저에게 다시 해 주신 이야기로 미루어보면 그의
아버지가 무슨 잘못을 한 것 같군요… 그는 당신이 있는

것을 눈치 채지 못한 거죠. 다만 그 상황에서 광기의 요소가 있다면…

손님 오, 아닙니다, 전혀 아니에요! 저는 그런 말을 하려던 것이 아니었습니다. 하지만 당신 스스로 판단해 보세요… 저는 그가 가엾어졌어요. 그래서 여쭈어본 것입니다…

공작영애 소피야 보시다시피 저는 긍정적인 대답은 해 드릴 수 없어요.

손님 (잠시 침묵하다가) 내일 음악회에 가실 건가요, 공작영애? 괜찮은 여자 연주자가 하프를 연주할 겁니다… 아직 못 들어보셨지요? 파리에서 왔는데… 아주 흥미롭습니다! 괜찮으시다면, 제가 입장권을…

공작영애 소피야 저는 호기심이 없어요. 그런 악덕은 없답니다!

손님 실례했습니다. 당신께 봉사하려 한 겁니다…

공작영애 소피야 아주 친절하시네요!

손님 (작별인사를 하며) 제 이야기 중 뭔가가 당신을 불쾌하게 했다면 그럴 의도는 전혀 없었다는 것을 믿어주시길 바랍니다… (나간다.)

공작영애 소피야 (혼자서) 저 사람은 그런 소식으로 나를 즐겁게 해주려던 것이었다고 말할 뻔 했어! 단지 어떤 사람에 대한 나쁜 이야기를 하고 다른 사람을 슬프게 하기 위해 일부러 찾아와서 여기 15분 동안 서 있다니! (침묵) 앞으로 내게 무슨 일이 있을까? 내 앞의 미래는 마치 인생을 즐겁게 해 주는 내 안의 모든 것을 집어삼키려는 심연처럼 무시무시하게 어두워지고 있어! 블라디미르는 아버지의 사랑과 어머니를 잃었고 나타샤를 잃어야만 해… 하지만 앞의 두 가지 불행이 마지막 것을 단호하게 견디도록 도와줄 거야. 모든 생각을 속박하고, 모든 감정을 하나의 독으로 물들이는 하나의 깊은 슬픔이 이런저런 슬픔보다 훨씬 더 위험하니까. 그래, 그는 사나이야, 견고한 영혼이 있어! 그리고 거기… 거기엔… 난 아직 기대를 가질 수 있어. 나와 이야기할 때 그의 눈이 빛나는 것을 몇 번인가 눈치 챘지. 아마도…

나타샤   그가 무슨 얘길 했지?

공작영애 소피야   아르베닌에 대해.

벨린스키   아르베닌에 대한 무엇을 말입니까?

공작영애 소피야   겁내지 마세요!

벨린스키   제가 왜 겁을 냅니까?

공작영애 소피야   당신이 알고 계시는 편이 낫겠어요.

나타샤   (조용히) 내가 결혼하는 걸 그가 알게 됐어?

공작영애 소피야   그의 친구와? 아니! 아르베닌은 어머니를 잃어서 절망에 빠져 있어. 그는 미쳐가고 있어… 두 번째 충격을 받았는지는 모르겠어…

벨린스키   오, 그는 보기보다 예민하지는 않아요.

공작영애 소피야   물론 우리보다 더 잘 아실 테죠. 친구니까요.

벨린스키   나는 우정을 사랑의 제물로 바쳤습니다.

공작영애 소피야   그건 아주 좋아요. 당신에게는.

벨린스키   그렇지만 제가 아르베닌과 아주 친했다고는 생각지 마십시오. 우리 시대의 친구란 건 음악가가 마음대로 화음을 만들어내는 두 개의 현 같은 거니까요.

공작영애 소피야   (나타샤에게) 화내지 말기 바라, 나타샤 나는 네가 그를 사랑했다는 얘길 할 거야. 약혼자에게 비밀이 있으면 안 되지. 확실히 벨린스키 씨는 내 말에 동의하실걸! (이 말에 나타샤의 얼굴이 붉어진다.)

나타샤   네, 사실이에요. 처음엔 아르베닌이 마음에 들었고 많은 상상을 했죠. 하지만 그건 모든 슬픈 꿈들처럼 지나갔어요. 부탁이야, 소피야, 그에 대해서 더 이상 생각나게 하

	지 말아 줘.
공작영애 소피야	네가 꿈에서 깨었다는 게 전혀 믿어지질 않는걸.
나타샤	소피야, 무슨 뜻이야?
벨린스키	어떤 꿈이 다른 것으로 대체된 것이겠죠.
공작영애 소피야	하지만 약혼자 씨, 들어보세요. 그녀를 지나치게 믿지 마세요. 그녀는 오래 전부터 아르베닌이 그녀에게 바치는 시가 든 십자가를 가지고 있답니다. 부디 그 시들을 보여 달라고 하시지요! 아! 아! 간계에 걸려들었지, 내 사랑?
벨린스키	그녀가 허락한다면 물어볼 수 있지요. 그런데 저는 그녀를 너무나도 신뢰하고 있답니다…
공작영애 소피야	지나친 것은 언제나 위험하지요!
나타샤	내 사촌에게 증명하기 위해서 나는 이 어리석은 짓을 조금도 아끼지 않겠어… (목에서 목걸이를 푼다. 목걸이에 달린 십자가 안에서 종이쪽지를 꺼낸다.) 가지세요. 이 오래된 종이쪽지는 제가 완전히 잊고 있었던 것이에요. 읽어 보세요, 내 사랑… 이 시들은 상당히 잘 쓴 것이니까요.
벨린스키	그의 필적이로군요!
공작영애 소피야	(방백) 파렴치한 같으니! 마치 극장 프로그램을 읽는 것처럼 태연하잖아! 얼음 같은 눈에는 후회의 불꽃이 조금도 없어! 정말 기술인 걸까? 아니야! 난 여자지만 저 수준의 위선에는 한 번도 다다를 수 없었어. 아아! 어째서 단 하나의 오점이 나의 순결한 영혼을 비난하는 걸까?
나타샤	읽어 보세요, 내 친구!
벨린스키	(읽는다.)
	그대의 친구가 사람들 중에
	명예로운 이름 대신
	광기와 열정의 나날의

추억만을 남겨둘 때,

때때로 사람들이 독살스러운 조소와 함께

그의 삶에 유죄판결을 내릴 때,

그대는 무감각한 군중 앞에서

그의 변호인이 되어 주겠는가?

그는 낯선 자로서 사람들과 함께 살았고,

그들의 적의는 정당하였으나,

비록 그들 앞에서는 죄가 있을지라도,

그대에게 그는 항상 진실하였소

눈물 한 방울로, 대답 한 마디로

그대는 그들의 선고를 씻어줄 수 있으니,

믿어 주오! 그대가 애도하는 치욕은

세상 앞에서 부끄러운 것이 아님을!

멋지군요. 아주 사랑스러워요! (건네준다.)

나타샤 (종이를 찢는다.) 이제 마음이 편하니, 소피야?

공작영애 소피야 오! 나는 너의 계산에 대해서는 단 한 번도 걱정해본 적이 없는걸!

벨린스키 (방백) 이 공작영애는 정말 나와 안 맞는군! 대체 뭘 비난하는 거지? 자기랑 무슨 상관이 있다고?

문이 열리고 블라디미르가 들어온다. 인사한다. 모두 당황한다. 그는 다가오려 하지만 벨린스키와 나타샤를 보고는 멈춰 섰다가 빠르게 거실로 들어온다.

나타샤 (블라디미르가 들어오자마자) 아아! 아르베닌!

벨린스키 (혼잣말로) 하필 지금 오다니! 악마가 불러온 건가? 격노해서 날뛸 텐데. 그는 틀림없이 내가 결혼하는지, 누구와 하는지 아직 모를 거야! 첫 번째 불길의 희생자가 되지 않기 위해 사라질 필요가 있겠어. (큰 소리로) 저는 지금 아르베닌과 마주치고 싶지 않습니다. 그를 잘 아시잖습니까…

공작영애 소피야 (그에게 경멸의 시선을 던지며) 사실이에요!

벨린스키 그럼, 안녕히 계십시오! (서재로 나간다.)

나타샤 나도 모르게 온 몸이 떨려, 심장이 뛰어. 어째서? 어째서 내가 이미 사랑하지 않는 이 사람이 아직도 내게 이런 영향력을 고스란히 갖고 있는 거지? 하지만 어쩌면 그를 향한 사랑이 완전히 내 마음에서 꺼지지 않은 게 아닐까? 어쩌면 한 가지 상상이 그에게서 나를 잠시 멀어지게 한 게 아닐까? 하지만 어쨌거나 나는 그에게 냉담하게 보여야 하고 그러고 싶어. 나는 벨린스키에게 약속을 했고, 그 사람은 내 남편이 될 테니까, 아르베닌은 멀리해야 해! 그게 나에겐 편할 거야! (생각에 잠긴다.)

공작영애 소피야 다행이야! (혼잣말로) 나는 벨린스키가 양심의 가책을 받지 않을까 생각했지… 이제 완전히 반대란 사실을 알았어. 그는 자기가 배신한 사람의 시선과 마주치기를 두려워하고 있어! 그러니 그는 나보다 더 죄가 많아! 나는 그가 당황하는 걸 눈치 챘어! 도망치라지… 필연적인 하늘의 처벌을 피해 도망칠 수 있을까? (무대 안쪽으로 멀어져간다.)

창백한 블라디미르가 거실에서 나온다. 그와 나타샤는 한동안 움직이지 않고 서 있다.

나타샤 무슨 새로운 얘기가 있나요?

블라디미르 당신이 결혼하신다고들 하더군요.

나타샤	저에겐 새로울 것 없는 얘기예요.
블라디미르	행복하시길 바랍니다.
나타샤	고맙군요.
블라디미르	그게 확실히, 확실히 사실입니까?
나타샤	뭐가 신기한가요?
블라디미르	(침묵하다가) 행복하지 않을 겁니다.
나타샤	왜 그렇죠?
블라디미르	장례식과 같은 날 치러진 결혼식은 불행하다는 말을 들었습니다.
나타샤	당신의 예언은 너무 슬프군요. 그런데 세상에서 매일 누군가는 죽잖아요. 그런데…
블라디미르	자, 명예를 걸고 얘기해 보세요. 농담입니까, 아닙니까?
나타샤	아니에요.
블라디미르	잘 생각하십시오. 맹세컨대 저는 지금 그런 농담을 들을 상황이 아닙니다. 당신에게는 동정심이 있습니다! 들어 보세요. 저는 천사와 같은 어머니를 잃었고 아버지에게 거부당했습니다. 저는 모든 것을 잃었습니다, 단 하나의 희망의 불꽃 이외에는! 한 마디 말로 그 불꽃은 꺼질 겁니다! 바로 이것이 당신이 지닌 권력입니다… 저는 어떤 평온한, 행복한 순간을 보내기 위해 이곳으로 왔습니다… 농담으로 저에게서 그러한 순간을 빼앗는 것이 당신에게 무슨 이득이 있습니까?
나타샤	농담을 할 생각은 아니었어요. 당신의 불행이 정말 심하다는 걸 아주 잘 이해하고 있으니까요. 제가 지금 당신과 농담을 할 수 있다면, 경멸을 받아 마땅하겠지요. 아니요, 당신은 모든 사람의 존경과 공감을 얻을 권리가 있어요!
블라디미르	(잠시 그녀를 바라본다.) 기억하십니까, 오래, 오래 전에 제

가 당신에게 세상의 험담에 대항하여 지켜주기를 청하는 시를 가져왔을 때를… 그리고 당신은 저에게 약속했지요! 그때부터 저는 당신을 하나님처럼 믿고 있습니다! 그때부터 당신을 하나님보다 더 사랑합니다! 오! "약속해요!"라고 말하던 그 목소리. 그때 마음속에서 당신을 영원히 사랑하겠노라 맹세했습니다… 영원히! 타인의 혀에서라면 이 말은 큰 의미가 없었겠지요… 하지만 저는 영원히 당신을 사랑하겠노라 *맹세했고* 저 자신에게 맹세했습니다. 고결한 사람의 맹세는 창조주의 의지처럼 변하지 않습니다… 대답해 주세요, 너무 차갑지 않은 한 마디 말을 해 주세요, 거짓말을 해요… 그러면 저는… 만족할 것입니다. 한 마디의 말이 어떤 가치가 있을까요? 사람을 절망에서 구원하는 겁니다.

나타샤 (방백) 어떡하지? 머리가 혼란스러워. 오, 어째서, 어째서 내 인생의 단 며칠을 지워버리고 과거로 돌아갈 수 없는 걸까… 그러면 그에게 대답할 수 있을 텐데! 그가 너무 가엾어! 나는 그를 사랑하지 않지만 어쩐지 그를 슬프게 하는 것이 두려워!

블라디미르 여인이여! 그대는 주저하는 것인가? 들어 보시오. 만약 굶주림으로 말라비틀어진 개 한 마리가 애처로이 낑낑대며, 가혹한 고통을 드러내는 몸짓으로 당신의 발치로 기어들어온다면, 당신에게 빵이 있는데, 움푹 꺼진 눈길에서 아사(餓死)의 조짐을 보면서, 그 개에게 주지 않을 건가요? 비록 그 빵조각이 완전히 달리 사용되도록 결정되어 있다 하더라도 말입니다. 그렇게 나는 당신에게 한 마디 사랑의 말을 간청하오!

나타샤 (침묵, 의미심장하게) 저는 벨린스키와 결혼해요!

(멀리서 지켜보던 소피야가 서둘러 나간다.)

블라디미르 그와? 그 친구와? 어떻게? 내 의심이 정말로…

나타샤 왜 그렇게 놀라시죠?

블라디미르 내가 그자를 친구라 불렀다니? 지옥과 저주가 있기를! 그는 대가를 치러야 해! 내가 그 배신의 가슴에 흘린 눈물 전부에 대해… 자기 피로 대가를 지불할 거요! (가려고 한다.)

나타샤 멈춰요! 거기서요! (그는 움직이지 않는다.) 제정신이 아니군요! 이런 것이 저에 대한 당신의 애정인가요? 전 벨린스키를 사랑해요. 그 사람을 죽이고 싶죠? 냉정하게 생각하세요. 그의 죽음은 당신을 미워하는 저에게 달렸어요!

블라디미르 그가 가엾소? 그를 사랑하오? 난 믿지 않아. 아니, 안 믿소! 친구를 기만한 자는 존중할 가치가 없소! 경멸과 사랑은 공존할 수 없어! 내 손이 당신을 그 독사에게서 벗어나게 해 주겠소…

나타샤 블라디미르! 멈춰요… 제발 부탁이에요…

블라디미르 (한숨을 쉬며 그녀를 바라보고) 좋소! 내가 또 어떻게 해야 합니까?

나타샤 우린 더 이상 만나면 안돼요. 부탁이니 저를 잊으세요! 그러면 우리 두 사람은 많은 불쾌한 일을 면할 수 있어요. 젊은 사람이 마음을 돌릴 곳은 많지 않은가요! 당신은 다른 여자가 좋아질 거고 결혼할 거예요… 우리는 그때 다시 만나서 친구가 되고 함께 완전한 기쁨의 나날을 보내도록 해요… 그때까지 전 당신의 푸념을 들을 의무가 없는 아가씨를 잊으라고 부탁할게요!

블라디미르 훌륭한 충고입니다! (이리저리 거닌다. 건조하게 웃으며) 어떤 소설에서… 어떤 여주인공에게서 그런 현명한 훈계를 찾아냈군요… 당신은 나에게서 베르테르를 찾고 싶었던 거요! 매력적인 생각이오… 누가 그런 생각을 할 수 있었겠소?

나타샤   당신의 분별력도 나와 같은 이야기를 할 거예요 단지 당신이 듣기를 원치 않을 뿐이죠!

블라디미르   아니요, 나는 벨린스키에게 복수하지 않을 겁니다! 내가 실수했어요! 기억납니다. 그는 내게 분별력에 대해 자주 이야기했지요 그들은 서로 잘 맞아요… 나와 무슨 상관입니까? 자기들끼리 살고 자식을 얻고, 마을을 저당 잡혀 다른 마을을 구입하라지요… 그게 바로 그들이 하는 일이니까! 아아! 하지만 나는 그녀의 즐거운 한 순간을 위해서라면 지복의 몇 년이라도 대가로 치렀겠지요… 그것이 그녀에게 다 무엇이겠습니까? 어린 시절의 어리석은 짓일 뿐이지요!

나타샤   제 이야기가 불쾌하셨군요 하지만 진실은 누구도 좋아하지 않는다고들 하지요 처음에는 당신과 당신의 성격, 지성이 저에게 상당히 강렬한 인상을 남겼다는 걸 스스로 고백해야겠네요 하지만 이제 상황이 바뀌었고 우리는 헤어져야 해요 저는 다른 사람을 사랑해요! 이렇게 예를 들어 드리죠 저는 당신을 잊을 거예요!

블라디미르   당신이 나를 잊는다고? 당신이? 오, 그런 생각은 마오 양심은 기억보다 충실한 법이오 사랑이 아니라, 후회가 당신으로 하여금 나를 기억하게 할 것이오! 만약 온 세계와 당신 중 하나를 택해야 한다면 온 세계를 당신의 발 앞에 내던질 사람을 당신이 잊을 수 있으리라고 내가 정말 믿을 것 같은가! 벨린스키는 당신을 얻을 자격이 없소 그는 당신의 사랑, 당신의 지성의 가치를 헤아릴 수 없을 것이오 그가 타인을 희생시킨 목적은… 오! 당신을 위해서가 아니요! 돈, 돈. 그것이 바로 그의 신이오! 그리고 그는 당신을 그 앞에 제물로 바칠 것이오! 그때 당신은 너무 쉽게 믿어버린 자신과… 그리고 그 순간, 그 순간을 저주하게 될 것이오… 내게 파멸을 초래할 희망을 주고… 나의 심장을 위한 지상의 낙원을 만들어 내어, 천상의 낙원을 내게서 빼앗으려 했던 그때를!

나타샤　다시 한 번 말씀 드리죠. 그만 두세요. 말씀이 지나치게 방자하시네요. (침묵하다가) 우리는 더 이상 만나서는 안 돼요. 어째서 그렇게 가정의 평화를 흔들려 하나요? 그런 순간적인 열정은 지나갈 거예요, 그리고 나중에, 나중에 우리는 친구가 될 거고요!

블라디미르　당신은 자신의 미덕을 지나치게 의지하시는 것 아닙니까! 아니죠! 난 타인에게 속한 보물의 잔재로 살아갈 능력은 없습니다! 내게 감히 어떤 제안을 하는 겁니까? 창조주여! 이제 저는 악마들이 천사들보다 먼저 있었다는 것을 믿겠습니다!

나타샤　아르베닌 씨. 당신의 고집, 당신의 뻔뻔함은 참을 수가 없군요! 당신은 견딜 수 없는 사람이에요!

블라디미르　어째서 전에는 나에게 그런 식으로 말하지 않은 겁니까?

나타샤　맞아요. 저는 우습고 어리석어요… 미친 사람이 사려 깊은 사람처럼 행동하길 바라다니! 당신을 떠나야겠어요, 그리고 고백컨대, 처음이자 마지막으로 누군가를 위로하려 했던 것을 후회하고 있어요! 당신은 모든 예의범절을 무시했고 난 더 참을 생각이 없어요! (나간다. 그러나 무대 안쪽에 멈춰서 그를 쳐다본다.)

블라디미르　신이여! 신이여! 이제부터 내 안에는 당신을 향한 사랑도, 믿음도 없습니다! 그러나 반항적인 불평으로 인해 나를 벌하지는 마십시오… 당신… 당신 자신이 참을 수 없는 고문으로 이런 비방들을 짜내지 않았습니까. 어째서 당신은 내게 불같은 심장을, 극단적으로 사랑하고 그만큼 미워할 수는 없는 심장을 준 겁니까! 당신 탓입니다! 내 불복종하는 머리에 당신의 벼락을 떨어뜨리시지요. 난 죽어가는 벌레의 마지막 비명이 당신을 즐겁게 해 드릴 수 있다고는 생각지 않습니다!

그동안 벨린스키가 들어왔다, 나타샤는 그에게 뭔가 요청하는 듯이 귓속말을 하고는 나간다. 그는 멀리서 쳐다본다. 블라디미르는 자기 손을 비튼다.

그 부드러운 입술이, 그 매혹적인 목소리가, 미소가, 눈이. 전부, 그 전부가 내게는 독이 되었다! 어떻게 단지 한 번 더 기만하는 만족을 얻기 위하여 희망을 줄 수 있단 말인가! (눈과 이마를 닦는다.) 여인이여! 그대는 이런 피눈물을 흘릴 가치가 있는가?

벨린스키가 다가온다.

벨린스키　　블라디미르! (방백) 구슬리고, 달래줘야 해. 그러지 않으면 그가 무슨 짓을 저지를지는 악마나 알 테니까! 나타샤의 말이 옳아. 그는 광분하는 첫 순간에만 위험할 뿐이야! (큰 소리로) 블라디미르!

블라디미르　　(돌아보지 않고) 뭔가?

벨린스키　　내게 화났나?

블라디미르　　아닐세.

벨린스키　　오! 화난 것이 눈에 보이는걸. 하지만 그녀 스스로 선택한 일 아닌가?

블라디미르   (여전히 돌아보지 않고) 그런 거지.

벨린스키   시간이 치료해줄 걸세.

블라디미르   모르겠군. (그의 목소리가 떨린다.)

벨린스키   아르베닌! 어느 모로 보나 자네가 나에게 대단히 화가 난 걸 알겠네. 내가 자넬 아주 잘 안다는 걸 믿어주게. 난 자네 마음의 움직임을 전부 꿰뚫어보고 있고, 심지어 가끔은 자네의 행동을 나 자신의 것보다 더 잘 설명할 수도 있어.

블라디미르   *자네*가 나를 안다고? 자네가 그런 말을 할 수 있나? (웃으며) 만약 그렇다면 그 드미트리 바실리치 벨린스키는 세계 최고의 멍청이거나 최악의 악당일 거야!

벨린스키   후자보다는 전자가 낫겠군!

블라디미르   축하하네.

벨린스키   스스로 판단해 보게. 자네와 마찬가지로 나도 그녀에게 청혼할 권리가 있는 것 아닌가? 내 형제인 자네는 이기주의자라고! 날 믿게. 자네의 슬픔은 모욕당한 자존심일 뿐이야!

블라디미르   날더러 믿으라고? 자네를?

벨린스키   내가 자네의 신뢰를 악의로 이용하기라도 했단 말인가? 내가 자네의 비밀 중 뭔가를 폭로했단 말인가? 자고르스키나는 전에 자넬 사랑했네. 인정하지. 그리고 이젠 내 차례야. 어째서 자네는 그때 그녀와 결혼하지 않은 건가!

블라디미르   날 내버려두라고 충고하겠네. 내가 냉정하리라 기대하지 마! 난 자네에게 복수할, 자네의 피, 피에 취할 준비가 되어 있었고, 그러고 싶었어… 듣고 있나? 그리고 난 자넬 용서하네. 아무 것도 비난하지 않을 테니 그냥 날 내버려 두게. 난 자네의 진실한 상냥함에 보답할 수가 없어! (난폭하게 웃는다.) 이제 난 자유로군! 아무도… 아무도… 지상에서 공정하게, 절대적으로 나를 아껴주는 이는 아무도 없군… 듣고 있나? 이게 자네가 한 일이야! 놀라지 말게. 후회하지도 마. 뭐가 중요하겠나? 나는 쓸모가 없어! 자넨 능숙하고, 신중하고, 똑똑한 사람이야! 우정이 나를 나약하게 만들고, 희망이 버릇을 망쳐놓은 것을 눈치 챘어. 그리고 단 일격으로 모든 것을 빼앗았지! 벨린스키! 이제 내게 타인이 부러워할 것은 아무 것도 없는 것 같군!

벨린스키 자넨 날 용서하지 않는군. 이 냉혹함, 이 독살스러운 미소…

블라디미르 오! 자넨 나에 대해 너무 좋게 생각했군. 언젠가부터 난 자네에게 어떤 빚도 없어… 자네에게 진 빚은 갚았네, 금전적인 것이든 다른 것이든…

벨린스키 이런 식으로 내게서 완전히 마음을 거둬가는 건가? 정말 우리는 다시는 만날 수 없는 건가. 만약 내가 증명한다면…

블라디미르 무엇하러?

벨린스키 부탁이야.

블라디미르 (방백) 너무나 비열하군! 그런데 그녀도, 나도 이 자를 사랑할 수 있었다니!

벨린스키 그녀의 이름으로 간청하네.

블라디미르 충분해, 충분하다고! 대체 나에게서 뭔가 더 빼앗을 수 있단 말인가?

벨린스키 (이를 악물고) 굽히질 않는군! (그에게) 들어보게. 날 용서하게. 이제는 바꿀 수 없어… 하지만 먼저 자네에게 약속하겠네…

블라디미르 한 번으로 충분해!

벨린스키 다시 생각해 봐! 시간이 지나면…

블라디미르   (방백) 시간이 지나면, 시간이 지나면! 전능자여! 당신은 어떻게 그녀가 이런 비열한 자를 위하여 나의 사랑을 희생하는 것을 허락하셨단 말입니까!

벨린스키   자네가 잘되길 바라는 경험 많은 친구의 말을 들으려고도 하지 않는군!

블라디미르   (혼잣말로) 신이여!

벨린스키   그래! 난 자넬 내버려둬선 안 돼. 이건 나의 의무고 자네 스스로도 나중에 감사하게 될 거야… 벼랑 끝에 있는 미친 사람을 잡지 않는 것은 범죄일 테니까. (손을 잡는다.) 그녀에게 가세! 나타샤가 자네의 슬픔을 덜어줄 거야. 자네는 그녀의 눈길이 자네 영혼의 폭풍을 진정시킬 수 있다고 내게 말한 적이 있지… 그녀에게로 가세! (그를 데려가려 한다. 블라디미르는 잠시 움직이지 않다가, 그 다음 거칠게 손을 빼내고 달려 나간다.) 멈추게, 멈춰! (침묵) 가 버렸군! 나는 내 약혼녀의 소망을 이뤄주었고, 운명이 내 것을 이루어주었군! 하지만 왜 나는 그의 앞에서 마음대로 숨을 쉴 수 없었을까? 어쨌거나 나는 정당하고 모든 사람이 여기 동의할 거야. 아르베닌은 회초리에 겁을 먹고 강에 뛰어드는 어린애가 아닌가? 어리석은 질투가 무슨 소용이 있나! 그는 나를 미워하지. 그녀가 자기보다 나를 더 좋아하니까. 아깝군, 그토록 유능한 지성이 무의미한 열정에 짓눌리다니! 어째서 스스로 통제하지 못하는 걸까?

공작영애 소피야가 들어온다.

공작영애 소피야   아르베닌은 어디 있죠?

벨린스키   갔습니다… 듣지도 보지도 않습니다. 미친 사람처럼 문으로 달려 나갔죠…

공작영애 소피야   당신은 그를 붙잡지 않았고요? 아직도 나타샤를 사랑하나요?

벨린스키   어느 때보다도 더합니다.

공작영애 소피야   (창백해져서 안락의자에 쓰러진다.) 이렇게, 모든 게 헛되이!

벨린스키   왜 그러십니까? 이것 봐! 어이, 알코올, 물 가져와!

공작영애 소피야   내버려 두세요!

13장(에필로그). 5월 12일.

I 백작의 집. 많은 손님들. 저녁. 사람들이 차를 마시고 있다.

손님1   백작께선 소식을 들으셨나요? 내일 그쪽 교구에서 결혼식이 있대요. 보러 가실 건가요?

백작   결혼식이요? 누구의 결혼식이랍니까?

손님1   자고르스키나가 벨린스키와 결혼해요.

숙녀1   신랑을 아시나요?

손님2   알지요.

숙녀1   부자인가요?

손님2   재산이 좀 있죠. 그러니까 빚이에요!

숙녀1   괜찮은 사람인가요?

손님2   괜찮죠. 다만 자기 얼굴에 너무 신경을 써요.

숙녀1   그러니까 괜찮은 거겠죠.

숙녀2   신부는요?

손님2   괜찮은 편이예요. 자극적인 얼굴이죠!26)

숙녀1   (다른 사람에게) 내 친구!27) 대단한 요부라고 들었어요.

손님2   남자를 한둘 홀린 게 아니죠.

손님3	그래요! 가엾은 아르베닌! 아시나요, 그는 미쳤다는군요!
많은 이들	미치다니? 젊은 아르베닌이요? 금시초문인걸요!
손님3	자고르스키나에 대한 사랑 때문이죠! 아르베닌이 얼마나 가엾게 되었는지 이야기들을 해주더군요. 그는 어디로 끌려간다고 생각을 하나 봐요. 알 수 없는 힘에 저항하는 것처럼 모든 사람에게 달라붙는대요. 한꺼번에 울다가 웃다가 갑자기 껄껄 웃는대요. 가끔씩 아버지를 제외한 주변 사람들을 다 알아보고는 아버지를 찾는대요. 또 가끔씩은 그를 살인자라고 비난한답니다.
손님1	그는 대단한 무뢰한이라고 들었어요. 확실히 명예로운 아버지들은 대부분 멍청한 아들을 둔 것 같아요.
손님1	그래요, 파벨 그리고리치는 누구에게든 존경받는 인물이지요.
손님3	(반쯤 조소적으로) 그는 아들을 정신병원에 보내려 했답니다. 하지만 마음을 바꿨지요. 사실은 인색해서 그러는 거죠!
숙녀2	그런데 자고르스키나는 양심의 가책도 안 받는대요?
손님3	그거야 고해사제나 알 테죠.
손님1	아르베닌을 치료할 수 없단 말인가요? 아마 뭔가 신체적인 원인이 있겠죠. 이상하군요! 사랑 때문에 미치다니?
손님3	그게 이상하게 보이신다면 여기 계신 숙녀분 중 하나가 당신을 사로잡아서 정반대의 사실을 증명해주셨으면 좋겠군요!
손님1	하지만 아르베닌에 대한 얘기잖아요. 사교계에선 유쾌해 보이는 사람이었는데.
손님3	설마 당신이 라바터[28]의 제자는 아니시겠지요? 그가 간혹 유쾌해 보이긴 했어도 그건 단지 가면에 불과했던 겁니다. 그의 개인적인 기록과 행동을 보면 그에게는 격렬한 성격

과 불안한 영혼, 그리고 뭔가 아주 어린 시절부터 그를 괴롭혀온 깊은 슬픔이 있었다는 것을 알 수 있습니다. 그 슬픔이 어디서 생겨났는지는 신만이 아시겠지요! 그의 마음은 지성보다 먼저 성숙했습니다. 아직 세상의 공격을 경계하고, 무심하게 그것들을 견딜 수 있게 되기 전에 세상의 나쁜 측면을 알게 된 겁니다. 그의 조소는 즐거운 것이 아니었지요. 거기엔 모든 인류에 대항한 쓰디쓴 실망이 보였습니다! 자신의 온갖 미덕이 그를 지배했던 순간들이 있었던 것은 사실입니다. 그러나 가장 사소한 모욕이, 특히 자존심을 건드렸을 때 그를 광란으로 몰아갔지요. 그의 집에서는 그의 모든 마음의 자취가 담긴 공책이 많이 발견됐습니다. 거기엔 시와 산문이 있는데 심오한 사상과 불같은 감정이 담겨 있지요! 고통으로 그토록 일찍 파괴되지 않았더라면 우리나라의 가장 훌륭한 작가 중 하나가 될 수 있었을 거라고 확신합니다. 그의 습작에는 천재의 흔적이 나타나 있습니다!

숙녀2　　제 생각에 그런 광인들은 아주 행복한 것 같은데요. 아무 것도 염려하거나 생각하거나 슬퍼하지 않고, 아무 것도 욕망하거나 두려워하지도 않잖아요.

손님3　　그걸 어떻게 아십니까? 그들은 그저 자신들의 감정을 기억하고 말로 전달할 수 없을 뿐입니다. 그 때문에 그들의 고통은 더욱 끔찍한 것이 되지요. 그들의 영혼은 자연적인 능력을 잃지는 않았지만, 영혼의 감각을 표현하는 기관들이 지나치게 심한 긴장으로 쇠약해지고, 혼란에 빠진 겁니다. 그들의 머릿속에는 끊임없는 혼란이 있어요. 단지 절반쯤 인식된 하나의 생각만이 움직이지 않은 채, 다른 모든 것들이 그 주변을 완전히 무질서하게 돌고 있는 겁니다. 모든 신경과 온 신체적 체계의 순간적인 충격으로 인해 그런 일이 벌어지고, 필경 사람이 견디기 힘들겠지요. 창백한 뺨, 움푹 파인, 흐릿한 눈이 과연 행복의 징후일까요? 그림을 아주 가까이서 보시면 아무 것도 분간하실 수 없을 겁니다. 물감들은 눈앞에서 하나로 뭉뚱그려지지요. 사람도 바로 그렇습니다. 지나치게 가까이서 인생을 보면 그 안에서는 더 이상 아무 것도 분간할 수가 없지만, 만약 그들이 아직 내면에 뭔가 삶으로부터 온 것을 간직하고 있다면 그것은 과거에 대한 흐릿한 기억일 뿐입니다. 그들을 위한 현재의 감정과 희망은 존재하지 않습니다. 그러한 상태를 사람들은 광증이라고 부르지요. 그리고는 희생자를 비웃는 겁니다!

(그동안 많은 사람들이 흩어졌다.)

손님2 (다른 사람에게) 전 하품이 나오네요!

손님4 (조용히) 뭣 하러 이런 연설을 하는 걸까요? 자기 지식을 보여주고 싶다, 뭐 그런 건가요?

손님5 (19세의 청년) (손님3에게 다가온다.) 부탁입니다. 아르베닌의 작품 중에서 뭐든지 보여주실 수 없나요?

손님3 기꺼이, 가능하다면요. (하인이 들어와서 노름을 마친 백작에게 쪽지를 준다.)

하인 파벨 그리고리치 아르베닌 씨로부터입니다! (나간다. 모두 경악한다.)

많은 사람들 (자기들끼리) 이게 무슨 뜻일까?

손님3 검은 테두리를 둘렀어… 장례식 초대장이야.

백작 어디 봅시다! (안경을 쓰고 소리 내어 읽는다.) "파벨 그리고리치 아르베닌이 아들 블라디미르 파블로비치 아르베닌의 죽음을 정중히 알리며, 장례식에 초청합니다. 날짜, 시간,

장소 등등"

손님3	(혼잣말로) 저런! 장례식이 자고르스키나의 결혼식과 같은 날이군.
어떤 사람들	세상에! 가엾어라!
숙녀2	불쌍한 아버지!
손님3	불쌍한 젊은이! 그는 나을 수 있었을 텐데!
숙녀3	(손님3에게) 정말 가엾지 않아요?
손님3	(방백) 이제서야 동정하는군! 죽은 사람들에겐 공정하단 말이야! 하지만 그런 연민에 뭐가 있지? 우정의 눈물 한 방울은 모든 군중의 아우성에 필적하지! 하지만 그런 눈물이 결국 아르베닌을 무덤으로 몰아갔어. 사랑을 갈망했던 마음에 양심의 괴로움만을 남겼지!
한 노파	장례식은 화려할 거예요. 외아들이었거든요!
손님3	(손님 중 한 사람에게) 노파들이 장례식 얘길 좋아하는 건 자기들이 얼마 안 남아서 그런 거겠죠!
손님1	죽은 사람은 잊읍시다. 신이 함께 하시길!
손님3	모든 이가 그렇게 생각한다면 위대한 이들에게는 슬픈 일 이군요!
손님1	보장하건대, 당신의 아르베닌은 위대한 인물은 아니었죠… 그는 이상한 사람이었습니다! 그게 전부죠!

손님3은 어깨를 으쓱하고는 멀어진다.

끝

1) 희랍신화에 나오는 서풍(西風)의 신. 시문(詩文)에서는 가장 고요한 바람으로 묘사된다.
2) Ma chère! (프랑스어)
3) C'est une coquette. (프랑스어)
4) 카드놀이의 일종.
5) 작은 화폐단위. 100분의 1루블.
6) 그리보예도프의 희극 <지혜의 슬픔 Горе от ума>(1822~24)을 염두에 둔 대사.
7) 희랍 신화에 나오는 머리는 사자, 가슴은 양, 꼬리는 뱀으로 이루어진 상상의 괴물.
8) <시와 진실>에 수록된 길거리로 접시를 내던졌다는 괴테의 어린 시절 일화와 유사하다.
9) sacre-dieu! (프랑스어)
10) 레르몬토프가 희곡과 무관하게 쓴 시 <1831년 6월 11일 1831-го июня 11 дня>(1831)의 1, 2, 5연을 아르베닌의 환상곡으로 가져왔다. 이 시의 독립된 행들이 <이상한 사람> 안에서 몇 군데 발견된다.
11) 이 희곡을 위하여 따로 지은 시.
12) 레르몬토프의 시 <환영 Видение>(1831)이 약간 변형된 형태로 도입되었다.
13) 러시아 모스크바 주와 블라디미르 주를 흐르는 강으로, 오카 강의 지류이다.
14) 러시아에서는 장례식에서 시신을 탁자 위에 안치하는 관습이 있다.
15) 운명을 뜻하는 러시아어 단어가 여성명사임을 이용한 말장난이다.
16) 러시아의 옛 거리단위. 약 1,067m.
17) 러시아식 벽난로. 보통 농가의 페치카 위에는 누울 수 있는 자리가 있어 잠자리로 사용한다.
18) beau monde (프랑스어)
19) Ma chère cousine! (프랑스어)
20) Un jeune homme charmant! (프랑스어)
21) 사망을 확인하는 절차.
22) Maman! (프랑스어)
23) 상동.
24) ma cousine (프랑스어): '나의 사촌'이라는 뜻이나 우리말의 어감을 고려하여 이름을 부르는 것으로 대체하였다.
25) Mon cher ami! (프랑스어)
26) Une figure piquante! (프랑스어)
27) Ma chère! (프랑스어)
28) Johann Kaspar Lavater(1741~1801) 스위스의 목사, 저작가, 인상학의 제창자. 담즙, 다혈, 점액, 우울의 4기질론과 동물의 모습과의 유사성에 기초한 그 성격 판단은 한때 유럽에서 널리 유행했다.

가장무도회

4막 운문 드라마

등장인물

아르베닌, 예브게니 알렉산드로비치
니나 그의 아내
즈베즈지치 공작
슈트랄 남작부인
카자린, 아파나시 파블로비치
슈프리흐, 아담 페트로비치
가면
관리
노름꾼들
손님들
하인들과 하녀들

1막

1장

첫 번째 등장[1]

노름꾼들, 즈베즈지치 공작, 카자린과 슈프리흐
탁자에 앉아 패를 돌리고 돈을 건다… 사람들이 둘러서 있다.

노름꾼1　　　이반 일리치, 제가 걸겠습니다.

물주(딜러)　　그러시지요

노름꾼1　　　100루블.

물주　　　　　갑니다.

노름꾼2　　　자, 잘 되길.

노름꾼3　　　행운을 만회하셔야 할 텐데요

　　　　　　　　그런데 매번 똑같이 거는 건 좋지 않아요…

노름꾼4　　　꺾어야죠.[2]

노름꾼3　　　내버려둬.

노름꾼2　　　전부요? 안 돼, 다 태워버릴 거요!

노름꾼4　　　들어봐요, 친애하는 친구, 지금 꺾지 않으면,

　　　　　　　　아무 것도 얻을 수 없어요

노름꾼3　　　(조용히 노름꾼1에게) 유심히 보게나.

즈베즈지치 공작　올인(All in).

노름꾼2　　　에이, 공작,

　　　　　　　　화는 피에 해로울 뿐이오. 화내지 말고 하시지요.

공작　　　　　이번에는 충고라도 좀 해주시오

물주　　　　　죽었습니다.[3]

공작	빌어먹을.
물주	돈을 받도록 하겠습니다.
노름꾼2	(조소적으로)
	보아하니, 모든 것을 불 속으로 던져버릴 셈이군요.
	당신의 견장은 얼마짜립니까?
공작	나는 이것을 명예로이 얻었고 당신은 살 수 없소.
노름꾼2	(나가며, 이빨 사이로) 더 겸손할 필요가 있지
	당신 나이에 그런 불행을 당했다면 말이야.

공작은 레모네이드를 한 잔 마시고, 돌아앉아서 생각에 잠긴다.

슈프리흐	(관심을 보이며 다가온다.)
	돈이 필요하지 않으십니까, 공작. 당장 도와드리지요.
	이자는 말도 안 되게 싸고… 100년이라도 기다릴 수 있습니다.

공작은 냉정하게 고개를 숙이고 돌아선다. 슈프리흐는 불만스럽게 나간다.

두 번째 등장

아르베닌과 그 외의 사람들.
아르베닌이 들어온다. 인사를 하고 탁자로 다가갔다가 몇 가지 신호를 하고 카자린과 함께 물러난다.

아르베닌	어째서 자네가 카드를 돌리지 않는 건가? 응, 카자린?
카자린	다른 사람들을 보고 있네, 친구.
	그런데 가장 친애하는 자넨, 결혼하고, 부자고… 주인나리

가 되더니

자기 동지들을 잊어버렸군!

아르베닌 그래, 자네들과 같이 하지 않은지도 꽤 오래 되었군.

카자린 여전히 일로 바쁜가?

아르베닌 사랑하느라… 일이 아니고

카자린 아내와 무도회에 다니는군.

아르베닌 아닐세.

카자린 노름을 하나?

아르베닌 아니… 가라앉았네!

그런데 여긴 새로운 얼굴들이 있군, 저 멋쟁이는 누군가?

카자린 슈프리흐!⁴⁾

아담 페트로비치! 자네들을 당장 소개시켜 주지.

(슈프리흐가 다가와서 인사한다.)

여기 내 친구를 소개하지요,

아르베닌입니다.

슈프리흐 저는 당신을 압니다.

아르베닌 제 기억으론,

만난 적이 없는 것 같습니다만.

슈프리흐 이야기를 들어서 알지요.

그리고 당신에 대한 이런저런 이야기를 듣는 만큼

오랫동안 인사를 트게 되길 바랐습니다.

아르베닌 유감스럽게도 당신에 대해선 전혀 들은 바가 없습니다.

하지만 물론 당신에게서 많은 것을 알게 되겠지요.

다시 서로 인사한다. 슈프리흐는 언짢은, 찡그린 표정으로 나간다.

마음에 안 드는군… 많은 낯짝을 보아 왔지만,

저런 건 일부러라도 만들어낼 수 없겠어.

미소는 악랄하고, 눈은… 꼭 유리알 같군,

잘 보면, 사람이 아닌데 악마도 닮지 않았어.

카자린 어휴, 이 친구야. 겉모습이야 뭐 어떤가?

설령 진짜 악마라 해도 그러라지 뭐! 그는 필요한 사람이
지.

부탁만 하면 바로 꾸어주니까.

어느 민족인지는 모르니 감히 말할 수는 없지만.

온갖 나라 말을 하는 걸 보면

아무래도 유태인 같아.

모든 사람과 알고 지내고, 여기저기 일이 있고,

모든 것을 기억하고, 모든 것을 알고, 항상 신경을 쓰고,

몇 번 두드려 맞기도 했지. 무신론자들과 함께 있으면 무
신론자요,

위선자들과는 예수회원, 우리들 사이에선 사악한 노름꾼,

그리고 정직한 사람들과 있을 땐 대단히 정직한 사람이지.

간단히 말해, 자넨 그를 좋아하게 될 거야, 확신하네.

아르베닌 초상화는 훌륭한데. 원본은 추악하군!

그래, 저기 키가 크고 콧수염이 있고

분까지 바른 사람은?

물론 유행하는 선술집에 항상 죽치고 앉아있는

퇴역한 아첨꾼에 외국에도 가 봤겠지?

물론 실제로 영웅은 아니지만

과녁을 쏘는 덴 달인이겠지?

카자린 거의 맞아… 결투 때문인가

결투에 없었기 때문인가 하는 이유로 연대에서 쫓겨났어.

살인자가 되는 게 두려웠다는군. 어머니가

너무 엄격해서 말이야. 그 후, 5년이 지난 뒤,

다시 결투 신청을 받았고

그땐 진짜로 싸웠다네.

아르베닌 그럼 저 작은 사람은 어떤 인물인가?

구겨진 옷에, 솔직한 미소,

십자훈장과 코담배갑을 가진 사람은?

카자린 트루쇼프…

오, 값을 매길 수 없는 친구지.

7년을 그루지야에서 근무했다던가,

아니면 무슨 장군과 함께 파견되었다던가.

거기 구석에서 누군가를 붙잡은 덕에

5년을 감독을 받으며 앉아 있다가

십자 훈장을 목에 걸었지.

아르베닌 귀하는 새로운 지인들에게 참으로 세심하시구려!

노름꾼들 (소리친다.) 카자린, 아파나시 파블로비치, 이쪽으로!

카자린 갑니다. (관심을 가장하며)

무시무시한 변절의 사례지!

하, 하, 하, 하!

노름꾼1 어서요.

카자린 거기 무슨 일입니까?

노름꾼들 사이의 활기찬 대화, 그 다음 조용해진다. 아르베닌은 즈베즈지치 공작을 알아보고 다가간다.

아르베닌 공작, 여긴 어쩐 일로? 처음이 아닌 거요?

공작 (불만스럽게) 저도 당신께 같은 질문을 하려 했습니다.

아르베닌 내가 당신의 대답을 앞지르도록 하지요.

나는 오래 전부터 이곳을 잘 압니다. 자주 드나들었죠.
말없는 흥분에 차서
행운의 수레바퀴가 돌아가는 것을 지켜보았소.
하나가 올라가면, 다른 이는 그것에 으깨지오.
나는 질투하지 않았으나 동정도 몰랐다오.
나는 많은 젊은이들, 희망과 감정으로 충만한,
인생의 학문에 무지한 행복한 이들을
만나 보았소… 이전엔 사랑만이 목적이었던
영혼으로 불타던 이들을…
그들은 내 앞에서 빠르게 파멸해갔고,
바로 그것을 다시금 보게 된 것이오.

공작	(감정적으로 그의 손을 잡는다.) 저는 파산입니다.
아르베닌	압니다. 어쩌겠소? 물에 뛰어들어야지!
공작	오! 저는 절망에 빠졌습니다.
아르베닌	딱 두 가지 방법이 있소.

영원히 노름을 하지 않겠다고 맹세하거나,
지금 다시 앉는 거요.
하지만 여기서 이기기로 결심하려면
당신은 모든 것을. 혈육, 친구와 명예를 버려야 하오.
당신은 자신의 능력과 영혼을 불편부당하게
시험하고 건드려 보아야 하오. 그걸 조각조각으로
나누는 거지. 당신이 잘 모르는 얼굴에서
모든 의향과 동기를 선명히 읽어내는 데
익숙해져야 하오. 몇 년을
손기술 연습에 보내야 하지.
모든 것을, 인간의 법과 자연의 법을 경멸해야 하오.
낮에는 생각하고, 밤에는 노름하고, 아무도 당신의 고통을

모르도록 하기 위해
고통 때문에 자유를 몰라야 하오
당신과 비슷한 실력자 앞에선 떨지 말아야 하고,
매 순간 행운의 수치스러운 결말을 기다려야 하며,
사람들이 당신에게 공공연히 "비열한 놈!"이라 말할 때
얼굴을 붉혀서도 안 된다오

침묵. 공작은 그의 말을 거의 듣지 않고 흥분에 빠져 있다.

공작	전 어찌해야 할지, 뭘 해야 할지 모르겠습니다.
아르베닌	뭘 원하시는지.
공작	아마 행복이겠지요…
아르베닌	오, 행복은 여기 없소!
공작	저는 모든 것을 잃었잖습니까! 아아, 충고를 해 주세요.
아르베닌	충고는 하지 않습니다.
공작	자, 앉겠습니다…
아르베닌	(갑자기 그의 팔을 잡는다.) 잠깐만.
	내가 대신 앉으리다. 당신은 젊소
	나도 언젠가는 경험이 없고, 더 젊었고,
	당신처럼 오만하고 경솔하기도 했지요
	만약에… (멈춘다.) 누군가 나를 멈춰주었더라면…
	그랬다면… (그를 뚫어지게 바라본다.)
	(어조를 바꾸어) 행운을 위해 과감하게 손을 주시오
	나머지는 이미 당신 소관이 아닙니다!
	(탁자로 다가간다. 사람들이 그에게 자리를 내 준다.)
	노약자를 내쫓지 말아 주시지요
	운명이 내게 무슨 말을 할지,

	현재의 숭배자들에게 과거의 종을
	모욕하도록 내 줄지 시험해보고 싶소!
카자린	참지 못했군… 정열에 불이 붙었어.
	(조용히) 자, 망신당하지 말고
	전직 노름꾼과 논다는 게 뭔지
	이 친구들에게 보여주게나.
노름꾼들	그러시지요, 손바닥 보듯 훤하시니, 당신이 주인이고
	우리가 손님입니다.
노름꾼1	(두 번째 사람에게 귓속말로) 조심하게. 이제 잘 봐!
	이 반카 카인5)은 비위에 거슬리는군,
	내 패를 이길 거야.

노름이 시작된다. 모두 탁자 주변으로 몰려든다. 때때로 다양한 환성. 다음 대화가 진행되는 동안 많은 사람들이 음울하게 탁자에서 물러난다.

슈프리흐가 카자린을 앞무대로 데리고 나온다.

슈프리흐	(교활하게) 모두 떼 지어 왔다가 날벼락을 맞은 것 같군요
카자린	한 달은 그 친구가 겁날걸!
슈프리흐	보아하니,
	달인이군요.
카자린	그랬지.
슈프리흐	그랬다니, 그럼 지금은…
카자린	지금?
	결혼하고 부자에, 착실한 사람이 되었지.
	어린양처럼 보여도, 실은 똑같은 짐승이야…
	행실을 바로잡고, 본성을 이길 수 있다고
	말할 테지. 그런 소릴 하는 자는 바보야.

천사인 척 해 보라지.

영혼에는 여전히 악마가 들어 앉아 있을 테니.

그리고 내 친구인 자네도

(어깨를 친다.) 비록 그의 앞에선 어린애긴 하지만

자네 안에도 조그만 악마가 들어 앉아 있잖나.

노름꾼 둘이 활기차게 대화하며 다가온다.

노름꾼1   내가 말하지 않았나.

노름꾼2   어쩌겠나, 친구.

임자를 만난 게 확실해.

내가 잔재주만 부리지 않았어도 아니지, 전부 차례로 해

치웠잖아.

생각하기도 창피하군…

카자린   (다가간다.) 어때요, 신사분들, 힘에 부치시던가요? 네?

노름꾼1   당신 친구 아르베닌은 대가로군요.

카자린   무슨 그런 말씀을, 여러분!

탁자 곁의 노름꾼들 사이에서 흥분.

노름꾼3   아마 이렇게 꺾어서 백에 천을 걸겠지.

노름꾼4   (방백) 잘못 걸 거야…

노름꾼5   두고 보자고

아르베닌   (일어난다.) 그만 합시다![6]

금화를 가지고 물러난다. 다른 사람들은 탁자 곁에 남는다. 카자린과 슈프리흐
는 여전히 탁자 곁에 있다. 아르베닌은 말없이 공작의 손을 잡고 돈을 준다. 아

르베닌은 창백하다.

공작	아아, 저는 이 일을 절대 잊지 못할 겁니다.
	제 목숨을 구해주셨어요…
아르베닌	당신의 돈도 구했지요.
	(쓸쓸하게) 확실히, 둘 중에 어느 쪽이 더 값진 것인지
	정하기는 어렵겠지요.
공작	저를 위해 큰 희생을 치르셨군요.
아르베닌	전혀 그렇지 않습니다.
	피가 흥분에 빠지고, 머리와 가슴을
	다시금 불안으로 채울 기회를 얻어 기뻤답니다.
	마치 당신이 전투에 나가듯, 나는 노름을 하러 앉았던 겁
	니다.
공작	하지만 당신이 질 수도 있었는데요.
아르베닌	내가… 아니오! 그런 행복한 시절은 지나가 버렸소.
	난 모든 것을 꿰뚫어 보지요… 세부사항을 전부 알고요.
	바로 그렇기 때문에 난 지금 노름을 하지 않는 겁니다.
공작	저의 감사인사를 피하시는 거군요.
아르베닌	솔직해 말해서, 나는 그런 걸 견딜 수 없소.
	내 평생에 어떤 일로도, 누구에게도 신세를 진 적이 없었고,
	만약 내가 누군가에게 좋은 일을 했다면,
	그건 다 그 사람이 좋아서가 아니라.
	그저 그 일에서 이익을 보아서랍니다.
공작	믿을 수 없군요.
아르베닌	누가 믿으라 하겠소.
	나는 오래 전부터 이런 일에 익숙합니다.
	게으르지 않았더라면 위선을 떨게 되었겠죠.

	하지만 이런 얘긴 그만둡시다…
	(침묵하다가) 당신이나 나나 기분전환을 하는 게 괜찮겠지.
	지금은 축제기간이니, 그래, 엔겔가르트[7] 가에서
	가장무도회가 있어요…
공작	그렇죠.
아르베닌	가시겠소?
공작	기꺼이요.
아르베닌	(방백) 군중 속에서 쉬리라.
공작	거기엔 여인들이 있지요… 대단한…
	사람들 얘기론 거기 오는 사람 중엔 심지어…
아르베닌	얘기들 하라지요, 우리와 무슨 상관이오?
	가면 아래서는 모든 관등이 평등해 지지요.
	가면에겐 영혼도, 칭호도 없지. 육체가 있을 뿐.
	그리고 가면으로 모습이 감춰지면,
	감정의 가면은 거리낌 없이 벗게 된다오.

두 사람은 나간다.

세 번째 등장

아르베닌과 즈베즈지치 공작을 제외한 같은 사람들.

노름꾼1	제때 손을 털었군… 그 작자와 함께 있는 건 재앙이야…
노름꾼2	적어도 정신이 번쩍 들게는 해줬지만.
하인	(들어온다.) 저녁식사가 준비 되었습니다…
주인	갑시다, 여러분.
	샴페인이 여러분의 손해를 위로해 드릴 겁니다.

	(그들은 나간다.)
슈프리흐	(혼자서) 아르베닌과 가고 싶은데…
	공짜로 저녁식사도 하고 싶군.
	(손가락을 이마에 대고)
	여기서 저녁을 먹고… 뭔가 더 알아내고서
	잽싸게 가장무도회로 그들을 따라 가야겠어.
	(나가면서 혼자 중얼거린다.)

2장

가장무도회

첫 번째 등장

가면들, 아르베닌, 그 다음 즈베즈지치 공작.
군중이 무대 위를 앞뒤로 지나다닌다. 왼편에 긴 안락의자.

아르베닌	(들어온다.) 헛되이 나는 가는 곳마다 즐거움을 찾는구나.
	군중은 나의 앞에서 어른거리고 윙윙대는데…
	허나 심장은 차갑고 상상은 잠들어 있다.
	그들은 모두 내게 낯설고, 나도 그들 모두에게 낯설구나!
	(공작이 하품을 하며 다가온다.) 저기 지금 세대가 오는군.
	나도 저 나이에는 지금 내가 보는 것 같았을까?
	어떻소, 공작? 아직 사건을 만나지 못한 건가?
공작	어떻게 할까요. 꼬박 한 시간을 돌아다녔습니다!
아르베닌	아! 행복이 당신을 잡아주길 바라는구려.
	새로운 장난이란… 찾아내야 하는 법이지요

공작	가면들은 전부 멍청한 걸요…
아르베닌	멍청한 가면이란 없소

침묵하면… 신비롭고, 말을 꺼내면… 너무나 사랑스럽지.
미소, 시선, 당신이 원하는 무엇이든
그녀의 말에 덧붙일 수 있지…
예를 들면, 저길 보시오
키 큰 터키 여인이 아주 고상하게
앞으로 나섰잖소… 저 가슴이 얼마나 풍만하며,
열정적이고 자유롭게 숨 쉬는지.
그녀가 누구인지 당신은 아시오?
어쩌면 도도한 백작부인이거나 공작영애,
사회에선 다이아나… 가장무도회에선 비너스
또 어쩌면 그 미인이
내일 저녁 반시간 동안 당신 집에 갈 수도 있지.
두 경우 모두 확실히 당신에게 손해는 아니지요.
(나간다.)

두 번째 등장

공작과 가면의 여인.
도미노 복장[8])을 한 사람이 다가와서 멈춘다. 공작은 생각에 잠겨 서 있다.

공작	다 그런 거지. 말은 쉽다고…
	하지만 난 아직도 하품만 하고 있으니…
	그런데 저기 한 여자가 오네… 잘 되길!

가면 하나가 빠져 나와 그의 어깨를 친다.

가면	난 당신을…
	알아!
공작	아주 잘 아시는 모양이군요.
가면	무슨 생각을 했는지, 그걸 내가 알지.
공작	그렇다면 당신이 나보다 행복하군.
	(가면 아래를 슬쩍 들여다본다.)
	하지만 잘못 본 게 아니라면,
	그녀는 입술이 매력적인데.
가면	당신은 내가 마음에 들었어, 더 나쁘지.
공작	누구에게?
가면	우리 중 하나에게.
공작	어째서인지 모르겠는데?
	예언으로 날 놀라게 할 순 없어.
	내가 아주 교활하진 못해도,
	당신이 누군지 알아내겠어…
가면	그래서, 결국 알게 되면
	우리의 대화가 어떻게 끝날까?
공작	잠시 이야기를 하고 헤어지는 거지.
가면	정말?
공작	당신은 왼쪽으로, 난 오른쪽으로…
가면	하지만 만약 내가 당신과
	만나서 이야기할 생각으로 일부러 여기 있는 거라면,
	한 시간 뒤에 당신이 내게
	나를 영원히 잊지 않으리라,
	그 순간에 내게 기꺼이 목숨을 바치리라 맹세할 거라고,
	내가 마치 환영처럼, 이름 없이 날아갈 때
	내 입술에서 들을 수 있는 말은

	오직 한 마디 '안녕히!'일 거라고 한다면!
공작	똑똑한 가면이지만 말을 꽤 낭비하는군!
	당신이 나를 안다면 말해봐, 나는 어떤 인간일까?
가면	당신! 개성 없고 부도덕하고 불경하고
	자존심 강하고, 사악하지만 나약한 사람.
	당신 한 사람 안에 한 시대가,
	화려하지만 하찮은 이 시대가 모조리 반영되어 있지.
	인생을 채우고 싶지만 열정에서는 달아나고,
	모든 것을 가지고 싶지만 희생할 줄은 몰라.
	긍지도, 심장도 없는 이들을 경멸하지만
	자기 자신은 그 자들의 노리개.
	오! 난 당신을 알아…
공작	그거 정말 마음에 드는데.
가면	당신은 나쁜 짓을 많이 저질렀어.
공작	아마 고의가 아니었을 거야.
가면	누가 알겠어! 내가 아는 건
	여자는 당신을 사랑하면 안 된다는 것뿐이야.
공작	난 사랑을 찾는 게 아냐.
가면	찾을 수 없는 거지.
공작	찾는 데 지쳤다고나 할까.
가면	하지만 만약 당신 앞에
	그녀가 갑자기 나타나 '당신은 내 거야!'라고 말한다면
	정말 무심한 채 있을 수 있을까?
공작	하지만 대체 그녀는 누구지? 분명히 이상(理想)일 거야.
가면	아니, 여자야… 그 이상은 필요 없어.
공작	하지만 그녀를 보여줘, 내 앞에 용감히 나타나라고 해.
가면	바라는 게 많네. 무슨 말을 한 건지 잘 생각해봐!

	(잠시 침묵) 그녀는 한숨도 고백도 눈물도
	애원도 열정적인 말도 요구하지 않아…
	하지만 그녀가 누구인지 알아내려는 모든 노력을
	포기하겠다고 맹세해줘… 그리고 모든 것에 대해
	침묵하겠다고…
공작	땅과 하늘, 나의 명예를 걸고
	맹세하지.
가면	조심해, 이제 가자!
	우리 사이에 농담은 없다는 걸 명심해.
	(그들은 팔짱을 끼고 나간다.)

세 번째 등장

아르베닌과 가면을 쓴 두 사람.
아르베닌이 가면을 쓴 남자의 팔을 끌어당긴다.

아르베닌	나리, 당신은 내게
	명예가 용납하지 않는
	그런 비방을 하셨소…
	당신은 내가 누구인지 아는 겁니까?
가면	나는 당신이 누구였는지 압니다.
아르베닌	가면을 벗으시오 당장!
	이건 불명예스러운 행동이오
가면	어째서요! 당신은 마치 가면처럼
	내 얼굴을 모르고, 나 자신도 당신을 처음 봅니다.
아르베닌	믿을 수 없소! 어쩐지 당신은 날 지나치게 두려워하는군.
	화를 내기도 민망하오. 당신은 겁쟁이야. 꺼지시오

가면	안녕히, 하지만 조심하시오
	오늘 밤 당신에게 불행이 있을 거요.
	(군중 속으로 사라진다.)
아르베닌	잠깐… 사라졌잖아… 대체 누구지? 신께서 내게 걱정거리를
	주셨군.
	누군지 겁이 많은 적이고
	그런 적들은 나에게 수없이 많잖아.
	하, 하, 하, 하! 안녕, 친구, 잘 가게…

네 번째 등장

슈프리흐와 아르베닌.
슈프리흐가 나타난다. 긴 안락의자에 가면을 쓴 두 여인이 앉아 있다. 누군가
다가와서 흥미를 끌고, 손을 잡는다… 한 여인이 빠져나와 나가고, 팔찌가 팔에
서 떨어진다.

슈프리흐	누구를 그렇게 가차 없이 잡아당기신 겁니까,
	예브게니 알렉산드리치?
아르베닌	뭐, 친구와
	농담한 거요.
슈프리흐	물론 당신은 농담이지만 그에겐 아니었겠지요.
	그 사람이 가면서 당신을 욕했습니다.
아르베닌	누구에게?
슈프리흐	어떤 가면한테요
아르베닌	귀가 밝아서
	좋으시겠소
슈프리흐	전 모든 것을 듣고 모든 것에 대해 입을 다물고

	제 일이 아니면 참견하지 않는답니다…
아르베닌	그런 것 같군요.
	그래서 모르시는 건가… 부끄럽지 않은가!
	이런 일에 대해…
슈프리흐	어떤 일 말씀이십니까?
아르베닌	아니오, 그저 농담이지…
슈프리흐	말씀하시지요…
아르베닌	사람들 얘기론 당신 부인이 미인이시라고…
슈프리흐	흠, 그래서요?
아르베닌	(어조를 바꾸어) 그런데 댁에는 그 가무잡잡하고 콧수염이
	있는 사람이 드나들지요!
	(휘파람을 불며 나간다.)
슈프리흐	(혼자서) 네 목구멍이 말라붙게 해 주지…
	날 비웃었겠다… 너 자신에게 뿔⁹⁾이 생길 거다.
	(군중 속으로 사라진다.)

다섯 번째 등장

앞에 등장했던 가면, 혼자다.
앞에 등장했던 가면의 여인이 흥분한 채 빠르게 들어와서 안락의자에 쓰러진다.

가면	아아! 숨차… 그는 나를 계속 쫓아왔어,
	만약 그가 가면을 벗긴다면… 아니야,
	그는 날 알아보지 못했어… 어떤 운명으로
	사교계가 질투심을 품고 경탄하는 여인이
	몰아지경의 열기 속에서,
	감미로운 두어 순간을 간청하고,

사랑이 아니라 동정만을 요구하고,
뻔뻔하게 '나는 당신 거야!'라고 말하며,
그의 품에 뛰어들리라고 의심할 수 있겠어!
그는 영원히 이 비밀을 알아내지 못할 거야…
내버려둬… 나는 원치 않아… 하지만 그는 뭔가
기념이 될 물건을 바라고 있어.
반지… 어떡하지… 너무 위험해!
(땅에서 팔찌를 보고 줍는다.)
다행이야. 세상에, 잃어버린
에나멜 금팔찌… 그에게 줘야지, 아주 잘됐어…
이걸 가지고 나를 찾으라지.

여섯 번째 등장

앞에 등장했던 가면과 즈베즈지치 공작.
공작이 오페라글라스를 들고 황급히 사람들 사이를 헤치고 온다.

공작	확실해… 바로 그녀야.
	다른 수천 명 중에서 지금 그녀를 알아볼 수 있어.
	(안락의자에 앉아서 그녀의 손을 잡는다.)
	오! 당신은 도망칠 수 없어.
가면	*난 당신에게서 도망치지 않아요*
	뭘 바라시나요?
공작	그대를 보길.
가면	우스운 생각이네요!
	전 당신 앞에 있는 걸요…
공작	악랄한 농담이군!

	당신의 목적은 농담이지만, 나의 목적은 달라…
	지금 당장 내게
	그 천상의 자태를 보여주지 않는다면.
	교활한 가면을 벗길 거야.
	힘으로라도…
가면	남자들이란 이해할 수가 없네!
	당신은 불만이군요… 내가 당신을 사랑하는 걸로는
	부족하단 말이죠… 아니지! 당신은 전부 원하는 거죠.
	나의 명예를 더럽히고 싶은 거예요.
	무도회에서, 산책길에서 나와 마주쳤을 때
	친구들에게 웃으며 우스운 모험 이야기를
	할 수 있도록.
	그리고 그들의 의심을 인정하며
	덧붙이겠죠. 바로 저 여자라고… 손가락질하는 거죠
공작	당신의 목소리를 기억해 둘 거야.
가면	저런, 대단하네요!
	여자들 백 명이 전부 이런 목소리로 말하는데.
	말을 걸기만 하면 면박을 줄 걸요.
	그것도 나쁘진 않겠네!
공작	하지만 나의 행복은 완전치 않아.
가면	어떻게 알겠어요…
	아마 당신은 내가 가면을 벗지 않으려 한 것 때문에
	운명을 축복하게 될 수도 있어요.
	어쩌면 나는 늙었고, 추할 지도 몰라요…
	당신이 내게 어떤 표정을 짓겠어요.
공작	날 놀래주고 싶은 모양이지만
	당신 매력의 절반을 알면서

어떻게 나머지를 짐작하지 못할까.

가면	(가려고 한다.) 영원히 안녕!
공작	오! 한 순간만 더!
	기념으로 아무 것도 남겨주지 않을 거야?
	당신은 미치광이에 대한 동정도 없어?
가면	(두 걸음 물러나서)
	맞아요, 난 당신이 가엾어요. 내 팔찌를 가져요.

팔찌를 바닥에 던진다. 그가 그것을 줍는 사이, 그녀는 군중 속으로 사라진다.

일곱 번째 등장

공작, 그 다음 아르베닌,

공작	(그녀를 헛되이 눈으로 찾는다.)
	바보짓을 했군… 이러니 정신이
	나가지…
	(아르베닌을 보고) 아!
아르베닌	(생각에 잠겨 온다.)
	그 악랄한 예언자는 누굴까…
	나를 아는 게 분명해… 그 말이 농담일 리가 없어.
공작	(다가가며) 아까 가르쳐주신 것이 저에게 유익했습니다.
아르베닌	진심으로 기쁘군요.
공작	하지만 행복은 저절로
	날아가 버렸습니다.
아르베닌	행복이란 항상 그런 것이오.
공작	제가 막 붙잡아서 일이 다 끝났다고 생각했을 때,

갑자기… (손바닥을 친다.)

이게 다 꿈이 아니라면, 이제 저는 제가 진짜 바보라고

주저 없이 단언하지요.

아르베닌 아무 것도 모르니 논쟁은 하지 않으리다.

공작 항상 농담이시군요. 불운을 좀 도와주시면 안 됩니까?

전부 말씀드리죠

(귀에 대고 몇 마디 한다.) 얼마나 놀랐다고요!

교활한 여자는 도망쳤어요. 그리고 자…

(팔찌를 보여준다.) 마치 꿈인 것처럼요

아주 슬픈 결말이지요

아르베닌 (미소 지으며) 시작은 나쁘지 않군!

헌데 좀 보여 주시오… 팔찌가 꽤 귀엽군요.

어디선가 똑같은 것을 봤는데… 잠깐만.

아니, 그럴 리가 없어… 잊어 버렸소

공작 그녀를 어디서 찾죠…

아르베닌 아무나 잡아요.

여기 그런 여자는 많으니. 가까운 데서 찾으시오!

공작 하지만 그녀가 아니면요?

아르베닌 그러기가 쉽겠지만

그게 무슨 큰일이겠소? 상상해 봐요…

공작 아니요, 전 바다 밑바닥에서라도 그녀를 찾을 겁니다.

팔찌가 절 도와줄 거예요

아르베닌 자, 두어 바퀴 돌아봅시다.

하지만 그녀가 진짜 바보가 아니라면,

벌써 여기서 흔적도 없이 사라졌을 거요.

3장

첫 번째 등장

예브게니 아르베닌 (들어온다.), 하인.

아르베닌	자, 이렇게 저녁이 끝났군. 기쁘다.
	한 순간이나마 모든 것을 잊을 수 있으니,
	그 모든 잡다한 인간 무리들, 그 가장무도회 전체가
	아직도 내 머릿속에서 빙글빙글 돌고 있다.
	거기서 난 뭘 한 거지, 우습지 않은가!
	정부(情夫)에게 조언을 하고,
	추측을 확인하고, 팔찌를 비교해 보고…
	시인들이 하는 것처럼 타인 대신 꿈을 꾼 거로군…
	정말로, 이미 그런 역할은
	내 나이에 안 맞아!
	(하인에게) 마님은 들어오셨나?
하인	아닙니다요.
아르베닌	그럼 언제 오실까?
하인	열두 시에 오겠다고
	하셨습니다.
아르베닌	지금 벌써 두 신데.
	밤을 지내려고 거기 남은 게 아닐까!
하인	모르겠습니다요.
아르베닌	그런 것 같지? 가봐. 초는
	탁자에 두고, 필요하면 부르겠다.

하인은 나간다. 그는 안락의자에 앉는다.

두 번째 등장

아르베닌   (혼자서) 신은 공평하시군! 이제 난
지난날의 모든 죄들로 인해
슬픔을 짊어지도록 선고받은 걸 거야.
전에는 남의 아내들이 나를 기다리곤 했는데,
이제는 내가 나의 아내를 기다리는구나…
사랑스러운 사기꾼들에 둘러싸여 나는 헛되고
어리석게도 젊음을 파멸시켰다.
자주 뜨겁고 정열적으로 사랑받았고,
난 그들 중 누구도 사랑하지 않았지.
소설을 시작하지 않고도, 나는 이미 결말을 알고 있었어.
그리고 다른 이들의 심장에 마치 유모의 이야기처럼
똑같은 사랑의 말을 되풀이했지.
난 괴로워졌고, 사는 것이 지루했어!
그때 누군가 내게 교활한 충고를 했지,
결혼하라고… 사교계에서 확실히
아무도 사랑하지 않을 성스러운 권리를 얻으려면 말이지.
그리고 난 아내를 찾아냈어, 유순한 피조물.
그녀는 아름답고 상냥했지.
희생물로 바친 신의 어린양처럼,
그녀는 내게 이끌려 제단으로 왔지…
갑자기 내 안에서 잊혀진 소리가 깨어났다.
난 죽어버린 내 영혼을 들여다보고…
내가 그녀를 사랑한다는 걸 깨달았다.

그리고, 입에 담기도 민망하군… 정말 놀랐어!
다시금 꿈이, 다시 사랑이
텅 빈 가슴의 드넓은 공간에서 날뛴다.
부서진 작은 통나무배처럼 나는 다시금 바다에 내던져졌다.
나는 다시 부두로 돌아올 수 있을까?
(생각에 잠긴다.)

세 번째 등장

아르베닌과 니나.
니나가 발끝으로 들어와 뒤에서 그의 이마에 키스한다.

아르베닌	아아, 안녕, 니나… 드디어 왔군!
	늦었잖아.
니나	정말 그렇게 늦었어?
아르베닌	벌써 꼬박 한 시간을 기다렸어.
니나	진짜?
	아아, 당신 정말 사랑스러워!
아르베닌	그리고 멍청이라고… 생각하지?
	멍청이는 그냥 기다리지만… 나는…
니나	아아, 하나님 맙소사!
	당신은 항상 기분이 나쁘지, 무섭게 쳐다보고,
	무엇으로도 만족하지를 않아.
	나와 떨어져 있으면 그리워하고,
	만나면, 투덜대잖아!
	그냥 나한테 얘기해.
	"니나, 사교계를 버려, 나는 당신과 함께,

당신을 위해 살 거야. 어째서 다른 남자,

어떤 얼빠지고 공허한

코르셋으로 졸라맨 속물적인 멋쟁이는

아침부터 저녁까지 사교계에서 당신을 만나는데,

나는 언제든 하루에 고작 한 시간 뿐이고

당신에게 겨우 두어 마디를 할 수 있단 말인가?"

나한테 그렇게 말해… 난 준비됐어,

나의 젊음을 시골에 묻고,

무도회, 사치, 유행과 이 지루한 자유를

버릴 거야.

그냥 내게 말만 해, 친구에게 하듯이… 하지만 어째서

내가 이런 상상까지 한 걸까…

당신이 날 사랑한다고 쳐, 하지만 심지어 누구 하나

질투할 만큼도 사랑하지 않잖아!

아르베닌	(미소 지으며) 어떻게 그래? 난 걱정 없이 사는 데 익숙하고, 질투하는 건 우습잖아…
니나	당연하지.
아르베닌	화났어?
니나	아니, 고마워하고 있어.
아르베닌	슬퍼했잖아.
니나	그냥 내 말은, 당신은 날 사랑하지 않는단 거야.
아르베닌	니나!
니나	무슨 일이신가요?
아르베닌	들어봐… 운명의 속박이 우리를 하나로 영원히 이어 주었어… 어쩌면 실수로 그랬는지도 모르지. 그건 나도, 당신도 판단할 수 없어.

(무릎 위로 끌어당겨 키스한다.)
당신은 나이로나 영혼으로나 젊어.
인생이라는 거대한 책에서 당신은
속표지 한 장을 읽었고, 당신 앞에는
행복과 악의 바다가 펼쳐져 있지.
어떤 길이든 가서, 기대하고 꿈을 꿔!
먼 곳엔 많은 희망이 있고
과거 당신의 삶은 새하얗지!
자신의 마음도, 내 마음도 모르는 채로
당신은 내게 몸을 맡겼지. 그리고 당신의 사랑을 믿어.
하지만 어린아이처럼 계산 없이,
감정을 갖고 장난치고 뛰노는 사랑이야.
하지만 내 사랑은 달라. 난 모든 것을 보았고,
모든 감정을 경험했고, 모든 것을 이해했고, 모든 것을 알
아버렸어.
난 자주 사랑했고, 더 자주 증오했어.
그리고 무엇보다 고통스러웠어!
처음엔 모든 것을 원했고, 그 다음엔 모든 것을 경멸했지.
때론 내가 나 자신을 이해할 수 없었고,
때론 세상이 나를 이해할 수 없었어.
나는 내 인생에 저주의 낙인이 찍혔음을 알게 되었고,
지상의 감정과 행복에 대한
포옹을 냉정하게 닫아버렸어…
그렇게 오랜 세월이 지났지.
타락한 흥분으로 중독된
내 청춘의 나날을,
난 당신의 품에서

정말 깊이 혐오하고 있는걸.

그렇게, 이전에 난 당신의 가치를 몰랐어, 불행한 인간!

하지만 곧 굳어진 껍질이

내 영혼에서 벗겨져 나가고, 아름다운 세계가

내 눈앞에 의미 있게 펼쳐지고,

나는 인생과 선량함에 대하여 부활한 거야.

하지만 이따금 또다시 어떤 적대적인 정령이

나를 지난날의 폭풍 속으로 데려가서,

당신의 빛나는 시선과 마법 같은 목소리를

내 기억에서 씻어 버리곤 해.

자기와의 투쟁 속에서, 괴로운 상념의 짐을 지고

난 말이 없고, 엄격하고, 음울하지.

만지면 당신을 더럽힐까 두려워.

신음이나 고통의 소리로

당신을 놀라게 할까봐 두려워.

그때 당신은 이렇게 말하겠지. '그는 날 사랑하지 않아!'

(그녀는 상냥하게 그를 쳐다보고 손으로 머리카락을 쓰다듬는다.)

니나 당신은 이상한 사람이야! 자기 사랑에 대해

나한테 아주 근사하게 이야기할 때,

당신 머리는 타는 것 같고,

생각은 눈 속에서 생기 있게 빛나지,

그러면 난 모든 걸 쉽사리 믿게 돼.

하지만 자주…

아르베닌 자주?

니나 아니, 하지만 가끔!

아르베닌 내 마음은 너무 늙었고, 당신은 너무 젊어,

하지만 우린 똑같이 느낄 수 있을 텐데.

	그리고 기억하기론, 당신 나이에
	난 모든 것을 무조건 믿었어.
니나	또 불만스러워 하잖아… 맙소사!
아르베닌	오, 아니야… 난 행복해, 행복해… 난 잔인한,
	미친 비방자야. 질투심 많고
	사악한 군중에게서 멀리, 멀리 떨어져서,
	난 행복해… 당신과 함께 있으니까!
	과거는 내버려 두자! 괴롭고 어두운
	옛 일은 망각하는 거야.
	창조주께서 하늘로부터 내게
	당신을 보상으로 보내주신 것 같아.

그녀의 손에 키스하다가 갑자기 한 손에 팔찌가 보이지 않자, 동작을 멈추고 창백해진다.

니나	당신 창백해졌어. 떨고 있어… 오, 맙소사!
아르베닌	(벌떡 일어선다.) 내가? 아무 것도 아니야! 당신의 다른 팔찌는 어디 있어?
니나	잃어버렸어.
아르베닌	아! 잃어버렸다고
니나	왜 그래?
	그게 무슨 대단한 문제는 아니잖아.
	25루블짜리라고, 물론 더 비싼 건 아니야.
아르베닌	(혼자말로)
	잃어버렸다… 어째서 난 그 말에 이렇게 당황하고,
	어떤 기이한 의혹이 내게 속삭이는 것인가!
	정말 그건 그저 꿈일 뿐이었고

이것은 각성이란 말인가!

니나   당신 정말, 이해할 수가 없네.

아르베닌   (팔짱을 끼고 그녀를 뚫어지게 쳐다본다.) 팔찌를 잃어버렸다?

니나   (기분 나빠하며) 아니, 거짓말이야!

아르베닌   (혼자말로) 하지만 비슷해, 비슷하다고!

니나   분명히, 마차에서
떨어뜨렸을 거야. 찾아보라고 명령하세요.
이럴 줄 알았더라면
물론 감히 팔찌를 가져가지도 못했을 거예요…

네 번째 등장

이전의 사람들과 하인

아르베닌   (종을 울린다. 하인이 들어온다.)
(하인에게) 마차를 샅샅이 뒤져 봐라.
거기서 팔찌를 잃어버렸다… 하나님께서
널 도우셔서 그것 없이 돌아오지 않기를.
(그녀에게) 명예에 대한,
나의 행복에 대한 이야기를 하는 거야.
(하인 나간다. 침묵 후에, 그녀에게)
하지만 만약 거기서 팔찌를 못 찾으면?

니나   그럼 다른 곳에 있겠지.

아르베닌   다른 곳? 어딘데. 알고 있어?

니나   당신이 이렇게 인색하고 엄격한 건
처음이네요.
얼른 당신을 달래야 하니

	내일 당장 똑같은 새 것을 주문하지요.
	(하인 들어온다.)
아르베닌	어떤가? 어서 대답해라…
하인	마차를 전부 뒤졌습니다요.
아르베닌	거기서 찾질 못했군.
하인	그렇습니다요
아르베닌	그럴 줄 알았어… 가봐라.
	(그녀에게 의미심장한 시선)
하인	필경 가장무도회에서 잃어버리신 게지요.
아르베닌	아! 가장무도회에서! 그럼 거기 가셨던가?

다섯 번째 등장

하인을 제외한 이전의 사람들.

아르베닌	(하인에게) 가봐라.
	(그녀에게) 그 일에 대해 미리 이야기하는 것이
	당신께 어려운 일이었는지. 그랬다면
	당신을 그리로 모셔다드리고 집으로 모셔오는
	명예를 내게 허락하셨으리라 확신합니다.
	나는 엄격한 감시나 진부한 상냥함으로
	당신을 방해하지 않았을 겁니다…
	누구와 함께 계셨는지요?
니나	사람들에게 물어 보시지요
	보충까지 해 가며 전부 얘기해드릴 테니까요.
	조목조목 설명해 드릴 걸요.
	거기 누가 있었는지, 내가 누구와 얘길 했는지,

누구에게 기념으로 팔찌를 선물했는지도.

그럼 당신은 전부, 직접 가장무도회에 다녀온 것보다

백배는 더 잘 아시게 될 거예요.

(웃는다.) 우습네, 우스워, 세상에나!

아무 것도 아닌 일로 이 난리를 치다니

창피하지도, 잘못했다고 생각하지도 않아?

아르베닌 제발, 이게 당신의 마지막 웃음이 되지 않길 바라!

니나 오, 계속 헛소리를 하신다면

분명히 이게 마지막은 아니겠지요.

아르베닌 누가 알겠는가, 어쩌면…

들어봐, 니나! 물론 난 우스워,

사람이 할 수 있는 한 강렬하게, 무한히

당신을 사랑하니까.

그게 뭐 놀라운 일인가? 다른 이들에게는

사교계에 수백만 가지 희망과 목적들이 있지.

누군가에게 있어 부는 물질 속에 있고

다른 이는 학문에 열중하고

어떤 이는 관등, 훈장, 혹은 명예를 얻고

어떤 이는 사회와 오락을 사랑하고,

어떤 이는 방랑하고, 어떤 이는 노름이 피를 끓게 하지…

나는 방랑했고, 노름을 했고, 변덕스러웠고 근심했고,

친구들과 간교한 사랑을 알았지.

난 관등을 원치 않았고, 명예를 얻은 것도 아니야.

부유할 때나 무일푼일 때나 권태로 피로했지.

어디서나 악을 보았고 오만한 나는,

그 앞 어디서도 고개 숙이지 않았지.

인생에서 내게 남은 모든 것, 그건

연약한 피조물이나 미의 천사인 당신이야.
당신의 사랑, 미소, 시선, 숨결…
그것들이 아직 내 것인 동안 나는 인간이야,
그것들 없이 내겐 행복도, 영혼도,
감정도, 존재도 없어!
하지만 만약 날 기만한 거라면…
날 기만했다면… 내 품에서 뱀이
그토록 여러 날 동안 데워지고 있었던 거라면, 내가
진실을 정확히 알아차린 거라면… 교태로 잠든 채
내가 없는 곳에서 타인의 조롱거리가 된 거라면!
들어봐, 니나. 난 용암처럼
끓어오르는 영혼을 타고 났어.
녹지 않았을 때는 마치 돌처럼
단단하지… 하지만 그 급류와 마주치는
장난은 나빠! 그때는,
그때는 용서를 기대하지 마.
복수를 위해 법에 호소하지 않을 거야.
눈물도 후회도 없이 내 손으로
우리 둘의 목숨을 끊을 테니까!
(그녀의 손을 잡으려 한다. 그녀는 한쪽으로 뛰어서 비킨다.)

니나   다가오지 마. 오, 당신은 너무 무서워!

아르베닌   정말 그런가?
내가 무섭다고? 아니, 농담하는 거지, 난 우습잖아!
웃으시오, 그렇게 또 웃어 봐요… 어째서 목적을 이루곤
창백해지고 떠는 겁니까? 열정적인 정부,
가장무도회의 노리개는 대체 어디 있는 겁니까.
위로해 주러 오라고 해요.

	당신은 내게 지옥의 거의 모든 고통을 씹게 했소.
	그것만으론 부족하다는 거지.
니나	어떻게 그런 의심을 해!
	이게 다 팔찌 하나 때문이라니.
	장담하는데, 당신의 행동은
	나 하나뿐만 아니라 사교계 전체가 웃을 일이라고요!
아르베닌	그렇소. 나를 비웃으라, 그대들, 지상의 모든 어리석은 자들,
	언젠가 내가 기만했던,
	무사태평하지만 가련한 남편들,
	그 동안 천국의 성인들처럼 사는
	이들이여… 오호라! 그러나 그대, 나의
	하늘과 땅의 천국이여 안녕!
	안녕히, 난 모든 것을 안다.
	(그녀에게) 내게서 떨어져, 하이에나 같으니!
	어리석은 인간, 우수와 후회로 괴로워하며
	내 앞에서 모든 것을 털어놓으리라
	생각했더란 말인가… 무릎을 꿇고서?
	그래, 눈물 한 방울… 한 방울만 보았어도
	나는 누그러졌을 거야… 아니! 웃음이 그 대답이었다.
니나	누가 날 모함했는지는 모르지만
	당신을 용서할게요, 난 이 일에 잘못이 없어요.
	당신을 도울 수 없어도 그러고는 싶어요.
	물론 당신을 위로하기 위해 거짓말은 하지 않을 거예요.
아르베닌	오, 입 다물어… 부탁이야… 됐다고…
니나	하지만 들어봐… 난 죄가 없어… 하나님이
	날 벌하시라고 해. 들어봐…
아르베닌	난 당신이 할 말은 전부

	외울 정도로 알고 있어.
니나	당신의 비난을 들으니
	마음이 아파… 난 당신을
	사랑해, 예브게니.
아르베닌	뭐, 명예롭게도
	때에 딱 맞는 고백이로군…
니나	제발 들어봐.
	오, 하나님, 하지만 대체 당신이 원하는 게 뭐야?
아르베닌	복수!
니나	누구에게 복수하겠다는 거야?
아르베닌	오, 때가 오면,
	필경 그대는 내게 놀라실 겁니다.
니나	나한테… 그럼 왜 시간을 끄는 거야?
아르베닌	영웅적 자질은 그대에게 어울리지 않습니다.
니나	(경멸하며) 그럼 누구에게 어울리는데?
아르베닌	그대는 누굴 두려워하십니까?
니나	정말 이런 순간이 수도 없이 날 기다리고 있단 말인가?
	오, 그만해… 당신은 그 질투로
	날 죽일 거야. 난 간청할 줄 모르고,
	당신은 들어줄 사람이 아냐… 하지만 난 지금
	당신을 용서해.
아르베닌	헛수고야.
니나	하지만 하나님이 계셔… 그분은 용서하지 않을 거야.
아르베닌	애석하군요!
	(그녀는 눈물을 흘리며 나간다.)
	(혼자서) 이게 바로 여자란 거야! 오, 난 오래전부터
	너희들 전부, 너희의 애교와 비난을 전부 알아,

하지만 나는 유감스러운 인식을 얻었고,
이 교훈에 대해선 비싸게 갚아줄 것이다!
무엇 때문에 나를 사랑한다고 말하는 걸까?
나의 무서운 외모와 목소리 덕일 테지!
(아내의 방문으로 다가가 귀를 기울인다.)
그녀는 뭘 하고 있을까. 어쩌면 웃고 있을 지도!
아니, 울고 있군.
(나가며) 늦은 것이 애석하구려!

1막의 끝

2막

1장

첫 번째 등장

남작부인이 지쳐서 안락의자에 앉아 있다. 책을 집어 던진다.

남작부인   생각해봐. 우리는 왜 사는 걸까? 언제나
남의 성미에 비위를 맞추고 항상
종노릇을 하기 위해서란 말인가! 조르주 상드가 대충 맞
다니까!
요즘 세상에 여자란 뭘까? 의지 없는 피조물,
타인들의 열정과 변덕을 위한 노리개가 아닌가!
사교계를 재판관으로 삼고 변호인도 없이 사교계에서

여자는 자신의 모든 감정의 불꽃을 숨기거나
그걸 한창 때에 질식시켜야만 하지.
여자란 무엇일까? 아주 어린 시절부터
마치 제물처럼 이익을 위해 팔려고 내놓았다가 거둬들이지.
자신만을 사랑한다고 비난하면서
타인들을 사랑하는 건 허락하지 않아.
그녀의 가슴 속에는 때때로 열정이 날뛰고,
두려움, 이성, 상념들을 쫓는데.
만약 어쩌다가 사교계의 권력을 잊고서,
자신을 가린 덮개를 떨어뜨리고
온 영혼을 감정에 내맡기면,
그때는 행복과 평온도 끝장이야!
사교계가 여기 있어… 사교계는 비밀을 원치 않아! 겉모습으로,
의상으로 정직성과 악덕을 대하는 거야.
하지만 예의범절에 대한 모욕은 용납하지 않고,
징벌할 때엔 잔혹하구나!
(읽으려 한다.) 아니, 읽을 수가 없어…
이 생각이 너무 당혹스러워서,
생각이 마치 적인 것처럼 무서워…
일어났던 일을 기억해 보면 아직도 스스로 놀라운걸.
(니나가 들어온다.)

두 번째 등장

니나	썰매를 타고 가다가 너에게 들를
	생각이 났어, 내 사랑[10]
남작부인	그대가 항상 지니신 것처럼 멋진 생각이군요.[11]

레르몬토프 희곡 전집

(두 사람은 앉는다.)

바람이 불고 춥긴 하지만 오늘은

왠지 전보다 좀 더 창백한데.

눈이 빨갛고 물론 눈물 탓은 아니겠지?

니나　　밤에 잠을 잘 못 잤고 지금도 몸이 안 좋아.

남작부인　네 의사가 별로구나. 다른 사람을 써.

세 번째 등장

즈베즈지치 공작이 들어온다.

남작부인　(냉정하게) 아아, 공작!

공작　　우리의 야유회가 취소되었다는 소식을 전해드리러

어제 댁에 왔었습니다.

남작부인　앉으세요, 공작.

공작　　저는 방금 당신이 슬퍼하실 거라고

내기를 했는데, 평온해 보이시는군요.

남작부인　정말로 애석한데요.

공작　　허나 전 정말 기쁩니다.

한 번의 가장무도회를 스무 번의 야유회와 바꿀 테니까요.

니나　　어제 가장무도회에 가셨나요?

공작　　갔습니다.

남작부인　어떤 의상이었죠?

니나　　거긴 사람이 많았어요…

공작　　예. 그리고 거기 가면 아래서

저는 우리 귀부인 중 어떤 분들을 알아봤습니다.

물론 당신은 사냥꾼 차림이셨죠. (웃는다.)

남작부인	(흥분하여)
	이런 모험이 전혀 우습지 않다는 걸
	분명히 말씀드려야겠군요, 공작.
	어떻게 정숙한 여자가 온갖 인간쓰레기와
	갖은 경박한 인간들이 모욕하고 조소하는
	그런 곳에 갈 마음을 먹을 수 있단 말인가요.
	사람들이 알아볼 위험을 감수하고서 말이죠.
	부끄러워하시고,
	그런 말씀은 거두셔야 합니다.
공작	말을 거둘 순 없습니다만 부끄러워할 준비는 되어 있습니다.
	(관리가 들어온다.)

네 번째 등장

이전의 사람들과 관리.

남작부인	어디서 오셨나요?
관리	지금 막 이사회에서 오는 길입니다.
	마님의 업무로 상의를 좀 드리러 왔습니다.
남작부인	결정하신 건가요?
관리	아닙니다, 하지만 곧!
	제가 방해가 된 것 같습니다…
남작부인	전혀 그렇지 않아요. (창가로 물러나 이야기한다.)
공작	(방백) 해석을 할 시간이 왔군.
	(니나에게) 오늘 상점에서 당신을 봤습니다.
니나	어떤 상점 말인가요?
공작	영국 상점이요.

니나	오래 전에요?
공작	방금입니다.
니나	제가 당신을 못 알아봤다니 놀랍네요.
공작	분주하시더군요…
니나	(빠르게) 팔찌를 주문했어요. (손가방에서 꺼낸다.)
	이것과 맞춰서요.
공작	아주 귀여운 팔찌군요.
	하지만 다른 쪽은 어디 있습니까?
니나	잃어버렸어요!
공작	정말로요?
니나	대체 뭐가 이상한가요?
공작	비밀이 아니라면,
	언제 잃어버리셨습니까?
니나	이번 주 셋째 날, 어제요.
	언제인지가 왜 궁금하신 건가요?
공작	상당히 이상한 생각이
	들었거든요, 어쩌면.
	(방백) 당황하는군. 질문에 불안해진 거야!
	오호, 이 얌전한 여인들이여!
	(그녀에게) 당신께 봉사할 제안을
	드리려 합니다… 그걸 찾을 수 있습니다.
니나	부탁해요… 하지만 어디서요?
공작	어디서 잃어버리셨습니까?
니나	기억 안나요.
공작	어딘가 무도회에서였던가요?
니나	그럴 수도 있죠.
공작	아니면 누군가에게 기념으로 선물하신 건?

니나	어떻게 그런 결론이 나오는 거죠?
	그걸 제가 누구한테 선물하겠어요?
	남편한테요?
공작	사교계에 남편 외에는 없는 것 같네요.
	당신껜 여자 친구들이 많죠. 그건 의심의 여지가 없으니
	까요.
	그럼 잃어버렸다고 하죠.
	당신께 그것을 찾아드리는 사람은
	당신에게서 어떤 상을 받게 될까요?
니나	(미소 지으며) 하기 나름이죠.
공작	하지만 만약 그가
	당신을 사랑한다면, 당신에게서 자신의 잃어버린 꿈을
	찾아냈다면, 당신의 미소와 약속을 위해,
	지상의 어떤 것도 아끼지 않는다면 어쩌시겠습니까!
	하지만 만약 언젠가 당신 스스로
	미래의 지극한 행복의 여지를
	보여주기로 하셨다면. 만약 당신 자신이,
	정체를 드러내지 않고, 가면 아래서 그를
	사랑의 말로 즐겁게 하셨다면…
	오! 하지만 아시잖습니까.
니나	그 모든 말씀 중에서
	제가 이해한 건 당신이 지나치게 자제력을 잃으셨다는 것
	뿐이네요…
	그리고 오늘 처음이자 마지막으로
	저와 이야기하지 않으시길 정중히 부탁드려요.
공작	오, 맙소사! 저는 몽상을 한 건데… 정말로 화가 나셨습니까?
	(혼자말로) 회피를 했겠다! 좋아… 하지만 때가 되면

내 목적을 관철할 것이다.

(니나는 남작부인 쪽으로 물러난다. 관리는 인사를 하고 나간다.)

니나　　안녕, 내 친구.[12] 내일 봐, 가야겠어.

남작부인　기다려봐, 내 천사.[13] 너하고

두 마디도 할 시간이 없었네. (서로 키스한다.)

니나　　(나가며) 내일 아침부터 기다릴게. (나간다.)

남작부인　하루가 일주일보다 길게 느껴질 거야.

다섯 번째 등장

니나와 관리를 제외한 이전의 사람들.

공작　　(방백) 네게 복수할 테다! 이 얌전한 여자가

내가 멍청이라는 걸 알아냈을 수도, 부정할 수도 있지.

하지만 난 팔찌를 알아봤다고

남작부인　생각에 잠기셨군요, 공작?

공작　　예, 생각할 것이 많아졌습니다.

남작부인　당신들의 대화에 활기가 넘치는 것

같았는데, 무슨 논쟁이었나요?

공작　　제가 가장무도회에서 만났다고 주장했습니다.

남작부인　누구요?

공작　　그녀를.

남작부인　아니, 니나요?

공작　　예!

증거를 댔습니다.

남작부인　부끄러움도 없이,

사람들 면전에서 악담을 할 생각이군요.

공작	전 간혹 이상한 일을 저지를 생각을 합니다.
남작부인	그 자리에 없는 사람도 가엾게 여기세요!
	거기다 증거도 없잖아요.
공작	없지요… 헌데 어제 전 팔찌를 받았습니다.
	그리고 그녀에겐 아주 똑같은 것이 있고요.
남작부인	그게 증거로군요… 논리적인 답변이에요!
	그런 건 가게마다 있는 걸요!
공작	오늘 전 모든 상점들을 두루 다니면서
	그런 것은 단 두 개뿐이라는 걸 확인했습니다.
	(침묵 후에)
남작부인	내일 니나에게 유익한 충고를 해야겠군요.
	수다쟁이들을 신용하지 말라고 말이죠.
공작	그럼 저에겐 어떤 충고를 하시겠습니까?
남작부인	당신에게요?
	이미 성공적으로 시작된 일을 더 과감히 계속하고
	숙녀의 명예를 더욱 소중히 여기시라고요.
공작	두 가지를 충고해주셨으니 두 배로 감사드리겠습니다. (나간다.)

여섯 번째 등장

남작부인	어떻게 여성의 명예를 놓고 저렇게 경박하게 농담을 할 수 있을까?
	내가 그에게 털어놓았더라면, 나에게도 같은 일이 벌어졌을 거야!
	그러니 잘 가요, 공작. 난 당신을 오해에서
	꺼내줄 수 없어요. 오, 안 돼. 신이여 구하소서.
	단 하나 이상한 것은, 어떻게 내가 그녀의 팔찌를

찾아낼 수 있었는가 하는 거야. 그래! 니나가 거기 있었던
거야.

바로 그게 모든 수수께끼의 정답이로군…

어째서인지는 모르지만, 난 그를 사랑해.

아마 지루해서, 좌절해서,

질투 때문이겠지… 난 괴롭고, 타오르고 있어.

내게 기쁨이란 어디에도 없어!

공허한 군중의 웃음과 악랄한 동정의 속삭임이

들리는 것만 같아!

아니, 난 이 수치에서 스스로를 구할 거야… 다른 이를

대신 내주고서라도 비록 내 새로운 허물을

고통의 대가로 속죄하게 되더라도 말이야!

(생각에 잠긴다.) 무서운 계획들이 연달아 일어나는구나.

일곱 번째 등장

남작부인과 슈프리흐
슈프리흐가 들어오고 서로 인사한다.

남작부인	아아, 슈프리흐, 자네는 언제나 때맞춰 오는군.
슈프리흐	무슨 말씀을. 부인께 도움이 될 수만 있다면
	매우 기쁘겠습니다.
	돌아가신 부군께서는…
남작부인	자네는 항상 정말로 상냥해!
슈프리흐	남작님의 복된 추억에 의하면…
남작부인	5년 전이지.
	기억나는군.

슈프리흐	천 루블을 빌리셨죠…
남작부인	알아.
	허나 5년간의 이자를
	오늘 당장 주겠네.
슈프리흐	저는 돈이 필요 없습니다.
	무슨 그런 말씀을, 그저 우연히 생각난 겁니다.
남작부인	말해 보게, 무슨 새로운 소식이 있나?
슈프리흐	어떤 백작 가에서
	그런 얘길 실컷 들었습니다. 지금 막 나오는 길입니다,
	사교계의 어두운 이야기지요.
남작부인	즈베즈지치 공작과 아르베니나에 대해
	아무 것도 못 들었나?
슈프리흐	(망설이면서) 아뇨… 들었습니다… 그러니까… 아닙니다.
	이미 사교계는 그에 대해선 얘기하다가 그만두었죠…
	(방백) 그런데 대체 뭐지, 기억이 안 나는데, 겁나는구먼!
남작부인	오, 그 일이 이미 그렇게 다 알려졌다면
	말할 것도 없겠네.
슈프리흐	하지만 저는 당신이 그 일에 대해
	어떻게 생각하시는지 알고 싶습니다.
남작부인	그들은 이미 사교계의 심판을 받았어.
	그렇긴 해도 내가 그들에게 충고를 해 줄 수 있다면.
	그에게 말했을 거야. 여성들은 남성의 끈기를
	높게 평가한다고, 무수한 장벽을 뚫고
	자신의 여주인공에게 가도록 노력하길 바란다고 말이지.
	그리고 그녀에게는 엄격함은 더 적게, 조심성은 더 많이
	가지라고 말했을 거야!
	잘 가요, 무슈[14] 슈프리흐, 누이가 점심식사를 하려고

날 기다리고 있거든. 아니면 당신과 더 있었을 텐데.
(나가며. 방백.) 이제 난 구원 받았어. 내겐 유익한 교훈이군.

일곱 번째 등장

슈프리흐   (혼자서) 염려 놓으시지요. 저는 당신의 암시를 이해했고
두 번 얘기하시길 바라지도 않습니다!
머리와 상상력이 정말 잽싸게 돌아가는군!
여기엔 음모가 있어… 그래, 이 관계에 끼어들어야겠다.
공작은 내게 감사하게 될 거야.
내가 그의 첩자가 되어 주지…
그 다음 보고할 거리를 가지고 이리 날아올 거야,
그러면 십중팔구는 5년간의 이자라도
받을 수 있을 테지.

2장

첫 번째 등장

아르베닌의 서재.
아르베닌 혼자다. 그 후에 하인.

아르베닌   질투는 너무나 명백한데 증거가 없군!
실수를 할까 두렵다. 하지만 견디자니 힘이 없군.
그대로 내버려 두고, 한때의 헛소리로 넘겨버릴까?
인생은 무덤보다 더 두렵구나!
그런 사람들을 봤지. 싸늘해진 영혼으로

더할 나위 없는 만족을 누리며 뇌우 속에서 평온히 잠잔다.

그런 인생이 부럽구나!

하인 (들어온다.) 아래층에서 사람이 기다립니다.

공작부인에게서 마님께 쪽지를 가져왔습니다.

아르베닌 어떤 공작부인?

하인 알아보지 못했습니다요.

아르베닌 쪽지를? 니나에게!

(간다. 하인은 남는다.)

두 번째 등장

아파나시 파블로비치 카자린과 하인.

하인 주인님께선 지금 막 나가셨습니다요

잠시만 기다리시지요.

카자린 알았다.

하인 오셨다고 지금 말씀드리겠습니다요 (나간다.)

카자린 원하신다면 1년이라도 기다리겠네,

무슈 아르베닌, 오실 때까지 기다리고말고

내 사업은 아주 나빠, 그래서 슬프지!

내겐 노련한 동료가 필요해,

종종 관대하게 굴고,

때마침 삼천의 농노가 있고

상류층의 비호를 받는 사람이라면

나쁘지 않지.

난 아르베닌을 다시 노름으로

끌어들일 필요가 있어. 그는 옛 정에 충실할 거야,

친구를 지원할 줄 알고
돈 앞에서 겁먹지 않지.
그런데 이 젊은 친구들은
내게 그저 칼일 뿐이야!
그들에게 필요한 것을 설명해야지.
일을 시작하는 법도, 제때 그만두는 법도,
때맞춰 정직성을 보여주는 것도,
고상하게 속임수를 쓸 줄도 모르니까!
잘들 보라고, 노인들 중에
얼마나 많은 사람들이 노름으로 관등을 얻고
진창에서 나와
상류계급과 인연을 맺게 되었는지,
그건 다 어째서인가? 그들은 모든 면에서
예의범절을 지키고, 자신들의 법률을 지키고,
규칙을 고수할 줄 알았으니까… 보라고!
그들에겐 명예와 수백만 루블이 있지 않은가!

세 번째 등장

카자린과 슈프리흐.
슈프리흐가 들어온다.

슈프리흐   아아! 아파나시 파블로비치, 이거 놀랍군요
    아아, 반갑습니다, 당신을 만나리라곤 생각 못했어요
카자린   나도 그렇다네. 인사차 방문한 건가?
슈프리흐   그렇습지요.
    당신은요?

카자린	나도 그렇지!
슈프리흐	정말이신가요? 이렇게 만나다니
	잘됐습니다. 당신과 상의할 일이 한 가지 있었거든요
카자린	자네는 항상 일로 바쁘긴 했지만,
	나와는 처음이로군.
슈프리흐	재담[15]으로는 당신께 적수가 못되지요.
	그런데 정말 중요한 일입니다.
카자린	나도 마찬가지로 자네와
	꼭 의논할 일이 있네.
슈프리흐	이리하여, 힘을 합쳐 처리하게 됐군요.
카자린	모르지… 말해보게!
슈프리흐	한 가지만 여쭤보겠습니다.
	혹시 들으셨는지요, 당신의 친구
	아르베닌이… (손가락으로 뿔 모양을 만든다.)
카자린	뭐라고? 그럴 리가 없어.
	확실히 알고 하는 얘긴가…
슈프리흐	하느님 맙소사!
	제가 직접 중재했는걸요. 바로 오 분 전에요.
	대체 누가 알겠습니까?
카자린	악마는 항상 바로 여기 이 자리에 있구먼.
슈프리흐	보세요 그의 아내는 최근에,
	무도회에선가, 성찬례에선가, 가장무도회에선가
	기억이 안 납니다만, 어떤 공작을 만났습니다.
	그녀는 그에게 자기 모습을 충분히 보여줬고,
	공작은 아주 금방 행복해졌고 사랑을 받게 됐죠.
	그런데 갑자기 미인이 그의 앞에서
	이전 일에 대해 발뺌을 한 거예요.

공작은 격노했죠. 온갖 데를 날아다니며
이야기를 했어요. 재앙이 일어날 겁니다!
이 일을 처리해달라는 부탁을 받았어요…
저는 일에 착수했습니다. 그리고 당장 모든 것이 결실을
맺었죠.
공작은 입을 다물겠다고 약속했습니다… 아주 서툴게 쪽
지를 썼지요.
당신의 유순한 하인이 그걸 살짝 고쳐서
적시적소에 배달했답니다.

카자린	남편이 자네 귀를 잡아 뜯지 않게 조심하게.
슈프리흐	제가 그런 일을 맡으면 결투 없이도 해결 되었지요…
카자린	두드려 맞지도 않고 말이지?
슈프리흐	당신께는 모든 것이 농담이고 웃음거리로군요… 하지만 전 항상 목적 없이 목숨을 걸어서는 안 된다고 말하겠습니다.
카자린	정말로 그렇지! 모든 사람에게 말할 수 없이 귀중한 그런 목숨을 이익 없이 큰 죄에 빠뜨릴 수는 없지.
슈프리흐	하지만 그건 제쳐 두죠. 정말 중요한 일로 당신과 상의를 하고 싶었습니다.
카자린	대체 뭔가?
슈프리흐	일화(逸話)죠! 바로 그에 대한 일입니다.
카자린	일을 가지고 꺼지게나, 아르베닌이 오는 것 같군.
슈프리흐	아무도 없는데요. 얼마 전에 제게

브루티 백작에게서 보르조이 개 다섯 마리가 들어왔습니다.

카자린	세상에, 자네의 일화는 대단히 흥미롭구먼.
슈프리흐	당신의 형님은 사냥꾼이시죠. 사시는 게 좋습니다!
카자린	그러니까 아르베닌이, 바보처럼…
슈프리흐	들어 보세요.
카자린	곤경에 빠졌군.
	기만당하고 공공연히 웃음거리가 됐어!
	이러고 나서 결혼들을 하시게나.
슈프리흐	당신의 형님은
	이 횡재에 기뻐하실 겁니다.
카자린	결혼에 정절, 행복이 있다니. 전부 헛소리야!
	어이, 결혼하지 말게, 슈프리흐
슈프리흐	전 결혼한 지 오래됐습니다.
	들어보세요, 하나가 특별히 보배지요.
카자린	아내가?
슈프리흐	개 말입니다.
카자린	아직도 개 얘긴가!
	잘 듣게, 친애하는 나의 친구,
	어째서 아내가 신께서 주신 건지는 모르겠네, 알 수 없지.
	하지만 자넨 개들을 빨리 처분할 수는 없을 거야.

아르베닌이 편지를 가지고 들어온다. 그들은 책상 왼편에 서 있고 그는 그들을 보지 못한다.

편지를 들고 생각에 잠겨 있군. 뭔지 알면 재미있겠는데.

네 번째 등장

이전의 사람들과 아르베닌.

아르베닌   (그들이 있는 것을 눈치 채지 못하고)

오, 보은이라니! 그가 어떤 자인지
거의 알지 못한 채 내가 그의 명예와 미래를 구원해 준지
오래되기나 했던가. 이런. 오! 뱀 같으니!
전대미문의 비열함이다! 그자는 노름을 하면서
마치 도둑처럼 내 집으로 침입해 들어와
나를 치욕과 수치로 뒤덮었구나!
나는 오랜 세월의 쓰디쓴 모든 경험을 잊고서
눈을 믿지 않았구나.
마치 사람들을 모르는 어린애처럼 나는
그러한 범죄를 의심할 줄 몰랐다.
난 생각했지. 모든 잘못은 그녀에게 있다고… 그는
이 여자가 누구인지 모르고 있다고… 마치 이상한 꿈처럼,
그는 자신의 밤의 모험을 잊게 될 거라고!
그는 잊지 않았다. 그는 찾아다녔고, 찾아냈다.
그리고 여기서, 멈출 수가 없었다…
이게 바로 보은이란 말이지! 세상에서
많은 것을 보았지만, 아직 놀랄 일이 남았구나.
(편지를 다시 읽는다.)
"저는 당신을 찾아냈습니다만 당신은 인정하길
원치 않았습니다." 상황에 걸맞게 대단히 겸손하시군.
"당신이 옳습니다… 소문보다 두려운 것이 무엇이겠습니
까?

그들이 우리 얘기를 우연히 엿들었을 수도 있습니다.

나는 당신의 타오르는 눈 속에서

경멸이 아니라 두려움을 읽었습니다.

당신은 비밀스럽게 사랑하시는군요. 그리고 비밀이 될 겁니다!

그러나 나는 당신께 거절당하기 전에 죽을 것입니다.”

슈프리흐	편지라! 그렇게, 그렇게 저것이 아주 제때에 떨어졌구먼.
아르베닌	오호! 능숙한 유혹자시로군, 그래.
	그에게 피투성이 답장을 보내고 싶은걸.
	(카자린에게) 아, 자네 여기 있었나?
카자린	이미 한 시간 째 기다리고 있네.
슈프리흐	(방백) 남작부인에게 가야겠군. 원하는 대로
	돌아다니면서 퍼뜨리라지.
	(문으로 다가간다.)

다섯 번째 등장

슈프리흐를 제외한 이전의 사람들.

슈프리흐는 눈에 띄지 않게 나간다.

카자린	슈프리흐와 나는… 슈프리흐는 어디 간 거지?
	사라졌군.
	(방백) 편지! 바로 저거로군, 알겠어!
	(그에게) 자넨 생각에 잠겼군…
아르베닌	그래, 심사숙고 중일세.
카자린	희망과 지상의 행복의 덧없음에 대한 건가?
아르베닌	비슷하네! 보은에 대한 것이지.

카자린	그 문제에 대해서는
	다양한 의견들이 있네만
	이런저런 자들이 무슨 생각을 하건 간에
	모든 대상은 숙고할 가치가 있지.
아르베닌	자네 의견은 어떤가?
카자린	내 친구, 내 생각에
	보은이라는 것은, 우리의 의지에
	항상 나타나지는 않는 선(善)보다는
	봉사의 가치에 더 많이 달려있다네!
	예를 들면 어제 또
	슬루킨이 나에게 거의 오천 루블을 잃었거든.
	그리고 맹세컨대 난 매우 감사한다네,
	이렇게 말이야. 먹거나 마시거나 잠을 자거나
	줄곧 그 친구에 대해서 생각하거든.
아르베닌	줄곧 농담만 하는군, 카자린.
카자린	들어 보게, 나는 자넬 사랑하니
	진지하게 말하지.
	하지만 부탁이네, 친구, 그 무서운 표정을 버리게나.
	내가 자네 앞에
	지상의 지혜의 모든 비밀을 열어 보여주겠네.
	보은에 관한 내 의견을 듣고 싶다고 했나…
	좋아. 볼테르나 데카르트가 뭐라고 하건
	인내심을 가져 봐.
	나한테 세상은 한 벌 카드고,
	인생은 물주라네. 운명이 카드를 돌리고, 난 노름을 하지.
	그리고 난 게임의 법칙을 사람들에게 적용한다네.
	이 법칙을 설명해주는

가장무도회

예를 지금 바로 들어보지.

내가 에이스에 천 루블을 한 번에 걸었다고 하세.

예감에 따라서 말이지. 난 카드에 있어선 미신을 믿거든!

우연히, 속임수 없이

이겼다고 치자고 난 무척 기쁘네.

하지만 그렇다고 해도 에이스에 감사하지는 않을 것이고

말없이 내 보물을 긁어모을 테지.

그리고 지칠 때까지 꺾고 또 꺾을 거야.

거기선 합계를 계산하고

구겨진 카드는 탁자 밑으로 던질 거야!

이제, 그런데 자넨 듣고 있지 않군, 친구?

아르베닌   (생각에 잠겨) 도처에 악이요, 어디나 기만이로구나.

그리고 나는, 요즘의 난, 마치 석상처럼,

말없이 이 모든 것을 듣고만 있구나!

카자린   (방백) 생각에 잠겼군.

(그에게) 이제 다른 사건으로 옮겨가서

그 일을 검토해보자고

하지만 실수하지 않도록 찬찬히 말일세.

예를 들어, 자네가 다시금 노름이나 방탕에

빠지고 싶어졌다고 해 보세.

그때 자네 친구가 나타나

말하는 거야. "어이, 조심하게, 친구."

그리고 그밖에 아무 가치도 없는

다른 현명한 충고를 해주는 거지.

그리고 자넨 우연히 그의 말을 듣는 거야.

그에게 인사를 하고 장수를 빌겠지.

만약 그가 자네의 폭음을 만류한다면

지체 없이 바로 그에게 퍼 먹이라고,

그리고 훈계 값으로 카드에서 잔뜩 우려내는 거야.

하지만 그가 자넬 노름에서 구원하면… 그때는 무도회에 가서

그의 아내와 사랑에 빠지는 거지… 혹은 사랑에 빠지진 않지만,

남편과 계산을 청산하기 위해 그녀를 유혹하라고

두 경우 모두 자넨 정당하네, 친구.

교훈에 교훈으로 갚아주는 것뿐이니까.

아르베닌　자넨 훌륭한 도덕주의자로군!

(방백) 그러니까 모두가 알고 있단 말이지…

허나 공작… 당신의 교훈은 공정하게 갚아 주리다.

카자린　(주의를 기울이지 않고)

마지막으로 설명할 항목이 남았군.

자넨 여인을 사랑하지… 자넨 여인을 위해 명예,

부, 우정, 어쩌면 생명도 희생할 수 있어.

자넨 그녀를 즐거움과 아첨으로 휘감아 주었지.

하지만 어째서 그녀가 자네에게 감사해야 하나?

자넨 열정과 자존심 때문에,

어느 정도는 그녀를 소유하기 위해

그 모든 일을 한 거잖아. 자넨 모든 것을 희생했지만

그녀의 행복을 위한 것은 아니지.

그래, 냉정하게 숙고해 보면

세상의 모든 것은 조건적이라고 스스로 말하게 될 거야.

아르베닌　(실망하여)

그래, 그래, 자네가 옳아! 여자에게 사랑이 별건가?

여자에겐 매일 새로운 승리가 필요한걸.

어디 울고 괴로워하고 애원해 보라지.

그녀에게 자네의 울음 섞인 표정과 목소리는 우스운 것일 테니.

자네가 옳아. 한 여인에게서 지상의 천국을

찾고자 꿈꾸는 자는 멍청이야.

카자린　자넨 결혼하여 행복하면서도

아주 건전한 판단을 내리는군.

아르베닌　정말 그런가?

카자린　그럼 아닌가?

아르베닌　오! 행복하지… 그래…

카자린　매우 기쁘네만,

자네가 결혼했다는 건 역시 서운하군!

아르베닌　어째서 그런가?

카자린　그저… 과거에 대해

회상하는 거야… 자네와 함께,

누구의 생각이었는지는 몰라도

우리 둘은 사이좋게 어울려 몰두했었지!

그럴 때가 있었어… 아침엔 휴식과 안락,

유쾌한 밤샘의 추억들…

그 다음엔 점심식사, 라올[16]의 명예인 와인이…

커트 글라스에서 거품을 일으키며 반짝이고,

소란스러운 대화, 재담은 항상 신선했지.

그 다음엔 극장으로. 분장실 뒤에서

자네와 둘이 무희와 여배우들을

유혹할 궁리로 영혼이 떨렸지…

정말 예전엔 모든 것이

더 좋고 더 싸지 않았던가?

연극이 끝났다… 그럼 우리는 친구에게로

쏜살처럼 날아간다··· 올라가면··· 이미 노름이 한창이지.

카드들 위로 금화가 산처럼 쌓여 있고,

어떤 이는 온통 열이 올라 있고··· 다른 이는

무덤 속의 송장보다도 창백하지.

우리가 앉으면··· 전투가 불붙기 시작했지!

여기, 여기 열정과

감각의 어둠이 영혼을 관통하고,

종종 거대한 상념이

불타는 지성의 동력을 이끌어내지···

그리고 자네가 숙련된 기술로 적수를 이기면,

운명을 자네 발 앞에 공손히 엎드리게 하는 거라네.

그럴 때는 나폴레옹 자신이라 해도

자네에게 가련하고 우습게 보이는 거야.

(아르베닌은 돌아선다.)

아르베닌 오! 누가 내게 돌려줄 것인가··· 그대, 폭풍 같은 희망을

그대, 견딜 수 없으나 타오르는 나날을!

그대를 위하여 나는 무지한 자의 행복을,

태평과 평안을 내어 주리라. 그것들은 나를 위한 것이 아니니!

모든 악덕과 악행의 달콤함을 맛보고,

그 면전에서 단 한 번도 떨어본 적 없는

내가, 내가, 이 내가

한 가정의 남편과 아버지가 될 수 있는가?

꺼져라, 미덕이여. 나는 너를 모른다.

나는 네게 기만당하였으나

지금부터 우리의 짧은 연합을 끊으리라.

안녕, 안녕히!

(의자에 주저앉아 얼굴을 가린다.)

| 카자린 | 이제 그는 나의 것이다! |

3장

공작가의 방

문이 다른 방으로 열려 있다. 그는 다른 방의 소파에서 자고 있다.

첫 번째 등장

이반, 그 다음 아르베닌.

하인이 시계를 본다.

이반	벌써 일곱 시가 다 되어가는군,
	여덟 시에 깨워달라고 하셨지.
	나리는 유행과 달리 러시아식으로 자니까,
	가게에 다녀올 시간이 있겠어.
	문을 자물쇠로 잠가야지… 그게 더 든든하니까.
	그래… 이런… 누가 계단으로 오네.
	집에 안계시다고 하고… 얼른 해치워야겠다.
	(아르베닌이 들어온다.)
아르베닌	공작은 집에 계신가?
하인	집에 안계십니다요
아르베닌	사실이 아니야.
하인	방금 나가셨습니다.
	5분 전에요
아르베닌	(귀를 기울인다.) 거짓말이야! 그는 여기 있어.
	(서재를 가리킨다.) 필경 곤하게 주무시나 보군. 숨소리를

	들어보게.
	(방백) 하지만 곧 멈추겠지.
하인	(방백) 다 들었군…
	(그에게) 공작님께선 깨우지 말라고 명하셨습니다.
아르베닌	자는 걸 좋아하는군… 그럼 더 좋지.
	영원히 자게 될 테니까.
	(하인에게) 일어나실 때까지 기다리겠다고
	내가 말한 것 같은데!
	(하인이 나간다.)

두 번째 등장

아르베닌	(혼자서)
	적당한 순간이 왔군! 지금이 아니면 영원히 오지 않을 거야.
	이제 나는 두려움과 어려움 없이 모든 것을 감행하리라.
	모욕이 떨어지면 열매를 맺는 영혼이
	우리 세대에 단 하나라도 존재한다는 것을
	증명하리라. 오! 난 그들의 종이 아니야,
	그들 앞에 굽히기엔 너무 늦었다.
	내가 그들 앞에서 소리치며 적수에게 결투를 신청했다면
	그들이 비웃었겠지… 이젠 웃지 못할 것이다!
	오, 아니야, 나는 그런 자가 아니다.
	내 머리 위의 치욕의 한 시간도 그냥 참을 순 없어.
	(문을 연다.) 그는 잠을 자는구나! 마지막으로 꿈에서 무엇
	을 보고 있을까?
	(무섭게 미소 지으며)
	그는 일격에 죽을 거야.

머리가 떨어지고… 나는 피가 흐르도록 돕는다…

모든 것은 은혜로운 자연 덕분이지!

(방으로 들어간다.)

(2분 후 창백해져서 나온다.) 난 못해!

(침묵) 그래! 이건 힘과 의지를 넘어서는 일이야…

나는 스스로를 배반했다. 난생 처음

떨기 시작했어… 내가 언제부터

겁쟁이였던가? 겁쟁이… 누가 한 말일까…

나 자신이다. 사실이야, 부끄럽고 부끄럽다.

달아나라, 얼굴을 붉혀라, 경멸스러운 인간아.

우리 시대는 다른 이들처럼 너를 땅으로 찍어 눌렀다,

보다시피 너는 자기 자신 앞에서나 자만할 뿐이다.

오! 불쌍하다… 참으로 불쌍해… 너는

계몽의 억압 아래서 맥이 빠져 버렸구나!

사랑할 줄도 모르면서 복수를 원했구나…

찾아왔으나 할 수 없었다!

(침묵)

(앉는다.) 내가 너무 높이 날아올랐군,

더 확실한 길을 선택해야 한다…

괴로워하는 내 가슴 속 깊이

다른 구상이 떨어졌다.

그래, 그래, 그는 살 것이다. 살인은 이미 유행이 지났지.

살인자는 광장에서 처형되는 법이다.

그래! 나는 교양 있는 민족에게서 태어나지 않았던가?

언어와 금화… 그것이 바로 우리의 단검과 독이지!

(잉크로 쪽지를 쓰고 모자를 든다.)

세 번째 등장

아르베닌과 남작부인.
문으로 가다가 베일을 쓴 귀부인과 마주친다.

베일을 쓴 귀부인 아아! 전부 끝장이야…

아르베닌   무슨 일이오?

귀부인   (벗어나며) 놔 주세요!

아르베닌   아니, 돈에 팔린 미덕의
        거짓 외침은 아니로군.
        (그녀에게 엄격하게) 조용히 하시오!
        한 마디도 그렇지 않으면 지금 당장…
        이 무슨 의심이란 말인가! 당신의 베일을
        걷으시오, 여기 우리만 있을 때.

귀부인   전 여길 찾아온 게 아니에요, 실수로 들어왔어요.

아르베닌   예, 제가 보기엔
        약간 실수하신 듯합니다.
        장소가 아니라 시간에서.

귀부인   제발 놓아 주세요.
        전 당신을 몰라요.

아르베닌   이상하게 당황하시는군요… 당신은 털어놓아야 합니다.
        그는 지금 자고 있어요… 지금 일어날 수도 있소!
        난 전부 알고 있습니다… 하지만 확인을
        하려 하오…

귀부인   전부 아신다고요!

        (그는 베일을 벗기고는 놀라서 물러난다. 그 다음 정신을 차린다.)

아르베닌   감사합니다, 신이여.

	당신은 지금이라도 저의 실수를 허락하셨습니다!
남작부인	오! 내가 무슨 짓을 한 거지? 이제 모두 끝장이야.
아르베닌	지금 절망은 때에 맞지 않소.

타오르는 포옹 대신에

싸늘한 손과 마주치는 순간이

유쾌하지 않다는 건 동의합니다…

일시적인 공포입니다… 허나 큰 재앙은 아니오.

나는 겸손하니 기꺼이 입을 다물 것이오.

다른 이가 아니라 나인 것을 신께 감사하시오…

아니었다면 도시에 소란이 벌어졌을 테니.

남작부인 아아! 그가 깨어났어요, 말을 해요.

아르베닌 잠꼬대요…

하지만 진정하시오, 난 지금 갈 테니.

다만 설명해 주시오 어떤 힘으로

이 큐피드가 갑자기 당신을 유혹한 것이오?

어째서 그 자신은 금속처럼 무감각한데

모든 여자들이 그에게 정열을 불태우는 것이오?

어째서 당신의 발치에 우수와 애원과 맹세와 눈물로

몸을 던지는 이가 그자가 아닌 거요?

하지만… 당신이… 당신이 여기 혼자 오다니… 영혼을 지

닌 여자인 당신이

부끄러움을 잊고, 그에게 스스로 몸을 맡기러 오다니…

어째서 어떤 면에서도 당신 못지않은 다른 여자가

한 번의 시선, 말 한 마디에 그에게 모든 것을…

행복과 인생과 사랑을 바치려 한단 말인가?

어째서… 오, 나는 멍청이야!

(광포하게) 어째서, 어째서?

남작부인	(단호하게) 무슨 얘긴지 알겠어요… 알아요,
	당신이 오신 건…
아르베닌	어떻게! 대체 누가 당신에게 말한 거요!
	(냉정을 되찾고) 그런데 뭘 알고 있소?
남작부인	오, 제발 부탁이에요,
	날 용서해 주세요…
아르베닌	나는 당신을 비난하지 않습니다.
	반대로, 친구의 행복에 기뻐하고 있소.
남작부인	전 열정에 눈이 멀어 있었어요.
	전부 제 잘못이에요, 하지만 들어 보세요…
아르베닌	어째서 그렇소?
	정말 난 전혀 괘념치 않소… 난 엄격한 도덕의 적이오
남작부인	하지만 만약 제가 아니었다면, 편지도 없었을 거고,
	또…
아르베닌	아! 이건 너무하는군!
	편지라! 어떤 편지 말이오? 아! 그럼 그게 당신이었군!
	당신이 그들을 연결해준 거야… 그들을 가르치고…
	그런 역할을 해온지 오래된 건가?
	왜 그런 일을 한 거요? 당신이
	이리로 순진한 희생자들을 데려오거나,
	젊은 친구들이 당신을 찾아가는 건가?
	그래, 고백하지! 당신은 응접실의 보물이지.
	그리고 난 이미 우리 귀부인들의 타락에 놀라지 않소!
남작부인	오! 맙소사…
아르베닌	단도직입적으로 말하지…
	이런 신사들이 전부 당신에게 얼마나 냅니까?
남작부인	(안락의자에 주저앉는다.) 정말 무자비하군요

아르베닌	그렇소.
	내 실수요, 잘못했소 당신은 명예를 위해 이 일을 하시는
	구려! (가려고 한다.)
남작부인	오, 정신을 잃을 것 같아… 멈춰요! 가버리네.
	듣질 않아… 오, 죽을 것 같아…
아르베닌	왜! 계속하시지요,
	당신께는 명예로운 일이 될 테니…
	이제 날 두려워하지 마시오, 안녕히…
	하지만 우리가 앞으로 만나는 일은 신께서 막아주시기를…
	당신은 내게서 모든 것을, 세상의 모든 것을 빼앗아 갔소.
	나는 당신을 언제 어디서나 뒤쫓게
	될 것이오… 거리에서나, 외진 곳에서나, 사교계에서나.
	그리고 우리가 마주치게 되면… 그건 재앙일 것이오!
	내가 당신을 죽일지도 모르니… 그러나 죽음은
	내가 다른 여인을 위하여 간직해야 할 포상이지.
	보시다시피 나는 선량하오… 지옥의 고통에 대한 보답으로,
	당신에겐 지상의 천국을 남겨두니 말이오.
	(나간다.)

네 번째 등장

남작부인, 혼자서.

남작부인	(그의 뒤를 따라가며)
	들어보세요 맹세해요… 그 사람은 속은 거예요… 그녀는
	죄가 없어요… 그리고 팔찌는! 전부 내가… 전부 나 혼자…
	가 버렸네, 듣지 않아, 어떻게 하지! 사방에

절망이로구나… 소용없어… 난 그를 구하고 싶어,

어떻게 해서라도 간청하고 비굴해지겠어.

나 자신의 기만과 범죄를 폭로하겠어!

그가 일어났네… 온다… 결심했어, 오 괴롭구나!

다섯 번째 등장

남작부인과 공작.

공작   (다른 방에서) 이반! 거기 누구야… 목소리가 들려!

이 사람들이 진짜! 반시간도 잘 수 없는 건가!

(들어온다.) 아니, 방문을 다 해 주시고!

미인이시여! 저는 매우 기쁩니다.

(알아보고는 뒤로 물러난다.)

아아, 남작부인! 아니야… 그럴 리가 없어

남작부인   왜 뒤로 물러나시는 거죠?

(약한 목소리로) 놀라셨나요?

공작   (당황하여) 물론 반갑습니다…

하지만 이런 행복을 기대하진 않았지요.

남작부인   기대하셨다면 이상한 일이지요.

공작   내가 무슨 생각을 했던가? 오, 내가 알았을 때는…

남작부인   당신은 모든 것을 알 수 있었지만 아무 것도 몰랐어요.

공작   전 제 잘못을 바로잡을 준비가 되어 있습니다.

당신이 원하시는 징벌을 공손히

받아들이겠습니다… 저는 눈멀고 귀먹었었군요

저의 무지는

직무유기였죠… 이젠 무슨 말을 해야 할지…

(그녀의 손을 잡는다.)

그런데 당신 손이… 얼음장 같군요! 얼굴에는 고통이 있고요!

정말 당신은 제 말이 미덥지 않으신 겁니까?

남작부인   잘못 아셨어요! 사랑을 요구하지 않고,

고백을 구걸하지 않으며

당신에게 오기로 결심했어요

부끄러움과 두려움, 우리에게 고유한 모든 것을 잊고서

말이죠.

아뇨, 이 의무는 신성한 것이에요

내 과거의 삶은 지나갔고,

이미 다른 종류의 삶이 날 기다리고 있지요.

하지만 전 악의 빌미가 되었으니,

영원히 사교계를 떠나면서,

지금 모든 지난 일을 바로잡으러 왔어요!

전 자신의 수치를 견딜 준비가 되어 있어요,

자기 자신은 구하지 못했지만… 다른 이를 구하려 해요.

공작   그게 무슨 뜻입니까?

남작부인   내 말을 끊지 마세요!

말하기로 결심하기 위해서

난 많이 노력해야 했어요… 당신 혼자만

그걸 모른 채, 내 고통의 원인이

되었던 거예요… 그럼에도 불구하고

난 당신을 구해야 해요… 왜? 어째서일까요?

당신에게 이 모든 희생을 바칠만한 가치가 있는지는

모르겠어요… 당신은 나를 사랑할 수도,

이해할 수도 없었어요… 심지어, 어쩌면

난 그걸 바라지도 않았던 것 같아요…

하지만 잘 들으세요! 오늘 난 알았어요,

어떻게 알았는가? 상관없어요… 당신이 어제

아르베닌의 아내에게 부주의하게 편지를

썼다는 것을… 소문에 의하면

그녀는 당신을 사랑한다더군요. 거짓말이에요, 거짓말!

믿지 마세요. 제발… 그 생각 하나가…

우리 모두를 파멸시킬 거예요. 모두를! 그녀는

아무 것도 몰라요… 하지만 남편이… 읽었어요… 그는

사랑과 증오로 무시무시해요.

그 사람이 이미 여기 왔었어요… 당신을 죽일 거예요…

악행에 익숙한 사람이니까요… 당신은 너무 젊어요.

공작 당신의 두려움은 부질없습니다!

아르베닌은 사교계에서 살아왔습니다. 일을 공공연하게

벌이기로 하기엔 지나치게 똑똑하지요.

결국 하찮은 코미디에서 목적도 필요도 없이

피투성이 결말을 내기에도 그렇고 말입니다.

만약 그 사람이 화가 났다면. 그것도 큰 문제는 아닙니다.

레파쥬[17] 권총을 들고서,

서른두 걸음을 세는 거죠.

확실히 이 견장들은

적에게서 도망쳐서 받은 건 아니니까요.

남작부인 하지만 누군가 당신의 생명을 당신 자신보다 더 소중히
여긴다면…

다른 이의 생명과 당신의 것이 연결되어 있는데,

당신이 살해당하면. 살해당한다면! 오, 맙소사!

그건 전부 내 잘못이에요.

공작 당신이?

남작부인	용서하세요.
공작	(생각하며) 전 싸워야 할 의무가 있습니다.
	전 그에게 잘못을 했어요. 그의 명예를 건드렸죠.
	비록 모르고 한 일이라 해도 말입니다.
	하지만 무죄를 입증할 방법이 없군요.
남작부인	방법은 있어요.
공작	거짓말을 하라고요? 그거 아닙니까? 다른 걸 찾아주시죠,
	목숨을 부지하려고 거짓말을 하진 않겠습니다,
	그리고 당장 가겠습니다.
남작부인.	잠깐만! 가지 마시고
	제 말을 들어 주세요.
	(그의 손을 잡는다.) 당신들은 전부 속았어요! 그 가면은
	(쓰러지며 탁자에 팔꿈치를 괸다.) 나예요!
공작	어떻게 당신일 수가? 오, 이런 조화가!
	(침묵) 하지만 슈프리흐가! 그자가 말했어요… 모든 잘못은
	그 사람한테 있어…
남작부인	(정신을 차리고 물러나면서)
	순간의 오해, 무서운 어리석음이었어요.
	이제 난 그 일을 후회하고 있어요!
	지나간 일이에요. 전부 잊어 주세요.
	그녀에게 팔찌를 돌려주세요. 그건 뭔가 이상한 운명으로,
	우연히 내가 찾아낸 거예요.
	그리고 이 일을 비밀에 부치겠다고
	약속해 주세요… 난 하나님이 심판하실 테니까요.
	그분은 당신을 용서하실 거예요… 날 용서하는 건 당신
	소관이 아니고요!
	전 떠날 거예요… 우리는 이제 더는

만나지 못할 거라고 생각해요.

(문으로 다가간다, 그가 그녀에게 몸을 던지려는 것을 본다.)

날 따라오지 말아요.

(나간다.)

여섯 번째 등장

공작, 혼자서.

공작　　(긴 생각 끝에) 정말로 무슨 생각을 해야 할지 모르겠군.
　　　　　이 모든 것 중에서 내가 이해할 수 있었던 건
　　　　　마치 어린 학생처럼 아무 것도 하지 않은 채
　　　　　행복의 기회를 지나쳐 보낼 거란 사실 뿐이야.
　　　　　(탁자로 다가간다.)
　　　　　여기 또 뭔가 있군. 쪽지다… 누구한테서 온 거지?
　　　　　아르베닌이군… 읽어보자!

　　　　　"친애하는 공작! 오늘 저녁 N의 집으로 오게나. 거기 많
　　　　　은 사람들이 올 거야… 유쾌한 시간을 보내자고… 나는 자
　　　　　네를 깨우고 싶지 않았어, 그랬더라면 자넨 저녁 내내 꾸
　　　　　벅꾸벅 졸 테니까. 안녕히. 꼭 기다리겠네. 자네의 진실한,
　　　　　예브게니 아르베닌".

　　　　　뭐, 정말로, 여기서 결투신청서[18]를 알아보려면
　　　　　특별한 눈이 필요하겠군.
　　　　　결투를 신청하기 위해, 그에 앞서
　　　　　저녁에 초대한다는 얘기를 어디서 들어봤던가?

4장

N가의 방.

첫 번째 등장

카자린, 주인과 아르베닌, 그들은 노름을 하러 앉는다.

카자린	그럼 정말로 자넨 사교계가 자랑하는
	모든 변덕을 버리고
	옛 길로 발걸음을 돌렸군 그래!
	탁월한 생각이야… 자넨 시인이 되어야 하고,
	게다가 모든 징후로 볼 때 천재야.
	가정의 울타리가 자넬 구속하는 거지.
	손을 주게, 소중한 친구,
	자넨 우리 것이야.
아르베닌	내가 자네들 것이라! 옛일은 그림자도 없군.
카자린	정말이지, 요즘 똑똑한 사람들이
	사물을 바라보는 방식을 보는 건 유쾌하군.
	그들에게 예의범절이란 쇠사슬보다 두려운 것이니…
	자네 정말 나와 반씩 나눌 거지?
주인	공작을 살짝 뜯어줘야겠군.
카자린	응… 그렇지.
	(방백) 전투가 흥미롭겠군.
주인	어디 보자고… 마차다!
	(소음이 들린다.)
아르베닌	그자로군.

카자린	자네
	손이 떨리나?
아르베닌	오, 아무 것도 아니야! 감각을 잃은 게지!
	(공작이 들어온다.)

두 번째 등장

이전의 사람들과 공작.

주인	아아, 공작! 매우 반갑습니다. 부탁이니 격식 차리지 마세요.
	군도(軍刀)를 벗고 앉으시지요.[19]
	우린 무시무시한 전투 중입니다.
공작	오! 전 구경할 준비가 되었습니다.
아르베닌	아직 겁내면서도 여전히 노름을 하시오?
공작	아닙니다. 당신과 함께라면 정말 겁나지 않습니다.
	(방백) 사교계의 규칙에 따라, 난 남편의 비위를 맞추고
	그 아내를 쫓아다니는구나…
	거기서만 이기고, 여기선 져 주도록 하지!
	(앉는다.)
아르베닌	오늘 댁에 갔었소.
공작	쪽지를 읽었습니다.
	그리고 보시다시피 말씀에 따랐죠.
아르베닌	문간에서
	당황하고 불안해하는 누군가와 마주쳤지요.
공작	누군지 알아보셨습니까?
아르베닌	(웃으며) 알아본 것 같소!
	공작, 당신은 위험한 유혹자요.

	난 전부 이해했고, 전부 알아 맞혔소…
공작	(방백) 그는 아무 것도 이해 못했어. 확실해.
	(물러나서 군도를 놓는다.)
아르베닌	내 아내는 당신 마음에
	안 들었으면 합니다.
공작	(산만하게) 어째서요?
아르베닌	음. 정부들이 남편에게서 찾는 미덕이
	나한텐 없으니까요.
	(방백) 전혀 당황하지 않는구나… 오, 어리석은 자여,
	나는 너의 달콤한 세계를 파괴하고 독을 부어 주리라.
	그리고 만약 네가 카드에 영혼을 내던질 수 있다면,
	나 역시 너에게 대적하여 내 영혼을 걸어 주리라.
	(노름을 한다. 아르베닌이 패를 돌린다.)
카자린	50루블 걸겠네.
공작	저도요.
아르베닌	여러분께 이야기를 한 가지 해 드리죠.
	제가 더 젊었을 때 들은 겁니다.
	이젠 머리에서 떠나질 않는군요.
	자 들어 보시죠. 어떤 나리가,
	결혼한 사람인데, 자네 패가 잡았네, 카자린.
	결혼한 사람인데, 자기 아내의 충실함을 믿고
	달콤한 망각 속에서 졸고 있었습니다.
	당신은 어째 너무 조심스럽군요, 공작.
	그러면 오히려 잃게 됩니다.
	선량한 남편은 사랑을 받았고, 평화로운 나날을 보냈지요.
	그리고 행복의 완성을 위해 무사태평한 남편에게는
	친구가 생겼습니다… 남편은 언젠가 그에게

중요한 친절을 베풀었고. 뿐만 아니라
그 안에서 명예와 양심을 찾은 듯 했습니다.
그 다음엔 대체 무슨 일이 있었는가? 어떤 운명 때문인지
알 길이 없습니다만, 남편은 고결한 친구,
너무나 정직한 채무자가 자신의 아내에게
봉사를 제공했다는 것을 알게 되었습니다.

공작	남편이 어떻게 했습니까?
아르베닌	(질문을 듣지 못한 것처럼) 공작, 노름을 잊으셨소 보지도 않고 꺾었어요. (그를 빤히 쳐다보며.) 남편이 어떻게 했는지 알고 싶으신가요? 사소한 일을 트집 잡아 따귀를 쳤더랬소… 당신이라면 어떻게 행동했을까요, 공작?
공작	저도 똑같이 했을 겁니다. 자, 그래서 권총 결투를 했나요?
아르베닌	아니오
카자린	검으로 결투한 건가?
아르베닌	아니, 아닐세.
카자린	그럼 화해했나?
아르베닌	(쓰게 미소 지으며) 오 아니야.
공작	그럼 대체 뭘 했습니까?
아르베닌	복수당한 채로 남았고 유혹자도 따귀를 맞은 채로 내버려뒀습니다.
공작	(웃는다.) 그건 규칙과 정반대로군요.
아르베닌	어떤 칙령에 증오와 복수에 대한 법률과 규칙이 있습니까? (노름을 한다. 침묵.) 잡았고… 잡았어…

	(일어나며) 잠깐만, 이 카드는
	당신이 바꿔치기했군요.
공작	내가요! 들어보세요…
아르베닌	노름은
	끝났소… 여긴 예의범절이라곤 없군.
	당신은
	(숨을 헐떡이며) 사기도박꾼에 비열한이오.
공작	내가? 내가?
아르베닌	비열한, 난 당신의 이름을 여기 적어 두겠소,
	모든 사람이 당신과 만나는 것을 모욕으로 여기도록.
	(그의 얼굴에 카드를 던진다. 공작은 놀라서 어찌할 바를 모른다.)
	(목소리를 낮추어) 이제 우린 피장파장이오.
카자린	자네 왜 그러나?
	(주인에게) 그는 가장 좋은 자리에서 열중하고 있었는데.
	너무 흥분하는 바람에 1200을 놓칠 뻔 했어.
공작	(정신을 차리고 벌떡 일어난다.)
	지금 나를, 나를…
	피! 당신의 피만이 모욕을 씻을 것이다!
아르베닌	결투를 한다? 당신과? 내가? 뭔가 잘못 생각하셨군.
공작	당신은 겁쟁이요.
	(그에게 덤벼들려 한다.)
아르베닌	(위협하듯) 그렇다고 치지! 하지만 당신에게
	다가오지 않기를 충고하는 바요. 여기 남아 있지도 마시오!
	나는 겁쟁이요. 당신은 겁쟁이도 놀라게 하지
	못하고
공작	오, 내가 당신을 싸우게 만들겠어!
	당신의 행동이 어떠했는지, 비열한은 내가 아니라

	당신이라고 모든 곳에서 말할 거야···
아르베닌	기꺼이 받아들이지.
공작	(가까이 다가가며) 당신 아내와 있었던 일을 말할 거요.
	오, 조심하시오! 팔찌를 기억해요···
아르베닌	그것 때문에 당신은 나에게 벌을 받은 거요···
공작	오, 이 격분··· 내가 대체 어디 있는 거지? 온 사교계가
	나를 대적하는구나. 나는 당신을 죽이겠소!
아르베닌	그 점에 있어서는
	당신은 힘이 있지. 오히려 나를 빨리 죽이라는
	충고를 드리겠소··· 안 그러면 한 시간 후엔
	당신 속에서 용기가 식어버릴 테니까.
공작	오, 나의 명예여, 너는 어디 있는가? 그 말을 내게 돌려주
	시오.
	그걸 내게 돌려줘요. 나는 당신의 발아래 있소.
	당신에겐 신성한 것이 아무 것도 없나보군.
	당신은 사람이오, 아니면 악마요?
아르베닌	나? 노름꾼이오!
공작	(쓰러져서 얼굴을 가리며) 명예, 내 명예!
아르베닌	그렇소, 명예는 돌아오지 않을 것이오.
	선과 악 사이의 장벽은 무너졌고,
	온 사교계가 경멸하며 당신에게서 등을 돌릴 것이오
	이후로 당신을 버림받은 자의 길을 걷고
	피눈물의 달콤함을 맛보게 될 것이며
	가까운 이들의 행복은 당신의 영혼에
	짐이 되고, 밤낮으로 한 가지만을
	생각하며, 차츰 사랑이나 아름다운
	감정은 사그라지고 죽어가며,

어떤 기술로도 행복은 당신에게 돌아오지 않을 것이오!
모든 소란스러운 친구들은 마치 썩은 가지의 이파리처럼
떨어져 나갈 거요. 붉어진 얼굴을
가리면서 군중 속을 지나가게 되겠지.
범죄가 악인을 괴롭히는 것보다도
수치가 당신을 더욱 괴롭히게 될 것이오!
이제 안녕히…
(나가며) 오래 살길 바라오.
(나간다.)

2막의 끝

3막

1장

무도회

첫 번째 등장

여주인	전 남작부인을 기다리고 있어요. 올지 모르겠네요. 저는 정말 당신이 안됐어요.
손님1	무슨 말씀이신지 모르겠는데요.
손님2	슈트랄 남작부인을 기다리세요? 그녀는 떠났습니다!

많은 이들	어디로요? 어째서. 오래됐나요?
손님2	시골로요, 오늘 아침에.
귀부인	세상에나!
	대체 무슨 일로요? 정말 자기 의사로 간 건가요?
손님2	환상이죠! 소설들 말이에요!
	내버려 둬요!

흩어진다. 남자들로 이루어진 다른 그룹.

손님3	즈베즈지치 공작이 노름에서 진 걸 아십니까?
손님4	반대로 이겼답니다. 속임수를 썼나 봐요
	따귀를 맞았답니다.
손님5	결투를 했나요?
손님4	아뇨, 원치 않았답니다.
손님3	자기가 얼마나 비열한인지
	스스로 보여줬군 그래!
손님6	지금부터 난 더 이상
	그자와 아는 사이가 아닙니다.
손님6	나도 그렇소! 얼마나 비루한 행동인지.
손님4	그가 여기 올까요?
손님3	아니요, 감히 그러진 못하겠죠.
손님4	저기 오는군요.

공작이 다가온다. 그에게 인사하는 사람은 거의 없다. 손님 5,6을 제외하고는 모두 멀어진다. 그 다음 그들도 멀어진다. 니나가 소파에 앉아 있다.

공작	지금 그녀와 내가 모두에게서 떨어져 있군.

다른 기회는 없을 거야.

(그녀에게) 당신께 드릴 말씀이 두어 마디 있습니다.

잘 들으셔야 합니다.

니나   들어야 한다고요?

공작   당신의 행복을 위한 일입니다.

니나   참 이상한 참견이네요.

공작   예, 이상합니다. 저의 파멸은

당신의 잘못이니까요… 하지만 전 당신을 동정합니다.

전 당신을 죽이게 될 바로 그 손에

패한 것을 알고 있습니다. 절대 하찮은 복수로

저 자신을 모욕하지는 않을 겁니다.

하지만 잘 듣고 조심하십시오.

당신의 남편은 무정하고 불경한 악인입니다

그리고 전 재앙이 당신을 위협하리란 걸 예감하고 있습니다.

영원히 안녕히 계십시오. 악인은 발각되지 않았고,

지금 전 그자를 처벌할 수 없습니다.

하지만 그날이 올 겁니다. 전 기다리겠습니다…

당신의 팔찌를 받으세요. 제겐 더 이상 필요 없습니다.

(아르베닌이 멀찍이서 그들을 바라본다.)

니나   공작, 당신 미쳤군요. 이젠

당신에게 화를 내는 것도 부끄러울 지경이에요.

공작   영원히 안녕히 계십시오. 마지막으로 부탁드립니다…

니나   어디로 가실 건가요, 아주 먼 곳인 것 같은데.

물론 달은 아니겠죠?

공작   (나가며) 아뇨, 그보다는 가깝습니다. 카프카즈로 갑니다.

여주인   (다른 사람들에게) 거의 모두 모였군요, 여긴 우리한테는

좁을 거예요.

홀로 가시지요, 신사분들!

숙녀분들,[20] 이쪽으로 오세요. (나간다.)

두 번째 등장

아르베닌   (혼자서, 혼잣말로)

내가 의심을 한다고? 내가? 그건 모든 사람이 다 아는 일
이야.

사방에서 따끔따끔한 암시들이

나를 따라 다니는걸… 날 동정하고 비웃고 있어!

내 노력의 결실들은 어디 있는가?

때때로 말로, 재치로 군중을

괴롭히던 내 힘은 어디 있는가?

그 여자가 그 힘을 죽였다!

그들 중 하나는… 오, 난 그녀를 사랑해,

사랑해. 그래서 가차 없이 기만당했다…

아니, 난 그녀를 사람들에게 내주지 않으리라…

그들은 우리를 심판하지 못하리라…

나 자신이 스스로에게 최후의 심판을 행하리라…

그녀를 위한 처형을 찾아내겠다. 나의 것은 여기 있으리라.

(심장을 가리킨다.) 그녀는 죽을 것이다. 난 더 이상 그녀와 함께

살 수 없어… 별거를 한다?

(스스로에게 놀란 것처럼) 결정되었다.

그녀는 죽을 것이다. 나는 이전의 굳은 의지를

배반하지 않을 것이다! 그녀는

나 같은 악인의 사랑을 받으며,

다른 이를 사랑하고는, 한창 나이에

죽을 운명인 것 같군… 그건 확실해! 이런 일이 있은 다음에
어떻게 그녀가 살 수 있겠나… 보이지 않는 신이여,
허나 모든 것을 보시는 신이여. 그녀를 데려가소서, 데려
가소서.
그녀를 당신에게 내 담보물로 맡깁니다.
그녀를 용서하고, 축복하소서.
하지만 난 신이 아니니 용서하지 않으리라!
(음악 소리가 들린다. 방안을 걸어 다닌다. 갑자기 멈춘다.)
10년 전에 나는 막
방탕의 무대에 들어섰었지.
어느 날 밤, 나는 노름에 져서 마지막 한 푼까지 잃은 적이 있다.
그때 난 금의 가치는 알았지만
생명의 가치는 알지 못했지.
나는 절망에 빠졌다. 나가서 독약을 샀어.
그리고 다시금 노름판으로
돌아왔다. 가슴 속에는 피가 끓고 있었지.
한 손에는 레모네이드 잔을 잡았고,
다른 손에는 스페이드 4를 들고 있었다.
주머니에는 마지막 1루블이 귀중한 가루약과 함께
기다리고 있었지. 위험은 확실히 큰 것이었으나,
행운이 따랐고 한 시간 만에 나는 잃은 것을 모두 되찾았다!
지금까지 난 이 가루약을 간직했다,
인생의 힘겨운 풍랑 가운데서
비밀스럽고 신비한 부적처럼
어두운 날을 위해 간직해왔고, 그 날은 멀지 않았다.
(빠르게 나간다.)

세 번째 등장

여주인, 니나, 몇몇 귀부인과 파트너들. 마지막 행 대사를 하는 동안 들어온다.

여주인   좀 쉬는 것도 나쁘지 않겠지요.

귀부인   (다른 부인에게) 여긴 너무 더워서 녹아 버리겠어요.

페트코프   나스타시야 파블로브나가 우리에게 무슨 노래든 불러줄
거예요.

니나   정말로 새 로망스는 몰라요.

그리고 옛날 것들은 저도 지겨운걸요.

귀부인   아아, 정말로 노래 좀 해줘, 니나, 불러줘.

여주인   넌 상냥하니까, 진짜로 한 시간 내내

헛되이 부탁하게 만들진 않을 거야.

니나   (피아노 앞에 앉으며) 그럼 잘 들으시라고 명령하겠어요.

이 벌이 어쩌면 당신들을

고쳐줄지도 모르니까요!

(노래한다.)

슬픔이 어찌할 수 없는 눈물로[21]

그대의 눈에서 쏟아질 때,

그대가 다른 이와 함께 불행함을

보고 이해하기란 아프지 않네.

보이지 않는 벌레가 보이지 않게

그대의 지켜줄 이 없는 생명을 갉아먹네.

어쩌란 말인가? 나는 그가 나만큼

그대를 사랑할 수 없음이 기쁜 것을.

허나 우연히 행복이

그대의 눈빛에서 타오른다면,

그때 난 씁쓸하게, 은밀히 괴로워하고

내 가슴 속에는 지옥 전체가 있으리라.

네 번째 등장

이전의 사람들과 아르베닌.

3절의 끝부분에 남편이 들어와서 피아노에 기댄다. 그녀가 보고 멈춘다.

아르베닌	왜, 계속하시지요.
니나	마지막 부분을 완전히
	잊어버렸어.
아르베닌	당신이 원하신다면
	내가 기억나게 해 드리리다.
니나	(당황하여) 아니야, 뭐 하러 그래?
	(방백, 여주인에게) 몸이 좋질 않아. (일어난다.)
손님들	(다른 사람에게) 모든 유행가 속에는 언제나
	여자가 입 밖에 낼 수 없는
	그런 말이 들어 있지요.
손님2	게다가 우리의 타고난 혀는 너무 직설적이고,
	여성의 변덕에는 아직 익숙지 않지요.
손님3	옳습니다. 마치 야만인처럼 우리의 오만한 혀는
	자유에 고분고분할 뿐, 굽히질 않지요.
	그 대신 우린 선량한 마음을 굽히곤 하죠.

아이스크림이 나온다. 손님들은 홀의 다른 쪽 끝으로 흩어지거나 다른 방들로 하나씩

나간다. 그런 끝에 아르베닌과 니나 둘만 남는다. 익명인이 무대 안쪽에 나타난다.

니나   (여주인에게) 저긴 더워, 난 한쪽에 앉아서 쉴게!

           (남편에게) 나의 천사, 나한테 아이스크림을 갖다 줘.

아르베닌은 몸서리를 치고 아이스크림을 가지러 간다. 돌아오면서 독을 붓는다.

아르베닌   (방백) 죽음이여, 도와다오.

니나   (그에게) 왠지 난 슬프고 지루해.

           물론 재앙이 날 기다리는 거겠지.

아르베닌   (방백) 때때로 난 예감을 믿곤 하지.

           (주면서) 받아, 지루함을 위한 약이야.

니나   그래, 이게 식혀줄 거야. (먹는다.)

아르베닌   오, 식혀주지 않을 리가 있나?

니나   여긴 이제 지루해.

아르베닌   어쩌겠어?

           사람들과 함께 있으면서 지루하지 않으려면.

           어리석음과 교활함을 보는 법을 스스로 훈련해야 하는걸!

           그게 사교계가 주변에서 맴도는 것 전부니까!

니나   당신 말이 맞아! 끔찍해!

아르베닌   그래, 끔찍하지!

니나   순결한 영혼은 하나도 없어…

아르베닌   없지.

           난 하나 찾았다고 생각했는데, 그것도 헛일이었어.

니나   무슨 소리야?

아르베닌   내 말은

           내가 사교계에서 그런 영혼을 하나 찾았다고

           … 당신을.

니나   당신 창백해.

아르베닌   춤을 많이 췄어.

니나   정신 차려, 여보![22] 당신은 자리에서 일어나지도 않았잖아.

아르베닌   그럼 확실히, 춤을 적게 춰서 그런가보지!

니나   (빈 접시를 준다.) 받아, 상에 놔줘.

아르베닌   (받는다.) 전부, 전부!

           내게 한 방울도 남겨주지 않았어! 잔인하게도!

           (생각에 잠겨) 운명의 걸음은 내디뎌졌고, 무를 수는 없다.

           그러나 아무도 그녀를 따라 죽지는 않으리라.

           (접시를 땅에 던져 깨뜨린다.)

니나   서툴기도 해라.

아르베닌   상관없어, 난 아파.

           얼른 집에 가자.

니나   가자, 하지만 말해줘, 내 사랑.

           당신 오늘 음침해! 당신 나한테 불만 있어?

아르베닌   아니, 오늘 난 당신한테 만족했어. (그들은 나간다.)

익명인   (혼자 남아서) 하마터면 가엾게 여겨

           그 순간 앞으로 뛰쳐나갈 뻔 했어…

           (생각에 잠긴다.) 아니지, 운명이 정한 바가 이루어지도록 하라,

           그 다음 내가 행동할 차례가 올 것이다. (나간다.)

2장

첫 번째 등장

아르베닌의 침실.

니나가 들어온다. 하녀가 뒤따른다.

하녀   마님, 어쩐지 좀 창백해지셨어요

니나   (귀고리를 풀며) 몸이 안 좋아.

하녀   피곤하신가 봐요

니나   (방백) 남편 때문에 놀란 거야. 어째서인지는
　　　　모르겠어! 말이 없고 시선은 이상해.
　　　　(하녀에게) 왠지 답답해. 분명히 코르셋 때문이겠지.
　　　　말해줘, 오늘 옷이 내 얼굴하고 어울렸니?
　　　　(거울로 간다.) 네 말이 맞아, 난 창백해. 마치 죽음처럼 창
　　　　백하구나.
　　　　하지만 페테르부르크에서 누가 창백하지 않을까, 그렇지?
　　　　나이든 공작영애 하나만이
　　　　발그레하지! 우스꽝스러운 빛이야!
　　　　(곱슬머리 가발을 벗고 머리를 땋는다.)
　　　　아무데나 던져 놓고 숄을 주렴. (안락의자에 앉는다.)
　　　　새 왈츠는 너무 좋았어! 뭔가에 도취되어
　　　　더 빨리 빙빙 돌았지. 그리고 신기한 갈망이
　　　　나와 내 생각을 나도 모르게 먼 곳으로 데려갔어.
　　　　그리고 심장이 죄어들었어. 슬픔도, 기쁨 때문도
　　　　아니었어. 사샤, 내게 책을 다오
　　　　그 공작은 또 날 질리게 만들었어.
　　　　하지만 그 정신 나간 애송이가 정말 불쌍한걸!
　　　　거기서 뭐라고 했더라… 악인과 처벌…
　　　　카프카즈… 재앙… 헛소리였어.

하녀   치워드릴까요? (옷들을 가리키며)

니나   놔둬.

(생각에 빠져든다. 아르베닌이 문가에 나타난다.)

하녀	나갈까요?
아르베닌	(하녀에게 조용히) 물러가라.
	(하녀는 나가지 않는다.) 나가라니까.
	(나간다. 그는 문을 잠근다.)

두 번째 등장

아르베닌과 니나.

아르베닌	당신은 이미 그녀가 더 이상 필요 없어.
니나	당신 여기 있어?
아르베닌	나 여기 있어!
니나	나 아픈 것 같아,
	머리는 불 속에 있는 것 같고 이리 가까이 와.
	손을 줘봐. 머리가 온통 뜨거운 거 느껴져?
	내가 왜 아이스크림을 먹었을까,
	확실히 그때 감기에 걸린 거야.
	그렇지 않아?
아르베닌	(딴청을 부리며) 아이스크림? 맞아…
니나	내 사랑! 당신하고 얘길 하고 싶었어!
	언젠가부터 당신 변했어,
	예전의 애정은 당신에게서 찾아볼 수가 없어.
	당신의 목소리는 툭툭 끊어지고, 시선은 차가워.
	이게 다 가장무도회 때문이야. 오, 난 그게 미워.
	다시는 그런 곳에 가지 않겠다고 맹세해.
아르베닌	(방백) 놀랄 것도 없지! 이젠 그것 없이도 할 수 있으니까!

니나	한 번이라도 조심성 없이 행동하는 것이 뭘 의미하는지.
아르베닌	조심성 없이! 오!
니나	거기에 모든 재앙이 있는 거야.
아르베닌	모든 걸 미리 잘 생각했어야지.
니나	오, 내가 당신의 성정을 미리 알았더라면,
	절대 당신의 아내가 되지 않았을 거야.
	당신을 괴롭히고, 나 스스로 고통스러워하다니.
	정말 즐겁고 사랑스러운 일이잖아!
아르베닌	정말 그래. 내 사랑이 당신에게 무슨 소용이겠어!
니나	여기 무슨 사랑이 있어? 그런 삶이 나에게 무슨 소용인데?
아르베닌	(그녀의 곁에 앉는다.)
	당신이 옳아! 삶이 대체 뭔데? 삶은 공허한 거야.
	아직 심장의 피가 빠르게 흐르는 동안,
	세상의 모든 것은 우리에게 기쁨이자 즐거움이지.
	열망과 열정의 세월은 지나갈 것이고,
	주위의 모든 것은 점점 어두워지고, 더 어두워질 거야!
	삶이란 뭘까? 오래 전부터 잘 알려진,
	어린애들의 연습문제를 위한 수수께끼인걸.
	처음엔 탄생! 그 다음엔
	근심과 은밀한 상처의 고통이 끔찍하게 이어지지.
	죽음이 마지막이고, 전체가 기만이야!
니나	(가슴을 가리키며) 여기서 뭔가 타는 것 같아.
아르베닌	(계속하며) 지나갈 거야! 아무 것도 아니야!
	조용히 하고 들어봐. 내가 그랬잖아,
	삶이란 아름다울 동안만 소중할 뿐이라고
	하지만 그게 오래갈까! 삶은 무도회 같아.
	빙빙 돌고 있으면. 즐겁고, 주변의 모든 것은 빛나고, 선

명하지…

집에 돌아오기만 하면, 구겨진 의상을 벗고

모든 것을 잊고 지치는 것뿐이야.

그것과는 젊은 시절에 작별하는 편이 낫지.

영혼이 아직 그 무심한 공허에

길들고 익숙해지지 않았을 때 말이야.

순식간에 다른 세상으로 날아가는 거야.

아직 이성이 과거로 인해 괴로워하지 않을 때,

죽음과의 투쟁이 아직 쉬울 때.

하지만 이런 행복은 운명이 모든 사람에게 주는 건 아냐.

니나　오, 아니야, 난 살고 싶어.

아르베닌　어째서?

니나　예브게니,

나 아파, 고통스러워.

아르베닌　당신의 고통보다 더 심하고, 더 끔찍한 고통이

적지 않을걸.

니나　의사를 부르러 사람을 보내줘.

아르베닌　삶은 영원이고, 죽음은 순간일 뿐이야!

니나　하지만 난, 난 살고 싶어!

아르베닌　저곳에서 무수한 위로가

순교자들을 기다리고 있어.

니나　(놀라서) 하지만 부탁이야.

얼른 의사를 부르러 사람을 보내줘.

아르베닌　(일어난다, 냉정하게) 보내지 않을 거야.

니나　(침묵 후에)

당연히 농담이겠지. 하지만 그런 농담은 불경한 거야.

나 죽을 수도 있어. 빨리 보내줘.

아르베닌	어째서? 그대는 의사 없이는
	죽지도 못한단 말이오?
니나	당신은 나쁜 사람이야.
	예브게니. 난 당신의 아내라고
아르베닌	그래! 알지, 알아!
니나	오, 가엾게 여겨줘! 내 가슴 속에서
	불길이 넘쳐, 나 죽어.
아르베닌	그렇게 빨리? 아직 아닌데.
	(시계를 본다.) 30분 남았어.
니나	오, 당신은 날 사랑하지 않아.
아르베닌	대체 어째서
	당신을 사랑해야 하지. 당신이 내 가슴 속에
	지옥 전체를 던져 넣었는데? 오, 아니지, 난 기뻐, 기쁘다고
	당신이 고통스러워하니까. 세상에, 세상에!
	당신, 당신이 감히 사랑을 요구하다니!
	내가 당신을 적게 사랑했던가, 말해보지?
	그런 부드러움의 가치를 당신은 알고 있었나?
	내가 당신의 사랑에서 많은 것을 원했던가?
	부드러운 미소, 상냥한 시선을 바랐는데.
	내가 발견한 건 교활함과 배신이었어.
	그럴 수가 있나! 나를 팔아넘기다니!
	어리석은 자의 키스에 나를… 한 마디 말에
	기꺼이 영혼을 바쳤던 나를,
	나를 배신하다니? 나를? 그렇게 빨리!
니나	오, 내가 만약 내 잘못을
	스스로 알기라도 한다면. 그러면…
아르베닌	입 다물어, 그렇지 않으면 난 미칠 거야!

	도대체 언제 이 고통이 그치는 걸까!
니나	내 팔찌를 공작이 발견했어. 그러고 나서
	누군가 중상모략을 해서
	당신을 속인 거야.
아르베닌	뭐, 내가 속은 거라고!
	됐어, 내가 실수한 거야! 나는 행복할 수 있으리란
	몽상을 했다… 다시금 사랑하고 신을 믿을 수 있으리라
	생각했지… 그러나 운명의 시간이 도래했고,
	모든 것은 환자의 헛소리처럼 지나갔다!
	어쩌면, 나는 천상의 꿈을 실현시킬 수도 있었는데
	희망에 몰두해서, 심장 속에 있는 것,
	이전에 그 안에서 꽃피었던 모든 것을 되살릴 수도 있었는데.
	당신이 원치 않았어, 당신이!
	울어! 울라고 하지만 니나, 대체,
	도대체 여자의 눈물이란 게 뭘까? 물이지!
	나도 울었어! 내가, 남자가!
	원한으로, 질투 때문에, 고통과 수치 때문에
	울었어. 그래!
	하지만 당신은 남자가 운다는 것이
	뭘 의미하는지 모르지!
	오, 그런 순간엔 그에게 다가가지 마.
	그의 손엔 죽음이. 그 가슴 속엔 지옥이 있으니.
니나	(눈물을 흘리며 무릎을 꿇고 두 손을 하늘을 향해 든다.)
	하늘의 창조주여, 불쌍히 여기소서!
	그는 듣지 않으나 당신은 모든 것을 들으십니다. 당신은
	모든 걸 아십니다,
	그리고 전능하신 이여, 당신은 저의 무죄를 인정하실 것입니다!

아르베닌 그만 해. 적어도 신 앞에서는 거짓말하지 마!

니나 아니, 거짓말이 아니야. 난 거짓된 기도로

그분의 신성한 영역을 더럽히는 게 아니야.

그분에게 난 고통 받는 영혼을 맡길 거야.

당신의 심판자인 그분은, 내겐 변호인이 되실 거야.

아르베닌 (그동안 방 안을 걸어 다니다가, 팔짱을 끼고)

이제 기도할 시간이야, 니나.

몇 분 후에 당신은 죽을 거니까.

그리고 당신의 최후는 사람들에게 비밀로

남을 거고, 신의 법정만이 우리를 심판하겠지.

니나 뭐? 죽는다고! 지금, 바로. 아니, 그럴 리 없어.

아르베닌 (웃으며) 그대가 이것 때문에 근심하리란 걸 난 미리 알고

있었다오.

니나 죽음, 죽음이! 맞아. 가슴에 불이. 온통 지옥이…

아르베닌 그래, 내가 무도회에서 당신에게 독약을 줬어. (침묵)

니나 믿을 수 없어, 그럴 리가. 아니, 당신은 날

(그에게 달려든다.)

놀리는 거야… 당신은 괴물이 아니잖아… 아니야!

당신 영혼엔 선량함의 불꽃이 있어… 그렇게 냉정하게

날 한창 때에 죽이진 않을 거야.

그렇게 외면하지 마, 예브게니,

내 고통이 계속되게 하지 마.

날 구해줘, 내 공포를 흩어버려 줘…

여길 봐…

(그의 눈을 똑바로 쳐다보고는 뒤로 물러난다.)

오! 당신 눈 속에 죽음이 있어. (의자에 쓰러져 눈을 가린다.)

(그가 다가와서 그녀에게 키스한다.)

아르베닌	그래, 당신은 죽어. 그리고 나는 여기
	혼자, 혼자 남을 거야… 때가 되면
	죽겠지. 언제나 혼자일 거야! 끔찍하군!
	하지만 당신은! 겁내지 마. 아름다운 세계가
	당신에게 열리고, 천사들이 당신을
	자기들의 천상의 안식처로 데려갈 거야.
	(운다.) 그래, 난 당신을 사랑해, 사랑해… 난 있었던 모든 것을
	망각에 내어주었어, 복수에는 한계가 있어.
	바로 이거야. 봐, 여기, 당신의 살인자가
	마치 어린애처럼 당신을 내려다보며 흐느끼는 걸… (침묵)
니나	(벗어나서 벌떡 일어난다.) 여기, 여기요, 도와주세요! 죽어가요
	독, 독이. 듣지 않아… 알겠어,
	당신은 용의주도해… 아무도… 오지 않을 거야…
	하지만 기억해! 천상의 심판이 있다는 걸.
	그리고 이 살인자, 난 당신을 저주해.
	(문까지 달려가지 못하고, 의식을 잃고 쓰러진다.)
아르베닌	(쓰게 웃으며) 저주라! 저주하는 게 무슨 소용이 있을까?
	나는 신에게 저주받은걸.
	(다가간다.) 가엾은 피조물,
	그녀에겐 견딜 수 없는 벌이야… (팔짱을 끼고 서 있다.)
	창백하군! (몸서리친다.)
	하지만 모든 모습은 평온하고, 그 안에
	후회나 가책의 빛은 보이지 않는다…
	정말 그런가?
니나	(약하게) 안녕, 예브게니!
	난 죽지만 죄는 없어… 당신은 나쁜 사람이야…
아르베닌	아니, 아니야. 말하지 마,

거짓말도, 교활함도 이미 당신에게 도움이 안 돼… 어서 말해.

내가 속은 거라고… 지옥 자체도 내 사랑을

그렇게 갖고 놀 수는 없어!

말하지 않을 건가? 오! 당신은 복수당해 마땅해…

하지만 그건 도움이 안 돼, 당신은 죽을 거야…

그리고 사람들에게 모든 건 비밀이 될 거야. 안심하라고!

니나　　이제 나에겐 상관없어… 어쨌거나 난

신 앞에서 죄가 없어. (죽는다.)

아르베닌　(그녀에게 다가갔다가 빠르게 돌아선다.)

거짓말! (안락의자에 주저앉는다.)

3막의 끝

4막

1장

첫 번째 등장

아르베닌　(탁자 앞 소파에 앉아 있다.)

괴로운 노력 가운데

스스로와의 투쟁으로 나는 쇠약해졌다…

그리고 결국 감정은

뭔가 괴롭고, 기만적인 평온을 맛보았다!

때때로 뜻하지 않게 이 차가운 꿈속에서

영혼이 근심으로 괴로워하고,

심장은 마치 무언가를 기다리는 것처럼 욱신거린다.
모든 것은 끝나지 않았던가. 정말로 지상에
내가 맛볼 새로운 고통이 남아 있단 말인가!
쓸데없는 소리다. 시간이 흐르고, 망각이 찾아와
세월의 무게 아래서 상상력은 죽어갈 것이다.
그리고 언젠가 평온이 다시금
이 가슴에 깃들게 될 것이다!
(생각에 잠긴다, 갑자기 고개를 든다.)
내가 실수한 거야! 아니, 기억은
가차 없구나! 그녀의 애원이, 슬픔이
내게 얼마나 생생하게 보이는가. 오! 지나가라, 지나가
너, 잠에서 깨어난 뱀이여.
(팔 위로 고개를 떨어뜨린다.)

두 번째 등장

카자린   (조용히) 아르베닌이 여기 있나? 슬픔에 잠겨 한숨 쉬는군.
어디 보자, 꼭 무슨 희극 연기를 하는 것 같잖아.
(그에게) 친애하는 친구, 난 자네의 불행을 알고서
급히 자네에게로 왔다네.
어쩌겠나. 운명이 그런 것을,
모든 사람에겐 각자의 재난이 있다네.
(침묵) 이제 됐어, 친구, 가면을 벗게,
그렇게 점잖게 시선을 떨구지 말라고.
그런 건 사람들과 있을 때, 관객을 위해서
훌륭하긴 해도. 자네와 난 배우니까.
말해 보게나, 친구… 자네 상당히 창백해졌군.

밤새 카드에서 완전히 졌던 걸 생각해 보게.
오, 늙은 사기꾼 같으니. 나중에 이야기할
시간이 있겠지… 저기 자네의 친척이 왔어.
고인에게들 가는군, 당연히 인사를 차리러 가는 거겠지.
잘 있게, 내일 보지.
(나간다.)

세 번째 등장

친척들이 도착한다.

귀부인 (질녀에게)
분명히, 그에게 주님의 저주가 내린 걸 거야.
나쁜 남편, 나쁜 아들이었으니까.
상복 만들 옷감을 사러
가게에 들르라고 얘기해 주렴.
비록 지금 수입이 전혀 없긴 하지만,
친척을 위해서라면 파산해야겠지.

질녀 아주머니![23] 사촌언니가 죽은 이유가
대체 뭔가요?

귀부인 아씨 마님, 그건 그대들의 최신 사교계가 어리석기 때문이죠.
당신들은 살아남아서 결국 재앙을 보았잖아요.
(나간다.)

네 번째 등장

고인의 방에서 의사와 노인이 나온다.

노인	그녀가 당신이 보는 데서 숨을 거둔 건가요?
의사	저를 부를 시간이
	없었어요… 제가 항상 그랬죠.
	아이스크림과 무도회는 재앙을 가져온다고요.
노인	관 덮개가 호화롭군요. 무늬 비단을 눈 여겨 보셨습니
	까?
	작년 봄 저희 형님의 관에도
	아주 똑같은 걸 덮었더랬지요.
	(나간다.)

다섯 번째 등장

의사	(아르베닌에게 다가가 손을 잡는다.) 쉬셔야 합니다.
아르베닌	(움찔한다.) 아!
	(방백) 심장이 죄어들었어!
의사	오늘 밤 지나치게 슬픔에 빠지셨습니다.
	잠을 청해 보시지요.
아르베닌	노력해 보겠소.
의사	이미 어떤 것도
	도움이 될 순 없겠지요. 하지만 당신에겐
	자기 자신을 돌보실 일이 남았습니다.
아르베닌	오호! 난 멀쩡합니다.
	나의 가슴은 어떤 지상의 고통에도
	열중하여 희생물이 되지 않았소
	난 여전히 살아 있소… 나는 행복을 바랐고
	신께선 내게 그것을 천사의 모습으로 보내주셨소.
	나의 죄 많은 호흡이

그 안의 신성을 더럽혔지.

바로 여기, 이 아름다운 피조물은

보시오, 차갑게 죽어 있소.

일생에 단 한 번, 나는 명예를 걸고

타인을 파멸에서 구해 주었는데,

그는 웃고, 장난을 하며, 한 마디도 하지 않고,

내게서 모든 것, 모든 것을 빼앗아 갔소 불과 한 시간 만에.

(나간다.)

의사   그는 정말로 병이 들었군. 그 머릿속에

고통의 어둠이 있다는 걸 의심할 수 없어.

하지만 만약 그가 미친다면,

그의 목숨은 내가 책임지겠다.

(나가다가 두 사람과 마주친다.)

여섯 번째 등장

익명인과 공작이 들어온다.

익명인   좀 여쭤보겠습니다. 우리가 아르베닌을

만나면 안 될까요.

의사   사실, 뭐라고 확언할 수가 없군요.

그의 아내가 어제 고인이 되었습니다.

익명인   매우 유감입니다.

의사   그는 아주 비탄에 빠져 있습니다.

익명인   그가 무척 안됐군요

그런데 집에는 있습니까?

의사   그 사람이요? 집에 있죠! 예.

익명인	그에게 아주 중요한 볼일이 있습니다.
의사	물론 신사분들은 그의 친구시겠죠?
익명인	아직 아닙니다만, 우리가 여기 온 건
	약간 친분을 맺기 위해서입니다.
의사	그는 정말로 병이 들었어요.
공작	(놀라며) 기억을 잃고
	누워 있습니까?
의사	아니요, 걸어 다니며 말을 합니다.
	아직 희망이 있지요.
공작	천만다행이오!

(의사가 나간다.)

일곱 번째 등장

공작	오, 드디어!
익명인	당신의 얼굴이 불타는군요
	당신의 결정은 확실한 겁니까?
공작	그럼 당신은 당신의 의심이 합당하다는 걸
	제게 보증할 수 있습니까?
익명인	들어 보시지요. 우리 두 사람의 목적은 같습니다.
	우리 둘 다 그를 증오하지요
	하지만 당신은 그의 영혼을 모릅니다. 음울하고,
	마치 무덤 문처럼 깊지요.
	그 문이 뭔가에 열리면, 비록 단 한 번일지라도,
	그것은 그 안에 영원히 매장되는 거요.
	그 영혼에 의심이란 곧 증거가 되오
	그는 용서도, 연민도 모르지.

모욕을 당하면. 복수! 그때는
바로 복수만이 그의 목적이며 법이오.
그렇소, 이 때 이른 죽음은 이유가 없지 않지.
난 당신이 그의 원수임을 알았소 기꺼이 당신을 도우리다.
당신은 싸우게 될 것이오 나는 두어 걸음 물러나서,
그 장면의 관객이 되도록 하겠소.

공작   하지만 내가 하루 전에 그에게 모욕당했다는 것을
당신은 어떻게 아셨습니까?

익명인   기꺼이 말씀드릴 수도 있지만
당신에겐 지루할 겁니다.
게다가 온 도시가 그 얘길 하고 있으니까요.

공작   생각만 해도 참을 수 없어!

익명인   그 생각이 당신을 지나치게 괴롭히고 있군요.

공작   오, 당신은 수치가 뭔지 모르시는군요.

익명인   수치요? 아니지. 경험이 당신에게 그것을 잊도록 가르쳐줄
거요.

공작   그런데 당신은 누굽니까?

익명인   이름이 당신에게 필요한가요?
나는 당신의 공모자요 열성적이고 사이좋게
당신의 명예를 위하여 스스로 가담했소.
그 이상은 당신이 알 필요가 없지요.
하지만, 이런! 사람들이 오는군… 걸음걸이가 무겁고
느리군요 그 사람이오! 확실해. 잠시
물러나 있으시오… 그와 볼일이 좀 있소
그리고 지금 당신은 우리의 증인으로는 부적절하오.
(공작은 한쪽으로 물러난다.)

여덟 번째 등장

아르베닌은 초를 들고 있다.

아르베닌   죽음! 죽음! 오, 이 단어가 여기에,
          도처에 있구나. 나는 이 단어로 가득 차 있다.
          이 단어가 나를 따라다닌다. 침묵 속에서
          나는 그녀의 말없는 시신을 한 시간 동안 바라보았다.
          그리고 심장은 표현할 길 없는 우수로
          가득, 가득 찼다.
          그 모습에는 평온과 어린아이 같은 태평함이 있었어.
          영원한 미소가 조용히 피어났고,
          그녀 앞에서 영원이 열렸을 때
          거기서 그녀의 영혼은 자신의 운명을 읽었다.
          내가 정말 실수한 것인가? 내가 실수한다는 건
          불가능해. 누가 나에게 그녀의 무고함을
          증명할 것인가. 거짓말이야. 거짓말!
          증거가 어디 있단 말인가. 나에게만 있는걸!
          내가 그녀를 믿지 않았는데. 대체 누굴 믿는단 말인가.
          그래, 나는 정열적인 남편이었지만,
          냉혹한 심판자였다. 대체 누가 감히 내게
          확신을 잃게 한단 말인가?

익명인   감히 내가 하겠네!

아르베닌   (처음에는 놀랐다가, 물러나서 그의 얼굴 쪽으로 촛불을 가져간
          다.) 대체 누구요?

익명인   그럴 만도 하지, 예브게니,
          자네가 날 알아보지 못하는 것 말이야. 우린 친구였네만.

아르베닌	하지만 당신은 누구요?
익명인	자네의 선량한 수호신일세.
	그래, 눈치 채이지 않게, 나는 어디서나 자네와 함께 있었지.
	언제나 다른 얼굴로, 언제나 다른 옷차림을 하고
	자네의 일은 전부, 때론 자네의 생각도 알고 있었지.
	얼마 전엔 가장무도회에서 자네에게 경고를 했어.
아르베닌	(몸서리치며) 난 예언자들을 좋아하지 않소. 당장
	나가줄 것을 요구하는 바요. 진지하게 하는 말이오.
익명인	항상 그런 식이지. 하지만, 위협적인 목소리와
	단호한 명령에도 불구하고,
	나는 가지 않겠네. 그래, 자네가 날 알아보지 못했다는 걸
	확실히, 확실히 알겠군. 나는 위험한 순간에
	오랫동안 추구해온 목적으로부터
	방향을 돌릴 수 있는 종류의 사람은 아닐세.
	난 내 목적을 달성했어. 그리고 여기 이 자리에 누워,
	죽을 걸세. 하지만 이제 뒷걸음질을 하지 않겠어.
아르베닌	나 자신이 그런 사람이오. 더구나 그런 것으로
	잘난 체 하지도 않지.
	(앉는다.) 들어 보겠소.
익명인	(방백) 지금까지로 봐선
	내 말이 그를 건드리지 못했군!
	아니면 내가 정말로 실수를 했던가!
	더 두고 보자.
	(그에게) 7년 전에
	자넨 나를 알아보았지, 아르베닌. 나는 젊었고,
	경험이 없었으며, 열정적이었고, 부유했다.
	하지만 자넨. 자네 가슴 속엔 이미 그 냉기가,

자네가 어디서나 자랑스러워했던

모든 것에 대한 지옥의 경멸이 있었지!

지성을 탓해야 할지 환경을 탓해야 할지는 모르겠네만

나는 자네의 영혼을 분석하지는 않겠네.

그 영혼은 그런 것을 만들 수 있었던

유일한 존재인 신만이 이해하실 테니까.

아르베닌   첫 수는 훌륭하군.

익명인   끝이 더 못하진 않을 거야.

언젠가 자네가 날 설득한 적이 있지.

자기에게 빠지도록 말이야…

내 지갑은 꽉 차 있었지.

게다가 난 행복을 믿었고 자네와 함께 앉아서

노름을 했는데 잃었다네. 나의 아버지는

인색하고 엄격한 사람이었어. 책망을

피하기 위해 난 패배를 만회하기로 했네.

그러나 자네가, 젊었지만 자넨 나를

손아귀에 쥐고 있었지. 난 다시금 전부 잃고 말았네.

난 절망에 빠졌어… 자네가 기억할지

모르겠네만, 눈물과 애원이 있었지…

그것들은 자네에게 웃음을

불러일으킬 뿐이었어. 오! 나를 단검으로

찌르는 편이 나았을 텐데. 그러나 그때 자넨

아직 앞날을 예언자처럼 내다보지는 못했지.

악의 씨앗이 지금

그에 합당한 열매를 맺은 것뿐이야.

(아르베닌은 일어나려다가 생각에 잠긴다.)

그 순간 이후로 나는 모든 것을 버렸네,

모든 것을. 여자와 사랑, 젊은 시절의 행복,

부드러운 몽상과 감미로운 흥분도,

그리고 이 세상에서 내겐 새로운 세계가 열렸지.

새로운, 이상한 감각의 세계,

사회가 버린 사람들의 세계,

자존심 강한 상념과 얼음 같은 열정,

아주 흥미로운 고통의 세계 말일세.

난 돈이 지상의 제왕임을 알게 되었고,

그에게 경배했네… 세월이 흘렀지.

모든 것은 빠르게 사라져갔어. 부와 건강이,

행복의 문은 영원히 내 앞에서 닫혀 버렸지!

나는 운명과 마지막 계약을 맺었다.

그리하여 지금의 내가 된 것이지.

아! 자네 떨고 있군. 내 목적을

이해한 거야. 내가 말한 것을.

자, 날 모른다고 다시 한 번 말해 봐.

아르베닌	저리 가. 널 알아봤어. 알아봤다고!
익명인	저리 가라고! 그게 전부인가. 자네가 날 비웃었으니,

나도 기꺼이 즐기겠네.

얼마 전에 우연히 내게 소문이 들리더군,

자네가 결혼하고 부유하여 행복하다고 말이야.

난 씁쓸해졌네. 마음이 불평하기 시작했어.

그래서 오랫동안 생각했네. 대체 어째서

그는 행복한가. 명료한 감정이

내게 속삭였지. 가라, 가서 평온을 깨뜨려라,

난 자넬 추적하기 시작했지, 군중에 섞여서,

지치지 않고, 언제 어디서나 말이야.

모든 것을 알아냈지. 마침내

나의 노고에도 끝이 온 거야.

들어 봐. 난 알아냈다고 그리고, 그리고

자네에게 한 가지 진실을 밝히도록 하지…

(느릿느릿하게)

들어봐. 자넨… 아내를 죽였어!

(아르베닌은 벌떡 일어난다. 공작이 다가간다.)

아르베닌   죽었다고? 내가? 공작! 오! 그게 무슨…

익명인   (물러나며) 난 전부 얘기했어, 그가 나머지 얘기를 해 줄

         걸세.

아르베닌   (격분하며) 아! 음모로군… 아주 멋져… 난 자네들

         손바닥 안에 있네… 누가 감히 자네들을 방해하겠나?

         아무도 못해… 자네들이 여기서 왕일세… 난 고분고분하

         다고

         지금 난 자네들 발아래 있지… 내 영혼은

         자네들의 시선에 움츠러 들었어… 난 멍청이고 어린애야,

         자네들에게 한 마디도 반박할 말이 없군.

         난 일순간에 패배 당했고, 쉽사리 기만당했으며

         순순히 도끼 아래 고개를 수그리도록 하지.

         그런데 당신들은 아직 내 안에

         지성과 경험, 힘이 있다는 걸 계산하지 못했지?

         그녀의 무덤이 모든 것을 가져갔다고 생각했나?

         내가 당신들에게 모든 걸 옛날식으로 갚지 않을 것 같아?

         당신들 생각엔 내가 소문의 교활한 허튼 소리에 대단히

         굴욕당한 게 아닌가!

         그래, 무대는 잘 고안되었군 그래. 하지만 당신들은

         결론을 짐작하지 못했어.

이 어린애는 이렇게 해서 나와

싸울 생각이로군. 따귀 한 대로는

부족했던 모양이야. 아니, 다른 걸 원하는군.

전부 받게 되실 거요, 친애하는 양반.

사는 게 싫증이 나셨구려! 이상할 것도 없지. 멍청이의 삶,

야비한 난봉꾼의 인생이니.

이제 안심하시구려. 당신은 살해될 거요,

비열한의 이름과 죽음으로 죽게 될 거야.

공작	두고 봅시다. 그러나 얼른 하지.
아르베닌	갑시다, 가자고
공작	이제 난 행복하오.
익명인	(제지하며) 좋소, 허나 중요한 것을 잊으셨군.
공작	(아르베닌을 제지하며) 잠깐만. 당신이 헛되이

날 비난했다는 걸 알아야 하오⋯ 당신의 희생자는

아무런 잘못도 없소. 당신은 날

적시에 모욕했지⋯ 난 당신에게 모든 것을

말하려 했을 뿐인데. 허나 갑시다.

아르베닌	뭐? 뭐라고?
익명인	자네 아내는 무고해. 자네가

너무 엄격하게 해치운 거야.

아르베닌	(껄껄 웃는다.) 당신들은 농담을 많이도 챙겨 두었군.
공작	아니, 아니요 농담이 아니오, 창조주께 맹세하지.

팔찌는 우연한 운명으로

남작부인의 손에 들어갔고 그 다음

그녀의 손으로 내게 건네진 거요.

나 스스로 실수한 거요. 그러나 당신의 아내는

나의 사랑을 거절했소

내가 하나의 실수에서

그토록 많은 악이 나올 것을 알았더라면

분명 시선도, 미소도 찾지 않았을 것이오,

그리고 남작부인이 이 편지에서

당신에게 모든 것을 밝혀주고 있소

어서 읽어 보시오. 내겐 일각이 소중하니까…

(아르베닌은 편지를 쳐다보고 읽는다.)

익명인 (하늘로 눈을 들고, 위선적으로)

섭리가 악인을 벌하시는 도다!

무고한 여인이 죽었도다. 가엾어라!

그러나 여기서는 슬픔이 그녀를 기다렸으나,

하늘에서는 구원이 기다리도다!

아아, 나는 그녀를 보았다. 그녀의 눈은

영혼의 모든 순결함을 명백히 보여주고 있었다.

이 아름다운 꽃을 순간의 뇌우가 짓밟으리라고

누가 생각할 수 있었으랴.

불운한 자여, 왜 침묵하는가?

머리털을 쥐어뜯으라. 괴로워하라. 그리고 소리쳐라.

끔찍하구나! 오, 끔찍하다!

아르베닌 (그들에게 덤벼든다.) 목 졸라 죽일 테다, 이 형리들아!

(갑자기 약해져서 안락의자에 쓰러진다.)

공작 (거칠게 밀치며) 후회는 부질없소

권총이 기다리고 있어. 우리의 싸움은 끝난 게 아냐.

말이 없군, 듣질 않아, 정말로 그는

제정신을 잃은 건가…

익명인 아마도…

공작 당신이 날 방해했소

익명인	우리는 각자 조준을 했고,
	나는 복수를 했는데, 내 보기에 당신에겐 이미 늦었군요!
아르베닌	(사나운 시선을 하고 일어난다.)
	오, 뭐라고 하셨소? 힘이 없군, 힘이 없어.
	난 모욕을 당했는데, 난 그렇게 확신했는데.
	용서하소서, 나를 용서하소서. 오, 신이여. 내게 용서를.
	(껄껄 웃는다.) 그런데 눈물, 하소연, 탄원이라?
	너는 용서했던가?
	(무릎을 꿇는다.) 자, 여기 내가 당신들 앞에 무릎을 꿇었소
	말해 주시오. 사실이 아니라고 배신이,
	교활함이 확실하다고… 난 지금 당신들이
	그녀를 비난해주길 원하오, 명령하오
	그녀가 무고하다고? 당신들이 이 자리에 있었단 말인가?
	당신들이 내 영혼을 보았는가?
	지금 내가 간청하듯이, 그녀가 빌었어.
	실수라. 내가 실수했어. 어떻게 하지!
	그녀가 내게 똑같은 말을 했는데,
	내가 그랬지, 거짓말이라고
	(일어난다.) 내가 그녀에게 그렇게 말했어.
	(침묵) 당신들에게 이 사실을 밝히도록 하지.
	난 그녀를 죽인 게 아니야.
	(익명인을 빤히 쳐다본다.)
	자네, 어서 고백해.
	용감히 말해봐,
	나와 있을 때만이라도 솔직해지라고
	오, 친애하는 친구, 어째서 자넨 잔인했던 건가?
	난 정말 그녀를 사랑했는데, 할 수만 있었다면,

난 그녀의 눈물 한 방울도 하늘에도 천국에도
양보하지 않았을 텐데. 허나 자넬 용서하네!
(그의 품에 쓰러져서 운다.)

익명인   (그를 거칠게 밀어내며) 정신 차려. 깨어나라고…
(공작에게) 여기서
데리고 나갑시다… 바깥바람을 쐬면
물론 정신을 차릴 겁니다…
(그의 팔을 잡는다.) 아르베닌!

아르베닌   영원히
우린 만나지 못할 거야… 안녕히… 가자… 가자…
이리… 이리로…
(뿌리치고 그녀의 관이 있는 문으로 달려간다.)

공작   멈추시오!

익명인   이 오만한 정신이 오늘 맥을 놓았군!

아르베닌   (거친 신음소리를 내며 돌아온다.) 여기, 보시오! 보시오!
(무대 중앙으로 달려온다.) 내가 그랬지, 넌 잔인하다고!

땅에 쓰러져 눈을 움직이지 않고 반쯤 누운 채 앉아있다. 공작과 익명인은 그를
내려다보며 서 있다.

익명인   오랫동안 완전한 복수를 원했는데,
내가 완전히 복수를 당했구나!

공작   그는 미쳤다… 행복하구나… 그런데 난?
평온과 명예를 영원히 잃어버렸다!

끝

1) 서구희곡에서 막의 하위 단위인 장을 나누는 방식은 크게 장소변화를 기준으로 하는 셰익스피어식과 인물의 등퇴장을 기준으로 하는 프랑스식으로 나누어진다. 레르몬토프는 <에스파냐인들>에서는 전자를, <인간과 열정>에서는 후자를 사용하였다. 여기서는 그 두 가지를 절충하여 장소에 따른 '장'과 인물의 등퇴장에 따른 '등장 Выход'을 함께 사용하였다. 이 용어는 레르몬토프가 고안한 것으로 보이며 이 작품에서만 볼 수 있다. 영역자인 A. Karpovich는 Выход를 subscene으로 번역하였다.

2) 카드 한 귀퉁이를 접으면 판돈을 두 배로, 두 귀퉁이를 접으면 네 배로 올린다는 뜻이다. 따라서 한 번 사용한 카드는 버리고 매 게임마다 새것을 사용했다.

3) 카드가 졌다는 뜻.

4) '슈프리흐'는 성, 아담 페트로비치는 세례명과 부칭으로 같은 사람을 반복하여 부르는 것이다. 334쪽에 나오는 카자린에 대한 호칭도 같은 경우이다.

5) 18세기에 살았던 실존 인물. 이반 오시포프. 별명은 카인이며 로스토프 군 출신 농노의 아들이다. 자신의 반란을 기록한 자서전으로 유명하다. 이 맥락에서는 겉으로는 순진하나 실제로는 위험한 인물이라는 의미로 사용되었다.

6) Basta (에스파냐어, 이탈리아어): '충분하다'는 뜻. 러시아어에서도 같은 의미이다.

7) В. В. Энгельгардт(1785~1837): 푸시킨과의 우정으로 유명하며 문학서클 '녹색 등불'의 회원이었다. 향락을 즐기고 낭비벽이 심한 부자로 알려져 있다. 1830년대 중반에 넵스키 대로에 파리의 팔레 로얄을 본뜬 큰 저택을 지었는데 그곳에서 무도회와 가장무도회, 자선모임 등이 열렸으며 건물 안에는 카페와 레스토랑, 유흥시설 등이 있었다. 레르몬토프가 <가장무도회>를 집필하던 1835년에 엔겔가르트 가의 가장무도회가 큰 성공을 거두었다고 한다.

8) 가장무도에 쓰는 복면두건, 또는 두건이 붙은 외투.

9) 서구문화에서 바람난 아내를 둔 남편은 머리에 뿔이 난 것으로 묘사된다.

10) mon amour (프랑스어)

11) C'est une idée charmante, vous en avez toujours. (프랑스어).

12) Adieu, ma chere. (프랑스어)

13) mon ange. (프랑스어)

14) Monsieur (프랑스어): ~씨.

15) Bon mot (프랑스어)

16) Chateau Rahoul: 프랑스 보르도, 뻬삭 레오낭 지역에서 생산되는 와인명.

17) 19세기 초엽 파리의 소총 장인.

18) cartel (프랑스어)

19) 당시 관례에 따르면 노름을 하는 장소에서는 무기를 소지할 수 없었다. 공작의 신분은 장교이며, 군인들은 평상시에도 군복을 입어야 했다.

20) Mesdames (프랑스어)

21) 이 노래의 화자는 남성이다.

22) mon ami (프랑스어)

23) Ma tante! (프랑스어)

두 형제

1막

1장[1]

드미트리 페트로비치[2]는 안락의자에 앉아 있다. 유리는 그의 곁의 의자에, 알렉산드르는 한쪽 탁자 곁에 서서 서류를 넘기며 조사하고 있다.

드미트리 페트로비치 유리, 그 사람들이 절대 널 내게 보내주지 않을 줄 알았다. 솔직히 말해서, 널 보지 못하고 죽는다면 슬펐을 게야. 난 늙고 쇠약해. 오래 살았지, 때론 지나치게 즐거웠고, 때론 지나치게 슬펐다… 그리고 이젠 하느님께서 나를 곧 불러 가시리라는 느낌이 드는구나. 오늘만 해도 네가 도착했다는 소식을 들었을 때, 내가 얼마나 늙었는지 깨달았어… 내가 이 마지막 기쁨을 어떻게 감당할지 모르겠구나.

유리 전혀 말씀처럼 쇠약해 보이시진 않는걸요, 아버지.

드미트리 페트로비치 당연하지 않으냐? 알렉산드르, 말 좀 해봐라, 정말로 이 애가 온 뒤로 내가 젊어진 것 같지 않으냐?

알렉산드르 확실히요. 저하고 계실 때는 지금 동생과 계신 것처럼 즐거워하신 적이 없었죠.

드미트리 페트로비치 탓하지 말거라, 얘야, 탓하지 마. 너하고는 항상 같이 있었지만 이앤 몇 년 동안 보질 못했잖니. (그에게 키스한다.) 유리, 넌 정말 고인이 된 네 어머니와 꼭 닮았구나.

알렉산드르 동생이 집에 없었던 게 벌써 4년이네요… 그리고 얘도 많이 변했죠, 여기 모스크바도 우리 말고는 모두가 변했어요… 이앤 공작부인 베라[3]를 알아보지 못할 테지요.

유리 공작부인이라니?

드미트리 페트로비치 모르고 있었구나! 베린카 자고르스키나는 리고프스키 공작과 결혼했어! 너의 흘러간 모스크바 열정 말이다.

유리 아! 결혼을 했다고요, 공작하고?

드미트리 페트로비치 그렇단다. 3,000명의 농노를 거느린 아주 정직하고 선량한 사람이지. 그 사람들이 우리 2층을 빌렸어. 그리고 오늘 내가 오찬에 초대했단다.

유리 공작이라고요! 거기다 3,000명의 영혼[4]이라! 그런데 자기 영혼은 있다던가요?

드미트리 페트로비치 그 사람은 아주 정직하고 아내를 무척 사랑해서, 모든 점에서 그녀를 만족시키려 노력한단다. 그녀가 무언가를 원하기만 하면, 바로 다음날 그것이 탁자 위에 나타난다는구나… 그쪽 친척들이 다 하는 말이 그녀는 더 이상은 그럴 수 없을 만큼 행복하다는구나.

알렉산드르 아버지, 이 서류를 어떻게 할까요?

드미트리 페트로비치 나중에. 지금 나한테 서류라니.

유리 솔직히 말하자면… 전에는 그녀의 마음이 사고팔 수 없는 것이라 생각했죠… 이제 보니 그 값어치란 게 몇십만 루블짜리로군요.

드미트리 페트로비치 어휴, 젊은 애들이란! 그녀가 너의 어린애 같은 성질에 무슨 기대를 건다는 게 무모한 짓이었다는 걸 너도 알잖니.

유리 아! 아주 사려가 깊어진 거네요.

알렉산드르 (약간 초조하게) 아버지! 대리인이 기다리고 있어요… 일을 처리해야 합니다.

드미트리 페트로비치 그런데 이제 그녀가 결혼했으니… 넌 자존심이 상한 게지. 그녀가 행복하다니까 화가 나는 거야. 그건 좋지 않단다.

유리 그녀는 행복할 수가 없어요.

알렉산드르 (끼어들며) 아버지… 허락해 주시죠… 정말 중요한 일입니다. (방백) 이런, 이 대화는 언제고 끝이 나질 않겠군!

드미트리 페트로비치	나중에 하자고 했잖니… 넌 언제나 일뿐이로구나. 심각한 얘기 중인 걸 알잖느냐? 아니다, 유리, 나쁜 일이야… 어쨌든 너도 그녀가 남편을 얼마나 사랑하는지 알게 될 게다.
유리	그럴 리가 없어요.
드미트리 페트로비치	모든 친척들과 그녀 자신이 그렇다는 걸.
유리	아버지, 제 말씀은요, 이 공작이 어떤 사람인지 이미 풍문으로 들어 알고 있다는 거예요… 그녀는 그 자를 사랑할 수 없어요
알렉산드르	사랑하지, 열정적으로
드미트리 페트로비치	자, 얘야, 그건 네가 판단할 수 있는 일은 아닌 것 같구나. (유리에게) 네 형은 아주 냉정하고, 사려 깊은 사람이지. 사실 난 네 형이 차라리 좀 더 성급하고 경박한 사람이었으면 했단다… 이애는 절대 사랑에 빠져서… 어리석은 짓을 하는 일은 없을 거라 내기를 해도 좋을 게다.
알렉산드르	저는 조심스러운 겁니다, 아버지. 남들에게나 저 자신에게 신경을 쓰고 있어요.
드미트리 페트로비치	네 형에겐 언제나 변명거리가 있지. 하지만 유리, 너에게는 이런 충고를 해야겠구나. 이번만은 나를 전적으로 믿어주기 바란다. 나는 늙고 경험이 많아서 젊음이란 것을 이해한단다. 내가 말을 꺼낸 건 할 얘기가 있어서란다. 들어봐라. 그녀는 이제 행복해. 난 이걸 확신한다. 하지만 그녀는 젊지. 한때 널 사랑했고 해서 너희가 만나게 되면 마음이 조금은 흔들릴 게다. 만약 네가 과거를 되찾으려는 소망을 조금도 보여 주지 않는다면, 무도회에서 한두 번 만난 여자처럼 대한다면… 믿어 보렴, 짧은 시간 안에 너희 둘 다 너희 사이에 아무 일도 있어서는 안 된다는

생각에 익숙해질 게다. 그러니 들어봐라, 유리, 부탁이다, 절대로 그들의 결혼의 행복을 깨뜨리려 하지 말거라. 그건 비열한 만족이고, 질투 같은 것에서 나온 거야… 가엾은 나약한 여자를 유혹하는 게 무슨 대단한 명예란 말이냐. 현명하게 처신하겠다고 약속해 다오.

유리　　　　시작은 하지 않겠다고 약속드리죠.

드미트리 페트로비치　유리!

유리　　　　지키지 못할 약속은 절대 안 합니다.

드미트리 페트로비치　부탁이다! 내가 그쪽 집안과 친분이 있는 걸 알잖니.

하인　　　　(들어온다.) 리고프스키 공작과 공작부인이 오셨습니다.

알렉산드르　(방백) 결정적인 순간이군.

유리　　　　아버지, 저에게 만족하시게 될 겁니다.

공작부인과 공작이 들어온다. 공작부인과 유리는 서로를 관찰하며 천천히 인사를 한다.

공작　　　　드미트리 페트로비치! 유리 드미트리치가 오신 것을 축하드립니다. 무척 기쁘신가 봅니다.

드미트리 페트로비치　진심으로 감사드리오, 공작… 공작도 아버지가 되시면 제 심정을 다 아실 겁니다.

공작　　　　(미소 지으며) 곧 그렇게 되길 바랍니다. (베라는 외면한다. 그 다음)

베라　　　　무슈[5] 라진! 제 남편을 소개하죠. 잘 대해 주시길 바라요.

유리　　　　노력해 보겠습니다, 공작부인.

공작　　　　친구가 되면 좋겠소. 난 군인들 말대로, 완전한 의미에서 '좋은 녀석'이니 말이오.

유리　　　　뵙자마자 그러리라 생각했습니다, 공작.(방백) 그녀가 너무 냉정해서 미칠 것 같아.

드미트리 페트로비치 공작부인, 공작, 앉으시지요. (앉는다.)

베라 제가 나이를 먹은 걸 알아보시겠어요, 무슈 라진?

유리 행복하면 나이를 먹지 않는 법입니다, 공작부인. 전혀 나이는 들지 않았어요. 조금 변하긴 하셨습니다만.

드미트리 페트로비치 집은 마음에 드시오, 공작?

공작 대단히요. 방들이 아주 훌륭합니다. 다만 배열이 꽤 이상하더군요. 집 뒤편에 문도, 구불구불한 복도와 계단도 많아서 첫날엔 거의 길을 잃어버릴 뻔 했습니다… 아시다시피 저는 어제 막 옮겨와서 지금껏 줄곧 방을 정리하는 중입니다.

베라 아아, 우리 피에르가 얼마나 친절한지 생각해 보세요! 전 오늘 눈을 뜨자마자 제 화장대 위에 최신 유행 상점이 통째로 놓여 있는 것을 봤어요… 어떻게 된 거냐면, 전부 그이가 준 집들이 선물이었어요.

유리 공작부인! 그건 공작님이 당신의 사랑을 얼마나 소중히 여기시는지 보여주는 겁니다.

공작 오, 이런! 저는 이 사람을 즐겁게 해 주는 것이 참 흡족하답니다… 한 가지 상냥함마다 일만 루블을 바칠 준비가 되어 있지요.

알렉산드르 (방백) 그런 상냥함에 나는 이미 평안을 내주고 말았지. 이젠 목숨을 주겠어.

공작 무슨 생각을 그리 하시오, 알렉산드르 드미트리예비치. 어제 우리 집에선 훨씬 더 유쾌하셨는데요.

베라 저분은 다른 사람들이 유쾌할 땐 항상 우울해요.

알렉산드르 원하신다면 저도 유쾌해지도록 하죠…

베라 그래 주세요. 한 번 보고 싶군요.

알렉산드르 원하시는 대로. 상인의 뚱뚱한 아내가 모임에서 신발을 잃어버린 이야기를 할까요. 아주 우스운 이야기죠. 하지만 두 분은 너무 선량하셔서 동정하게 되실 겁니다. 아니면 이반 공작이 물레방앗간 신축 이야기를, 자기 팔을 물레방아처럼 휘두르면서 세 시간 동안 저에게 지껄여댄 이야기를 할까요. 그 장면을 직접 보고도 웃지 않으셨지요. 그 친구가 들려준 자기 삼촌 얘길 다시 할까요. 스무 살 때 누군가에게 따귀를 맞고 일흔두 해 동안 자기 원수를 찾아다니다가 아흔두 살에 찾아냈지요. 때리려고 하다가… '윽' 하고 죽었답니다. 이건 그 친구가 직접 얘기해야 웃기죠. 결국 저 자신의 멍청이 짓을 얘기해야겠군요. 그건 여러분이 너무 익숙하시고, 다른 누구보다 저 자신이 지겹습니다.

베라   오늘은 나쁜 쪽으로 기울어 있군요.

알렉산드르   그렇습니다! 그럼 그 추측이 옳다는 걸 보여드리죠. 딸이 1주일에 한 번 면도를 한다는 이유로 백만장자 신랑을 거절했을 때, 우리 이웃집 여자가 얼마나 울었는지 얘기해 드리겠습니다.

유리   그건 전혀 우습지 않습니다. 누군가 대신 그 침대에 누워 있다면 말이죠… 백만, 얼굴도 지성도 영혼도 이름도 필요 없어요. 백만장자 나리, 그게 전부죠.

드미트리 페트로비치   됐다, 유리, 너무 페테르부르크 식이구나.

유리   아버지! 어디서나 그렇게 생각하는 걸요. 하지만 믿어주세요. 페테르부르크에선 백만장자를 거절하는 여자는 늦건 이르건 후회한다고들 합니다. 쓰디쓰게 후회하죠. 백만에는 얼마나 매혹적인 것이 많은지! 화려한 옷과 선물, 온갖 세련된 사치품들, 모든 연약과 결함, 존경, 사랑, 우정에 대한 보상이 있지요… 그런 건 모두 기만일 뿐이라고 하실 테죠. 하지만 기만이야 언제나 당하는 것이니, 백만 없이 당하는 것보단 있을 때 당하는 편이 훨씬 낫겠죠.

드미트리 페트로비치 많은 사람들이 그리 생각할 것 같지는 않구나.

유리 하지만 전 그런 법칙대로 사는 사람들을 압니다.

베라 (방백) 날 괴롭히는 거야. (큰 소리로) 피에르, 드미트리 페트로비치에게 우리 방들을 어떻게 장식했는지 보여드리고 싶다면서요. 그리고 뭔가 이분과 의논할 일이 있다고요.

공작 아, 그랬지. 계약 조건에 관해 조그마한 청이 있습니다.

드미트리 페트로비치 기꺼이 그러죠, 공작.

그들은 나간다. 알렉산드르는 베라와 유리에게 다가간다. 잠시 침묵.

유리 (비웃음을 띠고) 예, 공작부인, 백만이란 무시무시한 겁니다.

유리는 나간다. 그녀는 생각에 잠긴다.

알렉산드르 (그녀의 손을 잡는다.) 베라, 당신 남편은… 전부 갔어, 우리뿐이야. 하루 밤낮 동안 이 순간을 기다렸어. 당신 표정에서 내게 뭔가 할 말이 있다는 걸 알았지. 오, 난 당신의 눈을 읽을 수 있어, 베라. (그녀는 외면한다.) 외면하는군. 틀림없이 당신의 영혼 속에 뭔가 새롭고도 괴로운 비밀이 있는 거지. 어서, 어서 그걸 내 영혼 속에 쏟아놔… 내 영혼엔 그와 비슷한 것이 많으니 같이 어울려들 살겠지. 무슨 의심이라도 있어? 대체 뭐지? 내가 온갖 의심을 얼마나 잘 해결하는지 당신은 알잖아.

베라 오! 생각나.

알렉산드르 당신의 유별난 편견을 깨뜨리기 위해 내가 얼마나 많은 일을 했는지, 그리고 그 뒤로 당신이 나에게 얼마나 고마워했는지 생각나지. 베라, 내가 당신을 사랑하기 때문에, 당신이 상상할 수 있는 것보다 더 사랑해. 처음으로 사랑을 받고 행복한 사람처럼 사랑해.

베라　그래, 전부 지나치게 잘 생각나.

알렉산드르　무슨 말이지? 책망인가! 후회? 두 해가 지난 지금에 와서 왜! 오 추측은 하고 싶지 않아, 아냐, 불쾌한 순간이지, 당신은 뭔가를 슬퍼한다… 내가 당신을 얼마나 사랑하는지 알고 내게 짜증을 부린다… 좋아, 좋아, 베라, 계속해. 그렇게 해서 당신 마음이 편해진다면, 그게 당신 사랑의 증거가 된다면 나는 기꺼이 당신의 책망을 받아들이도록 하지.

베라　(돌아선다.) 그쪽에 부탁이 하나 있어요!

알렉산드르　(뒤로 한 걸음 물러선다.) 부탁! '그쪽?' 아! 이건 벌써 뭔가 새로운데… 수많은 맹세와 확언, 무수하고 진실한 다정함의 증거 다음에 냉정한 '그쪽'이라니… 욕설이나 다름없군. 어디 봅시다, 마님… 명령을 내려 주시오… 내 생명이 그대에게 달려 있는 것을 알잖소. 왜 그런 말을 쓰는 겁니까, 부탁이라니? 그대의 일순간의 변덕에 내가 바치지 못할 희생은 없잖소

베라　오, 난 아무런 희생도 요구하지 않아요!

알렉산드르　더 나쁘군, 베라 커다란 희생으로 내 사랑을 증명할 수 있었을 텐데…

베라　(방백) 사랑이라고 지긋지긋해.

알렉산드르　내가 귀찮아졌나보군. 당연하지, 난 멍청이니까! 간계로 당신의 마음을 얻어놓고, 어째서 붙잡아놓는 데는 교활하지 못했을까? 하지만 어쩌겠어? 난 단 한 번이라도 진실하고 솔직한 사랑을 해보고 싶었는걸… (침묵) 무엇이 필

요한지 말씀하시지요.

베라   부탁할 일은… 당신이… 동생에게 전해 주세요!

알렉산드르   동생에게?

베라   (빠르게) 그래요, 그 사람에게 전해 주세요, 내 남편의 재산에 대한 암시로 날 심하게 모욕했다고요. 내가 왜 그 사람과 결혼했는지는 당신이 잘 알잖아요… 미친 짓이었어요, 실수였다고요… 우리의 옛 우정을 봐서 날 더 이상 슬프게 하지 말아 달라고 부탁해 주세요… 이것이 당신께 희생이 아니라면, 그이에게 전해 주시길 바라요… (침묵)

알렉산드르   좋아, 베라, 전해 주지… 하지만 당신 생각과 달리, 이 일은 세상의 어떤 것보다도 당신을 향한 나의 다정함을 증명해 줄 거야.

베라   (손을 내민다.) 오, 내 친구, 얼마나 감사하는지 몰라.

알렉산드르   아니, 제발, 감사는 하지 않는 편이 나아. (나간다. 방백) 당연히 아무 말도 안할 거야!

베라   (혼자서) 오늘부터 난 끝장이라는 느낌이 들어! 난 스스로를 다스릴 수가 없어. 뭔가 사악한 영혼이 내 말과 행동을 이끄는구나.

공작   (문에서 고개를 내밀며) 베린카, 베린카! 이리 와 봐요.6) 드미트리 페트로비치의 집에 얼마나 멋진 삼면경(三面鏡)이 있는지 좀 봐. 내일은 꼭 저런 것을 사 주리다.

베라   (잠에서 깨어난 듯이 일어난다.) 오, 맙소사! 평생 저 목소리를 들어야 하다니!

1막의 끝

두 형제

451

2막

1장

리고프스키 공작의 방. 공작과 베라.

공작 베라! 당신의 다이아몬드 목걸이를 어떻게 다시 세팅했는지 봐요.

베라 정말 예쁘네요. 그런데 여기 새 보석이 있는데요.

공작 보석상의 친절이겠지.

베라 아! 알겠어요… 고맙다는 말을 바라지 않는 거죠… 당신은 매일 더 친절해지는군요…

공작 당신을 만족시키는 게 즐겁소.

베라 (방백) 만족시킨다! 맞아, 다른 사람들 보기에 그인 내 집 사니까.

공작 드미트리 페트로비치의 차남이 무척 마음에 들더군. 당신은 어떤지 모르겠어.

베라 전 오래 전부터 알고 지냈어요.

공작 유쾌한 성품이야.

베라 지나치게 유쾌하죠.

공작 실은 말이지, 나 자신도 그런 사람이고 웃는 것을 좋아하오. 사실 당신이 며칠 동안 줄곧 우울해서 난 싫증이 났다고. 헌데 유리 드미트리치는 꽤 미남이잖소. 난 그 친구의 표정이 무척 마음에 든다오.

베라 왠지 비웃는 듯한 미소인 걸요. 전 그 사람하고 얘기하기가 겁나요.

공작 편견이로군. 오히려 그 미소에는 뭔가 선량하고, 소박한

	것이 있는걸… 난 그 친구를 한 번 만났지만, 벌써 좋아하게 되었소… 그런데 당신은?
하인	(들어온다.) 유리 드미트리치 라진 씨입니다.
유리	(들어온다.) 공작, 찾아뵙고 존경을 표하는 것이 의무라 생각했습니다…
공작	아내와 난 그런 의무를 즐거움으로 바꾸려 노력하겠소! 자리에 앉으시지요. 호랑이도 제 말하면 온다더니, 아내와 난 지금 막 당신에 대한 얘길 하던 참이었소… 그리고 나는 당신에 대한 아내의 의견을 바꾸도록 노력하는 중이었지. 생각해 보시오. 이 사람은 당신 얼굴에 독살스럽고, 악의에 찬 뭔가가 있다고 주장합디다…
유리	아마 공작부인께서 옳으실 겁니다. 불행은 악의를 갖게 하죠.
공작	하하하. 이렇게 젊으신데 무슨 불행이 있겠소
유리	공작! 스스로가 지나치게 행복하시니 놀라시는 겁니다.
공작	지나치다고! 오, 이건 진짜 가시 돋친 말인데, 난 아내를 믿기 시작했다오.
유리	믿으십시오, 믿으시기 바랍니다. 공작부인께선 아직 아무도 속인 적이 없으십니다.
베라	(빠르게 그의 말을 끊는다.) 얘기해 보세요. 우리 집에 곧장 오신 건가요, 아니면 다른 곳에 들렀다 오시는 길인가요?
유리	오늘 몇 군데를 방문했지요… 한 곳은 아주 재미있었어요… 저는 너무 흥분해서 아직까지도 심장이 꼭 망치처럼 뛰고 있습니다…
베라	흥분하셨다고요?
공작	필경 전에 사모했던 여인을 만나신 게로군. 휴가를 받아 돌아온 젊은 군인들에게 항상 있는 이야기니까요.

유리	맞습니다. 전에 미치도록 사랑했던 아가씨를 보았죠.
베라	(방심한 채) 그럼 지금은요?
유리	죄송합니다, 제 비밀이거든요. 원하신다면 나머지 이야기를 해 드리죠…
공작	그래 주시오. 난 글로 써진 소설은 못 참지만 실제 이야기라면 아주 흥미가 있죠.
유리	그거 잘됐습니다. 저도 누군가에게 털어놓고 홀가분해졌으면 했거든요. 공작부인, 아시다시피 3년 반 전에 저는 모스크바에 사는 한 가족과 아주 가깝게 알고 지냈습니다. 저를 혈육처럼 맞아주었다고 하는 편이 낫겠군요. 제가 말씀드리려는 아가씨는 이 가족의 일원이었습니다. 총명하고, 아주 사랑스러웠죠. 미모는 묘사하지 않겠습니다. 이런 경우에 묘사는 초상화를 만들어내니까요. 이름 역시 말하기 힘들군요.
공작	정말로, 아주 낭만적이군요?
유리	잘 모르겠습니다. 그러나 그녀에게서 남은 것은 이름뿐이었고, 저는 우수의 순간에 기도처럼 그 이름을 부르곤 했습니다. 이름은 제 소유지요. 전 그것을 어머니의 축복을 담은 성상(聖像)처럼 간직하고 있습니다. 마치 타타르인이 예언자의 무덤에서 가져온 부적을 간직하듯이 말입니다.
베라	정말 달변이시군요.
유리	그 편이 낫지요. 하지만 들어 보십시오. 우리가 막 알고 지내기 시작했을 때에는 그녀에게 우정 외에 특별한 것은 아무 것도 느끼지 못했습니다… 함께 이야기하고, 그녀를 즐겁게 해 주는 것이 유쾌했지요. 그뿐이었습니다. 그녀의 성품이 마음에 들었어요. 그 안에서 전 우리 여인들에게서 보기 힘든 열렬함, 견고함과 고결함 같은 것을 보았습

니다. 한 마디로 태고적이고, 대홍수 이전 시대 같은, 뭔가 매혹적인 것이지요. 잦은 만남, 잦은 산책, 의도치 않은 빛나는 시선, 우연한 악수… 숨어있던 불꽃을 깨우는데 많은 것이 필요할까요? 제 안에 불꽃이 확 타올랐지요. 저는 이 아가씨에게 매혹되었습니다. 그녀의 마법에 걸리고만 거죠. 그녀의 주변에는 뭔가 주문이 걸려있었습니다. 그 경계 안으로 들어가면, 저는 이미 저 자신이 아니었습니다. 그녀는 제게서 고백을 끌어내었고, 제 안에 사랑을 불타오르게 했으며, 저는 마치 운명에게 내어주듯이 저 자신을 내주었죠. 제가 그녀를 안고 타는 듯한 어깨에 키스를 퍼부었을 때, 그녀는 어떤 약속도, 맹세도 요구하지 않았습니다. 하지만 스스로가 절 영원히 사랑하겠다고 맹세했죠. 우리는 헤어지게 되었습니다. 그녀는 기절했고, 사람들은 모두 그것이 병이 발작한 탓이라고 했죠. 이유를 아는 건 저 뿐이었습니다. 저는 곧 돌아오기로 굳게 결심하고 떠났습니다. 그녀는 저의 것이었죠. 저는 그녀를 저 자신만큼이나 믿었습니다. 헤어지고 3년이 흘렀습니다. 고통스럽고, 공허한 3년이었죠. 인생의 여정을 멀리 돌아왔지만, 값진 감정은 절 따라다녔지요. 다른 여인들 곁에서 잠시 잊기도 했습니다. 그러나 처음의 불꽃이 지나가면 전 곧 그들 사이의 치명적인 차이를 알아차리게 되었습니다. 아무도 절 잡아둘 수 없었죠. 그리고 결국 이렇게 고향으로 돌아왔습니다.

공작   소설의 도입부는 아주 평범하군요

유리   공작, 소설의 결말이 당신께는 평범하게 보일 수 있습니다… 전 그녀가 결혼한 것을 알게 되었고, 오만함 때문에 미친 짓을 자제했습니다… 하지만 여기서 무슨 일이 벌어

졌는지는 신만이 아시겠지요

공작 왜 그렇소? 그 여자가 당신을 영원히 기다릴 수는 없잖소.

유리 전 아무 것도 요구하지 않았습니다. 그 약속은 자기 마음 대로 한 걸요.

공작 경박함, 젊음, 미숙… 그 여잘 용서해야 하오.

유리 공작, 그녀를 비난할 생각은 없습니다만… 전 괴롭습니다.

베라 (떨리는 목소리로) 죄송하지만, 그 여자가 당신보다 더 가 치 있는 사람을 찾은 건지도 모르잖아요?

유리 늙고 멍청하지요.

공작 하지만 매우 부유하고 저명한 인물이죠.

유리 그렇습니다.

공작 거보시오 그게 바로 지금 중요한 점이오! 그 여자의 행동 은 완전히 우리 시대의 정신에 속한 겁니다.

유리 (생각하며) 그 점은 논란의 여지가 없군요.

공작 내가 당신 입장이라면 지금 그 여잘 계속 따라다니겠소. 남편이 당신이 말하는 것 같은 사람이라면, 확실히 그 여 잔 아직 당신을 사랑할 겁니다.

베라 (빠르게) 그럴 리 없어요.

유리 (그녀를 뚫어지게 바라보며) 실례합니다, 공작부인. 이제 전 그녀가 아직 절 사랑한다는 걸 확신한답니다. (가려고 한 다.)

공작 어디로 가시오?

유리 어디로든지요.

공작 함께 쿠즈네츠키[7]로 갑시다. (귓속말로 두어 마디를 한다.)

유리 원하시는 곳으로 가지요. (나간다.)

공작 안녕, 베린카. (가다가 문에서 알렉산드르를 만난다.) 실례합 니다, 알렉산드르 드미트리치. 하지만 아내는 오전 내내 집에 있을 겁니다. (나간다.)

알렉산드르가 천천히 들어와서 그들을 보고, 베라를 본다. 베라는 의자 등에 머리를 기대고, 손으로 얼굴을 가린다.

알렉산드르   (혼잣말로) 동생이 여기 있었고, 그녀는 절망하는군. (웅얼거린다.) 난 끝장이야.

베라   (눈을 뜨며) 아! 또다시 내 앞에 있어.

알렉산드르   또다시, 그리고 영원히 말이지 당신이 짜증을 퍼부을 수 있는 희생물로, 슬픔을 맡길 수 있는 친구로, 당신을 위해 죽으라 명할 수 있는 노예로 있어.

베라   오, 저리 가, 날 내버려 둬… 당신은 살아있는 비방, 살아있는 후회야. 기도하고 싶었는데… 이젠 기도할 수가 없어.

알렉산드르   내가 기도할 수 있었다면, 베라, 당신의 머리에 영원한 신이 축복하시기를 빌었겠지. 하지만 알잖아! 나는 사랑할 수 있을 뿐이야.

베라   난 아무 것도 몰라… 나가, 제발 부탁이니, 나가줘.

알렉산드르   날 사랑하지 않는군.

베라   당신을 증오해.

알렉산드르   좋아! 무관심보다 좀 낫군. 대체 무엇 때문에 나를 미워하는 거지… 무엇 때문에? … 말해, 뭣 때문인지!

베라   오, 지금은 눈치가 없네… 잘못을 저지른 후에도 여자의 마음속에 미덕의 불꽃이 남아있을 수 있다는 걸 당신은 이해할 수 없어. 순결할 수도 있었다는 느낌이 얼마나 끔찍한지… 그에 대해 감히 생각할 수도 없고, 스스로에게 감히 그런 이름을 줄 수도 없다는 게 어떤 건지 당신은 이해 못해…

알렉산드르 아니, 이해하지! 자기애(自己愛)8) 때문에 참을 수 없다는
거.

베라 당신이 아니었다면, 그 지옥의 책략이 아니었다면, 독기서
린 말이 아니었다면… 난 아직 남편에게 존중을 요구할
수 있고, 적어도 당당하게 그이의 눈을 쳐다볼 수 있었을
거야…

알렉산드르 그리고 당당하게 다른 이를 사랑할 수도…

베라 (놀라서) 아니, 사실이 아냐, 거짓말이야. 그런 생각은 내
머릿속에 들어온 적 없어.

알렉산드르 뭘 숨기는 거지? 난 당신 남편이 아니야, 베라 당신의 사
랑을 잃은 후로 나에겐 어떤 권리도 없지… 내가 무엇 때
문에 놀라겠어! 난 당신이 배신하는 세 번째 남자야. 시간
이 흐르면 스무 번째가 생길 테고! 당신이 스스로 죄를
지었다고 여긴다면 그 죄란 나에 대한 사랑이 아니라 결
혼이야. 자연과 도덕의 법을 거스른 어울리지 않는 결합
이라고… 솔직히 말해봐, 베라 다시 내 동생을 사랑하는
거지?

베라 아니, 아니야.

알렉산드르 원한다면 당신을 동생에게 양보하고 멀찍이 서서, 당신들
의 신선한 애무를 몰래 지켜봐 주도록 하지… 그리고 혼
자 이렇게 생각하겠지. 바로 저렇게 내가 행복했었다고…
아주 최근에…

베라 당신은 고문자… 형리야… 그리고 난 견뎌야 해!

알렉산드르 내가 형리라? 난 애인 중에서 가장 관대한 자가 아닌가?
난 당신의 말없는 대리인이 될 준비가 되어 있는걸. 수수
료는 하루 한 번의 상냥한 미소면 되지 않나? 많은 사람

들이 그보다는 더 내는걸, 베라!

베라 오, 차라리 날 죽여.

알렉산드르 내 사랑, 정말 난 살인자 같구려!

베라 당신은 더 나빠!

알렉산드르 그래! 이런 게 나면서부터 내 몫이지… 모든 사람이 내 얼굴에서 저지른 적 없는 악행의 조짐을 읽어냈지… 하지만 악행은 기대했기 때문에 생겨났어. 나는 겸손했는데, 교활하다고 꾸짖더군. 난 스스로를 감추게 되었어. 나는 선과 악을 깊이 느꼈지. 아무도 나를 좋아하지 않고, 모두가 모욕하더군. 난 앙심을 품게 되었어. 나는 침울했지. 동생은 명랑하고 솔직했고 나는 <u>스스로</u> 그 애보다 우월하다고 느꼈어. 사람들은 날 열등하게 취급하더군. 나는 질투심에 차게 되었어. 나는 온 세상을 사랑할 준비가 되어 있었지. 아무도 날 사랑하지 않았어. 그래서 난 증오하는 법을 배웠지… 나의 무미건조한 젊음은 운명과 세상과의 투쟁 속에서 흘러갔어. 내 감정에서 가장 좋은 것들은 비웃음을 두려워하여 마음 깊이 간직해두었고… 거기서 죽어버렸지. 나는 야망을 품게 되었고, 오랫동안 일해 왔어… 사람들은 나를 피해 지나가더군. 나는 넓은 세상에 나가 인생이라는 학문에 익숙해졌어. 그리곤 계략이 없는 다른 이들이 행복한 것을 보았지. 내 가슴 속에 절망이 고개를 들었어. 권총의 총구로 고칠 수 없고, 현세에도, 내세에도 치료약이 없는 그런 절망 말이야. 결국 마지막 노력을 해 보았지. 한 번이라도 사랑받는다는 것이 무엇을 의미하는지 알아보기로 결정한 거야… 그리고 이 일을 위해 당신을 선택했어!

베라 (그를 뚫어지게 쳐다보면서) 오, 맙소사! 당신은 날 가엾게 여기지 않아.

알렉산드르　신은 당신에게 인생에 꼭 필요한 불행으로 날 보낸 거야. 하지만 내게 당신은 구원의 천사였지. 당신의 사랑을 차지할 가능성을 보았을 때, 어떤 것도 장애가 되지 않았어. 지칠 줄 모르는 의지의 온 힘으로, 절망의 모든 힘으로 난 이 천국의 생각을 움켜쥐었어… 어떤 수단이건 괜찮았지, 어쩌면 나는 내 목적을 달성하기 위해 전대미문의, 가장 비열한 수단을 쓴 것 같아… 하지만 기억해요, 기억해. 베라, 내가 죽어가고 있었다는 걸… 아니, 난 당신을 기만한 것도, 유혹한 것도 아니야… 아니, 운명의 책에는 내가 아직 완전히 파멸하는 건 아니라고 쓰여 있었어! 그래, 당신은 나를 사랑했어, 베라! 세상의 그 누구도 내 확신을 빼앗을 수 없어. 아무도 유일한 지복(至福)에 대한 영혼의 기억을 내게서 떼어낼 수 없어! 오, 얼마나 충만하고, 황홀하고, 무한했는가… 봐, 눈물을 봐… 내 눈은 고통 때문에 이런 걸 짜내본 적이 없어… 하지만 이젠 울고 있어, 어린애처럼 운다고… 일생에 단 한 번 행복했다는 사실을 기억할 때 말이야. (무릎을 꿇고 그녀의 손을 잡는다.) 오, 적어도, 적어도 내가 울게는 해 줘.

베라　들어봐요, 알렉산드르, 들어봐… 내가 어떻게 해야 할까? 유감스럽지만, 난 당신을 사랑하지 않아, 난 못해, 더 이상 사랑할 수 없어. 난 항상 실수하곤 했지. 우리는 서로를 위해 창조된 게 아냐… 난 어떻게 해야 하지! (알렉산드르는 일어난다.) 들어봐, 잊어버려, 날 내버려 둬… 그렇지 않으면 난 멀리, 멀리 떠날 거야… 내게 신경 쓰지 마. 나는 천사가 아냐. 나약하고, 어리석은 여자야… 당신을 이해 못하겠어… 당신이 무서워! 나를 경멸해서 마음이 편해

	진다면 그렇게 해, 하지만 난 내버려둬, 괴롭히지 마…
알렉산드르	좋아, 좋아, 베라. 당신을 내버려 두지. 날 보지 않게 될 거야… 하지만 나는, 내 생각은, 내 시선은, 내 귀는 영원히 당신 곁에 있을 거야. 당신이 즐겁고 만족스러울 때엔 날 생각나게 하지 않을게. 그러나 슬픔의 순간에는 당신 앞에 나타날 거야. 그러면 당신은 세상에 당신보다 더 불행한 사람이 있다는 사실에 위로를 받을 테지!
베라	하지만 대체 어째서, 어째서… 다른 여자를 사랑해 봐. 난 당신을 좋아하는 여자들을 많이 알아… 하지만 난 운명이 원하는 대로 살게 내버려 둬! 사랑이 없으면 우리 사이에 뭐가 있을까… 난 당신을 용서해! 진심으로 용서해.
알렉산드르	관대하기도 하셔라!
베라	당신이 가져온 모든 고통을 잊겠다고 약속할게.
알렉산드르	날 속일 생각이로군! 내가 당신 자신보다 당신 영혼의 심연을 더 잘 읽지 못할 것 같나? 나를 속인다고? 힘들다는 걸 잘 알고 있을 텐데… 당신은 나약한 순간을 선택했어. 눈물이 내가 당신의 모든 미묘한 의도를 보지 못하도록 가려줄 거라고 생각한 거야! 내 사랑과 마찬가지로 내 감시에서도 벗어나고 싶어 한다는 걸 알아. 자유롭게 내 자리를 다른 이에게 주기 위해서지. 그 생각은 아직 머릿속에서 발전하지 않았고, 당신은 무언가 본의 아닌 충동 때문이었다고 말할 테지… 하지만 나는 그 생각을 끔찍하도록 적나라하게 보고 있어… 그런 일은 없을 거야… 아니, 한 번이라도 내게 속했던 것은, 다른 이를 기쁘게 해서는 안 돼… 그 다른 이는, 내 동생 유리지. 내가 안다는 걸 당신도 잘 알고 있잖아.
베라	(오만하게) 그런 의심은 너무 모욕적이야… 이 순간부터 우

리는 서로 남남인 거예요… 안녕히, 저는 그쪽을 몰라요
비열한 수단까지 포함해서 어떻게 복수하셔도 좋아요

알렉산드르 이런, 정말 당신마저, 당신도 내 영혼에서 고결한 것은 하
나도 찾지 못한 건가…

베라 모르겠네요.

알렉산드르 오!

베라 내버려 둬요, 날 내버려 둬… 일 분만 더 하면 난 죽을 거
예요. (안락의자에 쓰러진다.)

알렉산드르 갈게… 다만 그 앤 절대로 당신 것이 되지 않을 거야. 절
대로… (문으로 다가가다가 돌아선다.) 알았지, 절대로.

2막의 끝

3막

1장

드미트리 페트로비치가 들어온다. 알렉산드르가 그를 부축하여 앉힌다.

알렉산드르 오늘은 유난히 기운이 없으시네요, 아버지.

드미트리 페트로비치 늙었으니까, 얘야, 늙었어. 갈 때가 된 게야… 그래 뭔가
할 말이 있다고 했지.

알렉산드르 예, 그래요… 아버지와 꼭 의논할 일이 한 가지 있어요.

드미트리 페트로비치 필경 후견인 모임의 이자에 대한 것이겠지… 나한테 돈
이 있는지 모르겠구나…

알렉산드르 이 경우에 돈은 도움이 안 됩니다, 아버지.

드미트리 페트로비치 대체 무슨 일이냐…

알렉산드르 동생에 대한 겁니다…

드미트리 페트로비치 뭐라고? 유린카에게 무슨 일이 있는 거냐?

알렉산드르 놀라지 마세요, 건강하고 즐겁게 지내고 있어요.

드미트리 페트로비치 카드에서 돈을 잃었니?

알렉산드르 오, 아니오!

드미트리 페트로비치 잘 들어라… 미리 말해 두마… 그 애에 대해서 뭔가 나쁜 말을 한다면 믿지 않을 거야… 네가 동생을 사랑하지 않는다는 걸 알고 있다!

알렉산드르 그렇다면 전 아무 말도 할 수 없습니다… 하지만 아버지만이 그 애를 말릴 수 있을 텐데요.

드미트리 페트로비치 넌 모든 사람이 나쁘다고 의심하지 않느냐.

알렉산드르 아무 말 않겠습니다, 아버지.

드미트리 페트로비치 내 말이 맞는 게로구나. 감히 변명 못하는 걸 보면!

알렉산드르 사람은 자기 운명에 저항할 수 없다는 걸 느끼고 있는 겁니다!

드미트리 페트로비치 내 인내심을 시험하는구나… 그래, 네가 발견한 것이 또 뭔지 얼른 말해 봐라. 뭘 경고하려던 거냐!

알렉산드르 유리는 공작부인 베라를 사랑해요.

드미트리 페트로비치 그래, 나도 그 애가 완전히 잊지 못했다고 의심하고 있었다… 그쪽은 어떠냐?

알렉산드르 열정적으로 그 앨 사랑해요. 오, 제가 알지요… 증거를 가지고 있어요… 명예를 걸고 맹세합니다… 그쪽만이라도 구해 주세요. 아직 2, 3일이 더 있어요… 어떻게 해도 저항할 힘이 없을 겁니다… 동생을 다잡으셔야 해요.

드미트리 페트로비치 그래, 그래, 안 좋구나… 하지만 유리는 원치 않을 거고, 일을 저지르지도 않을 거다.

알렉산드르	자기를 잊은 열정의 순간에 말입니까. 한 순간에요?
드미트리 페트로비치	좋지 않아… 네가 옳다… 말해 줘서 고맙구나… 이제 어떻게 한다? 유리에게 이야기라도…
알렉산드르	오, 그게 가장 나빠요… 그 앤 벌써 너무 멀리 갔어요… 공작이 떠나야 합니다… 그 다음엔 동생의 휴가가 끝나죠… 그러면 그들은 영원히, 적어도 아주 오랫동안 만나지 못할 겁니다…
드미트리 페트로비치	가엾은 여자로구나!
알렉산드르	오, 그녀가 자기 자신과의 싸움으로 얼마나 괴로워하는지 아버지께서 아셨더라면… 하지만 전 그 여잘 잘 알아요… 며칠만 더 있으면… 파멸입니다!
드미트리 페트로비치	기특하구나, 알렉산드르! 너는 항상 엄격한 규칙을 지켜왔지. 아주 민감하진 않았지만 말이다… 헌데 어쩐다?
알렉산드르	공작에게 경고하세요! 그냥 이야기하세요!
드미트리 페트로비치	아내와 싸우게 하란 말이냐?
알렉산드르	그 사람은 이성적이고도 선량하지요… 그저 유리가 공작 부인을 사랑한다고만 말씀하세요… 아버지로서, 그리고 명예로운 사람으로서의 의무라고요… 그 사람의 아내에 대해 어떤 의심을 품은 건 전혀 아니라고 설명하세요… 하지만 한 집에서 살면서, 그쪽 평판에 손상이 갈 수도 있다고요. 동생은 자존심 때문에 누설하거나 애매한 말로 자랑할 수도 있어요… 만에 하나라도! 한 마디로, 공작은 떠나야 합니다…
하인	(들어온다.) 리고프스키 공작이십니다.
드미트리 페트로비치	생각해 봐야겠다… 경솔하게 행동했다간… 생각을 해야 돼.
알렉산드르	한시가 급합니다… 운명이 직접 그 사람을 아버지께 보내

준 걸 아시겠지요.

공작이 들어온다.

공작   쿠즈네츠키 다리에서 오는 길입니다. 축일에 아내가 입을
드레스를 잔뜩 샀죠. 정말 끔찍하게 성가시군요… 젊은 사
람들은 결혼이 뭔지 모를 겁니다.

드미트리 페트로비치 지켜보는 입장에서는 부인을 사랑하시는 것이 보기 좋
습니다, 공작.

공작   아내를 무척 사랑합니다. 하지만 보시다시피 동시에 이성
적인 남편이기도 하지요. 제 말을 따라주길 바랍니다. 그
리고 필요한 경우엔 단호합니다. 오, 전 정말 단호하지요!
오늘 건강은 어떠십니까?

드미트리 페트로비치 고맙소… 오늘은 어쩐지 기운이 없군요… 게다가 실망
스럽소… 오, 자식들, 자식들이란!

공작   실망스럽다니… 무슨 그런 말씀을, 자제분들 덕에 행복하
신 것처럼 보이는데요.

드미트리 페트로비치 그건 사실입니다만… 이따금 가장 착한 애들이 멍청한
짓을 저지르곤 합니다.

공작   별 말씀을 다 하십니다! 공정치 못하세요. 어떤 멍청한 짓
이길래… 헌데 실례했습니다, 너무 무례했군요…

드미트리 페트로비치 아닙니다, 공작. 반대로… 이 일은 저보다 오히려 당신
과 더 관련이 있습니다.

알렉산드르는 아버지에게 신호를 하고 나간다.

공작   저하고요?

드미트리 페트로비치 말씀드릴 의무가 있습니다만… 어떻게 해야 할지 모르겠군요.

공작 무슨 문제라도…

드미트리 페트로비치 저기, 어떻게 받아들이실지 몰라서.

공작 그러니까 무슨?

드미트리 페트로비치 진정하십시오. 아직 위험한 것은 아닙니다.

공작 다행입니다… 아직 위험한 것은 아니라시니. 휴우!

드미트리 페트로비치 제 아들 유리가…

공작 유리 드미트리치요? 저와는 아무 일이 없었는데요!

드미트리 페트로비치 그 애가 당신이나 댁의 누군가와 무슨 일이 있다는 말이 아닙니다. 그러나 부인이… 결혼 전에… 부인의 미모와 상냥함이!

공작 그러니까, 드미트리 페트로비치. 제가 그녀의 장점을 아직 다 보진 못했나보군요… 제 아내라서 하는 말이 아니라. 하지만 저는 시인은 아닙니다! 오, 시인은 전혀 아니죠! 저는 결혼할 필요가 있어서 결혼한 겁니다. 그녀와 결혼한 것은 선량하고 조용한 성품으로 보였기 때문이고 그녀를 사랑하는 것은 행복하기 위해서는 아내를 사랑할 필요가 있기 때문입니다! 제가 말씀을 방해했군요. 부탁이니 계속해 주십시오!

드미트리 페트로비치 이거 쉽지 않군요, 공작.

공작 저 때문에 굳이 그러실 필요는 없습니다.

드미트리 페트로비치 간단히 말해서, 제 아들 유리는 결혼 전에 부인을 사모했지요. 그리고 부인께서도 과히 싫지 않으셨던 것 같습니다.

공작 오, 그 열정은 이제 지나갔다고 확신합니다.

드미트리 페트로비치 유감스럽게도 지나가질 않았습니다! 제 아들 쪽에서는요

공작	그쪽에 더 나쁜 일이군요.
드미트리 페트로비치	이 문제로 불쾌하실까 두렵습니다! 명예로운 사람의 의무로써 경고해 드리겠다고 결심했습니다. 만약의 경우를 위해…
공작	아내가 제게 충실하기만 하다면, 더 이상은 알고 싶지 않습니다!
드미트리 페트로비치	공작부인의 미덕을 의심하는 것이 아닙니다.
공작	저 역시 그렇습니다.
드미트리 페트로비치	(한숨지으며) 대단히 행복하시군요…
공작	아니라곤 하지 않겠습니다. (갑자기 뭔가 생각난 듯이, 자기 머리를 움켜쥐고 뛰어오른다.) 오, 난 바보야. 오, 하찮은 얼간이라고… 오, 멍청한 당나귀 대가리… 당신이 옳습니다. 내가 멍청이예요! 이제 생각납니다… 오, 그걸 못 알아듣다니! 이제 알겠어… 알겠다고… 그 이야기! 전부 나를 두고 한 얘기였는데… 그런데 난, 미친놈. 그자에게 내 아내를 따라다니라고 충고하고 아내는 당황하고… 하지만 난 마흔두 살에 결혼해야 했어! 나의 선량하고 자연스러운 성정에 따라서, 결혼했다고!
드미트리 페트로비치	진정하세요. 부탁입니다. 모든 것은 아직 바로잡을 수 있어요.
공작	아니오, 절대 진정 못합니다. (앉는다.)
드미트리 페트로비치	명예로운 사람의 의무로 말씀드린 겁니다… 제 아들놈을 아니까요. 쉽게 어리석은 짓을 저지를 수 있어요. 사교계에서 공작부인의 명예를 무고하게 손상시킬 수 있어요. 게다가 부인은 젊으시니, 뜻하지 않게 유혹을 받으실 수도 있지요… 한 집에 산다고 말들을 할 겁니다…
공작	옳습니다. 이제 생각해 보세요! 저는 세상에서 가장 불행

한 사람이 아닙니까.

드미트리 페트로비치 마음 놓으세요… 저는 당신의 입장을 아주 잘 이해한답니다. 하지만 어떻게 해야 할까요.

공작 어떻게 하냐고요? 보시다시피, 전 결단력 있는 사람입니다. 내일 모스크바를 떠나 시골로 가겠습니다. 지금 모든 것을 준비하도록 명령할 겁니다.

드미트리 페트로비치 가장 좋은 방법이군요. 가장 확실하고 조용히, 소란 없이…

공작 예, 조용히, 소란 없이! 겨울에, 명절 전야에 모스크바를 떠난다. 이게 바로 여자란 거죠! 오, 여자들이란! 안녕히 계십시오. 드미트리 페트로비치, 안녕히. 오, 제가 단호한 사람임을 보시게 될 겁니다!

드미트리 페트로비치 노여워 마십시오, 진심으로 말씀드린 겁니다, 공작. 노파심에서 말이지요. 게다가 저는 항상 엄격한 규범을 지켜 왔으니 말입니다… (일어나려 한다.)

공작 걱정 마십시오. 당신은 제 진실한 친굽니다. 안녕히 계십시오… 오, 저는 단호한 사람이에요! (나간다.)

드미트리 페트로비치 아, 다행이로군, 큰 짐을 벗었구나. 다 해결되었다. 어휴, 자식들, 자식들이란…

유리가 들어오며 큰 소리로 마음껏 웃는다.

유리 생각해 보시라니까요. 하하하하… 아니, 백 년은 못 잊을 겁니다… 공작, 하하하! 저는 손을 내밀고 말했죠, 안녕하십니까, 공작. 새로운 소식이라도 있나요… 그런데 그 자는, 하하하! 경련을 일으키고 고양이 낯짝에 인상을 쓰고 주머니에 손을 넣고선, "아무 것도요. 불행히도 전부 여전하지요…" 그리고는 한 걸음 물러서서 딱 버티고 서더군요…
저는 면전에 대고 킬킬대지 않으려고 얼른 달려왔어요… 아
버지, 그 작자가 왜 그렇게 기분이 나쁜지 혹시 아시나요?

드미트리 페트로비치 그럼 너는 남의 아내를 쫓아다니면서 그 남편이 네 발
앞에 조아리길 바란다는 거냐! 우리 때 같았으면 그 친구
가 정신이 번쩍 들게 해줬을 게다.

유리 (심각하게) 제가 그 사람 아내를 쫓아다녀요? 누가 그 자에
게 그런 얘길 했죠?

드미트리 페트로비치 자, 솔직히 말해 보거라. 그녀를 사랑하니?

유리 그 작자는 과거에 대해선 아무 것도 모르고, 지금 눈치 채
기엔 너무 멍청해요.

드미트리 페트로비치 누구든 명예로운 사람의 의무는 그 사람에게 말해주는
것이었다!

유리 죄송하지만, 이 대단히 명예로운 사람은 대체 누군가요?

드미트리 페트로비치 나라면 어쩔 테냐.

유리 아버지라고요?

드미트리 페트로비치 그래, 나는 부도덕과 방탕을 참을 수 없다… 내 나이에
그런 것을 보고서 침묵한다는 것은 어려운 일이구나… 좋
은 아버지란 불명예스러운 행동에 대해 아들을 말려야 하
는 법이다. 아들이 말을 듣지 않으면, 무슨 수를 써서라도
막아야지…

유리 아, 그래서 그자에게 말씀하신 거로군요.

드미트리 페트로비치 그래, 화내지 말거라. 공작은 내일 아내를 시골로 데려
갈 거야.

유리 오! 견딜 수 없어!

드미트리 페트로비치 헛소리다, 헛소리야! 왜 고집을 부리는 게냐. 다른 여자
라곤 없는 것처럼.

두 형제

유리   저에게 다른 여자란 없어요… 전 원해요, 원한다고요… 아
      버지, 끔찍한 일인 걸 아시잖아요… 누가 아버지께 이런
      지옥의 생각을 불어넣은 거죠!

드미트리 페트로비치   누가 불어넣다니! 감히 아비에게 그런 말을 하다니, 너
      를 생명보다 사랑하는, 오직 너 때문에 숨 쉬고 사는 아비
      에게 말이다. 이게 바로 감사란 거로구나! 내가 선악도 스
      스로 구분할 수 없을 만큼 늙고 어리석단 말이냐! 아니다,
      절대로 네가 나쁜 짓을 하게 내버려두지 않겠다. 정신을
      차리고 나면 스스로 감사하고 용서를 구하게 될 게다.

유리   절대로! 용서라니! 제가 아직도 아버지께 뭘 감사해야 하
      나요? 제게 생명을 주시고 이젠 빼앗아 가셨어요. 저에게
      생명이 무슨 소용인가요? 전 그녀 없이 살 수 없어요. 아
      뇨, 전 이 일로 아버지를 절대 용서하지 않을 겁니다.

드미트리 페트로비치   유리, 유리. 지금 무슨 말을 하는지 생각해 보거라.

유리   양보 못합니다. 싸움이 시작됐어요. 전 기뻐요, 아주 기쁘
      다고! 두고 보시죠. 모두가 저에게 반대하니 저도 모두에
      게 반대할 겁니다!

드미트리 페트로비치   늙은이를 불쌍히 여겨 다오, 유리. 네가 날 죽이는구나.

유리   아버지는 절 불쌍히 여겨 주셨나요. 농담을, 애교 있는 농
      담을 하셨죠.

드미트리 페트로비치   오, 제발 그만 해라!

유리   공작은 내일 떠나지만, 베라는 오늘 내 것이 될 겁니다.
      (탁자로 간다.)

드미트리 페트로비치   알렉산드르! 알렉산드르! 이 애가 나를 죽이는구나. 몸
      이 너무 안 좋다! (알렉산드르가 달려 들어와서 부축한다.) 저
      앤 나쁜 녀석이다. 나를 죽이는구나! (그들은 나간다.[9])

유리   (혼자서) 오늘 그녀는 내 것이 될 거야. 오늘이 아니면 영

원히 아닐 테지… 내게서 그녀를 **빼앗**으려들 하는군. 3년
간 밤낮으로 헛되이 그녀를 생각했지. 후회, 희망, 불면의
밤으로 가득 찬 3년이었다. 치유할 수 없는 깊은 우수의
고통스러운 시간인 3년. 그리고 나서 내가 싸워보지도 않
고 그녀를 내어 주겠는가, 지복의 절정에 있는 바로 그 순
간에. 어떻게 그럴 수 있겠는가! (쪽지를 써서 접는다.) 이거
면 성공할 거야. (문을 열고 소리친다.) 바뉴쉬카! (군복을 입
은 젊은 하인이 들어온다.) 잘 들어! 이제 네 솜씨에 내 목숨
이 달려있다…

바뉴쉬카   아시다피시 나리, 저는 기꺼이 전력을 다해 나리를 섬기
고 있습지요.

유리   시키는 일을 잘 해내면 원하는 것을 들어주겠다.

바뉴쉬카   알겠습니다요.

유리   실패하면, 넌 죽는 거야!

바뉴쉬카   알겠습니다요.

유리   이 쪽지를 봐. 한 시간 안에, 절대 그보다 늦지 않게 리고
프스카야 공작부인의 손에 이게 있어야 해.

알렉산드르가 다른 쪽 문에 나타난다.

바뉴쉬카   송구합니다만, 나리, 이건 정말 쉬운 일인 걸요. 저는 이
미 그분의 하녀와 안면이 있습죠. 그리고 이 집의 비어있
는 절반엔 좁은 통로가 있어서, 낮에도 밤처럼 안전하게
어디든 지나다닐 수 있습니다…

유리   네게 희망을 걸겠다. 다만 조심해라. 한 시간 이상 늦으면
안 돼. (나간다.)

바뉴쉬카   5분 안에요, 나리… (혼자서) 주인님과 나는 빈틈이 없다니

까. 여기서 지낸지 나흘인데 벌써 많은 걸 해냈다고. (가려한다.)

알렉산드르 (뒤에서 슬며시 다가와 그의 팔을 잡는다.) 잠깐만!

바뉴쉬카 (놀라서) 어쩐 일이십니까, 나리!

알렉산드르 네 이쪽 손에 쪽지가 있군 그래…

바뉴쉬카 아무 것도 아닙니다요.

알렉산드르 (잡으려 한다.) 좀 보자고

바뉴쉬카 소리 지르겠습니다요, 동생분이 들으실 겁니다!

알렉산드르 (방백) 다른 방법을 써 볼까! (그에게) 이 지갑이 보이지, 200루블이야. 네 것이다. 그걸 보여준다면 말이지. 그냥 궁금해서 그래.

바뉴쉬카 아무에게도 말씀만 하지 마세요.

알렉산드르 무덤처럼 침묵하도록 하지. (손에 돈을 쏟아준다.)

바뉴쉬카 나리. 찢어버리시면, 우리 주인님께 말할 겁니다.

알렉산드르 (혼잣말로) 죽어도 이 여자를 양보하지는 않으리라! (읽는다.) "당신 남편이 모두 알고 있소… 세상 무엇보다 당신을 사랑하오. 당신이 나를 사랑한다는 것도 확신합니다… 오늘 밤 열두 시에 당신과 이야기를 해야 합니다. 그 시간에 집의 비어있는 큰 홀에 있어요. 원형 계단으로 내려와 복도를 지나서 와요. 두 시간 내로 내가 바라는 답장을 받지 못하면 당신 남편에게 가서 싸움을 걸고, 죽일 것이오 명예를 걸고 맹세하오… 당신이 거절한다면 그 무엇도 그를 구할 수 없을 것이오… 선택해요." 아! 잘도 썼군!

바뉴쉬카 제발요, 나리, 쪽지를 주십시오 가봐야 합니다.

알렉산드르 말해 보게. 내가 이걸 찢어버린다면, 얼마나 원하나. 달라는 대로 주겠네… 천, 이천?

바뉴쉬카 백만도 필요 없습니다요

알렉산드르	이렇게 부탁하네!
바뉴쉬카	저기요, 나리. 이걸 전하라는 명령을 받았으니 전할 겁니다. 보여주지 말라고는 안하셨으니 보여드린 거죠.
알렉산드르	(잠시 생각한 뒤) 좋아, 가져가. (하인 나간다. 혼잣말로) 어쨌든 방해할 방법을 찾아야겠군.

3막의 끝

4막

1장

커다란 버려진 방. 허물어져 가는 벽난로 왼쪽으로 창에 달빛이 비치는 복도와 복도로 내려오는 계단이 보인다. 오른쪽으로는 두 개의 계단과 문, 중앙에는 발코니로 통하는 유리문이 있다. 달빛.

알렉산드르	(오른쪽 문으로 들어와서 열쇠로 문을 잠근다. 넓은 망토를 입고 있다.) 낡은 자물쇠긴 하지만. 금방 부수진 못할 거다… 그때까진 내가 여기서 왕이로군! 안쓰러운 권력! 운명의 손에서 훔쳐낸 안쓰러운 즐거움이다… 거지의 빵처럼 씁쓸하고 하지만 적어도 난, 그녀의 뜻을 거스른다 해도, 이 품에 한 번 더 안아보리라. 나의 불타는 키스는 인장(印章)처럼 그 입술에 남을 것이다. 그 생각으로 괴로워하겠지. 이런 식으로 계속되는 거야. 함께 행복했으니, 함께 괴로워하는 거지! 이 망토 아래 어둠 속에서 날 금방 알아보진 못하겠지! 어쩌면, 아마 확실히 타인의 이름으로

상냥한 두세 마디를 얻어낼 수 있을 거야… 오! 어떤 천사가 내게 이 생각을 불어넣어 준 걸까. 신은 내게 30년의 고통을, 30년의 공허하고 무익한 삶을 보상해주려는 것 같아. (생각에 잠긴다.) 그래, 나는 서른 살이야. 그런데 무엇을 했을까. 왜 살았지? 남들은 내가 이기주의자라고들 하지. 그렇다면 나는 자신을 위해 살았을까? 아니야… 나는 모든 것을 포기했는걸. 항상 타인의 변덕의 말없는 희생물이었고, 항상 스스로의 열정과 싸우며 어떤 즐거움도 찾지 않았으며, 자기 자신의 짐이었다. 누군가에게 고의로 악한 일을 한 적도 없다… 그러면 남을 위해 살았는가? 그것도 아니야… 배은망덕을 만날까 두려워서 누군가에게 선한 일을 하지도 않았어, 어리석은 자들을 경멸하고, 똑똑한 자들을 두려워했고, 모든 이로부터 떨어져 아무에게도 신경 쓰지 않았지. 혼자서, 언제나 혼자서, 카인처럼 버림받은 채. 누구의 죄 때문인지 신은 아시겠지. 그러고 나서 한 번, 단 한 번, 사랑 같은 것을 만났다. 내가 이 술책에, 심지어 어쩌면 남아도는 초콜릿 한 잔과 같은 우연에 신세지고 있다는 걸 알겠군. 결국 경이롭고 감미로운 감정에 몰두하려는 의지를 거슬러 전부 다 잃겠지. 가슴에 독기서린 의심을, 무한하고 영원한 의심을 품은 채 또다시 홀로 남을 것이다. (앞뒤로 서성댄다.) 어째서 난 절대로 자신을 잊지 못하는가? 어째서 난 내 영혼을 펼쳐진 책처럼 읽는 것인가? 어째서 내겐 가장 평범한 감정이 이토록 죽어있는가? 어째서 지금, 인생의 가장 결정적인 순간에 내 심장은 움직이지 않고, 사고는 생생하고, 머리는 싸늘한 것인가… 정말로 난, 지금 어떤 멍청이하고도 날씨에 대해 한 시간 내내 떠들 수 있을 것 같아. 꼭, 나는 꼭 심장에서 울리는 현 같은 것이 빠진 채 창조된 것 같다…
오! 눈멀고 귀먹고 벙어리로 태어나는 편이 나았으리라…
적어도 동정은 받았을 테니. (베라가 계단에 나타난다.) 그녀
야… 확실해. 이제 내 단호함 전부에 도움을 청해야겠군.

베라 아직 안 왔네… 어둡고, 무서워… 맙소사! 어떻게 내가 오
기로 할 수 있었을까… 하지만 어쩌겠어, 난 그이를 잘 알
아. 말한 대로 하고야 말걸. 심장이 방망이질하네. 사각대
는 소리, 오, 누구죠… 유리!

알렉산드르 (그녀의 손을 잡는다.) 나에요!

베라 만족하셨나요… 여자가 이 이상 어쩌겠어요… 하지만 나
빠요, 그런 수단으로 내게 강요한 건 나빠요.

알렉산드르 나 역시 삶과 죽음 사이에서 선택한 겁니다.

베라 당신께 순종하기로 하면서, 당신을 잊기로 했어요…

알렉산드르 (그녀를 포옹하려 한다.) 오, 여자다운 잔꾀로군요.

베라 아니… 안 돼요. 나도 당신을 사랑한다고 말하겠어요.

알렉산드르 나만을?

베라 당신만을, 하늘에 맹세해요! 전에는 실수했을 지도 몰라
요. 하지만 이젠 내 마음이 절대 변하지 않은 것을 느껴
요. (알렉산드르는 한숨을 쉰다.) 하지만 그럼에도 불구하고
우리는 영원히 헤어져야 해요… 이 생각은 당신에게 그렇
듯이 내게도 힘든 것이에요. 하지만 이제 우리는 처음 헤
어졌을 때보다 현명해야겠죠… 난 이미 행복해질 수 없어
요. 하지만 평온은 아직 가능해요. 이것만은 내게 남겨주
세요!

알렉산드르 그건 내게도 남아있지 않습니다.

베라 믿어줘요. 고결한 여자는 잠시 의무를 잊을 수는 있지만,
의무로 돌아가야 한다는 사실을 깨닫는 시간이 항상 다가

온답니다. 내겐 그 시간이 되었어요. 어떤 책략도, 어떤 위협도 내 결심을 흔들지 못해요. 유리! 손을 주세요, 친구로서, 변치 않는 마음으로 함께할 여성에게 하듯이 약속해 줘요. 다시는 어떤 여자도 자기 의무를 저버리도록 유혹하지 않겠다고 약속해줘요. 무서운 일이에요, 유리! 때론 살인보다 더 나빠요.

알렉산드르 오, 이별의 키스 한 번을 간청하오.

베라 안 돼요, 친구로 헤어져요. 왜 그런 시험을 하는 건가요!

알렉산드르 모든 것에 복종하겠습니다. 다만 키스 한 번만. 당신은 꼭 그래야 돼, 꼭, 한 번. 단 한 번만. 그 다음엔 영원이 우리 사이를 덮쳐올 거야 (그녀를 끌어당겨 키스한다. 달빛이 그의 얼굴에 떨어지고, 그녀는 알아보고… 큰 소리를 지른다.)

베라 오! 또 그 사람이야. 또다시!

알렉산드르 이미 말했잖아, 또다시, 그리고 '영원히'라고. 아무도 내 자리를 차지할 순 없어.

베라 이런 속임수는 들어본 적도 없어… 놔, 손을 놔 줘… 당신이 혐오스러워!

알렉산드르 알지, 다 알아. 하지만 당신은 여기서 나갈 수 없어. 내가 스스로 한 맹세를 지키지 않을 거라 생각했나… 그래, 난 여기 있어. 그리고 당신의 정열적인 애인은 지금 굳게 잠긴 두 개의 자물쇠 너머에 있지… 이 문을 봐, 밖에 문이 하나 더 있어… 둘 다 잠겨있지… 그 앤 자물쇠를 부숴야 해… 아마 할 수 있을 거야… 하지만 그땐 내 품에 안긴 당신을 보게 될 테지…

베라 맙소사, 세상에! 무슨 짓이든 할 수 있다는 걸 알았어야 했는데!

알렉산드르 하, 하, 하. 당신이 정말 그걸 이전에 몰랐단 말인가! 1년 전 당신이 열정의 환희 속에서 내 품에 누워 있을 때, 당신의 키스가 내 입술에서 타오를 때, 그때 이미 경고하지 않았던가? 이렇게 말하지 않았던가. 베라, 당신은 끔찍한 사람을 사랑하는 거야. 당신이 그를 사랑하는 한 당신 외엔 신성한 것이 없고, 어떤 것도 무가치하므로 아무 것도 두려워하지 않는, 영혼이 망가진 사람. 말하지 않았던가. 도망쳐, 당신은 후회하게 될 거야… 하지만 당신은 믿지 않았고, 미소를 지었지, 내가 농담을 한다고 생각한 거야. 그런 순간에 내가 농담을 하다니! 당신은 내가 한 말을 전부 악덕과 이기주의의 허세라는 유행을 쫓는 것으로, 당신을 놀라게 하고 관심을 끌기 위한 것으로 생각했지. 심지어 내가 미덕의 천사와 비슷하다고 우기려 했어… 그때 당신의 혈관에서는 피가 들끓었고, 누구의 애무든, 누구의 다정함이든 애무가 필요했으니까, 적당한 다른 사람이 나타날 때까지 말이지… 떨지 마, 눈을 하늘로 쳐들지 마… 당신에 대한 징벌이 거기서 떨어졌으니… 당신은 미덕의 순교자도, 열정과 기만의 희생물도 아니야… 그저 나약하고, 경박하고, 변덕스러운 여자일 뿐이지… 당신은 세 사람의 운명을 내키는 대로 처리했지, 한 사람에겐 복종을, 다른 이에겐 한숨과 고백을, 가장 순종적인 세 번째 사람에겐 질투의 고통과 경멸의 고문, 거절당하고 기만당한 사랑의 괴로움을 정해주었지. 이제 그 마지막 사람이 자기를 위해 보복할 거야…

베라   (무릎을 꿇으며) 가까이 오지 마, 오지 마…

알렉산드르   (그녀의 손을 잡아 일으키며) 일어나십시오. 스스로를 모욕하지 마시지요, 공작부인. 이런 지경까지는 말입니다… 오만을 부린 직후에 이러는 건 너무 우습지 않소… 무릎을

꿇다니, 누구 앞에 말이오? 생각해 봐요. 이게 뭔가! 공포
로군! 무엇을 두려워한단 말이오? 단검의 시대는 지나갔
소. 내가 그대를 협박하기라도 했단 말이오?

베라 (거의 의식 없이) 난 견딜 수 없어.

알렉산드르 베라, 내후년쯤 어딘가 무도회에서 만난다고 칩시다. 당신
의 얼굴엔 미소가 노닐고, 머리엔 진주와 다이아몬드가
반짝일 테지. 그리고 심장은 텅 빈 채 빛나고 있을 거야…

자물쇠를 부수는 소리가 들린다.

베라 유리야. 이리 오고 있어.

알렉산드르 드디어! (베라는 달아나려고 한다.) 거기 서! 이런 생각이 떠
올랐어. 어째서 일을 마무리하지 않은 채 둔단 말인가. 나
는 내 품 안에 있는 당신을 그 애가 발견하길 바라. 유쾌
한 장면을 감상하도록 말이지. 근사하겠는데. 어떻게 생각
하나! (그녀를 안는다.)

베라 상관없어. 맘대로 해. 난 저항할 힘이 없어.

알렉산드르 들리나. 그 애의 걸음소리군… 마지막 자물쇠가 지금 박살
났어… 격노가 힘을 더해주는군. (침묵) 아니지, 그건 당신
에게 너무 심한 것 같군. 기절한다? 소용없어. 난 당신이 그
애와 얘기하길 바라. 여기 남아 있어. 동생한테 사랑하지
않는다고 말해. 전혀 사랑하지 않는다고… 난 한쪽으로 물
러나 있지… 알아들었지, 내게 했던 것처럼 그 애의 애무를
냉정하게 거절하라고. 그렇지 않으면 내가 당신들 사이에
설 것이고, 그러면 두 사람 모두에게 재앙이 있을 거야.

물러나서 숨는다. 부서지는 소리와 함께 문이 열리고, 유리가 들어온다.

유리	아! 내가 못 들어오게 잠가 놨어. 이건 목적이 있어. 고의로 한 일이야. 하지만 대체 누가? 형이? 형이 왜… 오, 내가 늦은 거라면… 베라! 아무 소리도 들리지 않네… 어! 옷자락이 사각거려… 그녀가 여기 있어. 여기에, 베라! (다가와서 본다.) 오, 너무 행복해. (그녀의 손을 잡는다.) 베라, 공작부인. 날 용서해요.
베라	(약하게) 당신을… 용서해요…
유리	광기의 순간이었습니다… 하지만 다시금, 아마 영원히 헤어지기 전에 당신을 보고 싶었어요. 그러고 싶었어요… 오, 나도 내가 뭘 원하는지 모릅니다… 그래요, 그저 당신을 보고 싶었어요, 그저… 바라고 기대했어요. 당신이 남편을 사랑할 수 없으리라고요. 그자는 당신에게 가치가 없으니까요… 내 머릿속에서 당신에게 내놓을 변명을 찾아내려 했어요… 더구나 난… 당신이 날 아직 사랑하리라 꿈꾸었습니다.
베라	완전히 틀리셨네요.
유리	하지만 당신이 여기 있잖아요. 날 실망시키고 싶지 않았던 거죠. 당신이 여기 있어요. 당신의 손이 내 손 안에서 불타고 있는걸요. 여자는 사랑하지 않는데 이런 희생을 하진 않아요…
베라	맞아요, 나는 사랑 때문에 스스로를 바쳤어요. 하지만 당신에 대한 사랑은 아니에요.
유리	남편을 구하려 했던 거군요.
베라	그래요…
유리	(화가 나서) 그렇다면 내가 축하한다고 전해 주시지요.
베라	(침묵한 뒤) 날 잊으세요.
유리	그런 인사를 기대한 게 아닙니다.

베라	그럼 대체 뭘 기대했나요?
유리	당신에겐 언젠가 나를 너무나 부드럽게 사랑해준, 내 생애 최고의 순간을 빚진 여인의 그림자도 없군요… 왜 그 순간들은 되살아나지 않을 것처럼 보일까요. 어째서 가치를 모르는 자에게 보물을 준 거요. 그런데 난, 오랫동안 그 보물을 가지려는 단 하나의 희망으로 살아온 나는, 한쪽으로 팽개쳐졌어요. 불타는 시선을 던지거나, 얼음 같은 말로 날 장난감 취급하는군요…
베라	이것이든 저것이든 이해하려 애쓰지 않는 편이 나아요.
유리	이럴 수가! 너무 변했군요. 예전엔 당신이 무슨 생각을 하면 곧 그 생각을 알아차렸는데. 뭔가를 바라면, 나도 자연히 같은 걸 바랐고요. 예전엔 대화에 말이 거의 필요 없었는데… 솔직히 이제는, 이젠 당신을 이해할 수 없어요.
베라	오! 다행이에요.
유리	다행이라고요… 정말로 당신은 교활하게 굴고 기만으로 날 놀라게 해서 내 사랑에서 벗어나려 하는군요. 그렇게는 안 될 겁니다… 당신은 지금 내 손 안에 있어요… 난 이 기회를 놓치지 않을 겁니다… 지금이 아니면 다시는 없을 테니. 당신은 내 것입니다. 내 것이 될 거예요… 운명이 그걸 원해요…
베라	유리, 유리! 환희의 한 순간이 영원한 후회가 될 거예요.
유리	난 후회하지 않을 겁니다.
베라	그럼 나는요?
유리	당신은 날 사랑해요.
베라	나는 나약한 여자에요… 난 의무가 있어요… 난 후회가 뭔지 알아요.
유리	내 품에서 잊게 될 거야.

베라	불쌍히 여겨줘요…
유리	날 끝으로 몰아가지 마… 나도 내가 무슨 짓을 할지 몰라.
베라	사각거리는 소리… 우리 얘길 엿듣고 있어… 여기 누군가 있어…
유리	소리가… 대체 누가 감히… (둘러본다.)
베라	(달아난다.) 안녕히, 유리. 안녕.
유리	(그녀를 쫓아간다.) 안 돼, 보내줄 수 없어요… 불가능해… 이렇게 헤어질 순 없어요.

문에서 그녀의 손을 잡고 무릎을 꿇는다. 알렉산드르가 나타난다.

베라	(알렉산드르를 손가락으로 가리키며.) 도망쳐요. 도망쳐! 그 사람이야… 또다시 그 사람! (달아난다.)
유리	(돌아서며) 아! 이 무슨!
알렉산드르	네 바보짓의 증인이지!
유리	그 증인의 수고에 합당한 보상을 해야겠군.
알렉산드르	그 보상은… 여기. (심장을 가리킨다.)
유리	형… 이 순간부터. 혈연과 우애를 끊겠어. 넌 내게 악행을, 돌이킬 수 없는 악행을 저질렀어. 복수하겠다!
알렉산드르	(냉정하게) 어떤 식으로?
유리	대가를 치르게 될 거야.
알렉산드르	(미소 지으며) 기꺼이. 그런데 어떻게!
유리	(격노해서) 피의 값으로…
알렉산드르	우리의 혈관에는 같은 피가 흐르는데.
유리	엿듣다니. 그렇게 간교하게 남의 행복을 깨뜨리는 건… 비열한 짓인걸 알잖아…
알렉산드르	그럼 남의 아내를 유혹하는 건…

두 형제

유리	그녀는 날 사랑해.
알렉산드르	사실이 아냐… 행동으로 알 수 있지 않나…
유리	날 사랑한다는 걸 알아… 나만을 사랑했어…
알렉산드르	난 좀 다른 걸 알지.
유리	뭘 안다는 거지? 말해, 당장 말해!
알렉산드르	네가 없는 동안 정부(情夫)가 있었다는 걸 알지.
유리	모함이야. 비열한 모함.
알렉산드르	편지들을 보여주지…
유리	대체 누구야… 이름을 대…
알렉산드르	(생각하며) 좋아, 이름을 대지.
유리	지금, 당장.
알렉산드르	내일… 그녀가 떠나면. (나간다.)
유리	(생각에 잠겨) 그 말이 사실이라면 어떻게 되는 거지!

4막의 끝

5막

1장

공작의 방. 공작은 앉아 있다. 그의 앞에는 집사가 서류를 들고 있다.

집사	각하, 모스크바 근교 영지에 각하를 영접할 준비가 완료되었다는 보고를 드리게 되어 영광입니다. 집은 따뜻하게 준비되었고 짐마차는 오늘 이곳에 도착할 예정입니다.
공작	좋아… 넌 여기 남아서 집을 세놓도록… 우린 오늘 두 시

	간 후에 떠난다. 마차에 짐을 실어 두라 일러라…
집사	알겠습니다요. 그런데 어째서 각하께서는 모스크바에 이리 노하신 것인지…
공작	네가 참견할 일이 아니다. 멍청아.
집사	알겠습니다요, 각하. (베라가 들어온다.) 공작부인께서 왕림하셨습니다.
공작	그만 꺼져. (집사 나간다, 아내에게) 그대가 와 주어 무척 기쁘오, 부인. 내게 이런 명예를 안겨 주시다니. 아주 기뻐, 환희에 찼다오… 그대와 대화를 좀 해야겠소. 부탁이니 부디 앉아 주시겠소.
베라	뭘 원하시나요?
공작	그 질문을 항상 했더라면 더 나을 뻔 했소.
베라	요구하신 적 없잖아요…
공작	그땐 달랐지. 그때는 내가 당신의 순종적인 하인이었고, 당신의 몸종이었으며, 당신 침대 곁의 애완견이었소. 그대가 그 가치를 인정할 수 없었을 뿐입니다, 부인… 내가 하지 않은 일이 뭐가 있었나? 다이아몬드가 필요하다면 다이아몬드가 나타났고. 무도회? 그러면 무도회가 준비되었고 사륜마차, 대형마차에 숄, 모자. 나는 당신을 위해 파산했소, 부인.
베라	저는 항상 감사했어요.
공작	그렇게 감사해서 몸소 내게 머리장식[10]을 선물하고 싶으셨던 거로군. 새로운 취향대로 말이야. (베라는 일어나려 한다.) 앉아요. 그대로 있으시오… 당신의 남편인 나는 이제 명령을 해보도록 하겠소. 한 마디로 우리는 오늘 모스크바 근교로 갈 것이오. 그리고 거기서 가능한 한 빨리 심비르스크[11] 마을로 가오…

두 형제

483

베라	저는 출발을 지체하지 말아달라고 부탁하러 왔어요.
공작	몸소 부탁하신다! 이거 뉴스거리로군! 아주 교활하단 걸 아시겠소 여기엔 뭔가가 숨어있어… 그럼 난, 그저 호기심 때문에 여기 머물 것이오.
베라	안 돼요 그러지 마세요… 그럴 수 없어요… 우린 가야 해요 오늘, 당장… 이렇게 간청할게요
공작	(혼잣말로) 도저히 이해할 수 없군! (그녀에게) 어째서 이토록 빨리 떠나길 원하시는지 알고 싶소, 부인…
베라	설명할 수 없어요…
공작	할 수 없다. 그럼 필요 없소 직접 맞춰보리다… 당신은 자신이 애인으로부터 달아나는 덕 있는 아내라는 사실을 내게 증명하고 싶은 거요. 그러나 부인, 나는 당신 쪽에서 유리 드미트리치를 사랑한다는 것을 알고 있소 난 알고 있다고…
베라	아니, 아니에요. 난 그 사람을 사랑하지 않아요… 하지만 무서워요…
공작	그 사람을 사랑할까봐?
베라	여자의 마음은 아주 약한 걸요…
공작	그리고 아주 기만적이지. 당신은 내 아내요, 부인. 나 외의 누구도 사랑해선 안 돼…
베라	전 언제나 그렇게 생각할 이유를 드리지 않으려 노력했어요…
공작	이젠 내가 노력하리다… 당신을 초원의 마을에 가둘 것이오, 거기서 연못과 정원과 들판과 이런저런 시골의 아름다움을 바라보며 한숨을 쉬시지요. 멋쟁이 비슷한 자들은 집에서 1베르스타[12] 밖에서 채찍과 개들이 맞이할 것이오… 그대의 사랑은 내게 필요 없소, 부인. 난 다행히 그

정도로 어리석진 않아. 하지만 당신의 명예는 곧 나의 명예요! 오, 나는 지금부터 그것을 끊임없이 지킬 것이오.

베라 저는 저의 죄를 갚기로 결심했어요. 한없는 복종으로요.

공작 좀 더 일찍 깨달았어야 했소.

베라 물론 그건 제 힘이 미치지 않는 일이었어요.

공작 뭐라고! 운명이라, 전부 운명 탓이라는 거지! 최신 유행소설이로군. 이게 바로 자유로운 여성이라는 거야. 철학이지. 빌어먹을 놈의 철학, 부인. 그대는 내게 지나치게 똑똑하구려, 여기서 모든 악이 나오는 거라고! 이제부터 당신 손에 책은 단 한 권도 주지 않겠소. 집안일을 하도록 하시오.

베라 모든 일에 복종하겠다고 말씀 드렸잖아요. 그저 제발 하나만 부탁해요. 다시는 저에게 과거를 상기시키지 말아주세요… 당신의 종이 되겠어요. 제 인생의 매 순간이 당신 것이 될 거예요… 절 비난하지만 말아주세요…

공작 괜찮군. 아주 좋아! 아니지, 부인, 이제부터 모든 것을 당신에게 반대해서 하겠소. 당신이 오찬을 하고 싶으면 아침 식사를 가져오라 명할 것이고, 떠나고 싶으면 집에 있을 것이오. 집에 있고 싶으면 무도회에 데려갈 것이오… 나는 당신에게 되갚아줄 것이고, 당신은 페테르부르크의 멋쟁이들에게 아양을 떠는, 아마 확실히 그 이상의 짓을 한다는 것이 무엇을 의미하는지 알게 될 것이오… 나 같은 남편을 둔 채 말이지! (나간다.)

베라 내 앞에 고통의 일생이 펼쳐졌구나. 하지만 난 견디기로 결심했고 끝까지 견딜 거야! (하인이 들어온다.)

하인 공작님께서 전갈을 주시라 분부하셨습니다, 마님. 말씀하시길, 옷을 입으시라고요. 썰매가 준비되었습니다.

베라	간다고 말씀드려. (나간다.)

2장

드미트리 페트로비치의 방. 드미트리 페트로비치가 안락의자에 앉은 채 옮겨진다. 알렉산드르가 들어온다.

드미트리 페트로비치	그래, 그렇게. 여기서 멈추거라. 밝은 태양빛이 내 마지막 순간을 비춰줬으면 한다. 그 방은 마치 무덤처럼 어둡고 무서웠어. 여긴 따뜻하구나. 여기선 다시 살 것 같다… 애들아… 유리, 어디들 있니… 가 버렸구나. 아무도 없어.
알렉산드르	제가 곁에 있습니다, 아버지!
드미트리 페트로비치	애야, 난 죽어 간다. 오늘 의사가 한 마디도 안하고 고개만 흔들고 가는 걸 봤어. 의사와 얘길 해 봤니?
알렉산드르	아뇨, 아버지.
드미트리 페트로비치	묻기가 겁이 났겠지… 넌 항상 착한 아들이었다. 네가 날 사랑한 건 사실이었잖느냐… 유리는 어디 있니!
알렉산드르	여기 없습니다. (알렉산드르의 신호에 따라 사람들이 유리를 찾으러 나간다.)
드미트리 페트로비치	제발 그 애를 불러다오. 나의 사랑스러운 유리를… 나는 죽어간다… 그 애를 축복하고 싶다… 분명히 내가 이렇게 아픈 걸 모르고 있겠지, 네가 말해주지 않았구나.
알렉산드르	동생을 슬프게 할까 두려웠어요.
드미트리 페트로비치	이렇게 정말 죽을 때가 된 것 같구나.
알렉산드르	(외면하며) 모르겠습니다, 아버지…
드미트리 페트로비치	오! 너는 목석이다. 네가 죽을 때가 되면 위로를 받지 못한다는 것이 얼마나 괴로운지 알게 될 게다.

알렉산드르	오, 그때 가면 물론 알게 되겠죠!
드미트리 페트로비치	넌 내가 가엾지 않은가 보구나. 나의 축복조차 바라질 않아.
알렉산드르	(유리가 동요한 채 들어온다.) 아버지. 동생이 왔습니다…
유리	(다가온다, 혼잣말로) 맙소사, 어제부터 이렇게 변하시다니…
알렉산드르	(유리에게) 돌아가실 거야… 네가 죽인 거야…
유리	(얼굴을 가리고) 오! 그런 말을 하다니… 이런 순간에!
드미트리 페트로비치	유리!
유리	발밑에 있어요. (곁에 무릎을 꿇는다.)
드미트리 페트로비치	너를 용서하고, 아버지의 축복으로 축복해 주마.
알렉산드르	(창가로 물러나며) 나는 용서해 줄 것이 없어. 내겐 관대함을 보여줄 수가 없어… 그러니 축복도 없는 거야! (창가에 선다.)
유리	(일어난다.) 아버지, 전 아버지 앞에 나쁜 놈입니다. 자격이 없어요.
드미트리 페트로비치	됐다, 됐어. 다 혈기 탓이고, 어린애 같은 짓이지. 다 이해한다. 고통스럽긴 했어도 말이다…
페도세이	(탁자 뒤에서. 유리에게) 침대에 누우시라고 권하세요, 나리. 그렇게 앉아계시는 건 힘이 듭니다. 보세요, 의식을 잃고 약해지세요.
유리	잠깐만. 안심시켜 드려야 해.
드미트리 페트로비치	(약하게) 아무 것도 안 보인다. 너 여기 있니, 유리 내 눈에서 빛이 달아나는구나… 사제를 불러 오너라.
유리	의식을 잃으셨어, 손이 차가워.
페도세이	(유리에게) 이미 닷새째입니다, 나리, 자주 이러셨어요
유리	맙소사, 너무 고통스럽구나! 여기엔 죽어가는 아버지가…

저기엔…

알렉산드르 (동생의 팔을 잡고 작은 창가로 끌어당긴다.) 봐… 보라고 그녀가 현관으로 나오고 있어. 이쪽은 쳐다보지도 않는군. 창백해! 놀랄 것도 없지. 꼬박 밤을 지새운 다음이니까! 앉아서, 남편에게 미소를 짓는군. 알아차리지도 못하는데 말이야… 봐… 다시 한 번 창을 내다보고 마차로 내려가는 군! 베라! 베라! 당신의 눈은 무엇을 찾고 있는 거요. (마차 바퀴 소리가 들린다.)

유리 다 끝났어.

알렉산드르 한숨을 쉬고, 괴로워하라고… 그녀의 눈물과 너희가 영원히 만날 수 없으리라는 생각을 상상해 봐. 그녀가 너의 열정에 저항하기로 했을 때, 영혼 속에서 얼마나 무서운 투쟁이 벌어졌을지 상상해 봐! 오, 위대하고 성스러운 미덕의 모범이여… 순결한 영혼… 하하하! 그건 공포였어, 공포. 내가 거기 문 뒤에 있다는 걸 알고 있었거든.

유리 조용, 조용히 해. 여기 죽어가는 아버지가 계시잖아.

알렉산드르 이제 내게 아버지가, 온 세상이 뭐란 말인가. 난 모든 것을 잃었어, 마지막 가능성은 끝장나고, 마지막 감정은 죽어버렸어. 내 인생에 무엇이 있는가… 인생을 붙잡고 싶어? 잡아서 잘 해 보라고 네가 낭비해버린 것에 대해 스스로 대가를 치러야 할 거야. 오, 네 심장을 말라 죽게 하고 영혼에 의혹과 증오를 불러일으킬 말을, 그런 악담을 해주지… 멍청한 놈, 멍청아! 열일곱 살 소녀가 널 좋아했을 때 그녀가 영원히 네 것일 거라고 생각했겠지. 너와 같은 완벽한 이를 한 번 보았으니 다른 사람은 사랑할 수 없다고 말이야… 하지만 맹세컨대, 나는 그 사람을 알지. 그 여자로 하여금 남편과 의무와 법과 명예, 심지어 자존심마저 잊어버리게 한 사람. 목숨을 바칠 준비가 되어 있었고 노예로 봉사했던 사람, 미래를 생각할 때마다 수천 번을 포옹 속에서 그 여자를 목 졸랐던 사람…

유리 결국 말해야 돼. 그게 누구야? 그 저주받은 이름을 형의 목구멍에서 끌어내고 말겠어.

드미트리 페트로비치 (약하게) 페도세이, 아이들이 뭘 하고 있느냐. 애들을 불러라. 작별 인사를 해야겠다.

페도세이 고개를 돌리세요, 어르신. 보지 마세요.

유리 말이 없어! 그럼 말하게 해 주지. (탁자에서 군도를 잡는다.)

드미트리 페트로비치 애들아, 애들아… 살인이야. 애들을 말려. 형제가 형제를. 주여, 나를 빨리 데려가소서… (쓰러진다.)

페도세이 도와주세요. 차가워요… (무릎을 꿇고 노인의 손에 키스한다.)

알렉산드르 (군도를 빼앗아 바닥에 던진다.) 꼬마야, 너는 힘이나 공포로 내게서 뭔가 캐낼 수 있을 줄 알았니. 누굴 죽인다고 위협한 거냐? 네 형이다… 네가 날 죽이게 하면 어떨까… 하지만 난 그렇게 잔인하지 않아. 직접 다 얘기해주지… 너의 경쟁자, 행복한 경쟁자는, 나야!

유리 형이라고?

알렉산드르 이제 앞으로도 여자들을 믿고, 사랑을 믿고 미덕을 믿지 그래. 너의 천사는 여기, 이 품에 누웠었지. 네 키스의 흔적은 나의 키스로 지져 버렸고 나는 베라의 심장에서 미덕과 닮은 것을 모조리 끄집어내버렸거든. 그러니 네 몫은 하나도 남지 않았어.

유리 (손으로 얼굴을 가리고)

드미트리 페트로비치 (죽어가며) 애들아… 유리, 유리.

유리 내 이름을… 아버지… 돌아가시는구나. (그에게로 달려간다.)

페도세이 운명하셨습니다!

두 형제

489

유리   그럴 리 없어… (손을 잡는다.) 오!

유리는 바닥에 의식을 잃고 쓰러진다. 알렉산드르는 그를 내려다보고 서서 고개를 젓는다.

알렉산드르 나약한 영혼 같으니… 이런 일은 감당할 수 없어…

끝

1) 이 희곡의 1~4막은 모두 한 장으로 이루어져 있으나 원문에 '1장'이 표기되어 있다. 5막은 2장으로 이루어져 있다. 자필 원고에서 등장인물과 세부장르를 표기했을 것으로 추정되는 표지는 소실되었다.
2) 세례명과 부칭을 붙여 쓰는 것은 지인들 사이에서 존칭의 의미를 지닌다. 이 작품의 배역명 중에서 드미트리 페트로비치에게만 부칭이 부여되는 것은 이 인물의 연배와 지위를 반영한 것으로 보인다.
3) Bepa: '믿음'이라는 뜻을 지닌 반어적인 이름. 베린카는 베라의 애칭이다.
4) душа: '농노'와 '영혼'이라는 두 가지 뜻을 이용한 언어유희.
5) Monsieur (프랑스어): ~씨. 라진은 드미트리 부자의 성(姓)이다.
6) venez ici (프랑스어)
7) 쿠즈네츠키 다리: 고급 프랑스 가게들로 유명하던 모스크바의 거리 이름. 최신 유행과 뉴스의 장소.
8) самолюбие: 일상적인 번역어는 자존심이나 베라의 자질을 드러내기 위하여 직역을 선택하였다. 일반적으로 레르몬토프의 인물들에게 자존심과 자기애는 거의 등가적인 의미를 지닌다.
9) 원문에는 이 지문이 없으며 영역본에는 있다. 정황상 필요하므로 추가한다.
10) 서구문화에서 아내에게 배신당한 남편은 머리에 뿔이 난 것으로 묘사된다.
11) Симбирск: 볼가 강변의 도시. 레닌의 고향으로 그의 본명을 따서 울리야노프스크로 개칭되었다.
12) 옛 러시아의 거리 단위. 약 1,067m.

러시아 낭만주의의 대표자인 미하일 유리예비치 레르몬토프는 1814년 10월 모스크바에서 태어났다. 아버지 유리 페트로비치는 가난한 퇴역대위였으며 어머니 마리야 미하일로브나는 부유한 명문귀족가문 출신이었다. 1817년 레르몬토프의 어머니가 죽자 아버지는 자기 영지로 떠나고 작가는 외할머니의 영지인 타르하느이에서 성장한다. 외할머니 아르세니예바는 병약한 손자를 위하여 세 번에 걸쳐 카프카즈 온천장을 찾게 되는데 이 방문의 인상과 첫사랑의 경험은 이후 작품세계에 많은 영향을 미친다. 어머니의 이른 죽음과 아버지와의 분리는 초기 작품에 직접적으로 반영되어 있으며, 유년기의 교육은 수준 높은 것으로 외국어와 음악, 미술이 포함되어 있었다.

1827년, 작가가 13세 되던 해에 외할머니는 손자의 교육을 위해 모스크바로 이주한다. 가정교사의 지도하에 입학시험을 준비하여 다음해 모스크바 대학교 부속 귀족기숙학교 4학년에 편입한다. 이 해는 공식적으로 레르몬토프가 시 창작을 시작한 시기로 주로 푸시킨과 바이런의 영향을 받은 것으로 보인다. 1829년에는 장시 <악마>의 집필이 시작되는데 이 작품은 1839년까지 여덟 번의 개작을 거쳐 레르몬토프의 대표작으로 꼽힌다. 1830~32년에는 모스크바 대학에 입학하여 윤리학부, 정치학부, 문학부의 수업을 듣고 활발한 습작 활동을 한다. 이 시기의 작품들에는 주로 바이런과 쉴러, 푸시킨, 샤토브리앙 등 선배 낭만주의자들의 영향과 연애와 유년기의 경험이 반영되어 있다.

레르몬토프가 사랑한 여인들은 16~17세에 등장한다. 예카체리나 수시코바에게 바친 연작시인 수시코바 사이클과 나탈리야 이바노바에게 바친 이바노바 사이클이 있는데, 이 두 여인은 레르몬토프를 어린애나 친구로 간주했다고 전해진다. 1831년에 만난 친구의 여동생인 바르바라 로푸히나는 레르몬토프에게 있어 가장 중요한 여인으로 '베라 리고프스카야'라는 이름으로 <두 형제>와 <우리 시대의 영웅> 등에 등장한다. 이들의 관계는 1832년, 레르몬토프가 페테르부르크로 이주함에 따라 멀어지고 로푸히나는 1835년에 결혼한다. 이들은 1838년에 마지막으로 만났다고 전해진다.

1832년에 레르몬토프는 대학당국과의 마찰로 인해 모스크바 대학을 중퇴하고 페테르부르크 대학으로 전학을 시도하지만 허용되지 않자 2년제 근위기병학교에 입학한다. 1833~34년은 기병학교 재학기간으로 아카데미 전집에 수록되지 않은 수위가 높은 몇 편의 시와 미완성 역사소설 <바짐>이 남아있다. 1834년에 기병학교를 졸업하고 근위경기병 연대에 배속된 레르몬토프는 페테르부르크 사교계의 생활을 체험한다. 1835년에 집필된 희곡 <가장무도회>는 이전 시기의 희곡 습작과 사교계 경험이 결합된 것이다. 그러나 수차례에 걸친 개작에도 불구하고 <가장무도회>는 극장공연을 위한 검열의 허가를 얻지 못하고 작가 자신이 출간을 시도하지 않았으므로 작가 생전에는 미발표 작으로 남는다. 그 다음해에 나온 <두 형제>에는 1835년 말 모스크바에서 휴가 중에 바르바라 로푸히나와 그녀의 남편 베흐메테프를 만난 경험이 직접적으로 반영되어 있다. 1836~37년에는 소설 <리고프스카야 공작부인>의 작업이 이루어진다. 역시 로푸히나와 수시코바와의 관계와 사교계의 생활을 소재로 하고 있는데, 고골을 연상케 하는 초기 자연파적인 묘사와 낭만주의적 주인공, 제약이 많은 1인칭 화자 등 여러 요소가 혼합된 실험적 산문소설로 미완성 작이다.

1837년 1월, 푸시킨의 죽음에 바친 시 <시인의 죽음>이 나온다. 이 시는 필사본으로 유포되어 당대 지식인들 사이에서 폭발적인 반응을 얻고 당국은 시인을 체포, 구금하여 카프카즈로 전출시킨다. 레르몬토프가 대중적으로 알려지게 된 것은 이때부터로 많은 연구자들이 <시인의 죽음>을 기준으로 레르몬토프 창작 시기의 전후를 구분한다.

1838년에는 외할머니의 적극적인 탄원으로 페테르부르크로 돌아온다. 이때부터 문학지에 레르몬토프의 시가 게재되고 동시대 문인들과의 본격적인 교류가 시작된다. 평론가 벨린스키는 레르몬토프의 재능을 높이 평가하고 푸시킨의 후계자로 인정하며 적극적이고 호의적인 작품평을 발표한다. 1839년부터는 <우리 시대의 영웅>의 일부가 부분적으로 공개되기 시작하고, 같은 해 9월에 중편소설 <슈토스>의 집필이 시작된다. 이 작품은 미완성으로 남아 있는 분량은 적으나 <스페이드의 여왕>과 고골의 소설을 연상케 하는 신비한 도박 이야기이다.

1840년 2월에 레르몬토프는 프랑스 대사의 아들인 바랑트와 결투를 벌여 경상을 입고 체포된다. 이 사건으로 작가는 다시 한 번 카프카즈로 전출되고 산악부족과의 전투에서 상당한 전공을 세우지만 당국은 정치적인 문제로 훈장수여를 거부한다. 한편 10월 말에 페테르부르크에서 시집이 발간된다. 레르몬토프는 공개할 작품과 그렇지 않은 것을 까다롭게 구분하여 생전에 발표된 작품의 수는 전체에 비해 아주 적은 편으로, 1837년 이전의 작품들은 거의 공개되지 않았다.

1842년 1월 중순에 레르몬토프는 2개월의 휴가를 얻어 카프카즈에서 페테르부르크로 돌아온다. 시 <유언>과 <우리 시대의 영웅>의 두 번째 판본, 벨린스키의 시평 등이 이 시기에 공개된다. 4월에 레르몬토프는 페테르부르크를 떠나 모스크바를 거쳐 카프카즈로 향하다가 근무지로 바로 돌아가지 않고 병가를 얻어 온천 휴양지인 퍄티고르스크에 머무른다. 동료 마르틔노프와의 사소한 언쟁 끝에 결투 신청을 받고 7월 15일에 결투가 벌어진다. 이 결투에서 작가는 즉사하고 상대방은 3개월의 영창 복역 처분을 받는다.

레르몬토프는 짧은 생애와 창작기간에도 불구하고 다섯 편의 희곡을 남겼다.[1] 희곡 창작 시기는 10대 후반에서 20대 초반인 1830~1836년이며 첫 세 작품인 <에스파냐인들 Испанцы>, <인간과 열정 Menschen und Leidenschaften>, <이상한 사람 Странный человек>은 30년과 31년에 몰려 있고 전 분야에서 창작이 거의 남아 있지 않은 사관학교 재학기간 (32~33년)의 공백을 지나 34~36년에 <가장무도회 Маскарад>와 그 이본들, <두 형제 Два брата>가 자리 잡고 있다. 레르몬토프의 희곡은 공백기를 기준으로 전기와 후기로 구분할 수 있으며 시기별로 극작술상의 뚜렷한 발전을 보인다.

1) <에스파냐인들> (1830)

5막 운문 비극으로 15~17세기 에스파냐를 배경으로 한 사극이며 미완성 작이다. 독일 질풍노도기 희곡과 셰익스피어 비극 등 서구희곡의 모방을 통해 극작술을 습득하려 했던 시도를 읽을 수 있다. 플롯 상으로는 레싱의 <에밀리아 갈로티>와 <현자 나탄>의 영향을 받았으며, 인물과 문체, 주제 면에서는 <돈 카를로스>와 <간계와 사랑>, <군도> 등 쉴러의 질풍노도기 희곡의 영향이 두드러진다. 세부적으로는 <햄릿>을 연상케 하는 장면과 표현이 곳곳에 등장한다. 주인공은 개성에 있어서는 레르몬토프의 전형적인 낭만주의적 인물이며 정치적으로는 소수자에 대한 탄압에 저항하고 개인의 신념과 자질의 가치를 증명하기 위한 투쟁을 수행하는 저항적 면모를 지니고 있다. 이러한 정치성은 이후 작품들에서 러시아의 당대 현실과의 접점을 모색하다가 점점 내면화된다.

---

[1] 2014년 『공연과 이론』 55호에 게재되었던 글.

줄거리: 버려진 아이인 페르난도는 오만한 귀족인 돈 알바레스의 집에서 자란다. 알바레스의 딸인 에밀리아와 서로 사랑하는 사이인 그는 양부가 결혼을 반대하자 집을 나간다. 페르난도는 종교 재판소에 체포될 뻔한 유대인 모세를 구해주고, 모세의 집에서 그의 딸인 나오미를 만난다. 그녀는 페르난도를 사랑하지만, 그는 유대인이 오래 전에 잃어버린 아들임이 밝혀진다. 한편 종교 재판소의 심문관 소리니는 에밀리아의 계모를 이용하여 유괴범으로부터 보호해준다는 명목으로 그녀를 납치한다. 위기의 순간에 모세의 제보를 받은 페르난도가 소리니의 집에 침입한다. 그는 소리니를 죽이기를 포기하고 에밀리아를 구출할 수 없게 되자 '명예를 위하여' 살해하고, 그것을 그녀의 구원이자 자신의 희생으로 규정한다. 그는 체포, 투옥되고 사형선고를 받는다. 나오미는 거듭되는 불행으로 실성한다.

2) <인간과 열정> (1830)

역시 5막 비극이나 산문 작품이며 작가의 불행한 가족사를 소재로 택했다. 이후로 레르몬토프의 희곡은 모두 동시대 러시아를 배경으로 한다. 독일어 제목과 주인공의 성격, 고양된 문체는 쉴러의 <간계와 사랑>과 그 외 독일 질풍노도기 희곡들의 영향을 암시한다.

줄거리: 유리 볼린은 백부의 딸인 류보피를 사랑하지만, 그들의 관계는 이루어질 수 없는 것이다. 그는 류보피가 자기 친구를 사랑한다고 오해하여 친구에게 결투를 강요하고 류보피와는 헤어진다. (작가의 전기적 사실과 유사하게) 유리를 양육한 외할머니와 아버지는 그에 대한 결정권을 두고 싸움을 벌인다. 유리는 고민 끝에 아버지를 택하지만 자기 딸과의 관계를 알게 된 백부는 아버지에게 유리가 할머니의 편이라고 모함한다. 분노한 아버지는 유리를 저주하고, 절망한 그는 음독자살한다. 죽음 직전에 유리는 류보피의 무고함을 확인하고 그녀와 화해한다. 그는

자신의 죽음을 '사람들'에 대한 보복으로 규정한다.

3) <이상한 사람> (1831)

이전 작품들이 장르를 '비극'으로 명시하고 5막 구성을 유지한 데 비해, 막 구분 없이 13장으로 이루어진 '낭만적 드라마'라는 새로운 형식을 취한다. 내용면에서는 전작과 거의 유사하여 전작의 개연성과 구성의 문제를 보완한 개정판이라 볼 수 있다.

줄거리: 블라디미르의 부모는 어머니가 저질렀던 부정으로 인해 오랜 기간 별거 중이다. 가난과 질병으로 죽어가는 블라디미르의 어머니 마리야는 죽기 전에 남편과 화해하기 위하여 모스크바를 찾는다. 아버지 파벨은 세간의 이목과 또다시 기만당할 가능성을 두려워하여 화해를 거부하고 아들은 그런 아버지를 비난한다. 부자간의 불화는 어머니의 죽음으로 악화되고 아버지는 아들을 저주한다. 주인공은 사교계의 아가씨 나타샤를 사랑하지만 적극적으로 구애하거나 청혼하지는 않는다. 주인공을 사랑하는 공작 영애 소피야는 그들 사이를 교묘하게 이간질한다. 결국 나타샤는 블라디미르를 버리고 주인공 친구의 계산적인 청혼을 받아들인다. 어머니의 죽음과 실연으로 충격을 받은 블라디미르는 실성하여 죽는다.

4) <가장무도회> (1834~35)

4막 운문 드라마. 레르몬토프 희곡의 대표작으로 러시아 연극의 고전 레퍼토리에 속한다. 검열과 타협하기 위해 여러 차례 개작이 이루어졌다. 현재 정본으로 사용되는 4막본은 네 번째 개작이다. 연출가 메이에르홀드는 레르몬토프 탄생 100주년 기념제의 일환으로 이 작품의 공연을 오랫동안 준비하였으나 실제 공연은 1917년에 처음으로 이루어졌다.

줄거리: 아르베닌은 카드도박에서 전 재산을 잃은 즈베즈지치 공작을

대신하여 그의 돈을 찾아준다. 아르베닌에게 있어 도박은 더 이상 질 가능성이 없는, 즉 운명과의 대결이 되지 못하는 낡은 유희에 불과하다. 아르베닌은 공작과 함께 참석한 가장무도회에서 익명의 사람에게 불행한 운명에 대한 경고를 받는다. 공작은 가장무도회에서 가면의 여인과 밀회를 나누고 그녀에게서 기념으로 팔찌를 받는다. 아르베닌은 그것이 자신의 아내 니나의 것임을 알아채고 아내의 부정을 의심한다. 공작 역시 팔찌를 근거로 니나가 가면의 여인이라 생각한다. 실제 가면의 여인인 슈트랄 남작부인은 자신이 의심받지 않기 위해 공작과 니나의 관계에 대한 거짓 소문을 낸다. 공작은 그와의 관계를 부정하는 니나를 공공연하게 쫓아다닌다. 아르베닌의 의심은 확신으로 바뀌고, 그는 복수를 결심한다. 아르베닌은 공작이 사기도박을 했다는 혐의를 씌워 그를 사교계에서 매장시킨다. 남작부인은 공작에게 가면의 여인이 자신이었다고 고백하고 시골영지로 떠난다. 아르베닌은 그 사실을 모른 채 니나에게 독약을 먹인다. 니나는 죽어가면서 자신의 결백을 주장하고 아르베닌은 다시 의혹에 빠진다. 니나의 장례식에 공작과 익명인이 나타난다. 익명인은 예전에 아르베닌이 인생을 망친 인물로 복수를 위해 그를 추적해왔다. 두 사람은 각각 아르베닌에게 복수하기 위하여 니나의 결백을 증명한다. 절망한 아르베닌은 실성한다.

5) <두 형제> (1835~36년)

레르몬토프의 마지막 희곡으로 행위를 중심으로 압축된 5막극이다. 최소한으로 제한된 시간과 공간, 인물과 사건으로 고전적인 완결미와 높은 상연성을 지닌다. 메이에르홀드는 이 작품을 러시아 낭만주의 희곡의 전형을 확립한 것으로 평가하고 역시 레르몬토프 100주년 기념제의 일환으로 상연하였다.

줄거리: 형제간인 알렉산드르와 유리는 아버지의 사랑을 두고 경쟁하

나 아버지는 동생인 유리를 편애한다. 유리와 베라는 첫사랑을 나눈 뒤 유리의 군 입대로 헤어진다. 베라는 부유한 공작과 결혼하고, 결혼 후 유리의 형 알렉산드르와 관계를 맺은 뒤 그와도 헤어진다. 휴가를 받아 고향으로 돌아온 유리는 공작부인이 된 베라에게 다시금 구애하고, 알렉산드르도 베라의 사랑을 되찾기를 원한다. 베라는 알렉산드르를 거부하지만, 유리의 구애에는 마음이 흔들린다. 알렉산드르는 동생에게 복수하기 위해 아버지를 이용하여 공작에게 유리와 베라의 관계를 폭로한다. 분노한 공작은 베라를 데리고 떠나고 그녀는 자기만족을 위하여 순응한다. 노쇠한 아버지는 형제간의 불화로 괴로워하다가 죽고, 유리는 아버지의 죽음과 실연에 절망한다. 알렉산드르는 복수에 성공하지만 그에게 남은 것은 공허뿐이다.

* 레르몬토프 희곡의 현재적 의의: 자기증명으로서의 행위

레르몬토프 초기희곡의 주인공들은 낭만주의의 특징인 실현 불가능한 이상의 문제로 쉽사리 극적 행위를 결행하지 못한다. 또한 이들은 사회적 위상과 독립성을 확보하지 못한 사춘기적 인물로 스스로 행위 주체가 되지 못하고 일반적으로 행위의 대상이 되는 약한 인물, 즉 피해자의 입장을 취하여 스스로에게 정당한 위상을 부여한다. 이 피해자의 위상은 초기희곡을 종합하는 <이상한 사람>에서는 낭만주의의 전형인 잉여인간2)의 형상을 얻는다. 잉여인간의 행위불가능성은 사회적 조건에 의하여 불가피한 것이므로 개연성과 보편적 정당성을 얻게 된다. 주인공들이 행위를 거부함에 따라 일반적으로 반동인물로 나타나는 관습적인 악당이 주된 행위 주체로, 행위의 대상이었던 여성은 주인공과 동일 자질을 지닌 것으로 이상화되는 한편 진정한 대상으로서의 극적 기능을 상실한다. 작

---

2) 러시아 낭만주의의 전형적 인물을 설명하는 이사야 벌린의 용어.

가는 극작술상의 불리함을 감수하고 주인공의 비(非)행위(minus-action[3]))를 의도적으로 선택함으로써 주인공의 자질이 지니는 가치를 주장하고 고유한 주체성을 구성하고자 한다. 후기희곡의 주인공들은 적극적으로 음모와 악행을 선택함으로써 극적 행위 주체로 부상한다. 그러나 그 행위 역시 자신들의 진정한 소망과 목적을 배반하는 반(反)행위(anti-action)가 되므로 희곡은 교착 상태에서 종결된다.

우리 시대는 가혹한 사회적 조건에 의해 극한 상황에 몰린 사람들이 살아남을 자격과 가치를 스스로 증명해내야 하는 기이한 현상이 만연해 있다. '양육자'들의 가혹한 요구에 시달리는 레르몬토프 초기희곡의 주인공들은 기본적인 생존을 위해 '갑'들의 횡포를 감수해야 하는 우리 시대의 평범한 사람들과 닮아 있다. 가혹한 생존의 조건은 내면화되고, 공격성은 주체 자신에게로 돌아간다. 내가 가난한 것은 게으르기 때문이다. 내가 외로운 것은 매력이 없기 때문이다. 내가 취직하지 못하는 것은 무능하기 때문이다. 즉, 고통의 책임은 고통당하는 자 자신에게 있다는 논리다. 현실적으로 어찌할 수 없는 상황에서 무력한 자기 자신을 비난하고 공격하는 것은 인간이 잃어버린 주체성과 통제력을 되찾기 위한 극단적인 시도의 일종이다. 레르몬토프의 주인공들은 현실적으로 불리한 상황을 스스로 조성함으로써 자신의 정체성과 주체성을 재구성하고자 투쟁한다. 이러한 주체성의 구성을 위한 투쟁은 고전적인 극적 행위의 기준에서는 납득하기 어려운 것이며 주인공의 행위는 사회적으로 이해할 수 없는 '이상한 것'으로 남는다. 이전 시대에 레르몬토프 초기희곡이 거의 상연되지 않았던 이유는 여기에 있다. 그러나 결연한 이상주의를 간직하고 냉엄한 현실에 맞서 자신을 재구성하는 레르몬토프 주인공들의 극적 행위는 개인의 주체성과 집단적 행동의 가능성이 희박해져 가는 우리 시대에 시사하는 바가 크다고 하겠다.

---

3) 의식적으로 행위를 거부하거나 있어야 할 행위가 없는 경우를 지칭하는 필자의 용어. 기도하는 클로디어스를 죽이지 않은 햄릿의 행위가 대표적이다.

이 책에 수록된 희곡을 공연할 때에는 역자와 협의를 거쳐야 합니다.

레르몬토프 희곡 전집

초판 1쇄 인쇄 2015년 2월 23일
초판 1쇄 발행 2015년 2월 28일
엮은이 신영선
펴낸이 박성복
펴낸곳 도서출판 연극과인간
　서울시 강북구 노해로25길 61
등록번호 제6-0480호.(2000. 2. 7)
전 화 (02) 912-5000
팩 스 (02) 900-5036
homepage http://www.worin.net

ISBN 978-89-5786-535-4 03810

값 22,000원

☞ 잘못된 책은 본사나 구입하신 서점에서 바꾸어 드립니다.